LUA CHEIA

ANTONIO MUÑOZ MOLINA

Lua cheia

Tradução
Sérgio Molina

COMPANHIA DAS LETRAS

A presente edição foi traduzida mediante apoio da Direção Geral do Livro, Arquivos e Bibliotecas do Ministério de Educação e Cultura da Espanha

Título original
Plenilunio

Capa
Silvia Ribeiro

Preparação
Beti Kaphan

Revisão
Beatriz de Freitas Moreira
Isabel Jorge Cury

Dados Internacionais de Catalogação na Publicação (CIP)
(Câmara Brasileira do Livro, SP, Brasil)

Molina, Antonio Muñoz
Lua cheia / Antonio Muñoz Molina ; tradução Sérgio Molina. — São Paulo : Companhia das Letras, 2000..

Título original: Plenilunio.
ISBN 85-359-0042-X

1. Ficção espanhola I. Título.

00-3147 CDD-863.6

Índices para catálogo sistemático:
1. Ficção : Século 20 : Literatura espanhola 863.6
2. Século 20 : Ficção : Literatura espanhola 863.6

[2000]

EDITORA SCHWARCZ LTDA.
Rua Bandeira Paulista 702 cj. 32
04532-002 — São Paulo — SP
Telefone (11) 3846-0801
Fax (11) 3846-0814
www.companhiadasletras.com.br

Para Elvira,
que tinha tanta vontade de ler este livro

1.

Andava dia e noite pela cidade à procura de um olhar. Vivia exclusivamente para essa tarefa, por mais que tentasse fazer outras coisas ou fingisse fazê-las, apenas olhava, espiava os olhos das pessoas, o rosto dos estranhos, dos garçons nos bares e dos balconistas nas lojas, o rosto e o olhar dos presos nas fichas policiais. O inspetor procurava o olhar de alguém que tivesse visto algo monstruoso demais para ser suavizado ou apagado pelo esquecimento, um par de olhos em que persistisse algum rastro ou alguma conseqüência do crime, umas pupilas em que se pudesse descobrir a culpa, sem vacilação, apenas escrutando-as, assim como os médicos reconhecem os sinais de uma doença ao iluminá-los com uma minúscula lanterna. Foi o padre Orduña quem lhe disse "Procure pelos olhos", olhando-o tão fixo que o inspetor sentiu um leve estremecimento, quase como havia muito tempo, quando fora olhado por aqueles olhos miúdos, míopes, cansados, adivinhadores, que o reconheceram assim que chegou ao colégio dos jesuítas, tão instantaneamente como ele mesmo, o inspetor, deveria reconhecer o indivíduo que estava procurando, ou como havia muitos anos o padre Orduña reconhecera nele o desamparo, o rancor, a vergonha e a fome, além do ódio, seu ódio constante e secreto pelo internato e por tudo o que havia nele, e também pelo mundo exterior.

Seria provavelmente o olhar de um estranho, mas o inspetor tinha certeza de que o identificaria sem vacilação nem erro assim que os seus olhos se cruzassem com os dele, mesmo que fosse por uma única vez, de longe, do outro lado da rua, através da vidraça de um bar. Sua busca era facilitada também pela circunstância favorável de ele ainda ser um estranho na cidade, pois fora transferido poucos meses antes, no início do verão, quase de surpresa, quando já não acreditava mais que fossem atender o seu pedido, pelo menos até o ano seguinte, quando, então, voltariam a reabrir o concurso de remoção. Quando alguma coisa demora demais para acontecer, é melhor que nunca aconteça: o inspetor mostrou a notificação à sua mulher, que a esperava havia anos, mas ela não deu a menor mostra de alegria, nem sequer de alívio, limitou-se a assentir, ainda despenteada, ausente, como se tivesse acabado de acordar, embora fossem três horas da tarde, e ele então devolveu a notificação com timbre e retórica oficial ao envelope, deixou-a sobre um aparador e por um momento permaneceu de cabeça baixa, esfregando as mãos, como se não lembrasse para onde estava indo.

O que demora tanto para acontecer é como se não tivesse acontecido, ou até pior, pois a realização fora de hora do que tanto se desejou acaba tendo um quê de sarcasmo. Mas, por muito tempo, ele tinha se negado a pedir a transferência, ou ficara mentindo para a mulher, parcialmente, dizendo-lhe que havia mandado o pedido, ou que o prazo já se encerrara antes do tempo, pretextos para não lhe dizer que o medo e o perigo não o incomodavam tanto quanto a possível vergonha, a deslealdade para com os companheiros, os amigos assassinados, os irremediavelmente desfigurados ou paralisados em conseqüência de uma explosão. Ele se incomodava com essas coisas, mas ela não: ela esperava, de manhã até à noite, às vezes, também, a noite inteira, sentada junto ao telefone, diante do televisor ligado, ou por entre as cortinas de uma janela, espiando a rua, assustando-se com qualquer coisa, com a campainha, com o barulho de um escapamento, ou com um alarme que disparasse em alguma loja da vizinhança. Ela havia esperado hora após hora e dia após dia durante anos, tantos que já haviam ultrapassado o limite do que ela poderia suportar e, por fim, ela já não perguntava nem pedia nada, nem puxava à mesa nenhuma conversa casual pela qual pudesse ir deslizando até encontrar uma brecha para perguntar sobre a transferência. Mas quando chegou a notificação (que na verdade era uma ordem e, quem sabe, até uma sugestão de aposentadoria), já fazia algum tempo que ela deixara de perguntar, não apenas pela transferência, mas por qualquer coisa, e se o inspetor voltava muito tarde sem telefonar para avisar, ela já não o esperava acordada, de camisola, para recriminá-lo ou cair no choro. Ele entrava em casa e via com infinito alívio que as luzes estavam apagadas, tirava os sapatos, o coldre com a arma, entrava no quarto iluminado por um rastro de luz da rua, às apalpadelas, e se despia silenciosamente, ouvindo-a respirar, na escuridão em que brilhavam apenas os números vermelhos do rádio-relógio, deslizava para dentro da cama, enjoado de tanto cigarro e uísque, fechava os olhos, tateava em busca do corpo dela, que não desejava havia muito tempo, e então percebia que ela não estava dormindo, e então fingia dormir, ele também, para covardemente evitar as possíveis perguntas, as perguntas repetidas tantas vezes, assim como o choro e as queixas, "Por que ele a levara para uma terra tão hostil e distante? Por que nunca mais a tocara?".

O inspetor, ainda um estranho na cidade, mas olhado com certa admiração e receio pelo pessoal da delegacia por ter trazido do norte uma vaga lenda de determinação e coragem, embora, também, de rompantes de desequilíbrio, andava pelas ruas procurando o rosto de alguém que ele, sem dúvida, reconheceria imediatamente, talvez após um segundo de estupor, como quando vemos numa vitrine a nossa imagem e não sabemos de quem é, porque a estamos vendo não com a expressão premeditada que os espelhos costumam nos devolver, mas com a outra, com aquela com que os outros nos vêem, a mais desconhecida de todas para nós. Procure pelos seus olhos, dissera-lhe o padre Orduña, e ele havia saído do colégio, nessa noite, procurando rostos e olhares pela cidade quase vazia, envolta numa escuridão de inverno prematuro, com portas e janelas trancadas contra o inverno e o medo, pois desde a morte da menina parecia ter renascido um medo antigo às ameaças da noite, e as ruas ficavam logo desertas e a escuridão parecia mais profunda e as luzes mais fracas. Os passos de qualquer um soavam como os passos daquele homem cujo olhar o inspetor vivia procurando, qualquer vulto solitário com o qual cruzasse poderia ser o mesmo que ninguém vira sair do pequeno parque da Cava na noite do crime, alguém que afetaria certa naturalidade ao voltar à luz, que sem dúvida sacudira a terra das calças e alisara o cabelo com os dedos enquanto se esgueirava entre as sebes abandonadas, entre os bancos onde já não se sentavam os casais de namorados e sob as luzes que nunca estavam acesas, pois eram apedrejadas todo fim de semana pelas turmas de jovens que iam beber ali. Ao sair do parque, teria pisado cacos de globos e garrafas de cerveja, deixando para trás, no barranco, a mancha pálida, ao luar, de um rosto com os olhos fixos e abertos. Agora mesmo, alguém anda pela cidade e guarda na memória a lembrança desses olhos tal como se mostraram no último instante em que foram capazes de ver, um segundo antes de serem vidrados pela morte, e quem provocou e presenciou essa agonia não pode olhar como qualquer outro ser humano, em suas pupilas deve ter ficado um reflexo, um resíduo ou um lampejo do pavor que tomou conta daqueles olhos infantis. Quarenta anos antes, o padre Orduña corria os olhos pela fileira de meninos, todos com a vista fixa à frente enquanto esperavam pelo castigo, e distinguia sem dificuldade o olhar do culpado, para em seguida, depois de tê-lo desmascarado e humilhado diante dos outros, sorrir e declarar: "O rosto é o espelho da alma".

Mas o inspetor tinha certeza de que há pessoas sem alma, e o que ele procurava, sem definir muito bem esse pensamento, era um rosto que não refletisse nada, um rosto neutro com olhos como que desabitados como os que vira algumas vezes ao longo da vida, não muitas, felizmente, do outro lado da mesa de interrogatórios, sob as luzes fluorescentes das delegacias, e também em fotografias, alguns rostos de suspeitos ou de réus confessos que lhe causavam, mais do que medo ou desprezo, uma desagradabilíssima sensação de frio. Na verdade, pensava agora, ele não tinha conhecido muitos, não era muito comum, nem mesmo para um policial, deparar-se com um rosto em que não houvesse o mais leve reflexo de uma alma, com uns olhos em que só acontecesse o ato de olhar.

— Mas isso não é verdade — dissera-lhe o padre Orduña. — Não existe ninguém sem alma, até o pior dos assassinos foi criado por Deus à sua imagem e semelhança.

— O senhor o reconheceria? — disse o inspetor. — Seria capaz de identificá-lo em uma fileira de suspeitos, como quando nos colocava em fila porque alguém tinha feito uma travessura e o senhor olhava um por um até descobrir o culpado?

— Cristo soube que o traidor era Judas só pelo olhar.

— Mas ele trabalhava com certa vantagem. Vocês dizem que ele era Deus.

— Ele reconheceu Judas com sua porção humana — dissera o padre Orduña, assumindo uma expressão muito séria. — Com o medo humano de ser torturado e de morrer.

Procurava uns olhos, um rosto que seria o espelho de uma alma acuada, um espelho vazio que não refletisse nada, nem remorso, nem piedade, talvez nem sequer o medo da polícia. Sobraram vestígios de sangue masculino, restos de pele, cabelos e pêlos do escroto, pontas de cigarro impregnadas de saliva. Pelas calçadas, através das vidraças dos bares, nos primeiros anoiteceres frios e adiantados do outono, o inspetor via o rosto das pessoas como manchas imprecisas e sem volume, e entre eles surgia inadvertidamente o rosto imaginado de sua mulher, com quem falara por telefone antes de sair do escritório. Ligava para ela todas as tardes, às seis, quando começava o horário de visita na clínica, e às vezes lhe perguntava como estava e ela não dizia nada, ficava junto ao telefone, respirando forte, como quando estava deitada no escuro do quarto.

Mas agora outros rostos se impunham a ele, por um esforço de vontade que era também um modo instintivo de fugir de sua invencível vergonha. Agora não podia se distrair, agora tinha de procurar, continuar procurando o rosto do desconhecido, e o impulso, que o alimentava em sua busca obsessiva e não o deixava dormir nem se dedicar a mais nada, não tinha nenhuma relação com seu senso de dever nem com o orgulho profissional, muito menos com alguma idéia de justiça: o que o impelia era uma urgência de restituição impossível e um apaixonado rancor que, sem que ninguém o soubesse, era um nítido desejo de vingança. Tinha de encontrar o rosto de um desconhecido para castigá-lo por ter matado e para impedir que voltasse a matar, mas queria encontrá-lo sobretudo para o encarar nos olhos e permitir-se durante alguns segundos ou minutos um rompante de ameaça, queria agarrar esse indivíduo pela gola do casaco ou pelo colarinho e olhar no fundo dos seus olhos, de muito perto, e bater sua cabeça contra a parede para que morresse de medo, para que se borrasse, como tantos anos antes se borravam nas delegacias os estudantes, os presos políticos.

Saía da delegacia, cumprimentava os guardas do portão com um aceno, olhava para um lado e para o outro, com o velho medo ainda intacto, com o cuidado de observar quem se aproximava e de verificar se havia algum carro estacionado em posição suspeita, e, assim que se afastava rumo ao centro da praça onde ficava a estátua do general, transformava-se num desconhecido e dava início à sua procura, rosto após rosto, espiando sem ser notado, sempre voltando aos mesmos lugares, à papelaria Sagrado Corazón, onde a menina tinha sido vista pela última vez, descendo em direção ao passeio da Cava e aos jardins, no extremo sul da cidade, até a beira do barranco coberto de pinheiros que acabava nas hortas, nas primeiras ondulações do vale.

Algumas tardes, rondava o portão das escolas na hora da saída. Ficava ouvindo a gritaria das crianças de longe, ou permanecia imóvel na calçada, entre as mães que esperavam, e então vinha-lhe à mente o rosto da menina morta, o das fotografias e o do vídeo da primeira comunhão, o rosto que ele próprio tinha visto à luz das lanternas e dos flashes que Ferreras, o legista, havia disparado sob as altas copas dos pinheiros, no barranco onde por acaso uns varredores da prefeitura a encontraram após uma noite e um dia inteiros de buscas. "Por volta das nove da noite, não muito mais tarde", disse Ferreras, depois, desgrudando as luvas de borracha das mãos com um barulho desagradável, em seguida lavando-as sob um jato de água quente. "Morreu por volta das nove", repetiu, "o que não sabemos é quanto tempo ela levou para morrer", e voltou para junto da mesa onde estava o cadáver amarelado, com manchas roxas, nu e magro, com os joelhos esfolados, e meias brancas. Parecia uma noiva, a mãe dissera ao inspetor enquanto assistiam ao vídeo da primeira comunhão, em meio à tristeza horrível do apartamento para o qual a menina, Fátima, nunca mais voltara depois de sair para comprar uma cartolina e uma caixa de lápis de cera na papelaria em frente, e onde agora estavam suas fotos como imagens numa capela, uma sobre o móvel do televisor e a outra pendurada na parede, com moldura dourada, uma dessas fotos coloridas impressas num material que parece tela.

O inspetor estava sentado no sofá, e a mulher, com uma incongruente hospitalidade, servira-lhe uma cerveja e um pratinho de azeitonas, instando-o a beber e comer enquanto assoava o nariz com um lenço de papel, e em seguida tinha ligado o vídeo e sem mediação nem aviso surgira o rosto da menina em primeiro plano, com o cabelo cacheado e um diadema, de vestido branco, com muitos tules, o mesmo que lhe vestiram depois de morta, mas ela havia crescido desde a primeira comunhão, um ano antes, e tiveram de deixá-lo aberto atrás, e também foi preciso maquiar seu rosto para disfarçar ao máximo as marcas, os hematomas, para que não saltasse à vista aquilo que o inspetor vira no barranco, sob os pinheiros doentes, os olhos abertos e cegos, vidrados, redondos, tão abertos como a boca.

Mas a boca estava entupida com alguma coisa, com aquilo que a asfixiara, um tecido rasgado e manchado de sangue que o legista só extrairia mais tarde, bem aos poucos, ainda úmido, empapado de baba, de sangue, mas não de sêmen, disse Ferreras, indicando uma das manchas com a ponta da caneta, e o inspetor teve um acesso de nojo e sentiu um frio súbito, um princípio de náusea que logo cedeu lugar a um raivoso desejo de chorar. Mas isso era impossível, era algo que ele havia esquecido, não soubera ou não conseguira chorar nem no enterro do pai, e talvez estivesse acontecendo o mesmo com o pai da menina, que estava com os olhos enxutos, enxutos e vermelhos, olhos de quem não dormiu nem vai dormir por muito tempo, e mesmo que dormisse não descansaria, pois nos sonhos o desaparecimento de sua filha voltaria a acontecer inúmeras vezes, e a preocupação, e a busca, e depois o telefonema, a campainha, o inspetor à porta, com dois guardas fardados que tiraram o quepe antes de dizer qualquer coisa. O homem não chorou, abriu a boca retesando ao máximo a mandíbula e então o grito que ele não chegou a soltar foi dado por sua mulher, que ficara no corredor, sem a coragem necessária para abrir a porta quando a campainha tocou. Ela gritou e desfaleceu, outra mulher veio ampará-la, e desde então o inspetor ficou com a impressão de não ter cessado de ouvir o choro da mulher, nem depois de se retirar e voltar para a delegacia com a vaga intenção de fazer alguma coisa, de se justificar, de imaginar que o crime não ficaria impune, que haveria ações e buscas possíveis, ordens que só ele poderia dar.

De noite, na cama, ao longo de incontáveis noites de insônia, deitado no escuro, sentindo falta, sem muita convicção, do álcool e do cigarro, via os vários rostos da menina desfilarem em sua imaginação, o da primeira vez em que ele a viu e o da sala de autópsia quando o legista afastou o lençol para explicar as lesões, e também o último que vira, o do vídeo da primeira comunhão. Via esses rostos e depois, como se a escuridão se tornasse mais densa, via o outro rosto sem feições, o de alguém que, talvez, a essa mesma hora, também não conseguisse dormir, de alguém que sem dúvida estava na mesma cidade, que caminhava pelas ruas e comparecia ao trabalho e cumprimentava os vizinhos. Então, às vezes, o inspetor se erguia, como quem a ponto de adormecer fosse acometido por uma súbita taquicardia, com a sensação esquisita de estar prestes a lembrar de alguma coisa mas não acontecia nada, nem sequer o sono vinha, ou vinha quando já estava amanhecendo, e ele pensava no amanhecer daquele outro dia, na claridade nascente que aos poucos teria revelado o rosto da menina, o vulto do seu corpo, que de longe pareceria um monte de roupa largada ali, no barranco, onde alguns descuidados jogavam lixo, garrafas de cerveja quebradas, embalagens de vinho barato e de suco de abacaxi. Esse amanhecer também o surpreendera acordado, ele assistira à chegada gradual da luz e só percebeu que pegara no sono quando o ruído do telefone tocando o acordou como se fosse um disparo.

Ainda confuso, teve medo de que se tratasse de um telefonema da clínica. Quase ao mesmo tempo, também se assustou com a possibilidade de que fossem lhe comunicar um atentado, a morte de um colega, mas ao recuperar a consciência lembrou que não estava mais trabalhando em Bilbao, que haviam concedido a sua transferência poucos meses antes, depois de uma longuíssima espera, quando talvez já fosse tarde, como sempre, ou quase sempre. As coisas sempre acontecem quando já não há mais remédio, recordava o modo como sua mulher o olhara quando ele lhe mostrou a notificação, o envelope oficial com uma borda rasgada por onde sobressaía uma folha de papel. A fixidez de suas pupilas tão próximas feria, mas não olhavam para ele, olhavam através dele, não para o televisor ligado nem para a janela junto à qual ela esperara tantas vezes mas para a parede, para o papel de parede do apartamento onde passaram tantos anos sem nunca sentir que viviam ali, tempo que eles só perceberam ter escoado quando foram embora, vivido sem prazer nem proveito, desde a última juventude até essa outra idade que razoavelmente não podia ser chamada de madura e que agora o inspetor sentia habitar como que em uma inóspita transitoriedade, talvez definitiva, como a do apartamento vazio para onde voltava toda noite, exausto de tanto caminhar olhando rostos de estranhos, e como a da cama em que a insônia já parecia esperar por ele, assim como sua mulher voltaria a esperá-lo quando recebesse alta da clínica.

2.

"Louvado seja Deus", disse o padre Orduña, e logo assomou à boca do inspetor a resposta automática que não pronunciara uma única vez em mais de trinta anos, "Para sempre seja louvado".

Parecia mais baixo, embora não muito mais velho, usava uns óculos de lentes grossas e armação antiquada, entretanto seu cabelo continuava forte e ainda quase todo escuro, e se caminhava encurvado e arrastando os pés, não era só por culpa da idade, pois ele também andara assim quando muito mais jovem, mas muito mais por culpa do seu descuido e introspeção do que pela falta de agilidade. Ainda era surpreendente o fato de ele não usar batina, não ter o cocuruto raspado nem estender a mão para que o recém-chegado a beijasse. Todos tinham de se inclinar ou ajoelhar ao se aproximar deles, tinham de abaixar a cabeça e beijar com suavidade o dorso da mão, e então sentia-se de muito perto o cheiro da batina e do sabonete ou da colônia que impregnava as mãos brancas, muito suaves, sempre muito frias, mãos enregeladas e com uma textura de cera ou de seda. Agora, as mãos eram o mais estranho no padre Orduña, o que mais havia mudado nele, mãos grandes e endurecidas por anos de trabalho braçal, ainda com restos de calos nas palmas, mãos de operário e não de padre, conquanto havia bastante tempo ele também estivesse afastado disso. Agora não passava de um aposentado, disse, de um traste velho, sempre sob a ameaça de um novo ataque do coração, que talvez o matasse. Já não fumava, não se permitia mais nem um copo de vinho durante as refeições, o único vinho que provava era o da comunhão, disse rindo, e mesmo com esse apenas molhava os lábios, tinham tirado o sal de sua comida, mas essa falta o entristecia menos que a do tabaco, tão apreciado na juventude: sentado atrás de sua mesa, sobre o estrado da sala de aula, enrolava com pachorra seu cigarro enquanto tomava o catecismo. De noite, no dormitório, ouvia-se sua tosse de bronquite, e ao aproximar o rosto infantil da sua mão direita, sentia-se o cheiro de tabaco e via-se a mancha amarela da nicotina nos dedos indicador e médio. A batina do padre Orduña cheirava a cera, a igreja, a incenso, a fumo.

"Louvado seja Deus", disse, depois de alguns segundos de vacilação, provocados antes de mais nada pela surpresa de encontrar alguém à sua espera na pequena ante-sala. Ele quase não recebia mais visitas, não como antes, quando essa mesma casa era lugar de consolo, de discussão política, até de refúgio, para alguns, nos tempos difíceis. Uma vez entrou a polícia, derrubando a porta, em busca de alguém que não estava ali, reviraram os livros e os papéis do padre Orduña e foram embora deixando tudo esparramado pelo chão e a porta meio arrancada das dobradiças. Dessa época, ficaram algumas relíquias nas paredes, cartazes de vinte anos antes que agora eram incrivelmente antigos, um retrato de Che Guevara, um pôster de Antonio Machado com alguns versos sob o retrato, outro onde se viam um mapa verde e branco e uma mulher jovem e toscamente desenhada que parecia querer despertar ou erguer-se a duras penas do chão: "*Levántate y Anda,*

Lucía", todos amarelados, pendendo moles da parede, pregados com tachinhas. Principais responsáveis pelo ar antiquado e familiar de penúria, as poltronas e o sofá forrados de plástico verde permaneceram imutáveis, com as velhas queimaduras de cigarro, igual a móvel de apartamento pobre, assim como uma geladeira sobre a qual havia, desde tempos imemoriais, um vaso de colo alto e fino, pintado de azul berrante, com flores secas, e ao lado, na parede, um calendário dos padres Reparadores, com uma estampa envelhecida da Sagrada Família trabalhando na carpintaria de são José.

O padre Orduña, que era indiferente ao conforto, era ainda mais indiferente à decoração, pois o ascetismo inato que o impedia de reparar muito no sabor da comida também tornava invisíveis a seus olhos os pormenores materiais das coisas que o rodeavam, sua vulgaridade ou seu anacronismo, seu estado de ruína. Pouco importava para ele que a pequena cama onde dormia tivesse cabeceira de fórmica, ou que os sapatos que usava, seus sapatões de padre velho e andarilho, tivessem a ponta quadrada e o salto largo que estiveram na moda vinte anos antes, e tampouco sentia falta de um tapete onde pousar os pés toda manhã, para não pisar nas lajotas geladas. Despojada de tudo, sua pequena morada, acanhada como um apartamento de conjunto habitacional, tinha algo de museu involuntário de uma outra época, não muito remota mas muito desacreditada, e até boa parte de seus livros pareciam relíquias de um passado que deixara de ser moderno quase sem ter existido, volumes de teologia e de marxismo-leninismo, debates apaixonados e já esquecidos sobre fé e engajamento, sobre o Homem, a Sociedade e a Transcendência, diálogos entre comunistas e católicos, inclusive um ou outro romance vulgar desses que agora se encontram nos sebos a preço irrisório, de título bolorento e escandaloso, *Os novos padres*, *Os padres comunistas*.

Quem se lembrava daquilo agora? Até o padre Orduña tinha sido esquecido pela cidade que o renegara, a parte católica e levítica, o tenebroso reacionarismo que se envergonhara do filho pródigo, que pedira seu desterro, sua expulsão da Companhia e até do sacerdócio: vindo de onde ele vinha, tendo o sobrenome que tinha! No sofá e nas poltronas de plástico verde, na saleta de família pobre, celebraram-se reuniões de uma clandestinidade de cristianismo primitivo, eucaristias de pão partido com as mãos e vinho bebido não em cálices de ouro ou de prata mas em grandes copos de vidro, os copos das pensões baratas e das cozinhas das famílias proletárias, os mesmos, foscos de tão gastos, em que agora o padre Orduña servia café com leite morno ao visitante que havia reconhecido sem necessidade de ouvir o nome. Nescafé descafeinado, leite condensado e água que o padre Orduña não se dera ao trabalho de esquentar o suficiente no fogareiro elétrico que guardava no armário.

"Abençoa este alimento": copos de Duralex, biscoitos Maria, uma bandeja de plástico com o logotipo multiplicado da Caixa Econômica. Como nos Atos dos Apóstolos, os justos se reuniam em segredo para compartilhar a pobreza e a perseguição. Rodeado dos jovens que subiam às escondidas para visitá-lo, o padre Orduña, com uma malha de lã escura e calça de brim, erguia as mãos como um oficiante arcaico, e elas eram grandes e largas, fortalecidas e engrossadas pelo trabalho. Estavam discutindo em voz baixa a epístola de são Pedro e os escritos de Lênin sobre a militância sindical, e de repente ouviram como que um galope violento subindo pelas escadas e a porta se escancarou, com o trinco arrebentado aos pontapés, desnecessariamente, pois não tinha tranca nem chave.

Com aquele assalto da polícia, o padre Orduña recebeu os primeiros avisos da debilidade do seu coração. Com benevolência hipócrita, seus superiores dispensaram-no de seus deveres pastorais, proibiram-no de rezar qualquer missa que não fosse a das sete e meia da manhã, à qual ninguém iria. Aos poucos, a cada manhã havia mais gente nos bancos: proibido de fazer sermões, selecionava trechos do Novo Testamento ou dos profetas e os lia com voz claríssima, retumbante a essa hora ainda noturna nas naves frias e escuras da igreja.

Agora quase ninguém o visitava, e seus únicos contatos regulares com o mundo exterior eram as confissões, às quais continuava devotando uma parte da manhã, depois da sua missa, a primeira do dia, às sete e meia, em plena noite no inverno mas que ele gostava de rezar, mesmo quando não havia ninguém, ou só duas ou três mulheres sérias e solitárias nos últimos bancos, entre as sombras da igreja. Comia com extrema frugalidade, no pequeno refeitório que continuava aberto aos membros da comunidade ainda não transferidos para outros colégios e, levando em conta a fragilidade do coração, já não dava os longos passeios de outrora, as caminhadas pelos mirantes e veredas do campo. Também já não escrevia tantas cartas como no passado. Ocupava uma parte considerável do tempo organizando sua correspondência, que continha peças das quais ele se orgulhava muito, como as cartas que Louis Althusser lhe escrevera no começo dos anos 70, ou uma escrita à máquina por Pier Paolo Pasolini a respeito do filme *O Evangelho segundo são Mateus*. Esta última, o padre Orduña tivera a tentação de emoldurar e pendurar na parede do quarto, mas depois de um longo debate interior, chegara à conclusão de que, se o fizesse, pecaria por soberba, ou pior ainda, por simples e mundana vaidade, e então a deixou ficar escondida mas não junto com as outras, e sim na gaveta do criado-mudo, entre as páginas de um Novo Testamento encadernado em couro preto e flexível que ele conservava desde o tempo de seminário.

De manhã, enquanto se lavava, escutava rádio, um pequeno rádio de pilha, e às vezes discutia em voz alta com os locutores ou com os políticos entrevistados, era uma veleidade que ele se permitia sem que ninguém soubesse, um resquício do velho hábito de discutir regrada e sistematicamente, passo a passo, com uma obstinação dialética dupla de teologia e marxismo. Embora qualquer arroubo alterasse imediatamente seu pulso, ainda se entregava apaixonadamente a transes de furor bíblico contra o escândalo dos poderosos do mundo mas já não os manifestava em público, por cansaço e porque não tinha muitas oportunidades de fazê-lo. Com que convicção poderia ele pregar o reino da justiça na terra para um punhado de mulheres idosas e solitárias, com casacos escuros, que se ajoelhavam todas as manhãs à mesma hora e ocupavam o mesmo lugar nos bancos, e que ele conhecia pelo nome e pela monotonia dos pecados, que depois iam murmurar no confessionário, sem remorso, claro, sem nenhuma vontade de despertar interesse nem surpresa, com uma espécie de assiduidade burocrática nos sacramentos? Passava tempo demais sozinho, sendo lentamente contaminado por uma amargura de atraso e velhice à qual não dava crédito e na qual no fundo não reparava muito, assim como não se detinha em considerações sobre a monotonia dos alimentos sem sal, o frio do chão do quarto, a feiúra e o mau cheiro do aquecedor a gás de botijão, contemporâneo do vaso azul berrante e das poltronas e do sofá forrados de plástico verde. Fazia pouco caso da sua mágoa e não se queixava da solidão, mas quando, na luz escassa da ante-sala, reconheceu o visitante que continuava à sua frente calado, constrangido, sem ainda dizer o nome, teve uma irreprimível efusão de jovialidade, um assomo de gratidão que encheu seus olhos de lágrimas e despertou-lhe as mais recônditas emoções da alma, uma ternura antiga, uma nostalgia sem razão, um remorso mais preciso e mais firme que as lembranças já um tanto apagadas que o provocavam.

— Louvado seja Deus — disse o padre Orduña.

— Para sempre seja louvado — respondeu o inspetor, sem intervenção da vontade nem da memória, automaticamente, apenas deixando as palavras saírem de sua boca.

3.

Alguém guarda um segredo que alimenta como um animal voraz, como um câncer, as células multiplicando-se na escuridão absoluta do interior do corpo; aí, nesse escuro mole e úmido, como que ritmicamente estremecido por um tambor surdo, se aninha uma consciência ignorada por todos na qual as lembranças obsessivas, as imagens secretas que ele não pode compartilhar com ninguém, que nunca o abandonarão, que o mantêm irremediavelmente isolado dos demais seres humanos, proliferam como tecidos cancerosos. As imagens indeléveis do crime estão agora mesmo na memória e nos olhos de alguém, uns olhos que nesse mesmo instante olham em algum lugar da cidade, normais, serenos talvez, como os olhos de qualquer pessoa.

Mas os olhos de qualquer um podem dar muito medo, nossos próprios olhos. O inspetor, contemplando-se no espelho da pia, no pequeno lavabo pegado a seu escritório, recordou com uma vergonha secreta o tempo não muito distante em que ele se olhava no espelho de certos bares e via seus próprios olhos avermelhados tornarem-se turvos e ameaçadores por causa do álcool. Voltou à mesa sobre a qual estavam ordenadas as fichas dos delinqüentes, dos possíveis suspeitos, cada um com seu segredo no rosto, nos olhos, atrás do olhar, cada um com sua parcela de desafio, de arrogância e de ódio, olhos inteligentes, olhos estúpidos, olhos impiedosos, os olhos que tinham visto os últimos instantes de vida da menina, as pupilas onde se duplicara sua imagem, convexa, diminuta, como que vista através do olho mágico de uma porta. Pregada na parede estava a foto que os pais lhe entregaram ao comunicar o desaparecimento dela: era uma lembrança, uma ordem imperiosa para continuar procurando, mas para o inspetor, também, fitar esse rosto risonho e terno, os olhos grandes e amendoados sem nenhum sinal de medo, nenhum pressentimento de dor, era um modo de não pensar nas outras fotos, de não recordar a fisionomia com as pálpebras semicerradas e a boca muito aberta que vira subitamente à luz das lanternas, em uma vala, junto ao tronco de um pinheiro, sem entender muito bem no começo o que estava vendo, a pele sem cor, a postura desconjuntada da cabeça em relação ao pescoço, das pernas muito abertas, a posição impossível da boca, grande como um rombo, como um rasgo ou orifício não humano, com o tecido branco e sujo da calcinha saindo como um vômito ou uma excrescência que o inspetor demorou um pouco para identificar.

O que o seu assassino teria visto enquanto a sufocava? Que lembrança levará agora, neste momento, em sua consciência, aonde quer que vá, talvez até em sonhos? O que a menina estaria sentindo no final? Isso era algo que ninguém jamais poderia investigar; ninguém seria capaz de compreender a extensão, a profundidade do sofrimento, a crueldade do terror, ninguém a não ser ela mesma, a menina, Fátima, a que deixou de existir depois de alguns segundos ou minutos de arquejos, a boca aberta, os dedos masculinos socando dentro dela a calcinha rasgada, o pano chegando à garganta, esmagando a língua, introduzindo-se nos orifícios do nariz: uma ponta da calcinha despontava por um deles. Depois, os olhos vivos e apavorados tinham deixado de ver, carne morta de repente, carne vítrea, e ele se certificara de que ela não respirava mais e se retirara, agitado pelo esforço e pela raiva, pela suja luxúria, a lua cheia entre os altos galhos dos pinheiros, o rosto agora mais branco, redondo, ainda infantil, ainda o rosto de uma menina e não o de uma morta, com um reflexo último e imaginário nas pupilas, também convexo e distante, o do rosto que se inclinava sobre ela para certificar-se de que não respirava.

Subiu pelo barranco, talvez às apalpadelas, com pressa de fugir, pisando as agulhas dos pinheiros, que rangeriam sob a sola de seus sapatos, mas é possível que tivesse preparado tudo friamente e levasse, além da faca, uma lanterna, embora fosse desnecessário, era noite de lua cheia. O inspetor recordou a luz que inundava seu quarto quando acordou de um mau sonho e já não pôde voltar a dormir até o amanhecer, levantara-se para ir ao banheiro e vira o retângulo azul da noite na janela e, bem no centro, sobre os telhados e as antenas de televisão, a lua cheia, grande, branca, com um brilho frio e fosforescente que desenhava os volumes sem iluminar o ar. De volta à cama, dobrou o travesseiro para não ficar completamente deitado e permaneceu recostado e desperto, olhando a lua na janela, virando o rosto para ver as horas no relógio digital sobre o criado-mudo. Ouvira os sinos das torres da cidade, os mais graves e próximos eram os do relógio da praça, perto da delegacia, que estremeciam levemente os vidros de sua sala. Talvez, no mesmo intervalo de tempo em que o inspetor tinha acordado e estava cumprindo a vigília da insônia, o outro, o assassino recente, estivesse deitado em sua cama, ainda desperto, exausto, agitado, depois de ter escondido a roupa pensando em desfazer-se dela na manhã seguinte e de ter tomado um banho minucioso que sem dúvida lhe teria proporcionado uma sensação de alívio, quase de absolvição, pois de banho recém-tomado não há quem não chegue a sentir-se inocente. Mas, se ele não morasse sozinho, como teria feito para entrar em casa sem chamar a atenção de ninguém? Sem que uma mulher ou uma mãe abrisse a porta ou se levantasse para lhe perguntar por onde tinha andado, por que demorara tanto? Uma mulher de penhoar e chinelos, nervosa, despenteada, estática no vestíbulo, com um cigarro fumegante na mão, e ele, o inspetor, parado junto à porta que acabara de fechar, cansado ou bêbado demais para inventar uma desculpa, uma mentira razoável, querendo evitar que ela sentisse o cheiro do seu hálito, ou da sua roupa.

Como o assassino pôde disfarçar diante delas, diante de uma mulher ou de uma mãe? Onde e como pôde apagar, antes de voltar para casa, os sinais do que acabara de acontecer, as manchas, a provável sujeira no cabelo e na roupa, o cheiro também, quem sabe, cheiro de suor e sangue? Quem é que não anda, seja de dia ou seja de noite, pela cidade, sem esconder um segredo? Pais de família que rondam de carro as estradas onde se oferecem jovens prostitutas, magros espectros de pernas nuas e antebraços marcados por minúsculas picadas, maridos que depois de sair do escritório e antes de voltar para casa passam por bares freqüentados por garotos de programa ou ligam para um telefone publicado na seção de massagens dos classificados, ao pé de um anúncio cujas palavras são uma promessa de excitação clandestina, de delito e adultério que não deixam rastros, sem conseqüências, sem memória nem culpa, imaginam. Cada qual levando seu segredo, como levam a carteira de identidade, carregando sua mínima ou abrasadora dose de vergonha, sua trapaça discreta, a lembrança de uma hora de adultério ou luxúria paga com cartão de crédito, o segredo de um desejo aflorado simplesmente ao olhar para uma mulher do outro lado da rua enquanto se caminha junto à própria, a presença desconhecida ou clandestina de um vírus, de um remorso, de uma doença.

Sozinho em seu escritório, de costas para a sacada onde tinha anoitecido e começado a chover suavemente sem que ele notasse, o inspetor recordou a carne pálida e morta da menina, seus olhos semicerrados, sua boca aberta, e, como sempre que os recordava no centro do grande poço de luz amarela traçado pelas lanternas, sentiu um calafrio, uma sensação de repulsa absolutamente física, de náusea, como de acordar em um lugar inóspito e úmido, de tocar em alguma coisa molhada e desconhecida no escuro, de repulsa e piedade, de indignação desarmada e sem limites, também de súbito pavor, e de raiva.

Se fosse até a sacada e olhasse os transeuntes da praça poderia avistar o assassino, um rosto normal, uns olhos que viram o que mais ninguém em toda a cidade poderia recordar. Entre todos os portadores de segredos vis ou atrozes, miseráveis ou pueris, esse homem era o soberano clandestino, o dono absoluto do pior de todos os segredos, da pior de todas as infâmias jamais confessadas.

O segredo mais sagrado e mais necessário era o segredo da confissão, dissera-lhe o padre Orduña: quantos segredos ele não escutara na penumbra de seu confessionário ao longo de todos esses anos, sem dúvida mais atos vergonhosos do que todos os que o inspetor tivera a oportunidade de conhecer durante sua vida de policial. Teve vontade de sair para a rua sem nem sequer guardar as pastas com as fotografias e as fichas, de vestir o paletó e o casaco e sair para a noite de novembro e caminhar pela cidade olhando um por um todos os rostos, todos os rostos dos homens, os rostos rudes ou imbecilizados, os rostos inchados, os rostos sanguíneos por causa do excesso de comida ou de álcool, os rostos brutais dos motoristas que gritavam para alguém que atravessava muito devagar pela faixa de pedestres, ou que buzinavam furiosamente porque o carro à sua frente não arrancava assim que o sinal abria: de repente, o rosto inerte ou plácido de um motorista mudava e se transformava na máscara cruel de alguém que podia ser um assassino, alguém que xinga aos brados, que desafia, vermelho de raiva, as mandíbulas, os tendões e as veias do pescoço tensos, as feições de um assassino irrompendo em um rosto vulgar, transformando-o como o pêlo do lobisomem naquele filme que tinha passado algumas noites antes na televisão, de madrugada. Uma metamorfose dessas é que a menina deve ter visto no rosto daquele estranho que a abordara na rua, estranho ou conhecido, ninguém poderia sabê-lo ainda, um homem que não devia ter um aspecto ameaçador e que para ela, de súbito, se transformou em um monstro mais horrendo que o dos piores pesadelos: uma transfiguração, como no filme, um rosto humano transfigurado em máscara animal, arfando em cima dela, entre os pinheiros, atirando-se sobre o seu corpo como um animal, uma besta carnívora.

Era a hora do telefonema diário à clínica mas o inspetor não tinha paciência de continuar fechado em sua sala, queria sair para a rua, envolto em seu casacão verde-escuro, invisível na prática, pois ainda eram pouquíssimos os que o conheciam na cidade, olhar todos eles, um por um, examinar seus olhares, os que se cruzavam com o dele e os que o evitavam ou permaneciam fixos no chão ou no vazio. Alucinado pela falta de sono, se fechasse os olhos e entrasse em um estado de máxima tensão mental, sentia que seria capaz de ver o rosto, de ver bem na sua frente, no escuro, não as cintilações das pálpebras cerradas, mas os traços vistos pela menina, aqueles que talvez ele mesmo tivesse visto e não soubera distinguir: era possível que o rosto estivesse registrado em sua memória, no século XIX se dizia que o rosto do assassino ficava petrificado nas pupilas da vítima, e que fotografando-as com a devida precisão apareceria, mínimo e duplicado, acusador, definitivo, horrendo e banal, o rosto de quem matou.

Ligou para a clínica e ouviu com alívio o sinal de ocupado. Voltaria a tentar mais tarde, de casa, até as nove era possível telefonar para lá. Guardou as fotos, trancou o armário, que ainda era um armário metálico da antiga repartição subordinada à brigada político-social, lavou-se com água gelada e, ao afastar do rosto a toalha úmida e não muito limpa, deu de repente com os seus olhos avermelhados pela insônia e teve mais uma vez a sensação de estar a ponto de ver ou recordar os olhos do homem que procurava, como quem está quase se lembrando de uma palavra que não lhe ocorre, que aferroa a memória para irromper na consciência, uma bolha que sobe do fundo e ao se desfazer não resulta em nada, um nome que por alguma razão não se deixa pronunciar, ou um rosto ao qual não há maneira de atribuir o nome e os sobrenomes que lhe correspondem, um desses rostos anônimos dos mortos que aparecem nos descampados e que depois ninguém reclama.

Mas o rosto de um morto logo se torna anônimo, todos os rostos das vítimas nas fotos periciais se parecem muito entre si, rompidos pelo crime os vínculos não apenas com a vida, mas também com toda classe de parentesco familiar. O inspetor já estava fechando a porta ao sair da sala quando, não obstante as promessas feitas a si mesmo, virou-se, tornou a abrir a gaveta onde estavam as fotos da menina morta e guardou o envelope marrom que as continha em um bolso do casaco, e no outro, a fita de vídeo da primeira comunhão, celebrada no ano anterior, em maio, as imagens ruins mas tantas vezes vistas que já as conhecia de cor, as cores vulgares, a câmara tremida e os gritos e o barulho de pratos e de música, a fila de meninos e meninas aproximando-se para receber a comunhão, e, de repente, ela, destacando-se nesse momento, como que eleita pela desgraça, com o vestido branco e o diadema, o rosto moreno e risonho, as mãos juntas sob o queixo, os olhos que o inspetor não associava agora com os que vira no barranco, assim como o rosto também não lhe parecia ser o mesmo.

Esteve a ponto de sentar-se outra vez, acender a luz da escrivaninha e esquecer o avançado da hora, mas no relógio da torre, muito perto, ouviu as badaladas das oito, que estremeceram levemente os vidros da sacada, e então saiu, com um ar mais enérgico, desceu as escadas até a recepção, que estava às escuras, onde uns guardas fumavam ouvindo uma partida de futebol no rádio. Não ia dormir, pensava, não ia dormir e não haveria nada com que ele pudesse preencher o tempo, dissimular sua lentidão, nem um livro, nem um filme, nem uma partida de futebol, a voz do locutor e os rugidos da torcida se confundindo com os silvos e as mensagens da faixa policial, nada, o tempo tão vazio quanto um quarto desabitado, a insônia não aliviada com cigarros, não turvada nem suavizada pelo álcool, não distraída pela presença de ninguém. Da sacada, antes de deixar a sua sala, o inspetor tinha observado a praça, o pavimento preto e brilhante sob a chuva, o pequeno espaço arborizado na frente da delegacia, onde ficava a fonte com a estátua e se enfileiravam os táxis: ninguém suspeito, aparentemente ninguém rondando, nenhum carro estacionado irregularmente, os guardas tinham ordens expressas de não permiti-lo, dadas por ele, claro, movido por seus hábitos de extrema cautela e desconfiança, pelo medo assíduo que nunca o abandonava por completo, nem sequer quando o esquecia, cada vez com mais freqüência, à medida que as semanas passavam. Percebia que ia se acostumando a respirar de outro modo, que muito rapidamente começaria a perder a argúcia, os reflexos, a intuição para detectar a proximidade do perigo. Agora andava pela rua sem medo de estar sendo procurado ou seguido, ao contrário, quem saía à procura agora era ele, e mesmo cansado como estava, era incapaz de permitir-se uma trégua, de simplesmente parar em um bar para tomar uma coca-cola ou um café e ler o jornal sem manter uma vigilância insone a seu redor. E de repente se lembrava de que não tinha ligado para a clínica, concedia-se a desculpa de que o telefone estava ocupado, mas isso não atenuava o seu remorso, e via o corredor por onde a essas horas perambulavam as internas, um local neutro como uma pensão, com cortinas de tecidos sintéticos e gravuras baratas de paisagens nas paredes. Uma enfermeira ou uma freira atendia o telefone e anunciava um nome pelo alto-falante com voz nítida e fria. As mulheres andavam rapidamente, num ritmo monótono, cruzavam-se sem se falar, ou falavam sozinhas, e quase todas vestiam abrigos e arrastavam os pés, calçados com chinelos de pano. Se adiava a cada noite o momento de telefonar para a mulher era porque lhe custava muito manter uma conversa fluida com ela. Contava alguma coisa mas tinha a clara sensação de que ela não o escutava. Fazia uma pergunta e ela demorava para responder, dizia que sim ou que não e ficava quieta, respirando junto ao bocal, e quando a respiração ia se tornando mais forte era porque começara a chorar. Chorava ao telefone como tantas vezes no escuro do quarto, em silêncio, de uma maneira secreta, sem gemidos nem soluços, como se o seu choro fosse algo estritamente privado, sem relação com ele, seu marido, que permanecia calado, escutando sem fazer nada nem dizer nada, quieto ao telefone, como quando estava deitado ao lado dela na cama, a uma distância incalculável, larga e profunda como um fosso.

Cada um com seu segredo escondido na alma, roendo o coração, sempre inacessível, não apenas aos estranhos mas também aos mais próximos, os casais que passeiam de braço dado pelas ruas noturnas, os homens sozinhos que dirigem automóveis à saída do trabalho e esperam com impaciência o sinal abrir, os homens ou as mulheres cujas silhuetas o inspetor divisava através das janelas iluminadas das casas, os vultos solitários que se esgueiravam rente às paredes, que dobravam as esquinas dos becos com um ar de cautela ou de fuga. Ele também, um estranho, um forasteiro na cidade, quase um recém-chegado, morando sozinho, andando sem descanso, ficando acordado até o dia clarear em um quarto de casal onde a sua mulher nunca estivera. Pusera-se a caminhar sem saber ao certo para onde, por ruas mal iluminadas que começavam a ficar desertas, chegara à pequena praça de uma igreja onde seus passos soaram com um eco muito claro e depois perdeu-se por umas vielas onde não se lembrava de ter estado antes. Tinha parado de chover, e um gomo de lua alta e branca deslizava entre fiapos de nuvens, mas o ar ainda estava denso de umidade e névoa. Procurava a saída para alguma das ruas principais, mas não conseguia encontrá-la. Agora não pisava asfalto, e sim um calçamento irregular, brilhante à luz mortiça das esquinas. Bem no canto em que se quebrava uma viela, havia um nicho com um Cristo iluminado por uma lâmpada amarela. Espantou-se por sentir medo, não o medo usual de sua vida adulta, mas outro muito mais antigo, como um resquício de pavor infantil, o medo das crianças de perder-se em ruas escuras e desconhecidas. Se agora alguém viesse em sua direção, e se cruzassem um com o outro, e esse alguém fosse o assassino da menina, ele não poderia sabê-lo. Apertou o passo, sem ver ninguém, ouvindo somente ruídos de talheres e de televisores no interior das casas, pois certamente era a hora do jantar. Com alívio, desembocou numa rua mais larga, e depois numa praça deserta e mal iluminada, e então viu que tinha chegado ao pequeno parque no limite da cidade, à beira dos barrancos, muito perto do lugar onde a menina tinha aparecido. Ele também deve ter voltado, pensou, embrenhando-se por entre as sombras das sebes e dos ciprestes, das roseiras abandonadas, ouvindo seus próprios passos sobre o cascalho do parque, sobre os cacos de vidro. Mas era como ouvir os passos do outro, como ter sua presença muito perto, ao alcance da mão estendida, quieta e esperando ali mesmo, entre as sombras das árvores que por momentos pareciam sombras humanas.

4.

O inverno e o medo, a presença do crime, tinham se abatido sobre a cidade com um calafrio simultâneo, num sobressalto de ruas silenciosas e desertas ao anoitecer, castigadas por uma chuva fria e por um vento saturado de cheiro de terra que no curso de uma ou duas noites arrancara todas as folhas dos plátanos e dos castanheiros, secas já antes do verão devido à longa estiagem. De novo havia folhas escuras e empapadas no calçamento das praças, de novo ouvia-se a água nas calhas de zinco e era preciso sair à rua de casaco e guarda-chuva, e comprar capas e botas de borracha para as crianças. A chuva, tão necessária, chegou junto com os anoiteceres adiantados de outubro e com a notícia do crime, e a mudança de estação surpreendeu a cidade como uma paisagem desconhecida que tivesse surgido ao final de um túnel. O interminável verão passado da seca, os dias ainda tórridos do fim de setembro já eram tão remotos como o tempo anterior ao desaparecimento e ao assassinato da menina, à chegada das câmaras de televisão e à enxurrada de jornalistas que se instalaram na praça do general Orduña, em frente à delegacia, como uma rumorosa colônia de aves migratórias, para depois se retirarem tão rapidamente quanto haviam chegado, deixando como única lembrança de sua presença copos de papel e embalagens de fast-food espalhados nos canteiros que rodeiam a estátua, e também uma vaga consciência de mentira e ultraje. Com uma avidez de grandes aves de rapina, vieram da capital da província, de Sevilha e de Madri, e ocuparam as laterais da praça com seus grandes caminhões e seus carros coroados de antenas parabólicas. De microfone em punho, abordavam as pessoas sem o menor respeito, montavam guarda em frente ao prédio onde a menina morava, cercavam dia e noite a porta da delegacia, uma multidão eriçada de microfones, de câmaras de vídeo, de cliques e flashes, de pequenos gravadores que assediavam o inspetor quando este saía ou entrava. Mas apenas no começo, por um curto lapso de tempo, logo que apareceu o cadáver e correu o boato de que já haviam detido um suspeito, de que a polícia conseguira localizar a origem de um dos telefonemas anônimos que ocorriam todas as tardes para a casa da menina, exatamente à mesma hora em que o pai começara a pensar que ela estava demorando muito para voltar, às quinze para as sete, a menina estava fazendo o dever de casa e foi até a papelaria comprar uma cartolina azul e uma caixa de lápis de cera e nunca mais voltou. Desde então, alguém telefonava, justo a essa hora, às quinze para as sete, telefonava e permanecia em silêncio, invisível e obscuro em algum lugar da cidade, junto ao telefone, impune e sádico, mesmo que não fosse o assassino, mesmo que ligasse apenas por uma curiosidade mórbida, para ouvir a voz rouca e desesperada do pai. Dizia-se que as ligações provinham de uma casa das redondezas, talvez do mesmo prédio, e que o assassino era um conhecido da família, ou até um parente da menina, e durante um ou dois dias as câmaras fotográficas, os gravadores e o equipamento dos repórteres de televisão ficaram montando guarda em frente à delegacia ou à porta do Juizado mas por fim nada se soube ou nada foi dito, e os repórteres começaram a desaparecer com o mesmo estrépito de pássaros migratórios com que tinham chegado, e passada uma semana as notícias sobre novos rumores ou pistas já haviam sumido dos telejornais e das primeiras páginas e só se encontravam na seção policial.

Um dia, o inspetor viu seu próprio rosto no telejornal, focalizado de muito perto, com seu nome e cargo escritos ao pé da tela, como se houvesse alguma dúvida, e ele ficou exasperado e se alarmou mais do que estava disposto a admitir. Estava almoçando em sua mesa habitual do Monterrey, no andar de cima, junto à janela de onde se avistava a praça e até a sacada de sua sala. Quando seu rosto apareceu na tela, olhou em volta receando que os outros presentes o tivessem notado, mas não havia muitas mesas ocupadas, e, embora todos prestassem uma atenção distraída ao noticiário, ninguém pareceu reparar nele. No Monterrey costumavam almoçar viajantes solitários, um ou outro funcionário recém-transferido, como ele, gente de passagem pela cidade. Perguntou-se se essas imagens estariam sendo vistas por algum dos que lhe mandavam recados anônimos quando ele morava no norte e percebeu, irritado, que acabara de ter um vergonhoso acesso de covardia, mais intenso por pegá-lo de surpresa, de guarda baixa, quando já estava começando a se acostumar a não ter medo, em parte porque até então possuíra uma razoável certeza de que aqueles que o ameaçavam de morte alguns meses antes não poderiam saber para onde ele havia sido transferido, em parte, também, porque estava tão absorto, tão alheio a tudo, tão obsessivamente dedicado a investigar a morte da menina, que todas as outras circunstâncias de sua vida haviam se tornado muito vagas, vagas e distantes, o que valia tanto para a sua mulher internada como para o seu passado no norte, os telefonemas em que uma voz jovem lhe dizia que ele ia morrer, os envelopes em branco, deixados diretamente em sua caixa de correio, e até embaixo da porta, uma vez, poucas semanas antes de chegar a notificação da transferência. Tocaram a campainha repetidas vezes, e sua mulher, que estava sozinha, não teve coragem de abrir, nem sequer de se aproximar do olho mágico, e viu em silêncio, paralisada de medo, a borda branca do papel aparecendo aos poucos sob a porta, o envelope em cujo interior havia apenas uma velha foto do inspetor recortada de uma revista da polícia, uma coisa esquecida, de dez ou quinze anos antes, com uma cruz traçada à caneta atravessada sobre seu rosto, como que rasurando-o, umas letras, *R.I.P.*, sigla da expressão latina que costuma aparecer inscrita nas lápides mortuárias, *Requiescat in pace*, e a data de seu nascimento ao lado de uma outra data para a qual faltavam poucos dias.

Viu seu próprio rosto na tela do televisor, mas a imagem não durou mais do que um segundo, e, de resto, foi a última vez que os telejornais se referiram à morte da menina. De repente, ele temia que todos a esquecessem com a mesma inconstância frívola com que ao fim de duas ou três semanas os jornalistas já pareciam tê-la esquecido, e prometeu a si mesmo que ele não a esqueceria. Continuaria procurando o olhar do assassino nos rostos e nos olhos da cidade, iria rever um por um todos os episódios do encontro do cadáver e da investigação, todas as declarações, os atestados, os laudos médicos, as páginas compactas, datilografadas e muitas vezes fotocopiadas, carregadas de retórica jurídica, de relatos policiais que ele mesmo ditara: folhas completamente preenchidas, sem acentos, com erros de ortografia, datilografadas por guardas que batiam com dois dedos, lidas e repetidas com uma monotonia de noites de insônia, de fórmulas legais, que ainda assim mantinham intacta a impressão do horror, a recordação de uma noite de outubro, fria e violácea, de chuva leve, de neblina, as lanternas movendo-se entre os grossos troncos dos pinheiros e as silhuetas dos policiais, mal atravessando a névoa, entrecruzando seus feixes de luz como se fossem holofotes antiaéreos.

— Está morta desde ontem à noite — disse o legista, ajoelhando-se ao lado dela, no círculo trêmulo de luz onde coincidiam várias lanternas, uma delas a do inspetor. — A que horas disseram que ela desapareceu?

— Por volta das quinze para as sete — disse o inspetor, sem poder desviar os olhos do rosto da menina, das pálpebras semicerradas e lívidas, da ponta de tecido que sobressaía de sua boca e de um dos orifícios de seu nariz. — Poucos minutos antes, foi vista pela dona da papelaria.

— Duvido que ela tenha vivido mais que duas horas depois disso.

— Foi estrangulada, não é? — perguntou o juiz de plantão, apontando para as duas manchas roxas no pescoço, translúcidas sob a luz das lanternas, como manchas antigas sobre uma superfície de mármore.

— Acho que foi asfixiada — disse o legista. — O sujeito enterrou a calcinha até o fundo de sua garganta. Ela tentou respirar pelo nariz, mas só conseguiu entupir os orifícios.

— Queria evitar que gritasse — disse o juiz.

— Queria matá-la — corrigiu secamente o inspetor, e inclinou-se junto ao legista para examinar mais de perto as manchas no pescoço da menina. A luz da lanterna deu um reflexo de mobilidade e de brilho à porção dos globos oculares não coberta pelas pálpebras. Por um segundo, pareceu que os olhos olhavam, ofuscados pela proximidade das lanternas, finos gomos brancos, sem pupilas, fugazmente revividos sob os cílios infantis. A boca aberta configurava a evidência brutal do terror tão intolerável quanto as pernas abertas ao extremo ou a exagerada torção da cabeça sobre o ombro direito, onde se distinguiam uns arranhões e sinais roxos idênticos aos do pescoço: mas nas pálpebras, no fio curvo dos olhos que se insinuava sob os cílios, havia uma expressão quase de calma, de ternura, uma quietude preservada e intacta de sono infantil.

— Ela perdeu a consciência no final — sussurrou o legista, ainda inclinado sobre o corpo, formulando, para si mesmo ou para a menina morta, uma esperança de ordem íntima, que nada tinha a ver com seu ofício nem com a presença dos outros, nem sequer com a justiça ou o crime, só com a possível piedade final, com o alívio ou a absolvição da morte. — A falta de oxigênio serviu de anestesia.

5.

Estava debruçada sobre o fichário, debruçada e absorta, indiferente à televisão com o volume altíssimo a que seu pai e seus irmãos mais novos assistiam, fazendo a lição de casa, como todas as tardes, na mesa da sala, de cujo centro havia retirado cuidadosamente o enfeite floral para liberar o espaço necessário para seus cadernos de caligrafia, seus livros, que ela mesma encapara com plástico auto-adesivo, o estojo com zíper onde guardava os lápis, o apontador, a borracha, cada coisa no seu lugar, e todas tão singularmente atraentes para ela, tão boas de tocar, de olhar, de cheirar. Ela gostava muito do cheiro dos lápis e dos cadernos, da modesta voluptuosidade do cheiro da borracha, da madeira, da tinta ácida das hidrográficas, deliciava-se escrevendo com o lápis bem apontado sem ultrapassar as duas linhas azuis do caderno ou colorindo um desenho recém-acabado, completamente concentrada, com uma delicada seriedade infantil, sem se incomodar com a presença do pai e dos dois irmãos pequenos que assistiam à televisão com o volume altíssimo.

Ela nem os ouvia, bastava-lhe distribuir seus cadernos e lápis sobre a mesa para mergulhar em uma laboriosa felicidade, os pés calçados em tênis esportivos e meias soquete cruzados sob a mesa, o cabelo emoldurando o rosto, curto, na altura do queixo, repartido com uma risca, à esquerda, preso com um grampo de plástico em forma de óculos de armação cor-de-rosa.

Nunca ninguém adivinha nada, ninguém descobre, na série idêntica dos atos corriqueiros, nenhum sinal que permita distinguir qual será o último. O grampo de plástico tinha ficado, depois, ao lado dela, arrancado com violência, ainda preso a um punhado de cabelos que o legista, Ferreras, contou e estudou, guardando-os em seguida em um saco de plástico com uma etiqueta em que tinha escrito à mão "cabelos vítima", um saco pequeno, com fecho hermético, idêntico ao que continha o grampo e a outro, com um único fio de cabelo que não era da menina, um cabelo curto, muito preto, que deveria ser posteriormente analisado pois Ferreras tinha certeza de que pertencia ao assassino. Ela acabara de fazer os exercícios de matemática e de estudos sociais e guardara o caderno e os livros em sua mochila mas agora tinha de fazer um trabalho de artes, como disse ao pai quando pediu dinheiro para ir até a papelaria, precisava de uma cartolina azul e de uma caixa de lápis de cera. Os anúncios da televisão faziam muito barulho e os dois irmãos pequenos estavam brigando no sofá, por isso o pai não entendeu logo o que ela estava dizendo, ficou olhando para a filha com o cigarro entre os lábios e gritou para os meninos que calassem a boca, que baixassem o volume da tevê, que não dava para entender nada nessa casa, o mesmo que ele dizia todas as tardes, como se aquela fosse uma tarde normal, e também, como sempre, a cinza do cigarro caiu no sofá, e Fátima olhou-a com uma censura contida, ela detestava o cheiro de fumo, da fumaça de cigarro que se percebia logo ao entrar naquele apartamento tão pequeno e pouco ventilado, que cheirava a fumaça de cigarro barato e a óleo de girassol, pensou o inspetor assim que entrou lá, a vida acanhada e difícil, a pobreza digna. Apertando a moeda de quinhentas pesetas na mão, Fátima saiu fechando a porta atrás de si, e depois disso seu pai nunca mais a viu com vida. Gostava muito de ir à papelaria, de olhar na vitrine os cadernos intactos, as caixas de lápis de cor, as capas brilhantes dos livros, os estojos caros de compassos, canetas-tinteiro e esferográficas, mas do que mais gostava era de empurrar a porta, sobre a qual soava uma sineta, e de aproximar-se do balcão sentindo aqueles cheiros ao mesmo tempo intensos e tênues, que cheiram a promessa de mais trabalhos para executar, pura delícia, cheiros de presente recém-aberto na manhã do Dia de Reis. Acharam a cartolina a poucos metros do corpo, tinha rolado pelo barranco e estava logo abaixo, ainda presa com o elástico que a dona da papelaria colocara depois de enrolá-la sobre o balcão. A caixa de lápis de cera tinha sido pisada, ou esmagada por alguma coisa, estava aberta e parte dos lápis se encontrava dispersa entre as agulhas secas dos pinheiros, talvez na sola dos sapatos de alguém neste exato momento haja uma mancha delatora, pastosa e colorida, pensou Ferreras, um indício infalível que, no entanto, não descobriremos, assim como é bem possível que não sirvam para nada as impressões digitais nem a análise do sangue que não é o dela e do fio de cabelo curto, preto e, sem dúvida, masculino. O corpo tinha começado a perder a rigidez cadavérica quando o encontraram, e na pele morta e como que de cera, na parte posterior do pescoço, distinguiam-se com exatidão de decalque os sinais da pressão de um polegar e de um indicador. Na parte superior do blusão, justo sobre o ombro, estava a marca de uma mão inteira, uma mão fantasma, precisa como uma impressão a tinta ou sobre barro fresco, manchada de um sangue que não era o de Fátima. Ninguém é invisível, ninguém pode passar despercebido: essa mão cuja forma corresponderia exatamente à mancha de sangue no ombro do blusão de Fátima está agora mesmo, em algum lugar, fazendo alguma coisa, uma mão como outra qualquer, inocente e neutra, talvez segurando um cigarro, um Fortuna, havia cinco pontas de cigarro perto do corpo, pisadas junto aos lápis quebrados, fumadas até o filtro, e Ferreras recolheu-as uma a uma com pinças de depilar e depositou-as em um saco de plástico, pensando na mínima dose de informação que continham, na saliva seca, na marca dos dentes. Guardaram os lápis intactos junto com os esmagados ou partidos em outro saco, mostraram a caixa pisoteada e o tubo de cartolina preso com um elástico à dona da papelaria, e ela disse que sim, que essas eram as coisas que a menina tinha comprado, lembrava-se de ter acendido as luzes pouco antes de a menina entrar, pois, como o horário de verão já tinha acabado, quando ela desceu, às seis e meia, já estava começando a escurecer. Parecia que a estava vendo, com seu abrigo e seus tênis, com uma moeda bem apertada na mãozinha, sempre ia comprar coisas modestas na papelaria, um lápis, uma borracha, um desses antiquados cadernos de caligrafia e ortografia tão apreciados por sua professora, a professora Susana, e ao entrar e sair ela sempre cumprimentava com muita educação, disse a dona, não como a maioria das crianças hoje em dia, e sempre agradecia. Ninguém a acompanhava, disso tinha certeza, se havia alguém esperando fora da loja ela não tinha como saber, ela esperou com atenta paciência que a mulher medisse e cortasse a cartolina e depois demorou um pouco para escolher a caixa de lápis de cera, gostava de tantas que não conseguia se decidir, mas como não tinha muito dinheiro teve de comprar a mais barata. Era uma dessas crianças que vão fazer as compras apertando as moedas com força, e quando as entregam na loja, têm um calor de pele humana: disso a dona da papelaria se lembrava, da moeda de quinhentas pesetas que a menina lhe entregara, do metal morno e um pouco úmido, da menina explicando que no dia seguinte teria de entregar um trabalho de artes, depois disse até logo, com o mesmo tom sério e jovial de outras vezes, e a dona da papelaria a viu de costas, com seu abrigo cor-de-rosa, seu cabelo curto, seus tênis brancos e a cartolina embaixo do braço, a porta da rua se fechou atrás dela com o som da sineta e nunca mais a viu, como também não houve ninguém que dissesse ter visto a menina no decorrer das trinta horas que se passaram até ser encontrada por uns empregados municipais, no outro extremo da cidade, na ladeira de pinheiros que descia a pique dos jardins da Cava até as hortas do vale. Parecia que, salvo seu assassino, ninguém mais a vira com vida, como se tivesse saído da papelaria e caído abruptamente de um precipício em um fosso de invisibilidade e horror noturno, e quando a encontraram no barranco foi como se o mar a tivesse tragado e depois devolvido a uma praia distante, desconjuntada e nua, apenas com as meias, lívida e rígida sob a luz da lua cheia que recortava as sombras dos pinheiros com absoluta precisão.

Mais tarde, ao se lembrar dela, no estupor embotado da dor, seu pai sentiria a estranheza de que a última imagem que guardava da filha fosse tão idêntica às outras, tão feita da simples repetição e do hábito, ele sentado no sofá junto aos dois filhos mais novos, o caçula ainda de fraldas e chupeta, o televisor ligado, parecendo maior e mais barulhento na sala tão pequena, já sobrecarregada pela estante de livros que ocupava uma parede inteira, os meninos tomando lanche e assistindo aos desenhos animados e aos anúncios. Pouco antes, o menor tinha recebido a mamadeira de suco preparada por Fátima, conforme sua mãe havia recomendado antes de sair, mas ela não precisava que ninguém a lembrasse disso pois possuía a seriedade dessas meninas que desde muito pequenas se acostumaram a ajudar em casa e a tomar conta dos irmãos mais novos, uma antiga seriedade, própria da classe trabalhadora, o inspetor ouviu da professora dela, a professora Susana, Susana Grey, que a acompanhara nos últimos três anos, e, ao notar que o inspetor estranhara um pouco esse comentário, tentou explicar-se melhor: "Quero dizer", disse, "que era a seriedade que antigamente as crianças das famílias trabalhadoras aprendiam a ter; desde pequenas eram habituadas à consciência do esforço e do valor de cada coisa, os meninos ajudavam os pais na oficina ou na lavoura e as meninas, as mães nos afazeres de casa, e sem perceber, sem perder completamente a sensação de que estavam brincando, chegavam aos nove ou dez anos com um senso de responsabilidade que nas últimas gerações desapareceu sem deixar sinal".

— E a senhora acha isso ruim? — disse o inspetor.

— Eu não acho nada — a professora Susana mostrava um indisfarçável ar de receio, um jeito antipático de quem está na defensiva mas era visível que assumia essa atitude a contragosto, talvez induzida por uma vaga hostilidade em relação à polícia e aos interrogatórios. — Só estou lhe contando o que sei. Quinze ou vinte anos atrás, as crianças dessa classe eram mais fortes. Tinham uma noção de trabalho e solidariedade. Agora elas são um pouco menos pobres mas não têm nada e não sabem se defender.

Falava como que duvidando que um inspetor de polícia pudesse entendê-la. Também para ela, e com uma insuspeitada rapidez, Fátima ia se transformando em uma figura do passado, em uma última imagem de normalidade cotidiana, que de súbito se rompera, e agora lhe demandava um grande esforço de memória reconstruir: ninguém presta atenção ao que acontece todos os dias, não sabe quando, ao dizer até amanhã, está se despedindo para sempre. Ela sempre era dos últimos a deixar a classe, porque fazia questão de guardar tudo na mochila em perfeita ordem, com muito cuidado, disse a professora Susana, e apontou para a carteira em que Fátima se sentava, idêntica às outras, perto do meio da fileira pegada à janela, uma carteira de material sintético, esverdeado, muito maltratada, de má qualidade, como tudo na classe, na escola inteira, tudo estava gasto e maltratado, novo ainda e já estragado, feito com materiais muito baratos, e esse desgaste era talvez mais visível quando as classes e os corredores estavam vazios e de certo modo contagiava os professores, a professora Susana, que apesar disso tinha um vago ar de juventude e coragem, de dignidade no cansaço, ao fim de um dia inteiro de aulas.

Apontou para a carteira de Fátima, idêntica às outras, mais vazia que elas, porque agora era a carteira de uma menina morta que ninguém voltara a ocupar, e sua forma tão simples, sua superfície sintética, seu desgaste de coisa recente, malfeita e malcuidada, de repente adquiriam uma qualidade dramática de fragilidade e desolação, de espaço irremediavelmente abandonado, condenado pela ausência e pela morte. Fátima era uma ausência mais do que uma lembrança, porque é muito difícil pensar em uma menina como em alguém que morreu. Mas sua carteira vazia e idêntica às outras aludia a ela tão poderosamente como as fotos ou o blusão sujo e manchado de sangue ou o pequeno grampo de plástico rosa com alguns cabelos presos. Era a carteira que ela ocupara desde o início do ano e que havia deixado justo uma hora e meia antes de desaparecer para sempre, quando a professora Susana, que acabara de apagar a lousa e estava recolhendo as pastas e a bolsa, disse que se apressasse, como o fazia quase toda tarde, repreendendo-a afetuosamente por ser tão lenta em tudo, por sempre ficar por último.

Mas na verdade ela não estava bem certa de recordar exatamente essa última vez. Talvez, sem se dar conta, estivesse falsificando a cena, usando fatos de muitas outras tardes para conferir verossimilhança a essa, assim como o pai, que por mais que se desesperasse na obsessão da dor e do remorso, não conseguia ter certeza de que sua última lembrança da filha era verdadeira, era impossível para ele reviver cada instante dos últimos que passara com ela, cada detalhe do que ocorria, como uma repetição sonolenta de tantas outras tardes. O sofrimento e a insônia agiam como ácidos sobre essa passagem tão breve de sua memória, sobre essa hora que ele depois reconstruiria em voz alta tantas vezes quantas a reviveu em sua imaginação e em seus sonhos, nos sonhos insuportavelmente cruéis em que sua filha não lhe pedia dinheiro para ir até a papelaria ou logo voltava da rua, como sempre, atarefada e diligente, como em cada uma das vezes em que tinha saído para comprar alguma coisa na papelaria ou na venda, e tinha voltado sem que o pai avaliasse ou agradecesse o valor de sua volta, o dom de sua presença intacta e assídua, da ternura e da reserva de seu afeto infantil.

— Sabe o que muitas vezes me tira o sono? — disse a professora, Susana Grey, de pé junto à carteira de Fátima, o rosto voltado para a quadra onde umas crianças das últimas séries jogavam futebol como para evitar os olhos do inspetor. — Fico pensando que se eu não tivesse encomendado esse trabalho de artes, ela não estaria morta.

Se ela não tivesse precisado descer até a papelaria para comprar a cartolina azul e os lápis de cera, se seu pai não a tivesse deixado sair, se a mãe, que ao ir às compras lhe perguntara se queria acompanhá-la, tivesse insistido mais um pouco quando Fátima disse a ela que não podia porque ainda tinha de terminar a lição e fazer o trabalho de artes, se ela, sua mãe, não tivesse saído, se algum evento mínimo e casual tivesse interrompido o curso atroz dos acontecimentos idênticos, se ela não fosse uma menina tão séria em sua enérgica vitalidade infantil, se não tivesse se distraído tanto olhando as cartolinas e as pequenas tesouras, as réguas e os lápis de cor e as grandes letras de fôrma que ela coloria para depois recortar e colar com minucioso capricho sobre a cartolina dos murais. Na insônia, nas breves horas de sono proporcionadas pelos calmantes e agitadas pela exaustão do sofrimento, seu pai revivia com uma fisgada de estremecimento o exato instante em que a menina lhe pediu dinheiro para comprar uma cartolina e em seguida saiu batendo a porta com um barulho que ele agora recordava mas que então sem dúvida não escutara: imaginava ou sonhava que ela não tinha chegado a sair; que voltava cinco minutos depois com o rolo de cartolina azul que depois encontraram junto a seu corpo desconjuntado e lívido; sonhava que a procuravam durante horas por ruas e bosques noturnos e que, num instante, ela aparecia sorridente e tranqüila, com aquele ar de morosidade que tinha ao fazer as coisas de que gostava muito, e lhes perguntava por que tinham se preocupado tanto, se ela só se distraíra um pouco na papelaria, ou brincando na rua com uma das amigas da escola.

Todas as coisas deslizando com essa suavidade sem contratempos que sempre se evoca com nostalgia depois de uma desgraça, cada uma delas se conectando com a seguinte para chegar à última tarde da vida de Fátima, os fatos mais habituais agora conspirando para empurrá-la para a morte, sua carteira limpa na sala de aula, junto à parede com rodapé de azulejos sanitários, e à janela de onde se avistava uma quadra de esportes, a caminhada lenta da escola até à sua casa, um pouco encurvada sob o peso da mochila, os passos exatamente repetidos do seu itinerário, a maneira como sempre parava nos cruzamentos e olhava para os lados para ver se vinha algum carro, tudo a seu tempo, em seu minuto preciso, o toque no porteiro eletrônico, o lanche, seus irmãos assistindo aos desenhos animados e aos anúncios da televisão e seu pai fumando ao lado deles no sofá, na sala pequena demais onde não havia lugar para mais nada, a mãe que podia ter salvado sua vida simplesmente levando-a às compras mas que saiu sem ela, tudo repetido, igual a todas as tardes, com o automatismo dos atos diários da vida, tudo puxando-a como uma corrente insuspeitada e poderosa para esse instante entre as seis e meia e as quinze para as sete, para esse poço de escuridão e desconhecimento do qual ela nunca mais voltaria: era como cair de um precipício ao dar um passo em falso ou perder-se no mar e aparecer afogado na noite seguinte em uma costa desabitada e distante.

6.

— Eu cheguei a pensar que você nunca viria me ver — disse o padre Orduña, e ele não respondeu, não buscou uma desculpa para tanta demora. Permaneceu em pé na pequena ante-sala, com o cabelo molhado e revolto, o casaco brilhante de chuva, uma chuva suave e tenaz, rumorejante e tranqüila, como a do norte, que se ouvia nos telhados próximos e nos vidros, que jorrava das calhas sobre os pátios desertos que o inspetor cruzara para chegar aos aposentos do padre Orduña.

A cidade vivia imersa na chuva e no inverno renascido, bem como na absoluta novidade do medo, no sobressalto noturno das casas trancadas, das lendas do homem do saco, maltrapilho e tísico, que as crianças recomeçaram a contar depois de quase duas gerações sem conhecer nenhum temor imaginário afora os da televisão. Pela primeira vez, depois de muito tempo, as crianças voltavam a ir para a escola de capa e botas de chuva e contavam umas às outras, nos corredores, no tumulto das classes antes da chegada do professor, rumores fantásticos sobre o assassinato de Fátima ou sobre a aparição de um homem alto, vestido de preto, de chapéu e guarda-chuva, que espiava pela grade durante o recreio, que na hora da saída se fazia passar por um pai como outro qualquer para vigiar as crianças que ninguém ia recolher. Voltava o medo aos estranhos, circulavam de novo as antigas histórias de homens com grandes sobretudos que ofereciam doces ou que perambulavam à noite pelas esquinas com um saco ao ombro: mitologias esquecidas de vagabundos e garrafeiros, anteriores não só à televisão, mas também ao cinema e à luz elétrica nas ruas, relíquias do tempo em que as noites sempre traziam uma escuridão de terrores e ameaças, noites longas de inverno, sem outra luz que a dos lampiões de petróleo ou dos candeeiros, naquelas casas onde as madeiras rangiam e se ouvia o barulho dos ratos no forro, o assobio do vento nas janelas que nunca fechavam direito, as vozes que murmuravam histórias junto ao fogo, ao redor de uma mesa ou à beira da cama das crianças.

Agora, com o inverno e a chuva, estavam de volta, também, os terrores das noites antigas, e nem bem anoitecia e as ruas ficavam desertas, trancavam-se as portas da rua com duas voltas de chave, vigiavam-se as calçadas vazias por entre as cortinas, sempre à espreita de um vulto ao qual ninguém sabia atribuir traços precisos, a não ser os que as excitadas imaginações infantis inventavam, um homem alto de chapéu e guarda-chuva, um homem jovem, de cabelo preto e óculos escuros, que rondava pelas ruas dirigindo um carro vermelho, seu rosto pálido aparecendo e desaparecendo ao ritmo do limpador de pára-brisa sob a chuva das cinco da tarde, em meio à confusão de carros, guarda-chuvas e crianças na saída da escola.

— Ouvi dizer que vocês têm uma pista segura sobre ele — disse o padre Orduña. — Mas que a mantêm em segredo para não alertá-lo.

— Não sabemos nada, ou quase nada — o inspetor tirou o casaco molhado e viu com pena e estranheza que o padre Orduña, ao levá-lo para pendurar num cabide, arrastava pelo chão os pés calçados em chinelos com sola de borracha. — Só que tem cabelo preto, que seu sangue é do tipo "O" e que fuma Fortuna.

— E as impressões digitais?

— Só servem para identificar quem já está fichado.

— Mas veja como você está ensopado, vai apanhar um resfriado — o padre Orduña de repente deixara de ouvir o inspetor e examinava sua roupa e seus sapatos com uma espécie de diligente atitude maternal. — Espere, vou ligar o aquecedor.

— Não se incomode.

— Deixe de bobagem, é só um instante.

O padre Orduña desapareceu por uma porta contígua, que devia dar para o seu quarto, e voltou empurrando um grande aquecedor a gás, com rodas, uma coisa desproporcional e antiga, como que saída de um anúncio de televisão do começo dos anos 60. O padre abriu o registro e, com uma lentidão alarmante, procurou um isqueiro nos bolsos, e quando aproximou a chama do queimador, com a mão trêmula, o gás se inflamou com um brusco clarão azul e laranja.

— Quem fez uma coisa dessas deve trazê-la escrita no rosto — disse o padre Orduña. — Deve ter um sinal, como Caim quando matou o irmão e queria se esconder de Deus.

Empurrou o aquecedor para perto do policial, que começava a enjoar com o cheiro insalubre e quente do gás, sentou-se na frente dele, mais velho e encolhido, na poltrona grande demais para o seu tamanho, sob uma luz fluorescente que dava à saleta um ar desolado e administrativo. O inspetor se surpreendeu com o fato de que a voz e a expressão do rosto daquele homem, que ele não via fazia mais de quarenta anos, conservassem uma capacidade tão poderosa de intimidá-lo.

— E agora me diga por que você demorou tanto para me visitar.

Fazia vários meses que ele estava na cidade, desde o começo do verão, e uma das primeiras coisas que perguntara era se o internato dos jesuítas ainda existia e se um dos fundadores, aquele padre, moço na época, continuava vivo. Conforme lembrava do que ouvira quando ainda estava no colégio, o padre era parente do general cuja estátua, salpicada de tiros antigos, continuava no meio da praça, em frente à sacada do escritório onde ele ainda estava se instalando. Um subinspetor velho, que se ocupava sobretudo de tarefas administrativas, falou que o internato tinha fechado havia muito tempo mas que o padre Orduña continuava vivo, e disse isso num tom entre sarcástico e aborrecido, que desagradou ao inspetor, que no entanto procurou disfarçar, pois ele ainda era um recém-chegado e preferia manter uma atitude neutra de reserva, para poder estudar a certa distância o comportamento e as reações dos desconhecidos que de agora em diante seriam seus subordinados, e estes haveriam de estudá-lo com a desconfiança e a ponta de despeito que desperta quem vem de longe para usurpar o que por direito caberia a outros.

— Ele ainda está vivo — continuou o subinspetor. — Mas já não é mais o mesmo. Os anos o amansaram um bocado. Acho que ele nem reza mais a missa, de tão velho que está.

— É verdade que ele era da família do general da estátua?

— Com certeza — retorquiu o subinspetor, carregando uma pilha de pastas de papelão e também olhando para a praça: era uma manhã fresca, de início de verão, e a sombra da torre do relógio e do prédio da delegacia projetava-se sobre os canteiros centrais, onde estava a estátua, rija sobre o pedestal, um pouco inclinada para a frente. — Ele era sobrinho direto do general Orduña, de uma das melhores famílias da cidade. O senhor pode fazer uma idéia do escândalo que se armou quando ele foi viver naquele bairro novo de ciganos e marginais, o Vietnã? Primeiro, foi ajudante de pedreiro. Depois, virou operário da fundição que tinha sido de sua família. Imagine, naquele tempo, um padre vermelho. As pessoas diziam que ele tinha trocado a batina pelo macacão azul.

— Ele foi trazido para cá alguma vez?

— Mais de uma — um sorriso cariado e receoso esboçou-se no rosto do subinspetor: era um homem com um aspecto doente e desalentado de funcionário antigo que deixava transparecer uma evidente nostalgia de outros tempos. — Na última, teve de ser liberado pelo secretário do bispo. Tinham uma célula comunista no colégio... O senhor também o conheceu por essa época, de alguma outra façanha?

Não respondeu: não quis que o outro soubesse quanto ele conhecera o padre Orduña. Tinha ouvido vagas histórias sobre ele ao longo dos anos mas a verdade é que nunca tentara revê-lo, e que as tentações episódicas de lhe escrever não passaram de propósitos imaginários. No começo, logo depois de deixar o internato, quando graças à mediação do padre ele conseguira uma bolsa de estudos para cursar o secundário em outro colégio jesuíta, ainda escrevera. Escrevia disciplinadamente a cada duas ou três semanas, da fria cidade do norte de Castela para onde fora enviado, mais uma vez como interno, ao encontro do que já lhe parecia ser um destino inelutável de dormitórios coletivos, alimentos ascéticos e corredores sombrios, só que agora, como adolescente, furiosamente entregue à solidão, ao estudo e a um perfeccionismo misantropo, alimentava uma rancorosa competição com os colegas que raramente deixava arrefecer. Ao mesmo tempo que ia deixando de escrever, foi deixando de se confessar e comungar, e aos efeitos da negligência e da distância foi se somando uma certa dose de vergonha e de medo da possível ou certa reprovação do padre Orduña. Primeiro, mentiu um pouco, e, depois, simplesmente parou de escrever. Nunca lhe contou que tinha entrado para a polícia. Mas sempre, até quando já quase não se lembrava mais da figura do padre, mantinha dentro de si um desassossego de remorso, uma vaga e persistente noção do exame rigoroso, da censura ao mesmo tempo abrangente e minuciosa, que sem dúvida, de algum lugar, se ainda estivesse vivo, o padre Orduña continuaria dirigindo a ele. Às vezes agradecia o fato de não ter tido filhos, de poupar-se o medo da decepção, da obsessão da ingratidão, de poupar aos outros o peso da gratidão e da culpa.

— Eu pensava que você nem sequer tinha se preocupado em saber se eu estava vivo — disse o padre Orduña, com um brilho úmido nos olhos, de alegria e desamparo senil, que logo disfarçou com uma tirada irônica: — Tive até vontade de lhe fazer uma visita, mas, como você pode imaginar, não guardo muito boas lembranças desse lugar onde você trabalha.

— Os tempos mudaram, padre.

— Os tempos sim, mas não alguns de vocês — pela expressão afável de seu rosto passou uma sombra de severidade. — Apesar de meio cego, eu ainda consigo ler os jornais. É verdade que antes de ser transferido para cá você esteve no norte?

— Catorze anos. Em Bilbao.

— Você sentiu muito medo?

— Acabei me acostumando.

— E sua mulher?

— Para ela foi muito mais difícil. Eles ligavam para casa quando ela estava sozinha e a ameaçavam de morte, ou ficavam no telefone sem dizer nada, e quando ela desligava, voltavam a ligar em seguida. Ela não podia deixar o fone fora do gancho porque eu podia telefonar, ou outra pessoa, para avisar se tinha acontecido alguma coisa comigo.

— Eu soube, também, que vocês não tiveram filhos — agora mudara o tom de voz: de repente, era mais suave, e o inspetor já não percebia com tanta clareza a dissimulação de uma provável censura. — E que ela está internada numa clínica agora. Viu? Um velho padre nem precisa sair de casa para ficar sabendo de tudo... Ela vai receber alta logo?

— O médico disse que no máximo em uma semana ou dez dias, só o tempo necessário para terminar o tratamento.

O padre Orduña, para se concentrar na escuta, mantinha a cabeça abaixada e a balançava afirmativamente à medida que ouvia, com as mãos entrelaçadas, exatamente na mesma atitude que adotava no confessionário. O inspetor, que era quase completamente refratário ao costume indulgente de recordar a infância, teve, porém, como que um instante de clarividência no tempo, e viu essa mesma cabeça, muito mais jovem, balançando-se como agora em uma penumbra eclesiástica, as mesmas mãos pálidas e enlaçadas, e recuperou o cheiro misterioso de então, o cheiro de batina, de igreja e tabaco do padre Orduña, que o interrogava intimidadoramente em voz baixa, na véspera de sua primeira comunhão, escutando-o com uma gravidade lenta, para, por fim, erguer a mão pálida e frouxa no ar em um gesto fugaz de absolvição. Mas agora não estavam na igreja, e sim sentados frente a frente nas duas poltronas da saleta, separados por uma mesa de centro sobre a qual havia revistas velhas, boletins sindicais ou paroquiais, mesa e poltronas iguais às da sala de espera onde ninguém mais se sentava a esperar coisa alguma. Agora, calculou o padre Orduña, o inspetor já devia ter passado dos cinqüenta, mas sua maior dificuldade não estava em recordar como ele era quando criança, ao entrar no internato, e sim em prestar uma atenção verdadeira nas suas feições de agora, no rosto vulgar, castigado e enérgico, na presença desordenada e robusta de adulto que começa a declinar. Com uma espécie de nostalgia de paternidade impossível, o padre pensava que talvez não nos seja possível considerar plenamente como adulta uma pessoa cuja infância presenciamos e continuamos a recordar, e que a verdadeira memória dos primeiros anos de vida nunca pertence a essa pessoa, e sim àqueles que a conheceram, que a educaram e a viram crescer. Na face áspera e sanguínea, no cabelo grisalho, revolto e ralo, no pescoço envelhecido e não muito bem barbeado do inspetor não havia vestígios do menino agora inverossímil que, no entanto, ele tinha sido: o padre Orduña sentiu com um orgulho melancólico que ele era o depositário do passado mais íntimo de outro homem, de um estranho.

Examinou-o em silêncio por alguns momentos, perguntando-se em que medida o rosto do inspetor repetia agora, como costuma acontecer com os homens ao envelhecer, alguns traços do pai, que o padre Orduña vira apenas uma vez, fazia muitos anos, e de quem o inspetor nunca falava. O rosto não é apenas o espelho da alma, pensava: também vai se tornando o espelho do rosto dos mortos. Muitas vezes, quarenta anos antes, nessa mesma sala, um garoto, que agora só existia na lembrança do padre Orduña, tinha permanecido exatamente assim, como estava agora o homem de queixo áspero, rosto avermelhado e cabelo ralo e grisalho, ainda úmido. Longe, sobrepondo-se ao rumor da chuva nos telhados e nos vidros das janelas, soaram badaladas de funeral na torre de alguma igreja, e sua ressonância lenta e profunda trouxe ao interior daquela sala, onde os dois homens permaneciam calados e só um deles olhava para o outro francamente, uma impressão antiga de invernos rigorosos, de ruelas escuras pelas quais se esgueiravam mulheres com véus a caminho de pátios iluminados. Ele deveria ter, então, a mesma idade que a menina, agora, quando foi morta, calculou o padre Orduña: um menino magro, lembrava, com a cicatriz de uma pedrada bem visível no meio do cabelo raspado, de alpargatas e meias cinza, de avental cinza e colarinho falso, branco e duro, com frieiras nas orelhas e nas mãos, e grandes olhos de espanto e desamparo infantil que, felizmente, não estavam registrados apenas na memória frágil de um velho. Ele se impusera a tarefa de guardar e proteger o que já não interessava a ninguém, de preservar o esquecido e perdido, suas cartas de Pasolini e de Althusser, seus velhos boletins mimeografados que aliavam a boa nova de Cristo e as diatribes dos profetas aos vaticínios científicos de Marx, de Lênin, de Ernesto Guevara. Estava tudo classificado e guardado, e o padre cuidava de tudo isso com o mesmo zelo que empregava na conservação dos arquivos que, havia décadas, ninguém além dele consultava, e cuja existência provavelmente ninguém mais conhecia ou recordava. Estantes metálicas pintadas de cinza, caixas-arquivo de papelão, maços de papéis amarrados com fita vermelha, listas de nomes, fichas com fotografias. A única chave disponível estava sempre com ele, dentro do bolso, no grande molho das chaves que abriam todas as peças desertas do internato.

— Venha comigo — disse, no mesmo tom categórico de outros tempos, que não admitia réplica, e se levantou sem dificuldade, até com certa vivacidade de velho impaciente. — Quero lhe mostrar uma coisa.

7.

Uma mulher de luto, de uns sessenta anos, exibindo um ar beato, de infelicidade, e usando uns sapatos cambaios de salto baixo, esperava sentada num banco, na recepção da delegacia, uma bolsinha preta entre as mãos como se fosse um missal, nervosa e rígida, atenta à porta envidraçada que dava para a rua, açoitada pela chuva, por onde de vez em quando entravam policiais maldizendo o tempo e sacudindo a água ao fechar o guarda-chuva. Cada vez que chegava alguém à paisana, a mulher, imaginando que se tratasse do inspetor, olhava interrogativamente para o guarda sentado atrás da mesa da recepção, que, por sua vez, negava impaciente, com um gesto de cabeça: já cansara de repetir que o inspetor podia demorar muito, talvez nem voltasse essa tarde, ultimamente ele passava a maior parte do tempo na rua, disse à mulher, Ela não assistia à televisão?, Não lia os jornais? O policial, grande e pesado, com o quepe um pouco jogado para trás e os cotovelos sobre a mesa, como que protegendo ciosamente as largas folhas do livro de entrada e saída e o cinzeiro de vidro transbordante, observou a mulher através da fumaça lenta do seu cigarro: não,

não levava muito jeito de saber nada, parecia uma dessas mulheres broncas, eternamente de luto, que vêm dos povoados dos arredores para fazer compras ou tirar a carteira de identidade e que se assustam com o trânsito e se deixam intimidar pelos modos dos funcionários, principalmente se usam uniforme. Com as costas retas contra a parede, sob um cartaz com fotos de terroristas, com os joelhos juntos sob a saia preta e com seus saltos tortos e idênticos, nessa atitude compenetrada de inércia e determinação das pessoas acostumadas a sempre esperar, a mulher fitava a porta de vidro atrás da qual se ouvia o barulho da chuva e o relógio no qual o ponteiro dos minutos parecia avançar de vez em vez a espasmos casuais, e apertava no regaço sua bolsa preta, segurando-a com dedos fortes e rombudos de lidar com ferramentas e colher azeitonas.

— Quer dizer então que o senhor inspetor vai chegar às quatro?

— Minha senhora, não abuse de minha paciência, parece até que não me escuta — o guarda ajeitou o quepe, como para sublinhar sua posição oficial, e amassou imperfeitamente um cigarro fumado até o filtro entre as pontas do cinzeiro. — Nos últimos dias o inspetor-chefe não tem tido horário, como todos aqui. Não sei se a senhora sabe que estamos procurando um assassino. A senhora não assiste aos noticiários?

Imaginavam um fantasma que haviam dotado de todos os atributos abstratos da crueldade e do terror, mas ao mesmo tempo sabiam, embora dificilmente o aceitassem, que não se tratava de uma dessas figuras horrendas de filme em preto e branco, nem de um dos tenebrosos ladrões de crianças de lendas de outros tempos, e sim de alguém idêntico a eles, cujo rosto não chama a atenção entre os rostos da cidade, escondido no meio deles, talvez alguém que tivesse conversado sobre o crime com seus vizinhos ou colegas de trabalho, que se tivesse juntado à grande multidão silenciosa que acompanhou o caixão branco de Fátima até o cemitério. Toda a cidade tinha se concentrado ali, lotando a avenida dos ciprestes e a esplanada de acesso, onde se ouviam, em meio ao silêncio, os cliques das câmaras fotográficas, os motores das câmaras dos telejornais, uma multidão de rostos sérios, abatidos, incrédulos, acabrunhados pela evidência inegável de que um crime desses tivesse acontecido na cidade, entre eles, não na televisão, não em um desses sangrentos programas da crônica policial, mas na mesma realidade em que eles viviam, nas ruas pelas quais caminhavam, desde então irremediavelmente ligadas à irrupção da crueldade selvagem que aniquilara Fátima. Conheciam a menina, tinham filhos ou filhas na mesma escola onde ela estudava, tinham trabalhado com o pai em algum dos empregos temporários que ele arrumava, eram parentes dele, ou da mulher, ou podiam dizer que a conheciam do bairro, ou de conversar com ela em alguma loja. Existe uma vaidade sórdida na proximidade da desgraça, assim como na do sucesso: descobriam-se parentescos, afirmavam-se ligações secretas com a família, com a polícia ou com os gabinetes judiciais, todos conheciam o legista ou o empregado da prefeitura que encontrara o cadáver por acaso, nas bancas do mercado comentava-se, como de fonte certa, que acabara de chegar um inspetor novo de Bilbao ou de Madri para assumir o comando das investigações, um homem de grandes conhecimentos científicos que ia descobrir o assassino só de analisar a saliva que impregnava as pontas de cigarro encontradas perto do cadáver de Fátima, ou as manchas de sangue ou um simples fio de cabelo, tão grandes eram os avanços dos laboratórios da polícia que um fio de cabelo, uma impressão digital ou uma gota de saliva bastavam para identificar o sujeito e levá-lo para a prisão.

Voltaram a andar pelos jardins da Cava, antes só visitado por um ou outro velho ou drogado, e onde, nas noites dos fins de semana, acampavam bandos de jovens que se embebedavam com vinho barato, litros de cerveja, licores xaroposos e mortíferos: agora, os moradores de outros bairros iam lá para ver o local exato em que o cadáver tinha aparecido, mas uma fita de plástico amarelo interditava a passagem, e havia sempre um policial vigiando, pois o inspetor de Madri ou de Bilbao e o legista continuavam à procura de possíveis rastros, contava-se que, com minúsculos pincéis, eles afastavam as agulhas dos pinheiros e vasculhavam a terra centímetro por centímetro, que tiravam fotografias com câmaras especiais para descobrir as impressões da sola dos sapatos, tão invisíveis e entretanto tão delatoras quanto as impressões digitais. Mas passaram-se os dias e nenhum dos rumores fantásticos que circulavam pela cidade chegou a transformar-se em notícia, e o número de jornalistas, de fotógrafos e de câmaras de televisão que montavam guarda em frente à porta da delegacia começou a diminuir, de maneira imperceptível no início, até que um dia já não restou nenhum carro com sua pequena antena parabólica no teto e o logotipo em cores berrantes de alguma rede de televisão pintado na lataria. Na falta absoluta de novidades, era possível imaginar a iminência de alguma descoberta definitiva: a polícia tinha uma pista segura mas guardava silêncio para surpreender o assassino; haviam detido alguém e o transferiram em segredo para outra cidade para evitar um linchamento. Mas os jornalistas partiram assim que começou a chuva e a cidade mergulhou em um inverno de céus cinzentos e névoa como os de muitos anos antes, e aqueles que tiveram a curiosidade de descer até os jardins da Cava em busca do local do crime encontraram a fita de plástico amarelo da polícia varrida pelo vento e emaranhada nas sebes e nos troncos escurecidos dos pinheiros, e já não puderam saber qual era o local exato onde aparecera o cadáver nem tiveram a chance de rondar por ali em busca de rastros não encontrados pela polícia nem de relíquias da morte de Fátima, porque a chuva tinha encharcado a terra e arrastado as agulhas dos pinheiros acumuladas durante anos de estiagem, carregando tudo ladeira abaixo até a terra escura e porosa das hortas, até os canais de irrigação agora transbordantes de torrentes que inundavam os antigos leitos secos e os baixos dos olivais.

Embalados pela estranheza daquele inverno de neblina e de longas noites de chuva, tão semelhante aos invernos que os velhos recordavam, viviam como que num tempo denso de passado, e nele a menina se transformava numa morta de antigas histórias de crimes, de estampas ingênuas com efígies de mártires e santos, e o assassino não era um homem como eles, um concidadão obscuro e vulgar que muitos reconheceriam quando fosse detido, mas uma sombra nítida e sem traços, um fantasma que agira sem deixar sinais de sua improvável consistência material, impressões digitais ou pegadas, filtros de cigarro, manchas de sangue ou de saliva. Não havia nada, começavam a pensar, nunca o encontrariam, aquele inspetor recém-chegado voltaria para Madri com toda sua tralha inútil na bagagem, com seus pincéis de vasculhar a terra, seus saquinhos de plástico, suas câmaras fotográficas especiais, sua arrogância de policial científico.

Aceitavam a qualidade de crime indecifrável que o episódio ia assumindo, a marca de destino inexorável da invisibilidade que tragara Fátima durante trinta horas e na qual, simultaneamente, desaparecera o seu assassino. Mas não é possível desaparecer assim, sem deixar o menor rastro, sem que reste uma única lembrança, o testemunho de alguém, sem que ninguém tenha visto nada, tenha reparado em alguma coisa, tenha presenciado uma parte mínima ou conservado um indício do que ocorreu naquela rua tão estreita, em um trecho de não mais de cem metros, entre a papelaria e o portão do prédio, entre o até logo distraído da dona e a ligeira preocupação seguida do pânico crescente do pai: a calçada apertada, os carros mal estacionados, montados sobre ela, tão perto uns dos outros que não deixavam espaço para passar, as lojas que os policiais foram visitando, uma a uma, fazendo sempre as mesmas perguntas, do mesmo modo, com uma paciência inesgotável, mostrando a foto de Fátima, anotando coisas em suas cadernetas, coisas inúteis, tão repetitivas e previsíveis quanto as perguntas, sim, conheciam Fátima, viam a menina passar de manhã e de volta da escola, não viram nada de especial naquela tarde, não se lembravam de ter visto ninguém com ar suspeito, é claro que teriam reparado, todo mundo se conhece na vizinhança, somos todos pessoas de bem.

Pequenas lojas de um bairro não muito próspero, a leiteria, a mercearia, a lojinha de bugigangas que se enchia de crianças na hora da saída da escola, a doceira, onde Fátima comprara um pão doce na manhã do dia de seu desaparecimento, todos a conheciam, todos se lembravam de como ela era meiga e obediente, alguns eram capazes de contar fatos mínimos ocorridos muito antes, o saquinho de balões que Fátima comprou na loja de quinquilharias para o seu aniversário, o papel que ela levava à mercearia com a lista de pequenas compras de emergência que a mãe às vezes pedia a ela que fizesse. Havia uma espécie de vontade comum de recordação de Fátima, de ternura ferida, até de rancor vingativo, um instinto unânime de mostrar a qualidade da sua inocência àqueles que não a conheceram, de explicitar o horror de um crime que lembrava o dos antigos martírios de crianças, as histórias de homens do saco e de ladrões de vísceras e sangue infantil. Todos a recordavam, nas paredes de algumas lojas tinham pregado uma foto dela, colorida, publicada numa revista, e o rosto de Fátima logo ganhava um ar abstrato de martírio religioso, de distância na morte, com esse tom de desfalecimento no olhar e no sorriso que têm os mortos das fotografias. Contavam coisas, corrigiam-se uns aos outros, detalhando minúcias, praguejavam, clamavam pela pena de morte, pela imediata execução do assassino, trancavam as lojas nas noites de frio e chuva que chegaram com o inverno e fitavam a escuridão do final da rua com apreensão vigilante, com receio dos estranhos, de qualquer sombra solitária que surgisse por entre os carros estacionados, resguardada pelas marquises e pelos beirais. Mas não havia quem declarasse ter visto a menina depois de ela ter saído da papelaria, ninguém viu nenhum estranho rondando nem reparou em nenhum carro de aspecto pouco familiar circulando devagar pela rua, talvez atrapalhando o trânsito, ninguém viu Fátima inclinada sobre a janela de um carro, como quem se aproxima para dar uma informação a um motorista, ninguém a viu entrar e sentar em um banco dianteiro. De repente, tornou-se invisível, saiu da papelaria, percorreu um trecho caminhando pela calçada, com sua cartolina azul-marinho enrolada sob o braço e sua caixa de lápis de cera no bolso da calça, talvez tenha parado e olhado para os lados antes de atravessar, como sempre fazia, e simplesmente desapareceu, embora isso fosse ou parecesse impossível, em uma rua estreita, muito movimentada, com as lojas abertas, já com as luzes acesas no anoitecer adiantado de outubro, e houve um momento em que seu pai, sentado diante do televisor junto com os filhos pequenos, percebeu que ela estava demorando um pouco, ainda sem se preocupar, podia ter se distraído batendo papo com uma amiga da escola, ou com a doceira ou com a dona da mercearia. Depois disseram que dava gosto conversar com ela, que falava como gente grande, mas sem a presunção antipática dessas crianças que se fingem de adultas, era um certo dom que ela possuía, diria depois Susana Grey, sua professora dos últimos anos, com o qual certas pessoas nascem, o dom de prestar atenção ao que os outros dizem, de encorajá-los a contar suas vidas e de se explicar cuidadosamente com eles. Para escutar o que lhe contavam, ela arregalava os olhos, e em seus lábios se esboçava um leve sorriso de complacência, como quando, em aula, acompanhava a explicação de alguma coisa de que gostava muito. Talvez tenha sido apanhada por isso mesmo, e quem a arrebatou da vida no trajeto cotidiano entre a papelaria e sua casa talvez a tenha enfeitiçado, contando-lhe alguma coisa, solicitando sua atenção de um modo que, por cortesia, ela não soube como recusar.

Averiguaram em todas as portarias, em cada um dos apartamentos com sacadas dando para a rua, perguntaram a cada um dos meninos e meninas de sua turma, a todos os que a conheciam, talvez quem a levou houvesse falado com ela na saída da escola, talvez algum incidente houvesse acontecido, havia a possibilidade de uma vingança, até de um mal-entendido, ou de que um homem estranho tivesse sido visto falando com ela, ou esperando-a no portão, mas era inútil, e parecia mentira, ninguém sabia nem se lembrava de nada, ninguém reparara em coisa alguma, justo a essa hora, entre as seis e meia e as quinze para as sete da noite, naquele espaço mínimo onde fatalmente ocorrera o encontro, onde era impossível que ninguém tivesse presenciado o fato estranho e quem sabe violento que certamente ocorrera ali, o barulho da porta de um carro ao ser fechada com muita força, o gesto de alguém que puxa uma menina, ou que se inclina sobre ela em atitude suspeita. Nas manhãs de chuva, nas tardes abreviadas pelo céu cinzento e baixo e pelos anoiteceres adiantados, viam os policiais voltarem às mesmas lojas onde já haviam feito as mesmas perguntas que das outras vezes, os guardas fardados e os inspetores à paisana, alguns deles mandados da capital como reforço, ensopados e tenazes, comandados por um homem de cabelo ralo e cujo sotaque denunciava o forasteiro, que viam parado e absorto no meio da rua, ou na calçada, em frente ao prédio de Fátima, com um casacão aberto e as mãos nos bolsos, indiferente à chuva e ao trânsito, olhando tudo, os rostos e as coisas, com uma expressão de perplexidade concentrada e de vigilância obsessiva, como se não visse nada do que ocorria ao seu redor e ao mesmo tempo espiasse tudo sem dar nenhum sinal do que estava procurando. Um por um, falavam em todos os interfones, subiam a todos os apartamentos, limpando os sapatos molhados no capacho, pedindo desculpas e detalhes, urdindo com suas anotações o edifício imenso e inútil de todas as coisas que todos fizeram ou presenciaram naquela tarde de outubro, reconstruindo a história ínfima e universal da vizinhança, o mapa infinitesimal de cada minuto e de cada ato, do que acontecera com certeza e do que não passava de imaginação ou frágil conjetura, pura miragem induzida pela vontade retrospectiva de precisar pormenores. Mas havia uma fissura, uma bolha ou uma névoa de invisibilidade nesse intervalo de tempo em que Fátima mergulhara ao sair da papelaria com seu abrigo cor-de-rosa, seu rolo de cartolina azul e sua caixa de lápis de cera, e já começava a parecer que esses minutos exatos eram os únicos em que ninguém vira nada e que justo nesse instante e nesse trecho do quarteirão ninguém tinha atravessado a rua nem saído à sacada.

Então, em uma tarde do início de novembro, de chuva tão cerrada que, embora ainda não fossem nem quatro horas, as luzes dos escritórios e das lojas estavam acesas, aquela mulher de luto, de uns sessenta anos, não muito bem vestida, com certo ar de infortúnio e de igreja, de trabalho duro no campo, com as mãos grossas e vermelhas segurando a bolsa sobre o regaço, chegou à delegacia e disse que queria falar com o inspetor-chefe ou com quem mandasse ali, e, quando o guarda da recepção pediu que contasse a ele mesmo o motivo de sua visita, ela se negou a fazê-lo, com suavidade e determinação, e sentou-se em um banco de espaldar duro, em que não raro se sentavam prisioneiros algemados, sob um cartaz com fotografias de terroristas, e quando o inspetor entrou, duas horas mais tarde, já noite fechada, ela o reconheceu e o abordou, embora nunca o tivesse visto antes, e com uma cotovelada safou-se do guarda corpulento que tentava segurá-la: quero falar com o senhor, disse, obstinada e nervosa, e abriu a bolsa e tirou dela uma folha dobrada, o recorte de uma revista com uma foto colorida de Fátima. Venha comigo, disse o inspetor, e a mulher olhou de lado e com desprezo para o guarda da entrada, pensando que logo se via que o homem que acabara de chegar era quem mandava, e o seguiu escada acima, e depois, por um corredor muito feio, com azulejos marrons, como os da entrada, o inspetor abriu uma porta e acendeu a luz antes de entrar dando-lhe passagem, é nesses detalhes que se percebe que um homem é um cavalheiro, ofereceu uma cadeira para ela, com o cabelo molhado e o casaco, que ainda não tinha tirado, brilhando à luz elétrica. A mulher desdobrou a folha recortada da revista e a estendeu sobre a mesa, apontando para o rosto de Fátima com um indicador torto e forte, com a unha larga, rachada e um pouco escurecida na borda: "Eu vi essa menina", disse, "minha irmã me mostrou a revista e senti um aperto no coração, de repente me lembrei de tudo". Seus olhos ficaram molhados e pareceu que o luto que trazia era por Fátima, ela vivia quase o ano inteiro num *cortijo* à beira-rio, nessas construções comuns na Andaluzia e na Estremadura, casas muito rústicas, em pequenas herdades, que abrigam os animais no piso inferior, mas de vez em quando subia até a cidade, para visitar uma irmã, e naquela tarde ela estava saindo da casa da irmã quando viu a menina, "Eu juro para o senhor", disse, "como estou vendo o senhor agora, nesse mesmo instante, ela estava com um moço, moreno, sim senhor, parecia o pai ou o tio dela, e ia alisando seu ombro, os dois passaram do meu lado na calçada". O inspetor, muito ansioso, contendo-se a duras penas, ainda desconfiado, perguntou por que ela havia reparado neles, o que chamara a sua atenção, e a mulher disse, quase em lágrimas, os olhos úmidos brilhando no rosto castigado, "Eu reparei porque a outra mão do homem estava sangrando, e ele chupava o sangue, e eu pensei, se ele não tomar cuidado vai manchar a roupa da menina".

8.

Fumava em frente à janela da sala dos professores, fitando a chuva com indiferença, olhando o trânsito, os prédios do outro lado da rua, blocos de apartamentos desordenados que agora rodeavam a escola, sacadas e cozinhas com janelas de alumínio e terraços com roupa estendida, tudo surgido em não muito mais de uma década, mais ou menos nos últimos quinze anos, pois quando ela chegou à cidade, a escola era um prédio isolado em um descampado, um pouco além das últimas casas, que agora tinham desaparecido sem deixar rastros, casas brancas, rurais, beirando o caminho do cemitério, cujos muros e ciprestes ela via recortados contra o azul da distância e dos olivais, pela janela da primeira classe onde dera aula, em outro setembro longínquo que ela recordava diferente dos setembros tórridos de agora, um setembro de chuviscos, de amarelos intensos nos campos ainda cobertos pelos talos cortados de trigo e cevada. Perto da escola havia um antigo moinho de azeite que ela não se lembrava quando havia desaparecido, e de onde, no inverno, vinha um cheiro muito forte de azeitonas espremidas. Naquele tempo, em setembro, ainda se viam mulas e burros carregando cestos transbordantes de uvas vermelhas e verdes, embora não tivessem transcorrido tantos anos como sua memória sugeria nem as mudanças tivessem sido tão bruscas, tão da noite para o dia como ela agora pensava esperando a chegada daquele policial para quem pensava já ter dito tudo, tensa e aborrecida em frente à janela de onde já não podia mais ver os muros nem os ciprestes do cemitério, nem as casas baixas e brancas que notara com uma sensação antecipada de desânimo na primeira vez que viera à cidade, pelo ônibus de Madri, no fim do verão em que prestou o concurso. Aos vinte e dois anos, parecia mentira, começando tudo, sua vida como professora primária, o casamento, a gravidez, no início, sem nada preestabelecido, tudo era novidade, incerteza e surpresa, o apartamento para onde se mudaram cheirava a pintura e gesso fresco, cada saída pela cidade era uma exploração, cada uma das crianças que se sentaram diante dela no primeiro dia de seu primeiro ano de aula era um enigma que a comovia e desconcertava.

Casara-se poucas semanas antes de viajar para a cidade e ainda achava estranho, ao esfregar as mãos, dar com a aliança no dedo anular, dizer "meu marido" quando falava com alguém, ver a si mesma, de repente, sem ter pensado muito no assunto, como uma mulher definitiva, já feita, com a vida toda pela frente, como se dizia então, mas uma vida regulada, com certas seguranças que sua imaginação ainda não aprendera a calibrar, em parte porque a assustavam, a segurança de um emprego que duraria até que se aposentasse, o termo jurídico da consolidação do vínculo conjugal que o juiz proferira para o seu casamento, até que a morte os separe, era jovem demais para ter idéia de uma duração tão desmesurada. Ainda contava o tempo por verões e anos letivos, por férias e períodos de provas, e mesmo naquele ano, enquanto se submetia ao tormento do concurso, sentira-se vivendo como sempre, um junho de calor e noites em claro estudando, e enquanto estudava não se dava conta de que essas provas não eram iguais a todas as que fizera desde que se conhecia por gente, que se passasse nelas obteria um benefício mais prático que as boas notas, um documento cabal de entrada na vida adulta, na vida prática das pessoas que trabalham para ganhar a vida, e se casam, e têm filhos.

Apagou cuidadosamente o cigarro no cinzeiro que segurava com a mão esquerda, ainda sem se afastar da janela, embora pensasse ter ouvido uns passos que podiam ser do inspetor, fortes passadas masculinas no corredor largo e vazio do colégio, já deserto de crianças mas de certo modo ainda tomado por um rescaldo da algazarra, dos gritos, dos passos e pisadas velozes nas escadas, por um resíduo de cheiros infantis e adolescentes remanescente no ar, que lhe parecia, ao respirar, um ar gasto ou cansado, tão gasto quanto a mobília, os livros, ou as instalações sanitárias, tão cansado como todos os professores, que agora, no fim do dia, pareciam visivelmente mais exaustos do que os alunos cuja energia física parecia inesgotável. Todas as tardes, a essa hora, quando ela se dispunha a sair da escola cruzando corredores escuros e descendo escadas desertas, sentia um cansaço crescente que não era exatamente físico, nem completamente moral, era um misto de prostração antiga e desânimo que costumava durar até chegar em casa, este lugar onde havia alguns meses já não morava com mais ninguém. Muito sensível à qualidade das coisas materiais que a rodeavam, ela sentia seu cansaço como uma deterioração semelhante à dos objetos que via e tocava na escola, todos eles submetidos a um lento desgaste, como o da erosão do mar, a uma espécie de adiamento involuntário e desde sempre aceito que só ela parecia notar. Virou-se para a porta da sala dos professores supondo que o inspetor fosse aparecer ali mas os passos seguiram em frente, agora afastando-se, e a leve decepção que sentiu, a irritação ainda incipiente de continuar esperando, permitiu que ela enxergasse com uma percepção mais aguçada o lugar onde passara tantas horas mortas de sua vida, onde participara de tantas reuniões, encontros, conspirações, murmúrios, tragédias vulgares e secretas, aonde chegara com uma mescla de expectativa, pavor e ilusão fazia mais de quinze anos, quando era uma mulher muito jovem e, ainda sem saber, trazia no ventre o embrião de uma vida humana. Enxergou a vulgaridade sufocante que nem mesmo ela era capaz de notar sempre com tanta precisão, os quadros horrorosos de palhaços ou de vasos de flores pintados muitos anos antes por alunos da agora chamada "Expressão Plástica" e nunca retirados, a fotografia emoldurada e desbotada dos reis que já estava ali desde a primeira vez em que ela entrou na sala, os calendários de propaganda de uma papelaria, as estantes com velhos livros didáticos ou pilhas de provas ou planilhas, a máquina de escrever ainda não proscrita pela aparição recente de um computador, assim como o xerox não conseguira proscrever de todo o papel-carbono. Cinzeiros de plástico amarelo com o logotipo de Ricard ou Cinzano, cartazes antigos de Semana Santa: em cada objeto uma afronta pessoal, um testemunho da passagem traiçoeira do tempo, como a dor nas costas, as rugas em volta dos olhos ou a gordura acumulada nas cadeiras ou nas coxas, uma afronta e no fundo uma vacilação da vontade, uma capitulação à fatalidade do tédio e do envelhecimento.

No espelho do estojo de maquiagem examinou o brilho dos olhos e o estado da linha escura que sublinhava suas pálpebras, e enquanto passava o batom pelos lábios deparou, nas pupilas, com uma expressão de desafio a si mesma: o que é que você está fazendo aqui?, disse, e em um primeiro momento, essa pergunta assumiu o mesmo sentido geral que o de outras vezes, o que ela estava fazendo naquela cidade à qual nada nem ninguém a prendia, mas subitamente, quando uns passos se aproximavam novamente da sala dos professores, a pergunta adquiriu uma precisão inesperada, urgente, contra a qual ela mesma não conseguiu se defender, o que estava fazendo nessa hora e nesse lugar, esperando alguém que demorava e em quem nunca pensara como se pensa em uma pessoa real, e sim, como se fosse uma figura abstrata ou como a encarnação de uma tarefa, a polícia, o inspetor que investigava o assassinato de Fátima: havia falado com ele apenas uma vez, ou melhor, tinha respondido às suas perguntas, e observando-o enquanto a escutava, confirmado a sua inegável condição de forasteiro, que naquela cidade tão fechada logo saltava aos olhos e com a qual ela se identificava de maneira automática, tinha reparado em seu modo de vestir, também estranho à cidade, pois usava uma roupa e um calçado de outras terras mais habituadas ao conforto no inverno, à assiduidade da chuva, um casacão grosso e forrado, de tecido impermeável, apropriado para enfrentar o mau tempo, o vento marinho, uns sapatos rústicos e austeros bons para caminhar nos bosques. E agora ela examinava a linha de seus olhos e retocava a pintura dos lábios porque estava esperando por esse estranho, talvez não por achá-lo atraente, mas porque era um forasteiro que não parecia estar se adaptando facilmente à cidade, e isso fazia com que o imaginasse vagamente parecido com ela.

Numa conversa na sala dos professores ouvira que o inspetor praticamente havia acabado de chegar, e alguém baixou o tom de voz e disse saber, de fonte certa, que ele fora transferido às pressas do País Basco, e que o fato de ter por destino uma cidade tão pequena talvez fosse um castigo por alguma coisa. Mas ela se negava a participar dessas conversas, em parte porque o horror e o sofrimento pelo assassinato da menina eram íntimos demais para que aceitasse a degradação mórbida dos boatos e mexericos, em parte, também, porque sentia um impulso muito forte de se libertar de todos os laços cotidianos com a escola e com a cidade, uma urgência de ir preparando a partida, de pedir transferência ou conceder a si mesma o privilégio de fugir antes da partida, aquele estado de espírito que em outros tempos se apoderava jovialmente dela na véspera das viagens, no início daquela vida que começara aos vinte e dois anos, com o título de professora primária e a aliança de recém-casada, com o filho ainda embrionário crescendo em seu ventre como um organismo primitivo.

Dera a si mesma um prazo irrevogável, um prazo que não voltaria a renovar, como em outras vezes, durante tantos anos, quando no início das aulas, nos dias ainda muito quentes do começo de setembro, chegava à escola e encontrava esperando por ela o mesmo cheiro peculiar que tinha deixado ali no final de junho, o cheiro de giz e de suor infantil, e com ele os mesmos corredores e classes um pouco mais envelhecidos e abandonados, os mesmos pátios de recreio em que passaria outras tantas manhãs vigiando seus alunos menores e os mais velhos, já mais altos do que ela, os das últimas séries, uns estranhos, embora poucos anos antes ela os tivesse ensinado a ler e limpado seu nariz, agora adestrando-se na brutalidade, descendo as escadas como cavalos a galope e avançando aos empurrões por entre os pequenos, que em poucos anos também se transformariam em adolescentes com buço e sobrancelhas bastas, o rosto cheio de espinhas, vestidos com calças folgadas, camisetas imensas e botas esportivas pretas, idênticos aos adolescentes dos seriados americanos, gingando como eles ao caminhar, alguns, os mais ousados, usando bonés de beisebol colocados ao contrário, mascando chiclete em aula, esparramados nas carteiras, como viam na televisão.

Prometera ou exigira a si mesma que aquele seria seu último ano na cidade, que trataria de ativar antigas influências para conseguir a remoção para Madri, mas no primeiro dia de aula, na sala dos professores, quando voltou a usar as mesmas palavras para conversar com os mesmos colegas do ano anterior, um pouco mais velhos, ainda bronzeados, pensou que não suportaria passar mais nove meses de sua vida naquela escola e naquela cidade, onde tinha a sensação de ter vivido todo aquele tempo em vão, sem obter nada em troca de tantos anos, quase metade de sua vida, sua vida adulta inteira, pois acabara o magistério no prazo mínimo e passara no concurso depois de se formar. Mas, em vez de pleitear uma vaga perto de Madri, ela acatou com mais docilidade que entusiasmo o propósito do noivo, que queria que eles se estabelecessem em sua cidade natal, onde havia tanto por fazer, assegurava ele, iluminado e ambicioso, cheio de projetos e de princípios, de idéias acabadas sobre o justo e o injusto, o casamento, a família, a paternidade e os negócios. Sobre cada aspecto da vida humana, da história, da política, da moral, ele tinha uma opinião firme e taxativa, e também, claro, sobre o trabalho dela, que se tornara professora um pouco por acaso e tinha uma alma prática demais para se alimentar do tipo de abstração e proselitismo pedagógico de que ele tanto gostava, e que desejava aplicar com o mesmo ardor na escola e na educação dos filhos, quando os tivessem, quando os dois decidissem tê-los, pois não era partidário de confiar nada ao acaso nem ao improviso, ao "espontaneísmo", como ele dizia, e esse seu caráter consciencioso e meticuloso fazia com que ela se sentisse fútil em comparação com ele, inspirava-lhe algo parecido a um sentimento de culpa, uma suspeita de não estar à altura de convicções tão sólidas, assim como não se considerava à altura de sua inteligência.

Gostaria de ter casado, se não de longo, pelo menos de branco, com uma saia curta, de salto alto e meias de seda, e no fundo de si mesma não teria se importado de casar na igreja mas claro que não disse nada disso a ele, que também tinha idéias claras e definitivas sobre a cerimônia nupcial, e quando sua mãe ou seu pai formularam um princípio de queixa ela se indignou e se pôs do lado de quem logo seria seu marido, com uma convicção agressiva, como se ao defendê-lo tão zelosamente estivesse defendendo sua própria independência pessoal e dissipando suas incertezas mais inconfessadas. De modo que se casaram em um juizado, perante um juiz que demonstrou veementemente não acreditar no valor daquela cerimônia ímpia, e despejou sobre eles um fulminante arremedo de sermão eclesiástico, depois, atordoados e desiludidos pela rapidez do trâmite, saíram para a rua praticamente empurrados por um funcionário judicial, pois havia muitos casais e grupos de convidados esperando, onde mulheres gordas com grandes chapéus de palha de abas largas gargalhavam atirando punhados de arroz, tudo com uma impaciência de posto de saúde, com uma pressa e um descaso burocrático que encheram seu peito de uma angústia invencível, um violento desejo de se trancar para chorar ali mesmo, nos banheiros do juizado, onde os cartazes de homens e mulheres estavam escritos a caneta sobre uma folha de papel e colados nas portas com fita adesiva.

Agora, aos trinta e sete anos, descobria sobre si mesma coisas que haviam afetado muito a sua vida sem que ela as tivesse compreendido ou aceitado, e muitas vezes nem sequer percebido, por exemplo, a influência que os pequenos detalhes exerciam sobre ela, a feiúra ou a beleza dos lugares ou dos objetos que a rodeavam, a tristeza medonha que lhe causaram aqueles cartazes escritos a caneta e colados de qualquer maneira nas portas dos banheiros, o que havia de aceitação incondicional e irrefletida dos piores horrores e de vacilação no abandono de certos detalhes, na negligência das coisas diárias: no inverno, durante o recreio, sentadas em volta de uma das mesas da sala dos professores, algumas de suas colegas tomavam um copo de achocolatado com biscoitos embrulhados em papel-alumínio que traziam de casa, cobriam as pernas com as fraldas da toalha para receber o calor do braseiro elétrico e molhavam os biscoitos no leite, e a cena lhe causava uma desolação sem dúvida ridícula, mas muito intensa, como a que sentira depois de casada ao conhecer certos pormenores da intimidade conjugal, ao descobrir, por exemplo, que seu marido não tinha o hábito de puxar a descarga depois de urinar, uma consternação que dificilmente poderia confiar a alguém, e que fazia com que ela se sentisse um pouco culpada e alimentasse a suspeita de futilidade em relação a si mesma diante da retidão austera do marido.

Ele a levara à sua cidade natal, onde pensava exercer o ofício de oleiro que herdara do pai: passado não muito tempo, deixou-a ali sozinha, sozinha com a criança que havia nascido justo no fim de seu primeiro ano como professora, e que ainda não completara três anos quando ele partiu, sempre reto e atormentado, explicando tudo, com aquela temível determinação de sinceridade que dispensava toda delicadeza. A nova vida, de repente, era outra vida, um ofuscamento de solidão e trabalho, de desprezo por ter sido abandonada e de sobressalto em face de possíveis regressos, angústia de noites a sós com o menino doente, de minutos à espera da moça que tomaria conta dele, de sair voando de uma reunião na escola para pegá-lo na creche, de levá-lo ao pronto-socorro às quatro da manhã, porque parecia que estava sem ar e a febre não baixava.

E agora, se sentia saudade de alguma coisa, não era de sua juventude nem das ilusões de então, do que se quebrara para sempre com o fim da vida conjugal — uma candura em grande parte inaceitável em um adulto, uma predisposição para a credulidade e a confiança que nunca mais recuperaria —, e sim da pura sensação de novidade, de vida aberta e recém-inaugurada, tanto na ternura como na dor, na alegria como no medo: quando ela chegou à cidade, o mundo não estava usado, como agora, nem era previsível, nem podia ser razoavelmente enfrentado à custa de decepção e astúcia. As coisas surgiam e mudavam de um dia para o outro, a chegada do primeiro inverno naquela cidade e nos cômodos do primeiro apartamento que alugaram era o excitante começo de uma estação nova, de uma vida que cheirava a coisas acabadas de fazer, a quartos acabados de pintar, à madeira fresca dos móveis, o cheiro que então começou a sentir ao voltar da escola e que logo identificou como uma característica e ao mesmo tempo um símbolo da nova vida.

Nada pesava sobre eles, nada era completamente seguro nem definitivo, tinham montado uma estante com tábuas e tijolos, usavam como criado-mudo um par de cadeiras velhas que ela trouxera da escola, aprendiam a cozinhar com o livro de Simone Ortega, embora ele não tivesse paciência nem paladar para as comidas requintadas de que ela gostava, e assim como os cômodos do apartamento as horas do dia tinham para eles usos em larga medida permutáveis, e podiam varar a noite conversando e fumando com os amigos (principalmente Ferreras e sua namorada de então, a desenxabida de cabelo sujo e peito chato, pensaria depois com rancor tardio e completamente inútil), e no domingo acordar às três da tarde, e fazer amor na cozinha com uma urgência desmedida ou passar a tarde inteira protegendo-se do frio bem agasalhados na cama, lendo à luz coada do inverno.

Com seu primeiro salário pagou a primeira prestação de um grande aparelho de som, praticamente o único móvel sólido e valioso da casa, brilhante de botões prateados e de agulhas que tremiam como as dos sismógrafos, naquele tempo anterior à tecnologia digital. Tinham poucos discos, um *Carmina Burana* que ele adorava, entusiasmando-se a ponto de fazer gestos como se cantasse no coro ou regesse a orquestra, um álbum duplo dos Beatles, um pouco de música latino-americana, que ainda não tinha caído em desgraça. Mas havia um disco de que ela gostava acima de todos, e que ainda sabe de cor, embora não o escute há muito tempo, uma seleção de canções de Joan Manuel Serrat, que procurava ouvir quando ele não estava, não porque a criticasse abertamente, mas porque sorria com certa condescendência, com um sorriso que era um desses gestos singulares que resumem uma personalidade e alertam a seu respeito, de desdém e paciência, de incansável vocação pedagógica. Entre as canções desse disco, ela gostava especialmente de uma, *Tiempo de lluvia*: tinha a impressão de que falava justamente desse outono de sua vida, o dos vinte e dois anos e do começo de tudo, um outono vagaroso, com manhãs de céu limpo e crepúsculos nublados, varridos por um vento frio, quando a maior delícia era entrar de noite na cama e sentir o contato cálido e agradecido dos lençóis com a pele, já livre do suor do verão, mais sensível, renascida, com um excesso de sensibilidade que ela ainda não atribuía à gravidez, ao broto de vida que crescia em seu ventre. Tardes de chuva em que o sol voltava quando já se esperava o anoitecer, depois da escuridão enganosa das nuvens: olhava pela janela, ainda sem cortinas, a chuva brilhando ao sol oblíquo do entardecer, e ao voltar-se para o interior do quarto quase vazio via o mesmo lugar que a canção retratava:

Es tiempo de lluvia,
de vivir de beso en beso
entre paredes de yeso
y dejar los días correr... *

* É tempo de chuva,/ de viver de beijo em beijo/ entre paredes de gesso/ e deixar os dias correr...

A canção era feita para ela, para aquele setembro e para aquela tarde exata em que ainda ignorava que teria um filho no final da primavera seguinte, que viria a ser, portanto, a estação inaugural da sua maternidade, assim como o outono estava sendo a da estréia no trabalho e na vida conjugal. "É tempo de chuva", continuava escutando, cantando junto, muito baixo, "tempo de se amar a meia voz."

Também não sentiu, depois da separação, falta de uma vida sexual: guardava no coração como que jazidas de uma ternura confusa que preferia não explorar rememorando em detalhes o que vivera, e não sentia a menor falta daquele que fora seu marido, e era até desagradável para ela pensar na possibilidade de vir a se deitar com ele, ou a irrupção fugaz na consciência de alguma cena sexual de dez anos antes. Gradualmente, à medida que foi vencendo o horror e a humilhação do abandono, foi compreendendo que na verdade ele nunca fora um amante memorável, nem sequer nos primeiros tempos, no primeiro outono da nova vida, na cidade nova para ela. Mas tinha saudade de uma coisa, sim: da sensação cálida, inacreditável, secreta no início, de estar grávida, era a novidade máxima que resumia e valorizava as outras, que também as envolvia em uma nova ternura, nunca antes sentida por ela, e absolutamente pessoal, pois nem sequer com o marido sentia que a compartilhava por inteiro. Era uma ternura cuja natureza residia na impossibilidade de ser partilhada com alguém exceto com aquele que ainda demoraria sete meses para nascer, uma felicidade que nada podia anuviar e que nem sequer a passagem do tempo diminuía ou desgastava, mesmo depois de tornar-se uma notícia familiar.

— Mas de repente ele não queria que tivéssemos o bebê — diria ao inspetor uma tarde, cerca de dois meses depois do encontro na sala dos professores, quando já estava acostumada a falar sem que ele lhe fizesse perguntas nem contasse muitas coisas, limitando-se a oferecer a ela uma atenção silenciosa e concentrada. — Disse que ainda era muito cedo, que estragaria todos os nossos planos. Que nenhum dos dois tinha maturidade emocional para assumir a paternidade, era o discurso da época. Palavras que parecem expressar verdades incontestáveis, e depois se descobre que passam, assim como hits de verão.

Não tinha saudade nem sequer do filho, que deixara de morar com ela fazia poucos meses, perto do fim das aulas, quando Fátima passou de ano com as melhores notas da classe, séria e sorridente ao pegá-las, feliz, com vergonha de sua própria excelência por um escrúpulo de timidez ou pudor. Seu filho tinha catorze anos, media um metro e noventa, fazia a barba todos os dias e deixava o barbeador sujo e o frasco de creme aberto na pia do banheiro. Não limpava os respingos da privada depois de urinar e costumava esquecer de puxar a descarga. Sentia um alívio inconfessável com o fato de ele não morar mais com ela agora sem deixar, entretanto, de sentir culpa, como era de se esperar. Não sentia falta do adolescente que fora morar com o pai por uns tempos, deixando-a sozinha pela segunda vez naquela cidade que não era a dela. Mas era tomada por uma saudade muito intensa da criança que ele fora desde a primeira vez em que o sentira palpitar e se mexer na barriga até completar nove ou dez anos, e percebia agora que nesse sentimento havia uma parcela de luto, porque a idade com que se encerrava esse período da vida do filho que ela evocara com tanta emoção era a mesma de Fátima quando tivera sua vida detida pela morte para sempre. Não havia diferença, a ausência do vínculo de sangue não mudava em nada o significado da perda. A menina morta, ela olhava para os trabalhos escolares e para a carteira vazia com um sentimento equivalente ao luto de uma mãe abandonada, como se também fosse dela a filha arrebatada da vida.

Estava tão ensimesmada que, quando o telefone tocou, foi tomada por um sobressalto de urgência e angústia idêntico ao que o alarme de um despertador provocaria. Atarantada, como se acabasse de ser bruscamente acordada, atendeu e perguntou quem era, e não reconheceu na hora a voz do inspetor. Tinha acontecido alguma coisa, ele disse, não poderia ir até a escola, se ela não se importava de ir até a delegacia, a qualquer hora da tarde, que ficaria à sua espera.

9.

Tomava o café, curto e fortíssimo, que lhe deixava um travo amargo na boca, mexia a colherzinha no fundo da xícara e a retirava coberta por uma nata de açúcar líquido, escuro, como caramelo fundido, para saboreá-lo com um prazer pueril, na mesa que ocupara desde o primeiro dia, e que por um acordo tácito o garçom reservava para ele, uma mesa pequena junto à janela que dava para as arcadas da praça, à qual se sentava de maneira a poder olhar confortavelmente para fora e ao mesmo tempo vigiar a entrada do salão. Aprendera que não se deve dar as costas para a porta, e que num lugar público é sempre bom ver os recém-chegados assim que eles entram. A pessoa podia estar em um bar, em um restaurante como o Monterrey, almoçando sozinha o prato do dia, em sua mesa habitual, e assistindo ao noticiário, e de repente alguém com aparência normal, de jeans e tênis, usando uma jaqueta ou uma capa de chuva, podia entrar empurrando a porta de vidro, enfiar a mão junto ao peito, estender o braço e num átimo encostar o canhão de uma arma na sua nuca e abrir fogo, e a toalha de xadrez barato ou de grosseiro papel branco ficaria empapada de sangue e de massa encefálica. Segundos depois, o recém-chegado sairia, com determinação, calmamente, ainda brandindo a arma como uma advertência, e as vozes do noticiário continuariam sendo ouvidas da mesma maneira, e ninguém se aproximaria logo da mesa sobre a qual a cabeça arrebentada de um homem quedaria sobre um prato inacabado.

O mais difícil para o inspetor era se acostumar à ausência de medo. Tinha vivido e respirado medo durante tanto tempo, ministrando-o a si mesmo como uma vacina, como uma dose de veneno necessária para conseguir certa imunidade, que agora, quando não precisava mais dele, o medo continuava a acompanhá-lo, sempre, como um hábito velho demais para ser abandonado em dias ou semanas, nos poucos meses que haviam decorrido longe de Bilbao. Tomava repetidamente precauções agora inúteis, como observar a rua assim que se levantava, da janela do quarto, procurando uma presença incomum, um carro ou uma pessoa estranhos à vizinhança, decorar placas, alterar o trajeto entre a delegacia e sua casa, virar-se de quando em quando para verificar se não estava sendo seguido, olhar embaixo do carro antes de entrar. E embora nos últimos tempos ele raramente usasse o carro, sempre que ia girar a chave para dar a partida o fazia com uma certa expectativa, uma fração instantânea de pânico. Esse gesto mínimo tinha matado muitos outros, e o inspetor sempre se perguntava se eles teriam chegado a se dar conta disso, se tiveram tempo de perceber que estavam morrendo, que em décimos de segundo estariam arrebentados e despedaçados no meio das ferragens, frangalhos de tecido humano e de roupa, plástico queimado, fumaça espessa e sufocante, janelas com os vidros quebrados das quais, logo em seguida, ninguém se aproximava, todos preferindo não olhar, não saber de nada.

Talvez não, pensava ele, podia ser que a pessoa não chegasse a perceber, que estivesse distraída com qualquer coisa e a morte o aniquilasse de repente, um gesto breve e uma fração de segundo ficavam sendo a única distância entre viver e estar morto, entre subir no carro pensando como o tempo virou ou vou chegar atrasado ou que porcaria de jogo o de ontem e de repente não ser nada, nada vivo e nem sequer reconhecivelmente humano, pedaços de carne ou montes de roupa e vísceras, sangue e massa encefálica sobre a tapeçaria, no painel de um carro destruído por uma explosão, numa rua onde após o estrépito dos vidros quebrados tudo fica silencioso, num silêncio como o que precede o amanhecer, com algum rosto pálido e desconfiado espiando sem se mostrar completamente em uma janela alta.

Abria cada uma das poucas cartas que recebia lembrando-se daqueles que perderam as mãos ou os olhos ao rasgar um envelope, ao desembrulhar um pacote aparentemente insuspeito. Preferia a morte instantânea, não o horror da cegueira, das mãos amputadas, das cadeiras de rodas e dos sinistros aparelhos ortopédicos: mas não, também não queria esse tipo de morte, se o apanhassem e ele não pudesse escapar, preferiria que o matassem rápido, mas não tanto que não chegasse a perceber, e de algum modo soubesse e aceitasse que ia morrer. Fátima contara com várias horas de lento suplício para entender o que lhe aconteceria, mas talvez o pavor a tivesse hipnotizado até amortecer a sua consciência: ela não sofreu no final, dissera Ferreras, a asfixia atuou como anestésico.

Estava esperando por ele. Tinham ficado de se encontrar em seu escritório, mas o inspetor, com preguiça de se levantar e sair sob a chuva e o vento, concedeu-se mais alguns minutos de trégua:

ainda não tinham soado as quatro no relógio da torre. Bebendo o último resto de café frio recordou, sem saudade mas com arrependimento, antigas conversas à mesa, os cigarros e o uísque, a falsa veemência, a lucidez e a coragem que o álcool lhe transmitia. Pensava na bebida como no outro lugar agora remoto que ele havia deixado, embora nem sempre soubesse ao certo se ao partir ele fugira ou simplesmente fora expulso.

Às quatro em ponto viu pela janela Ferreras chegar à praça com sua moto e estacioná-la na calçada em frente à delegacia, coberto pelo capacete e pela grande jaqueta de couro como que por uma armadura, carregando com energia a valise grande, puída, fartamente provida de pregas e fivelas. Tirou o capacete ao aproximar-se do guarda da porta, e o inspetor viu-o gesticular, e um segundo antes que ocorresse, adivinhou a negativa do guarda que apontava para o outro lado da praça, para o Monterrey. O inspetor gostava de ver as pessoas a essa distância, de um lugar elevado e protegido, como quando tinha de vigiar alguém durante muito tempo e acabava adquirindo uma espécie de familiaridade muito íntima com os modos e os hábitos do estranho, que depois, se o via de perto, já não identificava por completo com o objeto de sua vigilância. De longe a identidade se diluía, não era difícil ver as pessoas como figuras de uma representação em escala, movendo-se por ruas reduzidas às proporções de um pequeno teatro, entrando em casas cujas fachadas na verdade eram de papelão, com as janelas recortadas, iluminadas por trás do cenário com uma lâmpada ou uma vela.

Era como ele estava vendo a praça agora, na calma sonolenta dessa tarde, a estátua no centro como um soldado de chumbo, os alfeneiros de copas demasiado arredondadas, a torre do relógio e os telhados com uma cor de papelão velho, empapado de chuva nesse momento, recortados contra o céu escuro onde as nuvens avançavam a uma velocidade acelerada, como em um diorama defeituoso. Ferreras deixou a moto em frente à delegacia e o inspetor viu-o atravessar a praça, agora rumo ao Monterrey, e pôde calcular, como em uma jogada de xadrez, cada um de seus passos seguintes, e até o momento exato em que o veria aparecer na porta do restaurante, com o capacete em uma mão e a valise na outra, respirando forte devido à ansiedade ou à pressa com que acabara de percorrer o pequeno trecho entre a delegacia e o Monterrey e subir as escadas.

Ferreras demorou um pouco para vê-lo, apesar de o restaurante estar quase vazio a essa hora: quem espera alerta sempre conta com certa vantagem sobre quem chega, as frações de segundo que este leva para acostumar a vista à distribuição dos objetos e das pessoas. Ferreras parecia qualquer coisa menos um legista, e não apenas por causa da jaqueta, das botas e do capacete: mais parecia um fotógrafo da imprensa marrom, um enviado especial a algum lugar, a alguma região perigosa ou inóspita. Tinha o rosto muito moreno, como se acabasse de chegar de uma guerra tropical, trazendo consigo algo muito valioso, uma mensagem ou um troféu como conteúdo de sua valise, de um couro tão maltratado quanto o da jaqueta, munida de fivelas e pregas como a mala de um explorador. Sua aparência sugeria intempéries lamacentas, audácia e perigos. Mas quando tirava a jaqueta, ou quando estava no necrotério, vestindo seu jaleco branco, de repente parecia um médico, um médico muito sério e compenetrado ao dar minuciosas explicações técnicas que logo procurava tornar compreensíveis para o interlocutor, às vezes com um certo excesso de didática ou indulgência. Fora ele quem havia fotografado o cadáver de Fátima. Abriu com dificuldade as muitas fivelas de sua pasta e pôs sobre a mesa, ainda coberta com a toalha, um grande envelope branco. De perto, via-se que a pele tostada de seu rosto tinha um tom terroso, e que seus olhos estavam vermelhos e com as pupilas muito dilatadas. Chamou o garçom e pediu um conhaque.

— Não vai pedir nada?

O inspetor balançou a cabeça, apontando para sua xícara de café. Ferreras reparou nas três garrafas vazias de coca-cola que havia sobre a mesa.

— O senhor só bebe café e coca-cola? Por isso está com essa cara de quem nunca dorme.

— O senhor também não parece ter dormido muito.

— Só que estou ligadíssimo, eu vivo sempre a mil, como se tivesse tomado alguma coisa — na fala de Ferreras, assim como em sua indumentária, havia uma espécie de referência irônica, uma dose de paródia assumida de si mesmo, do ar de juventude ou dinamismo que suas palavras e sua roupa ou a moto sugeriam. — Acabei de escrever isto aqui às oito da manhã, quando já não nem enxergava mais as teclas do computador.

O garçom trouxe o conhaque e Ferreras bebeu metade de um gole. No ar ficou um cheiro áspero de álcool. O inspetor pediu outra coca-cola. Ferreras passou a mão pelo rosto e depois alisou o cabelo, grisalho e abundante, em um gesto involuntário de exaustão.

— Queria entregar ainda hoje o laudo da autópsia para o juiz — disse. — Esta cópia é para o senhor.

Ia beber outro gole de conhaque, mas esperou o garçom trazer a coca-cola e, quando o inspetor acabou de servi-la no copo com gelo, fez um gesto engraçado de brinde. As pessoas muito contidas o exasperavam, davam-lhe uma desagradável sensação de desvantagem. Ele tinha muita dificuldade em permanecer calado, e supunha, com uma espécie de resignação, que sua loquacidade o deixava sempre em inferioridade de condições. Agora, por exemplo, o inspetor o olhava em silêncio, bebericando sua coca-cola e, a despeito da urgência que certamente teria em conhecer o resultado da autópsia, não se mostrava impaciente: ao contrário, era ele, Ferreras, que já sabia de tudo, quem estava nervoso, quem não conseguia se conter. Depois, à medida que foi convivendo com o inspetor, pensou que a sua atenção não era menos intensa do que a dele, mas que a dele provinha de uma consciência muito mais voltada para dentro, como que de um lugar onde o inspetor sempre estivesse só, de uma casa onde nunca recebesse a visita de ninguém.

— Não a estuprou — disse Ferreras de repente, terminando o conhaque. — Não gozou em nenhum momento, o desgraçado. Nem sinal de sêmen, dentro ou fora dela. Rasgou-lhe a vagina, isso sim. Com os dedos, sem dúvida. Tinha um pêlo pubiano na garganta.

— E o sangue?

— Quase todo dele, menos o da hemorragia vaginal, que não manchou a roupa dela, porque já estava nua.

— É o mesmo sangue das manchas no elevador?

— Idêntico. Tipo "O". Deve ter se cortado profundamente com alguma coisa.

— Não seria uma mordida da menina?

— Duvido. Não há sinais de resistência. Nem escamas de pele nas unhas, nem pêlos arrancados. Se ela o tivesse mordido, teríamos encontrado algum resíduo nos dentes de Fátima, e também um pouco de sangue, claro.

Mas o sangue estava no elevador, uma impressão vermelha junto ao painel de botões, e também no corrimão da escada, e na parede, a marca quase completa de uma mão, como essas mãos azuis que há nas fachadas de algumas casas nas aldeias do Marrocos, disse Ferreras, a quem sua extraordinária disposição de explorador só levara, em toda a sua vida, até o norte da África, no tempo das viagens para comprar haxixe. Então o assassino não a abordara na rua, mas provavelmente no elevador, quando Fátima voltava da papelaria. Deve ter visto a menina no momento em que rondava o portão e entrado junto com ela, e quando o elevador começou a subir, enquanto ela permanecia quieta junto àquele homem no espaço tão reduzido segurando a caixa de lápis e levando a cartolina debaixo do braço, ele fez um gesto que ela não entendeu mas que não chegou a assustá-la, estendeu a mão que já estava sangrando e apertou o botão de emergência. Com o que será que ele se cortou?, disse o inspetor, como?, e viu a mancha dessa mesma mão no ombro do abrigo de Fátima, as manchas exatas dos cinco dedos, como em uma reprodução de impressões digitais, a mão ensangüentada que se cravou na clavícula e no ombro delicado da menina, apertando os ossos tão frágeis, depois dilacerando, rasgando.

— Deve ter tentado penetrá-la e não conseguiu — disse Ferreras, no tom mais neutro que pôde, mas não conseguia se controlar, passava a mão pelo cabelo encaracolado e grisalho e observava de lado o modo metódico como o inspetor bebia sua quarta coca-cola. — Às vezes lhes acontece. Então a obrigou a fazer uma felação. Usou uma faca. A menina tem uma incisão muito clara no pescoço. Mas estava se controlando: fincou a ponta menos de um milímetro.

Nenhum dos dois queria pensar de verdade no que estava dizendo. Discutiam pormenores, mas evitavam imaginar as circunstâncias que eles revelavam, o horror inscrito em cada uma delas. A mão ensangüentada, os dois dedos que haviam deixado suas marcas indeléveis na parte posterior do pescoço, a laceração do sexo infantil, o pêlo pubiano, preto e crespo, grudado no fundo da garganta. O inspetor não queria saber o que os olhos claros e agudos de Ferreras tinham visto na mesa de autópsia, o que suas mãos grandes e morenas haviam tocado, mãos de repórter ou explorador, não de médico. Chegou a imaginar, divagando, uma confraria estranha da qual ele e Ferreras seriam membros, mas à qual ele não gostava nem um pouco de pertencer: a confraria dos cúmplices de um segredo e de uma lembrança com o homem que assassinara Fátima. Assim como nos olhos de Ferreras, agora injetados e dilatados pela falta de sono, se podia vislumbrar o espanto pelo que haviam presenciado, os olhos desse homem, não obstante sua expressão insondável, trariam impresso no fundo das pupilas, na cintilação fugaz de uma chama, o mesmo rosto que o inspetor não podia esquecer e que estava registrado nas fotografias, o rosto que nem mesmo os pais de Fátima chegaram a ver.

— E ele anda por aí — disse o inspetor, apontando para as pessoas que passavam na praça, envoltas em seus casacos, protegidas pelos guarda-chuvas, encurvadas sob a garoa, empregados que voltavam para os escritórios ou para as lojas depois de almoçar e de cochilar um pouco no sofá, uma mulher com um carrinho de bebê forrado de plástico, um velho de chapéu e cachecol que espalhava grãos de trigo e migalhas de pão no calçamento do centro da praça, atraindo, num alvoroço de asas, as pombas que desciam das copas dos alfeneiros e dos ombros manchados de óxido da estátua do general. — O desgraçado anda por aí, entre nós, muito tranqüilo, convencido de que não temos com o que pegá-lo.

— Bom — disse Ferreras, nervoso, exaltado, adiantando o corpo, afastando as garrafas de coca-cola para abrir espaço para as folhas do laudo. — Temos suas digitais. Temos seu sangue e sua saliva, seu cabelo e sua pele, a forma da sola de seus sapatos, e estou esperando o exame de seu DNA chegar de Madri. Hoje em dia é impossível andar por aí sem deixar rastros, como o senhor sabe, só com esse pêlo que estava na garganta de Fátima já podemos identificá-lo. É fantástico, entende? Em um pêlo, em uma lasca de unha, em uma gota de saliva está toda nossa vida, mais informação do que a que cabe na maior biblioteca do mundo, tudo o que somos, o que sabemos e o que não sabemos de nós mesmos, nossa origem e nosso destino, a doença de que vamos morrer.

Mas nada disso me serve agora, pensava o inspetor, assentindo às palavras de Ferreras da distância enclausurada em que o outro o via, recordando as palavras do padre Orduña, procure pelos olhos, o rosto no meio das pessoas, não o seu código genético e o tipo sanguíneo, nem mesmo as suas impressões digitais, que agora não servem para nada pois o mais provável é que ele não esteja fichado, procure pelos olhos, pelo rosto, o espelho da alma, o espelho mais turvo em que alguém poderia se olhar na cidade nesse exato momento, enquanto o cadáver gelado e suturado de Fátima jaz, não sob a terra, mas em uma geladeira de alumínio, enquanto a chuva volta a cair como que resgatando invernos passados e as nuvens pairam tão baixas e escuras que em volta da praça algumas janelas já se iluminaram e as luzes das lojas, dos escritórios e das salas da delegacia acabaram de ser acesas.

Alguém sai agora, clandestino e vulgar, alguém jovem, de vinte e poucos anos, de cabelo preto e crespo, forte, com sangue tipo "O" fluindo nas veias, de mãos grandes, com dedos curtos e grossos, com digitais nitidamente desenhadas nas fichas policiais, com a mesma exatidão com que está registrado o desenho da sola de seus sapatos tamanho quarenta, que talvez esteja usando agora e que confirmam que não pode ser muito alto, um metro e sessenta e pouco, assegura Ferreras, fazendo um gesto amplo com as mãos, como se moldasse uma figura em gesso, alguém que fuma Fortuna, que deve ter os dedos manchados de nicotina, pelo número de pontas de cigarro que deixou no barranco, filtros marcados por seus dentes, manchados e amolecidos por sua saliva com rastros de álcool, alguém parecido com qualquer um mas que não pode ser idêntico aos outros, em cuja aparência deve haver um traço que o denuncie sem qualquer possibilidade de dúvida, apenas um, tão intransferível como os detalhes do seu código genético, tão único como a expressão do seu rosto, o brilho dos seus olhos, mas o rosto é um espaço vazio, um rosto apagado ou rasurado, alguém anda agora mesmo pela cidade e talvez neste preciso momento atravesse com passos furtivos e lentos a mesma praça de onde o inspetor e Ferreras observam a chegada prematura do entardecer, e tem mãos, e sapatos, e pêlos, e digitais, e carrega um maço de cigarros Fortuna e talvez um canivete, mas não pode ser identificado nem reconhecido porque ainda não tem rosto, nem sequer as feições rudimentares e ameaçadoras de um retrato falado.

— Olhe lá quem vai passando — ao falar, Ferreras o afastou de suas elucubrações sombrias, como se o obrigasse a abrir os olhos, a acordar de um sonho; apontava para uma mulher que estava atravessando a praça perto da estátua, o inspetor não a reconhecia porque nesse momento o guarda-chuva encobria seu rosto. — Susana, Susanita Grey. O senhor precisava ter conhecido essa mulher quando ela chegou aqui, faz não sei quantos anos.

10.

O padre pediu que o acompanhasse com um movimento de cabeça, o mesmo que em outros tempos empregava para dar as ordens mais categóricas, aquelas que prescindiam do concurso intimidador da voz e das bofetadas. Fez esse movimento com a cabeça inclinada, e tomou a dianteira arrastando os pés pelo piso dos corredores com uma espécie de agilidade pueril, de rapidez trêmula de homem muito velho.

Para seu espanto, ele não se lembrava de nada, não tinha a menor intuição em relação aos lugares pelos quais ia passando, nenhuma das coisas para as quais o padre Orduña chamava a sua atenção despertavam lembranças ou reconhecimentos imediatos nele. Os corredores, quando muito, o faziam lembrar da clínica pela qual, talvez, neste mesmo momento, sua mulher estivesse caminhando monotonamente. Os dormitórios vazios, as grandes salas de aula, ainda com seus estrados poeirentos e suas lousas enormes, pertenciam a outro mundo, a um passado distante que não parecia ser o dele. Nesse campo negro da memória aparecia o rosto do padre Orduña e o de algum outro padre ou instrutor, como nesses retratos com um fundo neutro ou abstrato, uma pura sugestão de vazio ou penumbra. Também não se lembrava dos rostos ou nomes de seus colegas de internato: só das fileiras de cabeças baixas e raspadas na missa, reunidas numa mesma formação, a mancha dos uniformes azuis sob o sol no futebol das manhãs de domingo.

— Aqui ficava a sala de química. Você se lembra?

— Não me lembro de nada.

O padre Orduña não reparava muito na sua falta de reações emocionais em face do que via, sem dúvida porque ele também não era muito sentimental. Queria mostrar-lhe algo em especial, e era nisso que se concentrava, com a determinação obsessiva dos velhos. Quarenta anos antes, povoado por centenas de meninos de uniforme azul, o colégio dos jesuítas era uma construção imponente, um labirinto de vastas classes e corredores escuros rodeado de terrenos baldios onde pouco a pouco foram surgindo os prédios baixos das oficinas, da chácara e as quadras de esporte. Agora uma grande parte daquela propriedade tinha sido vendida para uma imobiliária, e as oficinas e a granja desapareceram, assim como os uniformes azuis e as cabeças pálidas e raspadas dos internos. Agora, disse o padre Orduña, o colégio havia se mudado para outro lugar, bem longe do centro, para uns terrenos muito menos valorizados: as únicas coisas que restavam do antigo colégio eram a igreja e o prédio onde ficavam as salas de aula e os dormitórios dos internos, e onde só ele, o porteiro e uns poucos empregados muito antigos e tão velhos quanto ele continuavam morando, um jardineiro que quase não tinha mais plantas para cuidar, a cozinheira que preparava a comida, as faxineiras que mantinham limpos os poucos dormitórios onde de tempos em tempos se alojava algum jesuíta de passagem pela cidade, algum convidado que vinha participar de um encontro ou dar uma conferência.

— Tudo tão grande, tão desmedido — disse, no tom monocórdico e lamurioso de velho. — As hortas, as oficinas, os campos de futebol, a chácara. Nos primeiros anos nos matávamos de trabalhar, e na cidade nos criticavam porque arregaçávamos a batina para misturar cimento e carregar tijolos junto com os pedreiros. Desconfiavam de nós, mas ainda não muito. Nessa época ninguém nem sonhava que um padre pudesse ser comunista. Imaginávamos uma sociedade perfeita, como a Sagrada Família, como as primeiras comunidades cristãs: o trabalho, a religião, os bons alimentos, o ar livre, os dormitórios ventilados. Tudo naqueles anos terríveis, os piores, quando as pessoas caíam mortas de fome pelas ruas e de noite ainda escutávamos os fuzilamentos no cemitério. Mas aqui nós íamos construir uma Cidade de Deus, uma ilha de caridade e trabalho. Foi por isso que o padre reitor aceitou a idéia de receber como internos os órfãos do inimigo ou os filhos dos prisioneiros. Queríamos ensinar profissões dignas aos filhos dos pobres, e foi o que fizemos durante anos, na medida de nossas forças, ainda me emociono ao lembrar o cheiro de madeira da oficina de marcenaria, dos meninos com seus uniformes azuis e suas ferramentas na de mecânica. E agora, olhe para isso: tudo vazio, inútil na sua enormidade, até a igreja. Mas alguma coisa fizemos, apesar de toda a nossa ignorância e de nossa estreiteza ideológica, ainda não tínhamos aberto os olhos para a justiça, mas já começávamos a ver que o verdadeiro reino de Deus era o dos pobres. Agora olho para tudo isto e não sei de onde tiramos dinheiro e energia para erguer uma casa tão grande. Só de ir de um lugar para o outro já fico exausto e tenho que sentar em alguma escada para descansar. Está vendo este corredor interminável? Você se lembra de que quando chovia não deixávamos ninguém sair para o pátio, e vocês passavam o recreio inteiro nos corredores? O prédio todo estremecia com suas vozes, tocávamos o sino e os apitos chamando para a fila, mas era inútil, vocês não ouviam nada.

O silêncio em que a voz do padre Orduña ressoava tornava aquelas lembranças ainda mais remotas: os passos do inspetor contra o piso, o atrito das solas de borracha do padre, sua respiração surda e agitada, o barulho das chaves num bolso. À medida que ia ficando cansado, sua cabeça curvava mais para o peito, mas mantinha o queixo firmemente voltado para a frente, a mandíbula avançando como se fosse ela que puxasse o resto do corpo. Em sua imaginação, as vozes e os rostos das crianças que o rodearam continuavam ecoando nesses mesmos lugares mas mal conseguia pensar em quem eles seriam agora, os que ainda estivessem vivos, nas suas vidas e rostos de homens cuja juventude havia muito ficara para trás. De certo modo, os meninos daquele tempo continuavam a lhe pertencer, o acompanhavam sempre. Mas os homens em que haviam se transformado pareciam ser homens de uma outra época, desses tempos de agora, corpulentos e maduros, desmemoriados, com os traços endurecidos ou embotados pelos anos, feições marcadas por uma certa crueldade, sem qualquer vestígio de inocência nas papadas espremidas pelos colarinhos e pelo nó da gravata. Ao ver aqueles meninos, pensava com apreensão em como seriam quando adultos, imaginava-os idênticos aos pais, rústicos e pobres, mal alimentados, com expressões de medo, de obediência e rancor nos olhos. Com alguns, claro, foi isso que aconteceu, voltaram a perder-se na miséria da qual a caridade os havia resgatado temporariamente, foram aniquilados, desapareceram sem deixar nenhum rastro além das fichas, dos cadernos de anotações e das fotografias que o padre Orduña classificava e ordenava havia anos, sem que ninguém lhe tivesse pedido, cada vez mais cego e desajeitado, aproximando muito os papéis dos olhos para poder ver os nomes e as fisionomias de toda aquela gente esquecida: os rostos alinhados nos corredores do colégio, reclinados sobre as carteiras de madeira rústica providas de tinteiros, e nos genuflexórios da igreja, solitários na penumbra atrás da treliça do confessionário, rostos e vozes infantis murmurando pecados com uma amedrontada gramática de catecismo.

Outros, em número muito maior do que ele jamais poderia ter imaginado, fortaleceram-se e prosperaram, tornaram-se arrogantes, transformaram-se em homens que não lembravam em nada as crianças que haviam sido. Mas quem se parece?, pensava o padre Orduña em silêncio, olhando de soslaio para o inspetor, que caminhava a seu lado esforçando-se para retardar o passo, quem conserva um traço, uma expressão casual, um resto de brilho infantil nos olhos? Às vezes, alguém que se dizia seu ex-aluno o cumprimentava na rua, e ele não conseguia se lembrar daquela fisionomia por mais que tentasse descobrir atrás da máscara do adulto algum resquício das feições ou do olhar de uma criança. Mas sorria e assentia, agradecia, perguntava cautelosamente pela família e pelo trabalho sem entrar em detalhes. No começo do verão, quando ele ainda não sabia que o inspetor estava na cidade, recebera a visita de um homem maduro, abastado, com uma certa brutalidade contida no porte, no pescoço muito vermelho e grosso, no peito muito avolumado sob a camisa, desabotoada à altura do ventre. Voltava ao colégio, ao internato, movido por um impulso talvez não de nostalgia, mas de um desagravo tosco em relação a si mesmo, passeava pelos pátios mais perdido no presente que no passado, dourando em voz alta lembranças inexatas que seriam demasiado cruéis se o tempo não pudesse desgastá-las. Falava do começo duro, das origens humildes para uma mulher de óculos escuros, cabelo tingido de louro e muitas pulseiras, e para um filho adolescente que olhava para o chão e não o escutava.

Ao passar junto às janelas, ouviam muito forte o barulho da chuva. "Bendita água", disse o padre Orduña, "que estava fazendo tanta falta." De súbito, aflorou no inspetor não uma lembrança, mas uma sensação física muito precisa contra a qual não teve tempo de se defender, uma efusão simultânea de raiva antiga e de ternura, de felicidade e desamparo: o cheiro do cânhamo e da lona das alpargatas molhadas, o bafo quente das respirações e dos aventais molhados numa manhã chuvosa e escura de inverno. O padre Orduña parou e se apoiou em seu braço para tomar fôlego.

— Chegamos.

Tirou o molho de chaves do bolso da calça e ficou um bom tempo experimentando uma após outra com uma impaciência crescente, até que por fim conseguiu abrir a porta frente à qual tinham parado. Fez o inspetor entrar em uma sala muito pequena, sem janelas, onde não se ouvia a chuva, nenhum som vindo do exterior. Procurou o interruptor às apalpadelas, não o encontrou e pediu ao inspetor um isqueiro ou fósforos, mas o outro não tinha, e ele murmurou, numa paródia de velho ranzinza, "É isso que acontece por pararmos de fumar". Como sempre ao longo de sua vida, ele logo era dominado pela impaciência diante dos pequenos contratempos domésticos, suas mãos rombudas e brancas se enroscavam desajeitadamente em qualquer coisa, fosse numa máquina de escrever cuja fita tentasse trocar ou numa embalagem de plástico que não conseguisse abrir. Sua desatenção ao funcionamento ou à natureza dos objetos mais corriqueiros talvez fizesse parte de sua indiferença em relação aos bens e às comodidades do mundo. A velhice, a vista fraca e o tremor das mãos acentuavam o descuido. Ele ainda estava tateando a parede quando o inspetor conseguiu finalmente acender a luz: um tubo fluorescente no teto, muito alto, que iluminava uma sala exígua, com uma mesa no centro, com as paredes cobertas de maços de papéis, de livros de contabilidade e arquivos de papelão com datas de anos remotos.

— Aqui está — disse o padre Orduña: — Toda a história do colégio, desde que o abrimos, em 47. Antes isto aqui era um caos, mas aos pouquinhos fui organizando tudo, cada coisa no seu lugar, ano após ano, todos os padres e professores e todos os alunos que passaram por aqui. Pensava um dia escrever a história da nossa comunidade, mas acho que já é tarde. Os dias foram passando sem que eu sentisse, este quarto é mais silencioso que a cripta da igreja, mas, felizmente, menos frio, eu ficava remexendo papéis e fotos e até me esquecia de descer para comer, tanto que mais de uma vez aconteceu de me procurarem com medo de que eu tivesse sofrido um ataque do coração. Mas eu estava bem aqui, com meus papéis, meu aquecedor e meus cigarrinhos. Quer ver onde você está?

O inspetor não queria, mas não disse nada. Sua ternura em relação ao velho podia facilmente transformar-se em impaciência. Não costumava recordar muito a sua infância ou a primeira juventude, não tinha o hábito da lembrança desinteressada e, claro, era completamente imune a qualquer forma de nostalgia. Como passara parte da vida calando suas origens ou inventando mentiras sobre elas, acabou por esquecer de fato boa parte do que tanto se esforçara em ocultar. Desagradava-lhe muito o prazer com que quase todo mundo conta coisas da infância, como se tivessem vivido experiências únicas, prováveis romances. Ele carecia da vaidade das lembranças, e se guardava alguma com mais detalhes, não o devia à acuidade da memória, e sim ao remorso. Se tivesse tido filhos, quem sabe eles houvessem despertado as imagens e sensações de sua própria infância. Mas como muitas pessoas desacostumadas a conviver com crianças, vivia como se só tivesse conhecido a idade adulta, e a vida das crianças lhe parecia ser um estado tão estranho à sua experiência pessoal como a dos cães ou dos chimpanzés. Só agora, depois do crime, é que começara a reparar na presença das crianças: via-as sair da escola de Fátima, interrogara algumas, sobretudo amigas dela, meninas ariscas e ainda aterrorizadas que o olhavam como se suspeitassem dele e recuavam instintivamente quando se aproximava um pouco mais.

O cheiro de giz e suor infantil das classes, o tumulto nas escadas na hora do recreio, a dissonância de tantas vozes agudas o surpreendiam como se compusessem um mundo estranho. A professora de Fátima, que todos chamavam professora Susana, lhe parecera uma mulher como que exausta ou exilada em um país de seres mais barulhentos, baixos, incompreensíveis e belicosos, envolta em seus gritos, seu choro, suas solicitações urgentes e puxões de roupa, como Gulliver atado com as cordas de teia de aranha dos liliputianos. A última vez que a vira, na delegacia, notou que ela estava com os lábios pintados de um vermelho mais forte que na escola. Sua mulher tinha os lábios inchados e ressecados, agora mal os movia ao falar, quando falava, e era muito difícil entender o que dizia.

— No que você estará pensando? — o padre Orduña olhou-o bem de perto com seus olhos miúdos, sempre inquisitivos e como que acusadores, e depositou sobre a mesa uma caixa de papelão, soltando-a de modo tão brusco que levantou um pouco de poeira. — Aqui estão os documentos do ano em que você chegou. Sua ficha deve estar aqui.

— Não precisava se incomodar, padre — disse o inspetor, advertindo o aflorar de uma injusta ponta de irritação para com o velho, desejando não estar ali, naquele cubículo tão pequeno e empoeirado, blindado de silêncio como o interior de uma câmara subterrânea, não ouvir a respiração trabalhosa do padre Orduña nem sentir seu bafio de doença e remédios, de sua roupa não muito limpa, da colônia barata que usava.

— Não é incômodo nenhum — o padre Orduña agora o encarou muito sério, erguendo-se, como quando ia repreender alguém e adotava um ar, não de ameaça, mas de gravidade. — É que eu quero que saiba quem você era. Você tem cara de quem não se lembra muito bem. Agora as pessoas esquecem de tudo, e assim ninguém sabe quem é de verdade. Você se lembra daquela frase de dom Quixote? "Eu sei quem sou." Que palavras fortes. Lembra-se do que Jesus pergunta para os seus discípulos: "E vós, quem credes que eu sou?"; o fato é que eles não sabiam, não podiam ter certeza e, o que é pior, não tinham coragem de saber. Eu sei quem você foi, mas faz tanto tempo que você já não se lembra ou não quer se lembrar, e talvez nem saiba quem é agora.

— O que eu quero é saber quem é um outro.

— O que matou Fátima?

— Quem mais? É só isso que me interessa agora.

— E não lhe interessa saber quem você é na verdade?

— Não entendo por que o senhor está dizendo isso — o inspetor desviou os olhos dos olhos do padre Orduña, agora irritado consigo mesmo, no fundo covarde, inseguro, como um adolescente chamado para receber um sermão, na sua idade. — Claro que eu sei quem sou. Talvez quem não sabe seja o senhor. Aquele que o senhor conheceu não existe mais. Felizmente, claro. Ele não tinha uma vida invejável. Se vocês não tivessem me recolhido aqui, teria acabado num asilo, ou jogado na rua, comendo a bóia dos quartéis.

Mas estava se explicando, quase se confessando para um homem que não tinha visto durante mais de quarenta anos e que no entanto falava com ele empregando o mesmo tom que usaria se o inspetor tivesse permanecido sempre perto dele, que o vigiava, policiando seus pensamentos ou fraquezas como que tentando adivinhá-los, censurando seus atos como um pai implicante e dedicado, com um empenho opressivo em proteger e prevenir.

— Veja quem você era — o padre Orduña tinha despejado e esparramado sobre a mesa todo o conteúdo da caixa de papelão, remexendo entre maços de papéis e pastas de um azul poeirento, com suas mãos impacientes e desajeitadas, inclinando-se muito para ver de perto os rostos nas fotografias, as listas de nomes datilografados: mostrou-lhe uma folha com uma foto grampeada num ângulo superior, junto ao emblema dos reis católicos, com a canga e as flechas, adotado como símbolo pela falange espanhola tradicionalista e pela ditadura de Franco — Você se lembrava?

Mas não podia se lembrar, e não por falta de memória, e sim porque nunca tinha visto uma foto dele próprio quando criança. Naquele tempo as pessoas não tiravam tantas fotografias, não tinham câmaras, nem álbuns para guardá-las, nem dinheiro para pagar um fotógrafo. Na casa de Fátima tinha visto dúzias de fotos da menina morta, batidas quase que desde o momento em que nascera, com o rosto vermelho, o cabelo liso e colado à cabeça, os olhos fechados, uma careta de choro. Na penumbra sufocante do apartamento, onde agora o televisor permanecia funebremente desligado, o pai e a mãe de Fátima lhe mostraram, como se fosse um farto tesouro, as fitas de vídeo e as fotos coloridas da menina, fotos de aniversários, de bailes a fantasia, de festas escolares, da primeira comunhão, grandes fotos emolduradas na sala, penduradas na parede ou dispostas nas estantes, sobre o televisor, como numa capela, um catálogo inesgotável que não restituía a presença nem aliviava a dor, que povoava tudo de fantasmas patéticos e sucessivos, agora alinhados em direção ao final, episódios necessários rumo ao cumprimento do destino: rumo às últimas fotos em branco e preto, as que Ferreras tirara e que ninguém além deles tinha visto.

Mas o rosto da sua fotografia infantil não lhe pareceu como sendo o de alguém dotado de uma identidade definida. Não via o rosto de um menino com nome e sobrenome, com feições diferentes das de qualquer outro, e sim uma efígie um tanto abstrata, como a de uma moeda, um rosto de época, de um determinado tempo e de uma determinada condição social, o cabelo cortado a zero, a expressão assustada, as orelhas grandes, a camisa sem colarinho, com as bordas puídas, fechada até o último botão. Nem sequer no medo, que fazia os olhos se arregalarem, havia nada de pessoal: era o medo infantil dos procedimentos e da autoridade dos estranhos, o susto e a surpresa do flash. As mãos invasoras dos adultos apertavam, torciam o queixo, apalpavam dolorosamente o ventre ou os joelhos sobre os lençóis frios de um consultório médico, enfiavam os dedos na garganta, os dedos do assassino na boca sufocada de Fátima, em sua vagina, dissera Ferreras, dilacerando tudo. As mãos pálidas dos padres subiam verticalmente no ar ou se adiantavam para ser beijadas no dorso, ou arremetiam cruelmente contra o rosto numa bofetada.

— Nós batíamos em vocês — disse o padre Orduña, agora sem olhar para as fotos que tinha à frente, recolhido em si mesmo. — Com a mão espalmada na cara, com o punho fechado na nuca. E os ameaçávamos com a palmatória ou com as penas do Inferno, contávamos os martírios sádicos dos apóstolos e as mortes horrendas dos hereges e dos grandes pecadores. Como se já não houvesse bastante medo e desgraça na vida de vocês nós lhes proporcionávamos mais, que vergonha. Todos os dias, lembra? De manhã até à noite, na missa e no terço, nos sermões da igreja, nos exercícios espirituais. Depois pensei muito nisso, durante todos estes anos, principalmente nos últimos, quando fiquei mais sozinho.

Vinha aqui, olhava os seus rostos nas fotos e me dava vontade de pedir perdão a todos vocês, um por um.

— Eram outros tempos, padre — disse o inspetor. — Vocês falavam e agiam como todo mundo.

— Isso não desculpa nada — o padre Orduña fitava as próprias mãos trançadas com uma expressão triste que acentuava sua cara de velho, e parecia que ao olhá-las via nelas toda a dor que essas mesmas mãos tinham causado num tempo muito remoto, mãos agora frouxas, trêmulas, com o dorso manchado. — Como castigo, nós os obrigávamos a ficar de joelhos e de braços abertos, sempre ameaçando, espiando, envenenando a alma de todos com a obsessão do pecado. Era isso o que fazíamos.

— Naquele tempo, todos os pais batiam nos filhos, de cinto. O senhor não tem culpa de que as coisas fossem assim.

— Mas olhe bem para você, você ainda nem se olhou direito — disse o padre, devolvendo a folha de papel com a foto que o inspetor deixara sobre a mesa quase sem olhar. — Você era exatamente assim quando chegou. Olho para esta foto e é como se o estivesse vendo. Mandei vocês formarem fila quando chegaram da estação e pensei: "Esse é o mais fraco". Você não se atrevia nem a experimentar a caneca de chocolate que lhes demos.

O padre Orduña podia ter mostrado qualquer uma das outras fotos do arquivo e o inspetor teria acreditado, da mesma maneira, que era a sua: se tinha certeza, não era pelas feições estampadas em preto e branco de um menino de outra época, mas pelo nome e pelos dois sobrenomes datilografados em maiúsculas sobre o papel. Leu rapidamente a data e o cabeçalho, Madri, o rude linguajar oficial do documento que em poucas linhas resumia sua origem, a mancha com que nascera e o futuro que o aguardava, "estando a mãe falta de meios e incapacitada por doença e o pai cumprindo a supracitada pena", ao ler isto sentiu que corava e receou que o padre Orduña pudesse notar. O menino da foto não era ele, e a noite em que o fizeram viajar no vagão da terceira classe de um trem gelado e lentíssimo, sem lhe dizer para onde, acontecera em outra época do mundo, mas a vergonha e o remorso de senti-la eram inteiramente seus, os atributos íntimos de sua personalidade.

— Tínhamos que endireitar, que catequizar todos vocês — disse o padre Orduña. — Diziam que os mandavam aqui para que arrancássemos a semente do mal que os pais tinham plantado em suas almas. Éramos como missionários, como evangelizadores.

— O senhor acreditava nisso?

— Claro que acreditava. — Dessa vez, foi o padre Orduña quem baixou a cabeça: cada qual carregava seu próprio remorso, sua variedade pessoal de vergonha. — Eu tinha as minhas idéias sobre a caridade e os pobres, mas era um padre integrista. Tinha estado na guerra do lado dos que ganharam.

— Como capelão?

— Não, quem me dera — o padre fingia ordenar sobre a mesa os cartões de um fichário de alunos. — Dando tiros, como alferes provisório, patente equivalente à de segundo-tenente, concedida aos combatentes do exército franquista depois de um curto treinamento. Isso de virar padre foi depois. Uma vocação tardia. Como a sua, pelas forças da ordem.

O tom de impertinência afetuosa não chegava a velar um persistente fio de reprovação, algo que estava em seus olhos, o tipo de censura bastante eficaz, porque não chega a ser formulada em palavras e assim se fortalece a culpa no outro.

— Eu tinha que ganhar a vida de algum modo.

— Seu pai chegou a saber disso?

— Acho que não — o inspetor encolheu os ombros e deixou sobre a mesa o papel com a foto: queria dar a visita por encerrada, deixar a saleta o quanto antes. — Morreu antes de eu terminar o curso de direito. Mas já era desgraça bastante para ele que seu filho quisesse ser advogado e apolítico.

— Ninguém pode ser apolítico.

— É o que ele dizia.

— Vocês brigavam muito?

— Eu mal o via. Teve uma trombose, e quando cheguei ao hospital acho que já não me reconheceu. Devia pensar de mim o mesmo que o senhor, só que ele me recriminava abertamente.

— O mesmo que eu? — muito perto do inspetor, mais baixo e gordo que ele, o padre Orduña precisava se esticar para olhá-lo nos olhos. — O que é que você acha que eu penso de você?

— Que cometi uma espécie de traição aos meus, fossem eles quem fossem. Vocês sempre estavam procurando traidores e apóstatas, pessoas para excomungar.

— "Vocês"?

— Os dois lados, quero dizer — o inspetor, que não tinha o hábito de manter verdadeiras conversas com ninguém, tinha muita dificuldade de se explicar. — Os padres e os do partido do meu pai. Meu pai considerava Stálin, Fidel Castro ou Ho Chi Mihn tão infalíveis como vocês o papa. Por isso depois acabaram se entendendo tão bem, tinham a mesma tendência a dividir o mundo em leais e traidores.

— Uma coisa nós dois temos em comum: é que eu também fui chamado de traidor — na voz do padre Orduña voltava a soar um tom de ternura. — Ainda tem gente nesta cidade que continua a me dizer isso, você não imagina como eles são. Diziam que na missa eu lia panfletos comunistas, e eram apenas passagens dos evangelhos, das epístolas ou dos profetas. Você se lembra da epístola de Tiago?

O inspetor disse que não. Quando se casou, alguém lhe deu de presente uma Bíblia grande, forrada de couro sintético, com as letras e os cantos dourados, mas ele nunca a leu. Aquelas bíblias faziam parte da mobília dos recém-casados, como o barzinho ou o crucifixo do quarto. O padre Orduña fechou os olhos e recitou de memória e sem vacilação, com a voz rouca e forte:

— "Vós, ricos, chorai e gemei pelas desgraças que sobre vós virão. Vossas riquezas estão podres e vossas roupas, roídas pelos vermes, vosso ouro e vossa prata estão enferrujando e sua ferrugem servirá de testemunho contra vós. Como um fogo, roerá vossas carnes..." Os que o antecederam na delegacia abriram um inquérito contra mim por propaganda ilegal. Claro que tiveram que arquivá-lo quando souberam que eu só tinha lido uns versículos do Novo Testamento. O pároco da igreja da Trinidad pedia publicamente em seus sermões que eu fosse expulso do sacerdócio. Pobre homem, Deus teve misericórdia dele e o levou logo depois da morte de Franco.

O padre Orduña, em sua velhice, logo ficava com os olhos cheios de lágrimas, e aquela propensão ao choro o desagradava muito, parecia-lhe quase um pecado de impudor. Atrapalhado, limpou os olhos e as lentes dos óculos com um lenço e, antes de dobrá-lo de qualquer jeito e tornar a guardar, assoou o nariz.

— Preciso ir, padre — disse o inspetor. — Tenho muito trabalho na delegacia.

Falara tão baixo, depois de tanto pensar a frase e de não se atrever a dizê-la, que o padre Orduña não o ouviu. Estava de novo ordenando pastas e arquivos, boletins, fichas de cartolina com fotos, nomes e datas que resumiam outras vidas infantis muito parecidas com a do inspetor, tão semelhantes a ela como os rostos das outras crianças, vidas esquecidas de desamparo e pobreza, de medo das palmatórias, e das batinas, e dos castigos do Inferno. Mais de quarenta anos antes, quando aquele garoto aterrorizado começou a crescer com saúde e passou a ler e escrever com uma agudeza inesperada, o padre Orduña o observava brincar no pátio ou prestar atenção à aula e, em segredo, vinham-lhe à mente umas palavras do Evangelho que até então provavelmente não tinha entendido: "Este é meu filho amado, em quem pus minha afeição".

— Padre — repetiu o inspetor, mais alto, mas o padre não ergueu os olhos, que, para sua vergonha, tinham voltado a marejar. — Preciso ir.

O padre Orduña tornou a fingir que limpava as lentes dos óculos e recolheu de qualquer maneira a desordem da mesa, guardando em seguida a grande caixa de papelão em seu lugar na estante. Esperou o inspetor sair para apagar a luz e, quando ia fazê-lo, permaneceu imóvel por um instante, como perdido em algo, fitando as lombadas de papelão alinhadas nas estantes metálicas.

— Não sei como não pensei nisso antes — disse. — Ele também pode estar aqui.

— Como? — o inspetor já estava realmente perdendo a paciência, já era muito tarde, e se houvesse alguma urgência ninguém saberia onde encontrá-lo.

— Esse homem que você está procurando — disse sombriamente o padre Orduña. — O que matou essa menina. Talvez tenha sido aluno nosso e sua foto esteja no arquivo.

11.

Toda a sua vida, sua consciência, sua vontade, resumiam-se agora a uma única interrogação, imóvel e obsediante, sempre repetida, desde que abria os olhos, ao amanhecer, na cama em que dormia sozinho fazia meses, até quando acordava no meio da noite e sabia que não recuperaria mais o sono, sem cigarros nem álcool para ajudar a passar o tempo, sem ninguém por perto, sem uma mulher virada para o outro lado e fingindo dormir, só com a sua consciência, com o seu sistema nervoso aguçado ao extremo pela insônia e pelo excesso de lucidez provocado pela ausência de nicotina e álcool no sangue. Bebia pensando que o álcool despertava sua força e excitava sua inteligência, e de repente deixara de beber para descobrir justo o contrário, que tinha vivido sob o efeito, não de um estimulante, mas de um narcótico, e que sem o peso tremendo e em grande parte imperceptível do álcool o sistema nervoso e a capacidade de raciocinar adquiriam uma velocidade e uma limpidez quase insuportáveis, sem miragens nem repouso, mas também sem consolo, uma claridade fria de mau tempo, o novo país habitado agora pelo inspetor, uma identidade que não sabia se recém-nascida ou recuperada, se tão falsa como as outras, as que durante anos o duplo hábito da simulação e do álcool lhe proporcionara. Vivia em outra cidade, procurava por alguém, almoçava e jantava em uma das mesas individuais do café Monterrey, telefonava todas as tardes, entre seis e sete da noite, para a clínica onde sua mulher continuava internada, dormia tarde e com a ajuda de um Valium, acordava automaticamente com a luz do dia em um cômodo muito semelhante a um quarto de hotel, usava o carro só nas manhãs de domingo, para ir à clínica. Preferia não saber muito mais de si mesmo. Sentia-se aliviado por ter desaparecido, por agora não ser mais do que uma ausência nos lugares em que morara, nas ruas onde certamente o seguiram e onde podiam tê-lo matado e na casa onde tantas vezes o telefone tocara e ele ou sua mulher tinham ouvido uma voz mais bruta que ameaçadora, "Sabemos quem você é, vamos te pegar, seu rato filho da puta".

"Eu sei quem sou", recitara-lhe o padre Orduña, com sua profunda voz antiga de pregador, "E vós, quem credes que eu sou?". Mas ele não queria descer tão fundo, nem se perder no que talvez não passasse de uma confusão de palavras, construídas e urdidas, como dizia Ferreras, para ocultar uma evidência fisiológica inaceitável, o reconhecimento daquilo que o ser humano é de verdade, por dentro, insistia Ferreras, quer dizer, no sentido mais básico, por baixo da pele e da caixa craniana, do poderoso arcabouço das costelas: um espetáculo semelhante, até no cheiro, ao do balcão de vísceras de um açougue no mercado. Pode-se dar nome a um rosto, ao brilho de uns olhos, à superfície mais frágil de um corpo humano, a uma voz, mas como dá-lo ao um quilo e meio de massa encefálica que se acaba de extrair do crânio?, a um par de pulmões ou a um fígado?, a uma massa de intestinos que o auxiliar de Ferreras, o ajudante de autópsias, depositava em um grande balde de plástico com a brutalidade de um açougueiro?

* * *

"A alma", dissera Ferreras no Monterrey, com menos desprendimento científico do que melancolia, talvez crispado pelo horror da autópsia de Fátima, pelo efeito de seu segundo copo de conhaque, "o inconsciente, as lembranças, o eu. Tudo literatura ou simples medo, incapacidade de encarar o que somos de olhos abertos. Lembra-se daquele russo que foi para o espaço e que na volta disse não ter visto Deus em lugar nenhum? Eu olho dentro de alguém e só vejo tecidos e órgãos, desde que levanto a pele do rosto e o couro cabeludo e abro a caixa torácica, a identidade humana do que tenho diante de mim é um ato de fé, ou, mais exatamente, não estranhe a palavra, de misericórdia. Com os adultos é diferente, quero dizer, com os mortos adultos. Vemos os efeitos da idade, das doenças ou dos vícios, os pulmões pretos, escorrendo alcatrão, o fígado inchado, percebemos e aceitamos que o destino da nossa matéria é a decadência e a morte. 'O mecanismo é engenhoso, mas os materiais muito medíocres.' Não sei onde foi que eu li isso. Mas numa criança é algo simplesmente inaceitável. Tudo está intacto, pronto para a vida, os pulmões têm um rosa muito claro, os ossos ainda são flexíveis, não se quebram como os de um homem maduro, com aquele barulho seco. Não importa quantas autópsias você tenha feito. Ontem, contra todas as regras da minha ética profissional, tive que aceitar do meu ajudante um trago horrível de anis seco. Para ele tanto faz, diz que já abriu mais de mil e quinhentos cadáveres. Acho que no fundo ele me despreza, como um sargento tarimbado a um tenentezinho de academia. Serrei o crânio da menina e extraí o cérebro, sentia sua umidade e maciez através das luvas de borracha. E então pensei que naquela matéria estavam ou tinham estado de algum modo todas as sensações e lembranças da menina, o mundo inteiro ali contido, se pararmos para pensar..."

Mas o inspetor não queria pensar em nada além de sua primeira e única indagação, e o *quem* que lhe importava carecia dos refolhos de uma alma católica e dos pormenores orgânicos que encantavam e repugnavam Ferreras: resumia-se a um nome e dois sobrenomes, a um rosto que seria fotografado de frente e de perfil, dos dois lados do rosto. Ele simplesmente procurava um homem de vinte e poucos anos que tinha raptado e assassinado uma menina de nove, e esse enigma podia encerrar obscuridade, mas não incerteza, alguém leva nas mãos as impressões digitais que Ferreras identificou na pele e na roupa da menina, alguém tem o sangue daquele tipo e calça os sapatos cujas solas estão agora estampadas no arquivo da polícia, e engole a mesma saliva que impregnou o filtro de cinco cigarros.

Ele pode dizer, no segredo de sua impunidade, "Eu sei quem sou", ele sabe que raptou e matou a menina, e talvez também pense ou saiba que essa confissão íntima não acarreta nenhum perigo, talvez saiba que não há testemunhas, exceto uma mulher que não é capaz de recordar o seu rosto, apenas o sangue que brotava de sua mão esquerda e que ele chupava. Mas depois, quando o inspetor lhe mostrou o álbum com as fotos dos delinqüentes sexuais, a mulher foi olhando uma por uma e negando mecanicamente com a cabeça, tinha certeza, nenhum desses homens era o que ela tinha visto. Então bateram à porta e um guarda disse ao inspetor que a professora estava esperando por ele, e ele, a princípio, não soube a quem o funcionário se referia, tão atordoado estava com o trabalho e a falta de sono, a professora de Fátima, disse o guarda, diz que o senhor lhe pediu que viesse.

Não vá embora, disse à mulher de luto, que olhava os rostos torvos das fichas policiais, nas suas versões de frente e de perfil, com a mesma atitude de pesar de quem observasse o rosto dos parentes mortos em um álbum de família, sempre negando com a cabeça, "Não, senhor, não é nenhum desses, se fosse, pode ter certeza de que eu ia conhecer, por Deus e Nossa Senhora que ia". Saiu do escritório, e a professora estava esperando por ele de pé na pequena ante-sala de paredes cobertas até a metade com horríveis azulejos marrons, que ela não havia deixado de notar com aquele seu dom para captar a afronta da feiúra cotidiana das coisas. Usava um casaco folgado, com os ombros molhados, e fumava um cigarro segurando o cinzeiro na mão esquerda. Sem muito jeito, o inspetor pediu desculpas por tê-la feito esperar tanto, primeiro na escola e agora na delegacia: a professora, Susana Grey, amenizando a ironia com um sorriso, disse que não fazia mal, que já estava começando a se acostumar, e foi então que o inspetor reparou no batom, que de certo modo contrastava com o ar prático de seu penteado de e sua roupa, de sua presença mesma, pois estava vestida para o trabalho e o inverno e trazia no rosto todo o cansaço de um dia inteiro com crianças. Tinha o cabelo preto, bem curto e penteado com certo descuido, e as sobrancelhas nítidas e escuras. Quando tirou as luvas, o inspetor observou à luz da luminária de sua mesa que ela tinha mãos grandes, mas não masculinas, e que não usava anéis nem pintava as unhas. Estranhou a falta de alianças: Susana Grey tinha um ar muito definido de mulher casada e com filhos.

— Esta senhora viu Fátima e seu assassino, justo quando saíam do prédio — disse o inspetor, apontando para a mulher enlutada, que fez menção de se levantar e inclinou medrosamente a cabeça, como se estivesse acatando a autoridade suplementar da professora. — Gostaria que a senhora escutasse atentamente a sua descrição, caso tenha alguma suspeita de ter visto esse indivíduo perto da escola. Espiando pela grade do pátio, por exemplo, ou esperando na hora da saída, entre pais e mães.

Pois veja a senhora, disse a mulher, e começou a repetir para Susana, palavra por palavra, o mesmo que contara ao inspetor, minuciosa, irritante, monótona, fazendo rapidamente o sinal-da-cruz quando pronunciava o nome de Fátima, esse anjinho, dizia, e brotavam-lhe as lágrimas, acrescentava detalhes já duvidosos ou totalmente imaginários, culpava a si mesma, onde é que ela estava com a cabeça para não desconfiar de nada, para não ver que tinha alguma coisa estranha com aquele homem que parecia cobrir a boca com a mão e que na verdade estava chupando o próprio sangue.

A mulher falava com Susana Grey atribuindo-lhe uma benévola superioridade, como sem dúvida falaria com uma médica no posto de saúde de seu povoado. De pé, as costas contra o vidro frio da sacada, o inspetor a escutava com desalento e cansaço, pensando que era inútil qualquer tentativa de descrição, porque essa mulher tinha visto o assassino por poucos segundos fazia várias semanas, e também porque era bem possível que ele não tivesse nenhuma característica que permitisse sua descrição exata, nada que não fosse vulgar, tão ordinário e comum que não se fixasse na memória de ninguém. Salvo o detalhe do sangue, que era como uma mancha violenta de cor nos tons cinza de uma fotocópia, a mulher na verdade não se lembrava de nada, só tinha certeza do que o homem não era, das semelhanças que ele não apresentava em relação a quaisquer outros, não era alto, nem muito baixo, não tinha barba, não estava vestido de uma maneira especial, era jovem, sim, mas não muito, não era gordo, talvez corpulento, mas também não muito, não se parecia com nenhum dos estupradores nem com os homens envelhecidos e humildes que abordavam as meninas nos parques públicos ou apalpavam as pernas das crianças no escuro do cinema, com nenhum membro daquela confraria sórdida de olhares e perfis catalogada em um álbum exatamente igual aos que as pessoas usam para suas fotos de família, com folhas adesivas e recobertas por uma película de plástico.

— Que estranho — disse depois a professora, quando a outra mulher já tinha saído e o inspetor pediu-lhe que ficasse mais um pouco, que olhasse as fotos com atenção. — Eu não imaginava que o arquivo da polícia fosse assim. Vocês não tem computadores, grandes fichários informatizados?

— Aqui não, por enquanto. Mas, mesmo que tivéssemos, de nada adiantaria — o inspetor estava sentado atrás de sua mesa, separado de Susana pela luz da luminária e pelo álbum aberto. Em seu trato com os demais, sobretudo com as mulheres, preferia sempre a segurança da distância física, o alívio da correção profissional. — O mais provável é que esse sujeito não tenha ficha na polícia. Para todos os efeitos, é como se ele fosse invisível. Nenhum desses rostos lhe é familiar? Preste atenção. Muitos costumam rondar os colégios. Quem sabe algum deles já tenha até perturbado a senhora.

Perguntou ao inspetor se podia fumar, e ele assentiu com a cabeça e ofereceu-lhe um cinzeiro. Ela tirou da bolsa, não sem dificuldade, um maço de cigarros e uma caixa um tanto incongruente de fósforos de cozinha, e em seguida, em vez de acender o cigarro, tirou também um estojo de óculos, e quando os colocou seu rosto mudou, tornou-se mais sério, mais aprumado, dando-lhe um ar de mulher mais jovem e ao mesmo tempo mais dona de si, sem a expressão enganadora de alheamento que havia em seus olhos míopes quando estavam desarmados. Devia ter trinta e sete ou trinta e oito anos, calculou o inspetor, quarenta no máximo. O fato de não ser muito mais jovem que ele no fundo o tranqüilizava. Não sabia lidar com pessoas muito jovens, homens ou mulheres, salvo se pertencessem ao mundo familiar e previsível da delinqüência, e muitas vezes nem mesmo com esses, não com os mais jovens, com os adolescentes que vira destruir vitrines e incendiar ônibus em Bilbao, ameaçar de morte, cara a cara, os policiais que os olhavam imóveis, passivos atrás dos escudos e capacetes.

— Algum desses rostos lhe diz alguma coisa?

— Todos me dão medo.

Estremecia ao olhar as feições daqueles homens, alguns muito jovens e outros setuagenários, despenteados, com a barba por fazer, carrancudos diante da câmara da polícia, não com cara de arrependimento nem de medo, e sim de rancor, de fúria calada e desafio: unânimes nas vistas frontais e nos perfis, nas faces mal barbeadas, na fixidez das pupilas, pareciam máscaras de uma masculinidade brutal, não de transtorno mental nem de luxúria, mas de soberba e de ódio, de fria determinação e crueldade ocultas sob uns traços quase sempre normais. Algum deles poderia estar agindo essa mesma noite em algum beco: ela mesma, ao entrar no hall escuro de seu prédio, poderia sentir de repente a mordaça de uma mão na boca e o fio de uma faca no pescoço. Não gostava nem um pouco de olhar as fotos, a muito custo fixava sua atenção em cada uma delas. Tivera uma sensação semelhante nas poucas vezes em que se vira obrigada, numa reunião de amigos, a assistir a um vídeo pornográfico.

— Preste atenção principalmente nos mais jovens — disse o inspetor. — O que estamos procurando não deve passar dos vinte e cinco.

— Filho da mãe — Susana Grey afastou a vista do álbum e olhou para a foto de Fátima que o inspetor ainda tinha pendurada na parede. — Como alguém pode fazer isso com uma menina?

— Provavelmente não é capaz de fazê-lo com uma mulher adulta.

— Não me diga que são doentes — disse a professora, em um acesso de indignação e raiva. — Que não podem evitá-lo. É como dizer que esses militares sérvios não podem resistir ao impulso de matar e estuprar mulheres.

— Eu não pensava dizer isso.

"Não gozou", dissera Ferreras, "o desgraçado nem sequer teve uma ereção completa." Mas usou os dedos, que eram muito fortes e tinham as unhas mal cortadas, ou com a borda muito áspera, pelas marcas que tinha deixado na pele de Fátima. O que quer dizer que ele sem dúvida se dedica a um trabalho manual: o inspetor estranhou não ter pensado nisso antes, nas unhas de bordas quebradas de quem trabalha com as mãos. Olhou as unhas sem pintar das mãos de Susana, deslizando pelas folhas plastificadas do álbum, sob a luz de uma luminária rodeada de penumbra, porque já era noite fechada, e teve a sensação de ter acordado de um sonho inadvertido e brevíssimo, um sonho do qual voltava com um fragmento mínimo mas precioso de lembrança, quase uma adivinhação, as unhas quebradas de alguém, mais capazes de dilacerar que de arranhar, possivelmente com as bordas escuras, contendo na sujeira resíduos infinitesimais do sangue e da pele de Fátima.

12.

Escuta o despertador no quarto iluminado pela lua, a voz do rádio, a voz sussurrante e quente de uma mulher que faz um programa de telefonemas noturnos, puta, pensa, e o diz em voz alta, com cuidado, para que não o ouçam, é muito tarde mas nunca se sabe, as paredes têm ouvidos, a fulana tem a voz igualzinha à de uma puta, de quando se aproximam do balcão e falam, oi, me paga um drinque? e adiantam o cigarro pedindo fogo, e o drinque é sempre champanhe, ou pior ainda, sidra, das marcas mais vagabundas, como elas, as que trabalham nesses bares de beira de estrada, nas saídas da cidade, depois dos últimos conjuntos habitacionais, das concessionárias de carros e dos últimos postos de gasolina, as luzes vermelhas cintilando, chamando de longe, a claridade avermelhada ou azulada atrás dos vidros foscos, e depois pura miséria, enganação, colchões sem lençóis, taças de sidra cheirando a vômito e guardanapos de papel espalhados pelo chão de cimento. A voz o acorda toda madrugada, às quatro em ponto, às três nas madrugadas de sábado, se bem que muitas vezes quando o rádio começa a tocar ele já está acordado, fitando os números vermelhos na escuridão e esperando a voz, ou simplesmente não chegou a dormir, como esta noite, fumando deitado de barriga para cima, com a luz da lua cheia na janela, em todo o quarto, depois da chuva, a lua cheia estática e ao mesmo tempo correndo entre as grandes nuvens que o vento dispersa, deixando o céu limpo, com uma gaze de luz que rodeia a lua e entra no quarto e pousa sobre os objetos, ressaltando suas formas, como se todas as coisas fossem feitas da mesma matéria, de luz e sombra e cinza lunar, o cabide e a cama, o armário, o espelho, que também tem forma de lua, e onde ele poderia se ver agora mesmo se levantasse, sem necessidade de acender a luz elétrica, tão clara que está a noite.

No fundo, ele gosta da insônia, do poder de permanecer acordado e alerta enquanto os outros dormem, do privilégio, às vezes, de sair pelas ruas desertas, às três ou às quatro da manhã, principalmente agora, neste inverno em que a chuva e o frio mantêm as pessoas mais fechadas ainda dentro de suas casas, a chuva e o frio e também o medo, não se pode esquecer, o prazer de dirigir o furgão sem risco de topar com ninguém, circulando sem propósito algum, acelerando nas avenidas da parte nova, rumo aos limites despovoados da cidade, ao brilho das luzes vermelhas, ou fazendo cantar os freios e os pneus nas esquinas das vielas, iluminando de repente os olhos de um gato, de um desses gatos de rua que andam pelas casas e pelos currais em ruínas do bairro de San Lorenzo, de onde seus pais teimam em não querer sair. "Depois que nós morrermos você pode vender a casa", diz a mãe, "mas antes disso não." "Também não falta muito", diz o pai, com ironia macabra, com um silvo de bronquite crônica entre as palavras, e pode ser que também de câncer de pulmão, tomara, pensa, e o diz em voz alta, sozinho em seu quarto, na frente do espelho do armário, no qual se examina e se mede, em pé, nu e pálido agora à luz da lua, não envergonhado, arrogante, onde volta a se olhar cada vez que entra, as pupilas, a pele do rosto, por medo de alguma doença, os dentes, abre muito a boca e aproxima uma lanterna e torce a cabeça e vira os olhos para examinar obturações e cáries, junta as mãos na frente da boca para sentir o hálito, e então tem de lavá-las de novo.

Elas sempre com esse cheiro, o cheiro que ele estranha que ninguém sinta, ou então disfarçam e não falam nada, de nojo, como ele mesmo disfarça tantas vezes, sorrindo por fora e morrendo de nojo e de raiva por dentro, sim, senhora, às suas ordens, senhora, o que vai ser hoje, senhora?, com o maior prazer, tomara que você apodreça e arrebente. De dia, quando os velhos estão de pé, ele sai do quarto se esgueirando como um hóspede furtivo e se tranca no banheiro, passando o trinco, como antigamente, há dez ou doze anos, quando se trancava para bater as primeiras punhetas, para observar aquilo como se fosse algo prodigioso e ameaçador, levantando por contra própria, ficando vermelho, com aquele buraco parecendo um olho vazado, e depois o cheiro que também tomava conta de tudo, tão delator e clandestino como a fumaça nauseabunda dos primeiros cigarros. Tinha de lavar as mãos com um sabão muito áspero, e de tanto esfregá-las ficavam vermelhas, mas pelo menos naquele tempo eram mãos mais finas, não mais de criança, mãos de estudante, de filhinho de papai, sem calos, sem as unhas quebradas e sujas como agora, sempre com uma linha preta que parece que não tem mais jeito de sair. Ele, de manhã, enquanto toma o primeiro café com um pouco de conhaque, tem o hábito de limpar as unhas com um palito de dentes, assim como outros limpam as gengivas, mas a sujeira é dura demais e quebra a ponta do palito, precisaria ficar horas com elas de molho em água fervendo, e nem assim. Ele toma banho com a água na máxima temperatura que sua pele consegue suportar, como nos chuveiros do exército, fervendo ou gelada, sem meio-termo, você estava lá cozinhando e de repente ficava roxo de frio, e tudo se encolhia, e os soldados faziam brincadeiras pesadas, vamos ver esse aí, que não tem pau, está precisando de um transplante. Com o barulho da água não ouve as batidas na porta do banheiro, que ele tem a precaução de fechar com trinco, é o velho que quer entrar, porque sempre está mijando nas calças, que vá mijar no tanque, desgraçado, pensa, e o diz em voz alta, porque o jato de água e a porta fechada abafam a voz, e o pai se retira resmungando, diz que ele gasta gás demais, que desse jeito nem comprando um botijão por dia. Toca-se devagar, começa a imaginar coisas e sente o membro crescer, roxo e obstinado sob a água, mas não como nos filmes ou nas revistas, isso não dá para negar, se bem que esses caras são todos operados, e muitos deles são veados que ainda por cima nem podem usar o pau, de tão grande que é, não entra em lugar nenhum, era o que falavam daquele asturiano do quartel, que na zona as putas saíam correndo dele quando viam o tamanho da peça, e que tinha engravidado a namorada porque a camisinha estourou bem na hora de gozar. Isso mesmo, vamos chamar o asturiano para que lhe faça uma doação de órgão, ou pelo menos de alguns centímetros, que não vão lhe fazer a menor falta, falou o outro, aquele que o tinha visto sair do banho, antes que ele tivesse tempo de se cobrir com a toalha. Estava tremendo de frio e com tudo encolhido, quando se esquentasse ia lhes mostrar, que deixassem com ele uma de suas namoradas ou de suas irmãs, que aí eles iam ver. Mas durante o dia, quando os dois estão acordados, ele não tem sossego, tem sempre de trancar a porta do banheiro e do quarto por dentro, por isso prefere a noite, a insônia, mesmo que depois passe a manhã inteira feito um sonâmbulo, se agüentando na base do café com conhaque, e com os nervos também, com a força que ele tem nos músculos, nos dedos das mãos, mesmo não estando cheio de hormônios que nem esses veadinhos de academia, com os bíceps cheios de veias e brilhando de óleo. A velha, quando o viu correr o trinco, olhou para ele com cara de velório, a mesma de sempre, parecia uma amortalhada. Que coisa, meu filho, nem que você tivesse que se esconder da gente. Sempre se trancando, como quando tinha doze anos, no escuro e embaixo das cobertas, tentando não fazer barulho com as molas do colchão, na latrina do curral e, depois, quando tiveram um, no banheiro, as revistas escondidas embaixo da camisa, e mais tarde as fitas de vídeo embrulhadas nas sacolas de compra, se bem que se não fosse pelas fotos da embalagem de cada uma daria na mesma, que eles não sabem nem ligar o vídeo nem botar um filme, são tão burros que até demoraram para se acostumar com o controle remoto, mas que agora não largam, a mãe aperta os botões tão rápido como antes passava as contas do terço, que velha, a mania que ela tem para pular de uma novela para outra, e de aumentar o volume, um toque e a casa inteira treme, só que para eles tanto faz, podia acontecer um terremoto ou um incêndio que eles continuariam olhando a televisão, muito fixo, mas sem entender nada, nem os filmes nem os noticiários, nem a missa que passam no domingo de manhã, principalmente se é o papa que reza, a velha começa a chorar e joga beijos para a tevê, e o pai olha para ela de lado com ódio e não fala nada, só respira com os brônquios ou os pulmões carregados, com enfisema ou câncer, que não tivesse fumado tanto aquele tabaco fedido, aquele fumo que sufocava quem estava por perto, os cigarros babados que ele mesmo enrolava e guardava apagados no bolso da calça.

Trinco no banheiro e no quarto, chave nas gavetas do armário, e a velha sempre apalpando tudo como uma cega, e falando, que coisa, parece até que eu vou roubar você. Mas nem à noite dá para ficar completamente sossegado, nem quando a voz de mulher começa a sussurrar no rádio, igualzinho a uma puta, falsa que nem uma, rindo quando um sujeito que está na linha solta alguma besteira, fingindo que se escandaliza, que vai desligar, e se eu telefonasse uma noite dessas?, pensa, e se eu contasse para você? Mas nem assim tem sossego, ele os ouve roncar, tossir no seu quarto, até falar ou brigar em voz baixa, com essa voz tão estranha que as pessoas têm nas horas de sono, os dois com as cobertas até o queixo, as cabeças juntas, as caras de mortos, às vezes, sem motivo, vai espiar o quarto deles e os vê à luz do corredor, as duas caras chupadas, sem as dentaduras postiças, o cheiro de velhice, de gases debaixo dos lençóis e de urina fermentada no penico que eles continuam usando, quando ninguém mais usa, se bem que agora pelo menos é um penico de plástico e não um daqueles urinóis de barro vidrado que tinham até bem pouco atrás, fósseis incorrigíveis, os dois juntos como múmias sob a cabeceira da cama e o crucifixo, que foi presente de casamento, como o despertador velho em cima do criado-mudo, com um brilho gasto de enxofre nos números e nos ponteiros, que trinta anos antes devia ser uma novidade, um relógio tão moderno que a pessoa não precisava acender a luz para ver as horas. Em cima de cada criado-mudo, um copo de plástico com uma dentadura e uma pequena Virgem de Gavellar de plástico pintado imitando prata. Toda noite a velha acendia uma lamparina de azeite para a sua imagem, até que uma vez quase pôs fogo na casa, foi procurar o copo da dentadura e a chama da lamparina pegou na manga da camisola, e ele acordou com os gritos, fazia pouco mais de meia hora que tinha pegado no sono e depois não conseguiu mais pregar o olho, não tinha nem direito de dormir depois de um dia inteiro se matando de trabalhar. Os dois bem que podiam ter virado churrasco nessa noite, queimado como palha entre gases e roupas de lã e lençóis velhos que enchiam o escuro com esse cheiro, e com eles podia ter queimado a casa inteira, com seu teto de caniço onde à noite se ouviam os passos dos ratos e com suas vigas de madeira que a broca roía sem parar. Nunca tem silêncio; nunca dá para ficar sossegado, para sentar e assistir a um filme à vontade à uma da manhã, a gente se mata de trabalhar mais horas que o relógio e depois não tem nem direito de assistir a um vídeo, não tem como, eles estão sempre atrapalhando, levantando às duas da manhã para beber água ou para mijar, ou porque esqueceram de deixar a dentadura de molho, que nojo, por isso acabou comprando outra televisão para pôr no quarto, e ligou o vídeo nela, com seu dinheiro podia fazer o que bem entendesse, e ai do velho se perguntasse alguma coisa, ele que tentasse. Desde então se tranca para ver os filmes tão protegido como antes no banheiro com as revistas, mas toma o cuidado adicional de baixar o volume, o que não lhe permite ouvir os gritos, os gemidos e os barulhos tão alto como gostaria, como os escutaria se uma dessas mulheres estivesse com ele de verdade, falando ao seu ouvido essas coisas que elas dizem, enfiando a língua comprida até tocar seu tímpano com a ponta molhada. Era assim que ele ouvia os filmes no cinema Principal, quando ainda funcionava, dois filmes por noite pelo preço de um, em sessão corrida, o único problema era o cinema ficar tão perto de sua casa, o porteiro na certa o conhecia, mas se armava de coragem e ia assim mesmo, de coragem e de razão, pois não estava fazendo nada de errado, para algo ele trabalhava mais horas que um relógio, se esfalfava, se matava, comprava o ingresso com seu dinheiro e podia ver o filme que bem entendesse, ele era maior de idade, já era muito antes de fazer dezoito anos e prestar o serviço militar. Nada disso diminuía a agonia de se aproximar da bilheteria olhando de lado, caso aparecesse algum conhecido, e de entregar o ingresso para o porteiro, principalmente nas primeiras vezes, mas quando entrava na penumbra dos corredores que cheiravam a desodorizante barato e a umidade de paredes velhas já não importava mais nada, parecia que o chão se inclinava um pouco para a frente só para acrescentar mais suavidade e determinação aos passos, avançava por um túnel aquecido e iluminado de espaço em espaço por luzes vermelhas de emergência e antes de empurrar a pesada cortina vermelha ou roxa da platéia já ouvia os gemidos, as palavras, os gritos, os estalos de sucção ou de luta, e assim que sentava impressionava-se com o tamanho inconcebível das coisas que se moviam na tela, com as contorções, com os pormenores ginecológicos dos corpos abertos, com os corpos tão fragmentados em closes ou retorcidos e amontoados em posturas tais que ele demorava um pouco para distinguir, para identificar. E ao seu redor, nas poltronas da sala, que na penumbra ainda conservava os brilhos de um luxo falso e decaído de muitos anos antes, via algumas cabeças solitárias e imóveis, não muitas, e nunca agrupadas, cabeças de velhos principalmente, pessoas que não tiravam o casaco dentro do cinema e saíam tão rápido como tinham entrado, talvez por medo de que as luzes da sala os iluminassem de surpresa, luzes que na realidade nunca se acendiam. De vez em quando se ouvia, no silêncio expectante da sala vazia, algum gemido ou suspiro, uma tossida, alguém que se agitava na poltrona provocando o rangido de madeiras velhas ou de repente se levantava para sair, de modo que também não tinha como se concentrar no filme. Era como em seu quarto, quando estava trancado e ouvia os passos e a tosse do velho no corredor, de repente pensava que podia ter esquecido de trancar a porta e estragava tudo, justo no momento escolhido e procurado, no instante mais delicioso, quando seu espasmo ia coincidir com o do grandalhão que no filme sujava a cara e a boca de uma mulher que depois se lambia com a língua comprida e vermelha, na hora de contratar as mulheres deviam medir a língua delas. "Não sei como outra coisa, mas tenho certeza de que como ator pornô você não vai ganhar a vida, rapaz", falou-lhe aquele sujeito no chuveiro do quartel, olhando para suas partes descaradamente e com um risinho na boca, sem se cobrir, ainda nu, ele não tinha vergonha, o dele balançava pesadamente enquanto se enxugava, com certeza no seu chuveiro a porra da água não tinha saído tão gelada. Ouve a voz da mulher no rádio e se excita na hora, três e quinze, diz a voz, sussurrando, falando como se falasse só com ele em seu quarto, "Onde quer que você esteja, saiba que eu lhe faço companhia", diz, e ele pensa, já de pé, sem acender a luz, pálido diante do espelho, à luz da lua, se você soubesse onde estou, se você soubesse quem sou. Veste-se rápido, em silêncio, olhando o relógio, movendo-se como um gato, imagina, na penumbra, entre as coisas iluminadas pela lua, presta atenção, imóvel, no umbral do corredor, escuta os roncos dos dois velhos, os dela mais suaves, os dele como se tivesse pedras ou lama nos pulmões, veste a jaqueta, amarra o tênis, abre com a chave a gaveta do armário, testa o canivete antes de guardá-lo no bolso da calça, a lâmina saltando elasticamente ferida pelo luar, depois o isqueiro e os cigarros, as chaves do furgão, as da porta de casa, um dia não agüentará mais e os deixará trancados e amortalhados em sua cama de mortos e não voltará nunca. Mas ainda é cedo quando sai para a rua, para a viela empedrada que eles se negam a deixar, o vento é muito leve e calmo, como a luz da lua, tem mais de meia hora até as quatro, e sem pensar se deixa levar, pelas praças e vielas desertas, pelas esquinas de casas abandonadas ou só habitadas por velhos. Seu coração, sem motivo, começa a bater mais forte conforme se encaminha para o lugar que ele já sabe, acende um cigarro, aspira fundo e a fumaça, acre no ar da noite, brilha no beco, em volta de sua cabeça baixa, caminha com um tremor no peito como se se aproximasse do cinema Principal, como se tivesse estacionado o carro no acostamento de uma estrada deserta, numa noite muito escura, e se aproximasse do brilho vermelho ou azulado de um letreiro, de uma casa com os vidros das janelas tingidos de uma suja claridade avermelhada.

13.

Os quatro aguardavam na sala onde agora o grande televisor estava sempre desligado, em sinal de luto, de um luto tão antigo e irrevogável como o que havia muitos anos fazia cobrir as imagens das igrejas de roxo na Sexta-Feira Santa. Tinham estado conversando até poucos minutos antes, em um tom de voz muito semelhante ao dos velórios ou dos corredores dos hospitais, falando de coisas comuns, que já não tinham nada a ver com Fátima, comentários triviais sobre o tempo ou sobre a escola, ao fim dos quais sempre ficava um excesso de silêncio que era preciso contornar, o que ocorria quando alguém, a mulher ou Susana, dizia mais alguma coisa, umas tantas palavras difíceis e banais que recebiam a aprovação muda de um movimento de cabeça, ou nem isso, porque o homem, o pai, não parecia escutar, não queria saber de nada, nem deles nem do mundo, só esperava, retorcia as mãos esperando que o telefone tocasse e que algum dia viesse a ter o assassino da filha na sua frente.

Pouco a pouco, à medida que a hora se aproximava, foram todos se calando, o pai e a mãe sentados no sofá, o inspetor em uma poltrona ao lado do telefone, que ia tocar, esperavam angustiados, justo às quinze para as sete, e Susana Grey, a professora Susana, sentada de frente para todos, do outro lado da mesinha de vidro em que estava seu copo de cerveja sem espuma junto ao cinzeiro e aos cigarros, reta na cadeira, sem óculos, as costas desconfortáveis, os joelhos unidos sob a calça de flanela, as calças gastas de ir à escola, de trabalhar no inverno. Foi ela que telefonou para o inspetor, por insistência da mãe, que a princípio não queria que o marido soubesse que estava pedindo ajuda: "Ele diz que não adianta nada, que a polícia não vai ajudar, mas se a senhora vier com o inspetor, ele vai acabar aceitando".

Agora, às vinte para as sete, o silêncio apenas interrompido pelo pesado ruído do relógio de parede, evitavam se olhar, na falta de palavras que justificassem um cruzamento de pupilas, de frases neutras que tornassem tolerável, para o inspetor ou para Susana, o espetáculo dos olhos transtornados pela desgraça, tanto do homem quanto da mulher, dos rostos desfigurados e arrasados pela dor, pelo ódio, pelo choro e pela falta de sono. Os dois sentados no sofá estreito, involuntariamente juntos, apertados um contra o outro, tomados pela magnitude e a sem-razão do infortúnio, sem alívio possível, tinham algo de intocáveis, de separados dos outros para sempre, como leprosos antigos, já indiferentes à repulsa e à piedade. O pai retorcia as mãos entre os joelhos, suspirava e apertava as mandíbulas com força, retesando a pele mal barbeada, enfiando os dedos por entre o cabelo escuro e áspero ao mesmo tempo que se inclinava um pouco mais para a frente, absorto, a atenção concentrada em algo que talvez não visse, um bibelô de cristal ou a ponta dos seus sapatos. Só pensava em uma coisa, dizia, vivia apenas para isso, para pegar e matar esse aí como ele fez com a minha filha, devagar, esse aí e eu sozinhos, e voltava a retorcer as mãos, com um desespero e uma força duplamente inúteis, porque fazia meses ou anos que as mãos não lhe serviam para trabalhar e era bem provável que também não servissem para estrangular o assassino de Fátima, de quem falava como se o conhecesse, "esse aí", dizia, nunca "ele", e a esterilidade de sua própria raiva o enfurecia e envenenava mais ainda, de modo que já não era capaz de sentir nada além de ódio. O ódio era a substância de sua relação com os outros, o único vínculo que lhe restava com eles: odiava o assassino mas também os policiais que não tinham sido capazes de pegá-lo, e ainda os jornalistas que nos primeiros dias tinham rondado tão morbidamente a rua e invadido sem o menor respeito o prédio e o elevador para depois partir com a mesma indiferença inconseqüente com que chegaram, como se a morte da menina fosse um evento social qualquer, uma fofoca que se esquece em dois ou três dias; mas, mais do que os policiais ou os criminosos, odiava os juízes que soltavam os criminosos, e as pessoas que já não se atrevia a olhar pela rua para não dar com as expressões de perversa curiosidade ou de pena, odiava a professora que havia pedido a lição de casa e também a própria mulher, que poderia ter levado a menina às compras e acabou não levando, mas odiava acima de tudo a si mesmo por a ter visto sair sem detê-la no último instante, por ter demorado tanto para se preocupar e suspeitar de que alguma coisa poderia ter acontecido, por não ter feito nada desde então, nada além de segregar ódio, e de alimentá-lo, e retorcer as mãos sentado no sofá, diante do televisor desligado, na sala onde sempre mantinham as cortinas fechadas para não ver muito de perto, na rua tão estreita, os vizinhos que apareciam nas sacadas do prédio em frente, as duas mãos grossas e inúteis de desempregado de quarenta e tantos anos que ainda conservam, assim como o rosto, as marcas do trabalho pesado e exposto ao tempo nos andaimes e nos barracões das obras, mas que certamente nunca mais encontrarão uma ocupação digna e duradoura.

— Quinze para as sete — disse Susana, em voz baixa.

— Vai ligar já —falou o pai sem olhar para ninguém, fitando as mãos juntas sobre os joelhos. — Já deve estar se aproximando do telefone.

Ao falar, nunca olhava para a mulher. Tinha uma expressão invariável de ressentimento e hostilidade contida a duras penas, pois alimentava contra todo mundo a mágoa de que essa desgraça tivesse ocorrido só a ele e a mais ninguém. Os outros podiam lhe dar os pêsames, enviar telegramas, oferecer ajuda, que nada disso contava, não passando de palavras. Pois como as filhas dos outros não tinham sido raptadas nem assassinadas, ninguém podia entender nem compartilhar o seu sofrimento que o isolava em uma cápsula hermética de desespero à qual não chegava nenhum consolo: bocas moviam-se silenciosamente, mãos e rostos apertavam-se contra um vidro intransponível. Ele não podia reconhecer como seu semelhante ninguém que não tivesse sofrido uma desgraça idêntica a sua; mas se afastava também da mulher e dos filhos menores, que já não suportava com a paciência indiferente com que antes assistia às brigas, às crises de choro, às brincadeiras e desastres domésticos na sala com tão pouco espaço e tantas coisas frágeis para quebrar e sujar: copos de chocolate derramados sobre o sofá, bibelôs de cristal partidos em mil pedaços, ameaçando machucar os pés sempre descalços, e, enquanto isso, ele assistindo à televisão, jogos de futebol ou intermináveis retransmissões de corridas de moto ou partidas de golfe que deixavam a mulher até mais atordoada do que os gritos das crianças.

Tinham mandado os dois para uma cidadezinha próxima, disse ela, para a casa de uma irmã, por uns tempos, pelo menos por alguns meses, e enquanto falava servia cerveja morna e, para o inspetor, uma coca-cola, com melancolia e delicadeza, mostrando-se humilde e atenciosa para com as visitas, que a impressionavam, principalmente a professora, mais do que o inspetor, pois sentia uma devoção incondicional por Susana, compartilhada com a filha durante anos e agora herdada dela, a devoção agradecida de uma mulher que sofre com sua própria ignorância pela professora que há de ajudar a filha a se salvar do destino que ela, mãe, não pôde evitar. Tinham quase a mesma idade, mas ela a via decidida, mais jovem, com uma independência de mulher trabalhadora e livre que tivera a coragem de não dever nada a ninguém e de criar seu filho sozinha. Tratava-a de senhora, claro, servia-a antes dos outros, perguntava sem parar, as mãos cruzadas à altura do peito, se a cerveja estava como ela gostava, se queria mais um pouco de amendoim ou de queijo, em pé ao lado dela, sem se atrever a sentar, atenta e ao mesmo tempo ausente, também perdida na dor, mas em uma dor que não se parecia muito com a do marido, pois prescindia dessa lenta secreção de ódio.

— Quer outra cerveja, professora Susana? Mais azeitonas?

Cerveja e coca-cola mornas, pratinhos com tira-gostos ligeiramente rançosos, amendoim, cubinhos de queijo, coisas que quase nenhum deles tocava, para que não se ouvissem no silêncio os ruídos da mastigação, e porque, enquanto os minutos avançavam em direção às quinze para as sete, apenas podiam esperar, imóveis, escutando o relógio de parede, os ruídos confusos que vinham da rua, como se viessem de outro mundo, aquele que tinha existido até o dia e a hora em que Fátima não voltou da papelaria com sua caixa de lápis de cera e o rolo de cartolina. De cabeça baixa, tensos, com um desejo insuportável de que os minutos passassem logo para poder sair dali, Susana e o inspetor deixavam o olhar vagar discretamente pelos objetos da sala. O cabo do abridor de garrafa tinha forma da concha de peregrino e servia também de cinzeiro: "*Recuerdo de Compostela*". A foto da primeira comunhão de Fátima, pendurada acima do sofá, com suas cores cruas sobre o papel imitando tela de quadro a óleo, chamava muito a atenção pela rebuscada moldura dourada. O vestido branco da menina, com suas rendas e véus nupciais, o rosto de criança, meio de perfil, com os olhos risonhos e os dentes separados, contra um fundo entre o preto e o azul berrante.

— Prove as azeitonas, professora, são caseiras, das que a senhora gosta.

Mas não chegavam a tocar em nada, e a cerveja esquentava nos copos e perdia a espuma assim como a conversa, que se apagava com o passar dos minutos, os últimos de espera, talvez, pois algumas semanas depois da morte da menina, o telefonema, que nos primeiros dias, ocorreu exatamente às quinze para as sete, voltara a se repetir, mas não todos os dias, e sim a cada quarta-feira, o dia do desaparecimento, à mesma hora. O telefone tocava no pequeno apartamento onde já não soavam mais os gritos das crianças, nem a música, nem o barulho da televisão, e o homem e a mulher ficavam paralisados ao escutá-lo, porque para eles esse seria, para sempre, o som das notícias atrozes. Aguardavam, com o coração na mão, hipnotizados pelo ruído, sem atender, talvez com a esperança de que o telefone silenciasse mas ele continuava tocando com uma estridência crescente, e então o homem tirava bruscamente o aparelho do gancho e dizia "alô" sem aproximar muito o rosto, com uma voz que se tornara áspera e quebrada depois do enterro, sem ouvir nada a princípio, talvez uma respiração, ou os rumores estáticos da linha, e já se dispunha a desligar, mas antes que ele o fizesse ou começasse a xingar, amaldiçoando, uma voz masculina dizia, muito baixo, porém com toda a clareza, pronunciando cuidadosamente cada sílaba muito perto do fone: "Fátima".

E desligava, não voltando a ligar até a quarta-feira seguinte. O homem, ainda com o aparelho na mão, praguejava, consumindo os restos da sua fúria impotente descompondo o telefone agora mudo com os xingamentos mais pesados do idioma, e então, de repente, ficava vermelho, se punha de pé, emudecia, e sua boca se contraía fortemente num esgar de choro, como se fosse uma criança.

Mas negava-se a pedir ajuda, a chamar a polícia outra vez, para quê?, o que eles tinham feito?, de que servira o funeral e a multidão com cartazes e fotos de Fátima e velas acesas sob os guarda-chuvas, o que fariam além de repetir sempre as mesmas perguntas, de pedir que assinasse formulários e declarações e desse o número de sua identidade e de dizer que sim, que tivesse paciência, que estavam avançando nas investigações, colhendo pistas, interrogando suspeitos, mentira, gritava, dando voltas pela sala atulhada de móveis, de coisas, de quadros e fotos emolduradas, de apoios rendados, de pratos decorativos, de bibelôs de cristal ou de porcelana, inútil para o trabalho e para vingar a morte da filha, um parasita, um impotente, dizia, pondo-se a chorar com a boca aberta e cobrindo o rosto com as mãos, como se me tivessem castrado.

Um dia a mulher apareceu na escola quinze ou vinte minutos depois da hora da saída, porque não queria ver as crianças, e quando encontrou a professora Susana abraçou-a e as duas desataram a chorar, recordando tantas visitas que a mãe fizera para perguntar como ia indo a menina, para receber o íntimo afago das palavras que a professora lhe diria. "Sua filha é um primor, em todos estes anos de escola, não devo ter tido nem três alunos como ela." "Mas continue exigindo, professora, porque ela é um pouco mole, e o pior é que eu não posso ajudar, quando ela me pergunta alguma coisa, eu digo, minha filha, justo para quem você foi perguntar."

Queria que a filha aprendesse, estabelecera com Susana um pacto tácito, que tinha alguma coisa de conspiração secreta entre mulheres, para conseguir que a menina tivesse uma vida menos dolorosa e submissa que a dela. Com os meninos ela se preocupava menos, porque os homens sempre contam com certas vantagens, mesmo que sejam mais broncos, mas a menina precisava se preparar, não perdendo nenhum ano, nenhum dia, não deixando de passar em nenhuma prova, necessitava de todo o saber e de toda a inteligência que os homens esgrimiam e desperdiçavam, e também de toda a força de vontade, perseverança e astúcia das mulheres, para tornar-se forte, para não ter de viver como adulta uma vida à mercê de um homem, de sua boa vontade ou de sua crueldade, escrava do marido e dos filhos e de monótonas tarefas domésticas que esgotavam até a prostração sem deixar nada, nem resultados nem gratidão. Certa vez, no último dia do ano anterior, ao entregar as notas de Fátima para a mãe, Susana perguntara o que gostaria que a filha fosse quando crescesse, e ela respondeu sem hesitar, com uma devotada certeza: "Eu quero que ela seja como a senhora".

O relógio de parede bateu premente as badaladas dos quartos de hora, e todos, instintivamente, voltaram-se para o telefone, que ainda permanecia mudo, ao alcance da mão do homem.

— Lembre-se — disse o inspetor. — O senhor deve tentar segurar a ligação pelo menos por um minuto, para que tenhamos tempo de localizar a chamada.

— Como o senhor vai fazer isso? — disse o homem, olhando-o de lado, com uma expressão de cansaço ou de ironia na boca. — Se nem sequer trouxe um gravador.

— Isso é coisa que se diga? Ele deve saber muito bem o que fazer — e a mulher olhou com um jeito de quem se desculpa, não para o inspetor, mas para Susana.

— A conversa vai ser gravada na central telefônica — disse o inspetor: nesse instante, a campainha do telefone soou como o estalo de uma chicotada, pegando todos de surpresa, como se não estivessem ali aquele tempo todo apenas esperando por isso.

— Deixe tocar algumas vezes — o inspetor segurava a mão do pai de Fátima — Agora. Fale com ele, agüente pelo menos por um minuto.

Falara muito baixo, tomando cuidado para não ser ouvido por quem ligava. Susana, muito reta diante dele, havia acendido um cigarro, sem olhá-lo, a cara muito séria e os olhos serenos atrás da fumaça. Escutavam o relógio, os segundos vagarosos e as batidas que avançavam tão lentamente para uma duração que parecia eterna, um minuto. Mas o homem não dizia nada, engolia em seco, apertava com muita força o fone na mão direita, que devia estar com a palma molhada de suor contra a superfície de plástico. Tentavam aguçar o ouvido mas não se escutava nada no aparelho, nem sequer a respiração de outras vezes, só um silêncio que tornava mais obscura e enigmática a presença do outro lado, o propósito de zombaria ou de crueldade que nesse mesmo instante movia alguém, talvez não o assassino, conforme garantira o inspetor. Fez um sinal para o homem, encorajando-o a falar, mas ele permanecia ausente, absorvido no silêncio do outro, movia os lábios e só se ouvia o estalo da língua na boca seca. Afastou um pouco o fone do ouvido, e então os quatro ouviram uma respiração que se tornava mais forte e depois a voz, débil e velada, remota e ao mesmo tempo próxima, com uma proximidade repugnante de assédio físico, dizendo o nome, separando as sílabas com cuidado, interrompendo-se em seguida, quando não tinham passado nem quarenta segundos.

"Fátima."

14.

"Acorda todo dia às oito da manhã. A primeira coisa que faz é espiar a rua, de pijama. Afasta a cortina por alguns segundos e olha primeiro as janelas em frente e depois a rua. Observa os carros estacionados, para verificar a placa. Sai às oito e meia. Terno, gravata, japona verde-escura. Terceiro andar, porta esquerda, rua Granados, 14, prédio de cinco andares, com elevador. Bairro de classe média baixa, afastado do centro histórico. Faxineira nas áreas comuns às quartas e sextas. A rua dá para uma avenida muito movimentada que termina no anel viário, a cerca de 2 km da saída para Madri. Fuga mais fácil a pé até a avenida, e dali 90 km de estrada ruim até a rodovia, na altura de Bailén."

Mas quem pode averiguar algo de verdade, por meio da inteligência ou da adivinhação, se ninguém suspeita de nada nem descobre nada a não ser graças a uma confissão ou delação? Todo rosto é uma máscara perfeita e não há olhos que não brilhem ocultos por trás da escuridão de uma máscara. Os mortos falam, dizia

Ferreras, ao contrário dos vivos, eles não escondem nenhum segredo, estando tão do outro lado do pudor como da vida, mostram sem palavras tudo o que foram, o mais íntimo e o mais miserável, o mais despojado, o mais vil, a papa amarelada e meio digerida do que comeram poucas horas antes de morrer, o sinal dos vícios, o alcatrão nos pulmões, o fígado inchado pelo álcool, as cáries, a cera no interior dos ouvidos, a irritação nos esfíncteres devido à falta de higiene, os efeitos do trabalho nas mãos, as manchas de nicotina, as queimaduras ácidas do gesso, os restos de tinta — Fátima tinha uma mancha de caneta hidrográfica no dedo indicador da mão direita, e um pequeno calo no dedo médio, comuns entre as crianças que escrevem apertando demais o lápis.

"... Tem um Renault 18 velho com placa de Bilbao, cinza metalizado, o mesmo já seguido outras vezes. Nunca o deixa estacionado na rua. Tem vaga alugada em garagem com vigilância 24 horas. Quase nunca usa o carro. Sai com ele aos domingos, às dez da manhã, com rumo desconhecido. Volta no final da tarde. Muda todos os dias o trajeto até a delegacia. Chega sempre pouco antes das nove."

Mas pelos vivos Ferreras não tinha muita certeza de sentir uma verdadeira piedade, pois o que sentia cada vez mais, à medida que os últimos anos de juventude iam se escoando, era incompreensão, desconcerto, indignação, medo, pavor, um desejo cada vez mais claro de se afastar do mundo e de observá-lo de longe, e de intervir nele apenas por meio da prática rigorosa do seu trabalho, que para ele constituía como que um reduto de luz e razão, da modesta esperança humana de que algumas coisas feitas com todo o talento e toda a habilidade de que alguém é capaz possam de algum modo melhorar as circunstâncias, ajudar em uma escala talvez ínfima, mas irredutível e preciosa, para que a injustiça e a desordem não prevaleçam incondicionalmente. Com os anos voltara a ler Albert Camus: não entendia quase nada do que se passava em derredor, não se interessava pelas páginas de política dos jornais, e depois de tanto tempo vivendo em sua cidade isolada perdera o hábito de acompanhar as novidades do cinema e da literatura, aos quais dedicara, na primeira juventude, uma parte de suas energias intelectuais que agora julgava exagerada. Mas esse desinteresse pelas coisas exteriores era compensado por uma vontade cada vez mais reflexiva e estimulante de fazer o seu trabalho da melhor maneira possível, de se manter atualizado em relação às inovações da ciência e da medicina legal e de polir suas análises e laudos com um anseio de precisão, clareza e rigor que nunca arrefecia, sem nunca permitir-se a desculpa do cansaço nem a da capitulação inevitável à tendência cada vez mais universal de fazer as coisas de qualquer jeito, pois se a pessoa faz as coisas com negligência ou inabilidade, ou simplesmente mal, ninguém se dá conta ou não se importa, e se as faz bem ninguém agradece, em um sistema minuciosamente regido pela incompetência e pela corrupção. Comprava o jornal e passava o dia sem lê-lo, mas todas as manhãs espiava a caixa do correio com avidez, à espera das revistas internacionais que assinava, e ficava lendo até muito tarde, tomando notas, consultando manuais e dicionários, numa atitude de severa concentração e de calma que talvez ninguém conhecesse, porque não costumava exibi-la na vida diária e no trato com os demais, assim como só punha os óculos quando estava sozinho, por uma vaidade juvenil de quarentão.

Dentro dos limites do seu trabalho, no campo estrito da sua especialidade mas que era tão inesgotável, pois abrangia praticamente todas as possibilidades da vida e da morte humanas, os enigmas podiam ser explicados e resolvidos com diferentes graus de aproximação ou de certeza, mas sempre havia fatos indiscutíveis aos quais se agarrar, evidências anatômicas e processos químicos que era possível determinar sem ambigüidade: pelas manchas violáceas e pelo grau de rigidez dos membros pudera calcular a hora em que Fátima morrera, e graças a um exame relativamente simples podia ter certeza de que a maior parte do sangue em sua roupa não era dela, e sim do seu assassino, mas desse ponto em diante, para além das conclusões técnicas do laudo, do ponto final e da rubrica, começava uma zona de escuridão da qual Ferreras sentia cada vez mais medo. De vez em quando, numa noite de plantão, examinava com infinito cuidado, com uma delicadeza nunca suficiente, alguma mulher violentada, colhia resíduos de sêmen e de fluxo vaginal e escovava muito suavemente o pêlo pubiano em busca de fios do estuprador: podia depois atestar a evidência do dano físico e o tipo sanguíneo de quem o cometera, e esses dados talvez fossem úteis para condenar o culpado mas não para saber o que tinha acontecido de verdade na alma da mulher violentada, o que se quebrara para sempre e o que ainda era possível reintegrar e curar, nem o que pulsava sombriamente na consciência do estuprador, a luxúria suja, ou a arrogância, ou o ódio que o levara a agir.

— Eu me entendo muito melhor com os mortos — disse ao inspetor, rindo —, por exemplo, com Albert Camus, ou com Quevedo, que é um morto mais antigo ainda. Eu digo, como ele, que vivo em conversações com os defuntos...

— "Aos mortos, eu os escuto com meus olhos" — o inspetor continuou a citação, e Ferreras ficou a olhá-lo, desconcertado, embora tentasse disfarçar a surpresa, por cortesia.

— Foi um padre que me ensinou esses versos, há séculos — o inspetor sorria como pedindo desculpas por sua inesperada erudição. — Ele me obrigava a decorar passagens da Bíblia e sonetos de Quevedo.

"Das dez às dez e meia vai ao café Monterrey, a cerca de cem metros da delegacia, do outro lado da praça, e pede um café com leite e um croissant. Nos fundos do local há uma saída para um beco. Muitos policiais vão tomar o café da manhã ou beber cerveja ali, depois do expediente. Toma o café no balcão, em pé e de frente para a porta de entrada. Encontra-se com outros inspetores que não o cumprimentam com muita confiança, vê-se que aqui ele também não desperta muitas simpatias. Com quem conversa mais, é com um médico-legista. Por ora não tem outras relações comprovadas exceto as profissionais."

Mas quem pode saber alguma coisa dos vivos? Quem é capaz de descobrir o que há no fundo dos olhos de alguém, por trás da máscara e do disfarce das feições de um rosto, quem pode saber o que vai por dentro de uma alma e o que está ainda mais para dentro ou mais para baixo, no seu interior mais profundo, enterrado lá no íntimo, no âmago, o que cada um leva escondido sem saber, o vírus que começou a envenenar seu sangue ou a célula cancerosa que se multiplica num tecido, numa escala ainda infinitesimal, um impulso de crueldade ou um instinto homicida que colocará em ação, com violência, uma espécie de mecanismo automático, como se alguém ficasse subitamente cego pelo resplendor de clarões vermelhos e despertasse um instante mais tarde para descobrir um mundo que se tornou irreconhecível, uma intoxicação de adrenalina ou de álcool que o transformará em uma criatura da qual ele próprio sentiria horror se pudesse vê-la no espelho.

Alguém assassinou uma menina e talvez veja a notícia do crime na televisão, durante o jantar em família, e não reconheça por completo o rosto de sua vítima nas fotos dos jornais, nas imagens de um vídeo rudimentar gravado no dia de sua primeira comunhão; uma voz indignada sobressai de um grupo de mulheres que comentam rumores no mercado, exigem vingança, pena de morte, castigo exemplar. Alguém avança pela calçada com a mão apoiada no ombro da menina que caminha ao seu lado e ninguém percebe que essa mão não está apenas pousada, que na verdade agarra, se crava com toda a força dos dedos curtos e nervudos na pele, sobre o tecido do abrigo, deixando, depois, nos ombros e na nuca, um hematoma semelhante às impressões de uma mão ensangüentada num elevador, que tampouco ninguém notou. "Têm olhos e não vêem", murmura o padre Orduña em seu aposento monástico, "têm ouvidos e não ouvem", diz em voz alta na igreja, para quase ninguém, às sete e meia da manhã. Alguém recorda o tempo distante em que foi um espião dos colegas, um estudante com aparência de bolsista pobre e esforçado, reservado mas atento e sem dúvida leal, uma máscara moldada com as linhas do rosto e com a própria matéria da pele, uma voz falsa feita com o metal da voz verdadeira, treinada para repetir nomes, conversas, números de telefone, números de andar e de apartamento cuja porta era arrombada às quatro da manhã por policiais de capa ou farda cinza: quem poderia suspeitar, saber, quem poderia descobrir o que havia por trás desse rosto bruto e como que inacabado, ainda conservando traços da adolescência, com uma cor em que perdurava uma palidez de internato e penumbra de confessionário. Alguém vê por acaso esse mesmo rosto trinta anos depois, apenas por alguns segundos, as imagens instáveis transmitidas por uma câmara de televisão precariamente equilibrada no meio da multidão, entre outras câmaras, flashes e microfones de plantão frente à porta de uma delegacia: aparece um homem, de frente, com cabelo grisalho e ralo, despenteado, com um grosso casaco verde-escuro, percebe que está sendo filmado e vira a cara, ao mesmo tempo que estende uma das mãos para desviar a câmara ou para empurrar quem a empunha, mas já é tarde, as coisas definitivas muitas vezes não levam nem um décimo de segundo para acontecer; um minuto antes ou depois, e a vida de Fátima não se teria cruzado irremediavelmente com a de seu assassino; um instante ou um gesto, e alguém não teria visto e reconhecido esse rosto no telejornal, e decidido algo que lentamente começa a se cumprir, inexorável e secreto, como o avanço de uma doença ou a queda gradual na loucura.

Alguém toma uma decisão, anota nomes, faz um telefonema, diz palavras significativas que não comprometem, que não levantam suspeitas, porque as palavras sabem ser tão dissimuladas como os rostos, alguém abre um atlas enciclopédico e procura no mapa o pequeno círculo e o nome de uma cidade, alguém recolhe folhetos turísticos e consulta guias de hotéis, e nada disso parece suspeito, não é crime anotar nomes, olhar folhetos coloridos em uma agência de turismo, discutir com um agente a maneira mais conveniente de viajar, os horários de ônibus e trens e o preço do aluguel de carros. O rosto é o espelho da alma, disse o padre Orduña com sua fé inabalável, não tanto na misericórdia de Deus quanto na simples pena ou piedade que cada ser humano merece: mas o rosto não é espelho de nada, quando muito um desses espelhos de filme de terror que não refletem os vampiros. Alguém tira uma foto de carteira de identidade, de óculos e bigodes postiços, escolhe outro nome e seu rosto já é outro, alguém toma um trem e na plataforma da estação de Chamartín, em Madri, confunde-se com os outros viajantes e seu rosto diz tão pouco sobre quem é realmente como o nome que agora consta em sua carteira de identidade e de motorista. Alguém aluga tranquilamente um carro em uma agência com móveis brancos e funcionárias jovens vestidas como aeromoças, de uniforme e quepe bordô, preenche um formulário escrevendo cada letra maiúscula na célula correspondente, escreve números de carteira de identidade, de cartão de crédito, traça ao pé da página uma assinatura simples, mas que esteve ensaiando por muitas horas, enchendo folhas e mais folhas que depois rasgou em pedaços muito pequenos, com meticuloso capricho, o mesmo com que fez a mala, guardando várias mudas de roupa, alguns livros, um walkman, fitas de música, cadernos, lápis, um par de binóculos, uma Polaroid, o modelo menor e mais rápido, que cabe na palma da mão e pode ser disparada sem que ninguém perceba.

Alguém chega ao anoitecer a uma cidade onde nunca esteve, mas da qual traz um mapa muito detalhado e vários guias turísticos, baixa o vidro em uma esquina para perguntar como se chega ao hotel onde tem uma reserva no mesmo nome que consta em sua carteira de motorista e em seus cartões de crédito, agradece com um sorriso de perfeita simpatia, disfarçando por completo seu verdadeiro sotaque, que, sendo tão raro nessa zona chamaria muito a atenção, instala-se no hotel, onde repete, ao preencher a ficha de entrada, a mesma assinatura que consta na identidade, no verso do cartão de crédito e na carteira de motorista, o que não é nada fácil, dá uma gorjeta razoável ao camareiro que carrega a bagagem, não muito pequena, mas também não grande demais, para evitar, na medida do possível, que venha a ser lembrado por ele, embora na realidade não haja perigo, pois ninguém se lembra de nada, ninguém repara nem quer saber de nada, por precaução ou descaso, por simples atordoamento, têm olhos e não vêem, ouvidos e não ouvem.

Alguém telefona avisando que já chegou, mas sem dizer nome algum, alguém toma um longo banho e depois se deita, entorpecido pelo cansaço da viagem, e decide que não tem pressa, que até a manhã seguinte não precisará dar início a sua tarefa, que, segundo o mostruário que carrega em uma pasta preta com fechos dourados, é a de representante de uma fábrica de tintas sediada em Villaverde Alto, província de Madri. Escolhe um restaurante no guia, decide dar uma volta na parte antiga da cidade, onde, segundo leu, há edifícios importantes, igrejas e palácios do Renascimento. Cinco dias depois instala-se em um apartamento alugado, com uns poucos móveis velhos. Todas as noites, depois de jantar um sanduíche e uma lata de cerveja, liga um pequeno computador portátil e escreve com dois dedos, muito rápido, errando e corrigindo com a mesma impaciência, inclinando-se muito sobre a tela, tanto que ao desligar o computador tem as costas e a nuca doloridas.

"... Na tarde dos dias 10 e 23 de outubro, em vez de voltar para sua residência depois do trabalho, tomou uma direção diferente e foi até um edifício religioso quase na periferia da cidade, de acesso e retirada muito fáceis de carro, com ruas laterais largas. Visita de três horas, não se sabe se relacionada às investigações que vem conduzindo. Muda de calçada com freqüência. Pára diante das vitrines e vira-se muito rápido. Almoça todos os dias entre duas e meia e três e meia no café Monterrey, sempre na mesma mesa individual: domina a praça pela janela e fica de frente para a única porta de entrada do salão, no final de uma escada que sobe do pavimento térreo do café. Já não bebe álcool nem fuma. Toma várias garrafas de coca-cola durante o almoço. Luz da sala da residência acesa até a meia-noite. Não sai para jantar. Às sextas-feiras faz as compras em um supermercado do bairro, SuperDani-4, com barreiras na entrada e na saída e fundos com acesso a depósito e área de carga e descarga. À uma apaga a luz do quarto. Às vezes volta a acendê-la horas mais tarde. Não sai à noite, salvo por razões de trabalho. Dia 15 de novembro, às 0h45, foi recolhido por um carro da polícia sem sinais de identificação. Seu telefone não consta na lista. Quando não está trabalhando, passa a maior parte do tempo só. Não recebe visitas. Todos os dias faz a mesma coisa, mas nunca do mesmo modo. Às 10h15 do dia 4 de novembro, enquanto toma o café da manhã no Monterrey, é abordado por um repórter e por um fotógrafo, dos poucos que ainda esperam alguma novidade no caso da menina. Ele os cumprimenta muito sério, olha para a câmara com desconfiança. Não se deixa fotografar. O fotógrafo e o repórter querem pagar-lhe o café, mas ele se nega, despede-se e vai embora. Assim que ele vira as costas, os dois começam a falar mal dele, não é necessário aproximar-se muito para ouvir o que dizem. Se daquela vez ele tivesse derrubado minha câmara, eu teria aberto um processo contra ele, diz o fotógrafo. Comentário do repórter, a verificar, caso haja interesse em divulgar a história: 'Ouvi dizer que esse desgraçado começou na polícia política, na universidade, no tempo do Franco, dedurando os outros'."

15.

Agora está sentindo, tinha começado a senti-lo e ainda não se dava conta, acaba de sentir, com o primeiro gole, o doce fogo na garganta e no estômago, o primeiro golpe de tontura, depois o gosto na boca, misturado com a saliva, diluído nela, mas isso, o primeiro efeito do anis, sua doçura agora se espalhando por todo o corpo como o sangue pelas veias, não é o que mais lhe interessa, nem o que sente com mais força. É uma sensação de vertigem, de perigo, mas também de segurança, uma coisa quente que cresce em seu estômago e sobe até a garganta enquanto ele olha a seu redor o espetáculo turbulento e monótono de todos os dias, os vendedores nas bancas, atrás das pilhas de verduras ou de frutas, da abundância obscena de peixes e de carnes, as vozes estridentes das mulheres, os gritos dos carregadores, os berros tremendos das peixeiras. É um poder, uma potência, a consciência exata e secreta do que leva escondido no bolso direito da calça, oculto mas fazendo um pouco de volume, porque os jeans são muito justos. Apoiado no balcão do bar, diante do copo de anis seco que acaba de pedir e que deverá beber em dois goles, em menos de um minuto, antes que dêem por sua falta, basta-lhe deslizar a mão direita pela cintura e tocar a dureza, a intuição fulgurante do metal saltando com a velocidade e a precisão silenciosa das molas de aço, um relâmpago na mão direita, nos dedos sujos, úmidos, tão impregnados do cheiro que o vidro do copo já cheira como eles, tudo se contamina, logo se contagia, apodrece, só o aroma do anis é forte o bastante para encobrir a pestilência, ainda que por poucos segundos, durante o gesto de embriaguez e delícia de entornar o copo jogando a cabeça para trás. Com o dedo indicador reconhece a forma do canivete fechado no bolso, e agora percebe que seu coração começou a bater mais forte, que vai ficando com a boca seca, saliva e anis diluído nela, o sabor do álcool parecido em sua crueza com o sabor do sangue, a ferida da lâmina na palma da mão, muito leve, invisível de início, logo transformando-se em uma linha vermelha da qual o sangue brotava com uma fluidez inesperada, sem que ele tivesse sentido a dor nem a profundidade do corte: era o mesmo tremor, a mesma urgência, o canivete aberto na mão e a palma fechando-se em torno dele com uma força à qual era muito fácil entregar-se, como ao efeito do primeiro gole de anis ou de uísque ou ao impulso de sair para a rua para olhar e procurar e à tentação e a vertigem impune de parar junto ao portão de um edifício, ao lado de um painel de porteiro eletrônico, parar e escolher um botão ao acaso e apertá-lo com o indicador, o coração disparando, as costas apoiadas no vidro da porta, com um ar perfeitamente casual, o indicador de uma das mãos apertando os botões dos apartamentos e as pontas dos dedos da outra acariciando o objeto oculto no bolso, reprimindo a vontade de deslizá-los para a braguilha retesada dos jeans, um desejo urgente, incontornável, tão forte que se transformava em uma pressão nas têmporas e em um princípio de suor, como quando se bebe no calor, ao sair do trabalho, no meio-dia escaldante do verão. Os olhos espiando, à direita e à esquerda, enquanto volta a chamar e espera a resposta, mas não há perigo, sempre há alguém tocando porteiros eletrônicos, mensageiros, entregadores, vizinhos que esqueceram as chaves. E, no entanto, o perigo faz parte da tentação, é perigo o que ele sentiu ao beber o primeiro gole de anis, no meio da manhã, no bar do mercado. O garçom está com o rosto virado para o televisor, e o som do programa matinal que o mantém absorto se mistura com o rumor dos passos e gritos das pessoas amplificado pelas grandes abóbadas com vigas de metal. Um gole, um golpe, menos de um minuto, ninguém percebe, e se percebesse dava na mesma, afinal ele se matava de trabalhar para enriquecer os outros. Agora, sempre que vê uma tevê ligada, ele se lembra de quando viu a cara da menina nos noticiários e, mesmo sabendo que isso é impossível, imagina que um dia desses poderá ver sua própria cara na tela, e ao passar em frente às lojas de eletrodomésticos da rua Nueva sempre olha com receio para os televisores ligados nas vitrines, um atrás do outro, as imagens movendo-se em silêncio, idênticas e multiplicadas, a locutora de um telejornal, uma paisagem africana com animais selvagens, uma dessas novelas de depois do almoço que seu pai e sua mãe estão sempre acompanhando. E de repente a menina, desconhecida, com outro penteado, sorridente, duvidaria que a tivesse reconhecido se não tivessem dito o nome dela, se depois não tivessem mostrado as imagens do barranco, a vala, as agulhas dos pinheiros, a cartolina azul presa com um elástico que a menina não tinha largado durante todo o caminho, através de toda a cidade, sua mão direita apertando-lhe o ombro e sentindo sob os dedos a forma frágil dos ossos, as palpitações nas têmporas, o fogo no estômago, como um primeiro gole de uísque ou de anis depois de muitas horas em jejum, naquela tarde tinha tomado mais de um. Primeiro tinha tomado um uísque, um duplo com gelo, sentado num banco, com o volume pressionando-lhe a coxa, no bolso direito da calça justíssima mas ninguém podia saber o que ele guardava ali, e, mesmo que soubesse, não faria diferença, todo mundo tem direito de carregar um canivete, exatamente o mesmo direito de tomar um uísque com gelo e pedir mais um ou de zanzar pelas ruas procurando o que só ele sabe, ninguém pode dizer nada só porque a pessoa toca em um porteiro eletrônico ou porque entra no hall de um prédio e se põe a olhar as caixas do correio, ninguém pode notar o tremor nas mãos, a pressão nas têmporas, o fogo no estômago, a pressão violenta na virilha, sob o tecido tão grosso e apertado dos jeans, o instante de vertigem em que uma mulher ou uma menina vai entrar no elevador e ele segura a porta e também entra, rápido, sorridente, calado, com o ar de ausência e desculpa que se costuma adotar nos elevadores, tão perto dos outros, dos estranhos, na cabine hermética, na cela sem saída que sobe, que pode ser detida com um simples gesto do dedo indicador, um segundo antes de a outra pessoa sair de seu ensimesmamento e olhar de outro modo, ainda sem susto, sem medo, só com estranheza, durante alguns décimos de segundo, antes de ver a mancha de sangue na palma da mão, antes de ouvir o estalo do canivete ao sair do bolso direito da calça, tão justa que os dedos entram com certa dificuldade. Engole, cerra os dentes com muita força e agora o sabor da saliva e do anis diluído nela se mistura com o do sangue, assim como em sua mente se mistura a intensidade da lembrança e a da iminência, o impulso que ele não quer ou não sabe conter, a tentação de chegar ao limite, de não ultrapassá-lo, de seguir uma moça ou uma menina até o elevador e no último instante fazer como se tivesse resolvido subir pela escada, a voluptuosidade de deter as coisas exatamente no ponto de máxima tensão, de ir se aproximando delas e nunca chegar, um perdão secreto, a suspensão, no último instante, de uma condenação inapelável mas desconhecida de quem quase chegou a sofrê-la.

* * *

E ninguém sabe, parece mentira, dá vontade de rir, todo mundo procurando, jornalistas e policiais, todos esses babacas vindos de Madri e de Sevilha e dizem que até do estrangeiro, acampados na praça, ao pé da estátua, com suas câmaras e tripés e suas antenas parabólicas, correndo para a porta da delegacia quando vêem alguém saindo, o delegado ou inspetor de cabelo grisalho que depois apareceu no noticiário por um instante, mas que logo virou a cara e deu um empurrão no sujeito da câmara, e se ouviram gritos e as imagens tremeram. Quer dizer então que esse aí é que é o detetive, se bem que na Espanha têm outro nome, mas são tão idiotas quanto. Pois não é que o sujeito pega e diz no jornal que já tem uma pista, não, um perfil, isso mesmo, e ele vai até a praça no maior sossego, acariciando disfarçadamente o volume do bolso, e quando passa entre os jornalistas pensa, bando de cretinos, se vocês soubessem, se eu contasse o que só eu sei, ninguém no mundo além de mim, tão espertos que vocês são, tão decididos, logo se vê que vêm da capital, atropelando, mal-educados, principalmente as mulheres, até a loira que apresenta um programa de noite, transmitiu ao vivo da praça, falando ao pé da torre do relógio, metade da cidade estava assistindo pela tevê e a outra metade tinha ido ver a loura pessoalmente, uma multidão como a das procissões de Sexta-Feira Santa, todo mundo se espremendo atrás das barreiras vigiadas pela polícia. Era tarde da noite, tinha começado a chuviscar e os holofotes soltavam fumaça e jogavam uma luz branca insuportável, e a apresentadora loira, mais pintada que uma puta, a cara branca de maquiagem, falava embaixo de um guarda-chuva. "Nesta cidade histórica", disse, "nesta jóia do Renascimento", e no dia seguinte as mulheres no mercado tagarelavam como loucas, excitadas, gritando mais alto do que nos dias normais. Já nem se lembravam da morta, só falavam da outra, da apresentadora loira, loira tingida, claro, tingida e operada, que depois tinha entrado na área isolada pela polícia e tinha transmitido do lugar exato em que a morta foi encontrada. Mostraram tudo, diziam as mulheres, contando umas para as outras o que todas elas tinham visto, os jardins da Cava, os muros do cinema abandonado, os pinheiros e a vala. Ele também tinha visto tudo aquilo, junto com os dois velhos, que remédio?, os três sentados em volta da mesa com um aquecedor embaixo, a velha chorando e o pai resmungando, como se mastigasse ou mordesse, "Esse aí não paga nem com a morte", dizia, "só capando o desgraçado e deixando sangrar, morto e matado, e depois enterrando numa lixeira, que quando eu for para o cemitério não quero esse aí por perto".

Mastigava ou mordia, tirava a dentadura e a deixava em cima da mesa, com as gengivas rosadas e os dentes sujos de restos de comida, sobre a velha toalha plastificada que era a mesma desde que ele se conhecia por gente, porco, como a dentadura não encaixava direito ele a largava por aí, em qualquer lugar, e também o copo de plástico onde a deixava de molho, que nem copo era, e sim uma garrafa de água mineral cortada ao meio, pão-duro, foi o próprio velho que a cortou com uma tesoura, fazendo esse barulho que fazia com os brônquios ou os pulmões. Não quer gastar nada, não confia em ninguém, está sempre olhando e conferindo a caderneta de poupança e as contas de luz, de água e telefone, e quando come, então?, o barulho que faz com a boca ou com a laringe ou com os brônquios ou com o que quer que ele tenha aí dentro, quem sabe um câncer, como aquele vizinho que morava na vila, faz muitos anos. Fizeram uma operação e tiraram alguma coisa dele, a goela, como dizem os dois broncos, falam das pessoas como dos animais, tiraram alguma coisa da garganta dele e depois não podia falar normalmente, e ficou com um buraco em cima do último botão da camisa. Falava aproximando um microfone daquele buraco, mexia os lábios mas as palavras não saíam pela boca, e a voz metálica dava até mais medo que o buraco preto na garganta, dava muito nojo e era impossível desviar os olhos de lá, daquele buraco que se mexia no meio das pelancas. Não se lembra do nome daquele vizinho, que morreu faz muitos anos, não como esses, que vão durar para sempre, porque agora os velhos não morrem nem com cem anos, podem viver mais vinte ou trinta cagando e mijando nas calças, e qualquer outro botava os dois num asilo. O velho vive dizendo que ele quer morrer na casa e na cama dele, pois então que morra como bem entender e pare de encher o saco. Por enquanto ainda se viram, mas como vai ser daqui a quatro ou cinco anos?, se bem que não são tão velhos assim. Acontece que sempre foram velhos, ou pelo menos não se lembra deles jovens, ela sempre de preto e com o cabelo grisalho e sujo, e o velho de boina, com o paletó de feltro, e a camisa abotoada até o pescoço, o colarinho preto de sujeira, porque só toma banho quando Deus quer, daí que, na hora de comer, além de ser obrigado a ver sua cara e a ouvir o barulho de sua dentadura, de seus pulmões ou seus brônquios podres, ele ainda tem de sentir o seu fedor, o fedor entranhado de tantos anos de trabalho imundo e o outro, o mais recente, o fedor de velho que nunca toma banho, como se agora não tivessem chuveiro, nem banheiro, nem água quente, como se ainda tivesse de se lavar no curral, de bacia. E também não quer gastar gás, arma um escândalo toda vez que ele liga o aquecedor, como se a chama azul do gás queimasse as mãos do velho, torrasse sua caderneta de poupança. Lá vai ele, diz, resmungando, para outro banho, e ainda por cima vai ficar duas horas trancado na latrina. Sempre diz latrina, nunca banheiro, dinheiros em vez de dinheiro, e ossos da boca em vez de dentes, e diz ir de corpo e bofar, e *paéres* em vez de paredes, mais bronco impossível, como se tivesse sido criado num *cortijo*, numa gruta da serra. Olhava a apresentadora loira e continuava repetindo, "esse aí, morto e matado, no garrote, no meio da praça, como antigamente". Ele não falava nada, se os dois soubessem, olhando para o prato, espiando o televisor, tentando não ver a dentadura que estava bem na sua frente, sobre a toalha coberta de pequenas rachaduras, e a mãe chorava, como sempre, chorava vendo a foto da menina assim como chorava com as novelas sul-americanas de depois do almoço, não dava para ver tevê com eles, não entendiam nada, reclamavam de tudo, mas nunca desligavam, o dia inteiro e até a meia-noite, com o controle remoto em cima da mesa ou no colo, como antigamente as mulheres ficavam com o terço. Quando queriam mudar de canal, apertavam o botão errado e aumentavam o volume ou tiravam toda a cor, um desastre atrás do outro. Quando ligam o aquecedor de água deixam o gás sair um tempão, porque não conseguem acender o fósforo, e mais de uma vez aconteceu de apagarem o aquecedor de botijão assoprando a chama, como se fosse o mesmo que apagar um candeeiro naqueles *cortijos* onde se criaram, mais brutos e tapados que os porcos nos chiqueiros e as mulas nos estábulos. Essa é outra palavra que o pai não fala, porco, diz sempre capão, diz carece em vez de faz falta e botica em vez de farmácia, e o conhaque ele chama de *cunhá*, o bronco, uma noite dessas os dois bem que podiam soprar a chama do aquecedor em vez de fechar o registro como todo mundo e se envenenar, se abafar, como dizem eles, os dois dormindo no sofá e dali a pouco mortos, na frente da tevê ligada, de boca aberta e com a cabeça caída para trás. Mortos e matados, se tem uma coisa sobrando no mundo é velho, a gente se mata de trabalhar mais horas que um relógio e depois o governo toma tudo e entrega para esses velhos que não morrem nunca, para os inválidos, para os estudantes, para que os filhinhos de papai estudem na universidade e comam com as mãos limpas, sem ter de agüentar esse cheiro nojento nem se lavar vinte vezes por dia, sem estragar a mãos, em vez de ganhar a vida dizendo sempre sim senhor e sim senhora e acordando antes dos passarinhos. E o velho que dizia, tapado que nem ele só, "agora vale mais uma boa profissão que um diploma, está assim de gente com diploma de médico e de engenheiro brigando por um emprego de lixeiro". Uma ova, o que vale agora é o que sempre valeu, um empreguinho público, bater o cartão às oito e às três, um abraço, ir beber cerveja com as mãos limpas, e até amanhã, e férias a três por quatro, que nem os professores, e altos salários, sem nunca madrugar, sem sofrer o frio do inverno às três ou quatro da madrugada, quando as mãos gelam com a água fria e só de encostar já se esfolam, parece que não é nada e na pele murcha de repente aparece uma linha vermelha que logo vira um borbotão de sangue. Para ele, para o velho, tanto faz, claro, ele foi bem esperto, por mais idiota que pareça, conseguiu uma aposentadoria por invalidez, por conta do enfisema, ou da bronquite, ou do câncer, ou daquilo que dá nos mineiros, a silicose, ele se aposentou antes do tempo, se bem que já parecia um velho acabado, um caco, como ela, sempre foram velhos, como a casa e o bairro inteiro onde vivem, casas velhas e escombros, têm a mesma cara que seus pais ou seus avós numa foto pendurada sobre a cômoda de seu quarto, e se são velhos desde sempre, também vão durar até sabe-se lá quando, mais do que um terno num cabide, como diz o velho, são indestrutíveis, a não ser que o aquecedor estoure ou que o gás do botijão os sufoque, atordoando os dois aos poucos enquanto vêem um filme sem entender nada e fazendo comentários nervosos ou perguntas absurdas, mas então quem é o assassino?, o pai da menina não era aquele de bigode?, por que agora ele aparece jovem se antes era velho?

E ele não tem outro remédio senão se segurar, ir para o seu quarto e ligar a outra tevê, e tornar a ver os vídeos, com a porta bem trancada, com o volume baixo, mesmo que seja muito tarde, esses dois nunca dormem ou estão sempre meio dormidos.

Aquela noite, ao chegar, abriu a porta com muito cuidado e nem sequer acendeu a luz da entrada nem do corredor, avançou muito devagar, tateando as paredes, o corrimão inseguro, ao entrar ouviu a respiração cancerosa ou espasmódica do velho e, quando ele já tinha pegado uma muda de roupa limpa e um saco de lixo para guardar a que trazia no corpo, suja e manchada, e já ia empurrando a porta do banheiro, ouviu a voz da mãe e quase teve um ataque, mas não de susto, e sim de pura raiva, o que faria se ela saísse e o visse? Chamou seu nome com a voz estranha e mole de quando estava sem dentadura, como se não tivesse certeza de que era ele que tinha entrado, os dois sempre morrendo de medo de ladrão, e falou, "isso são horas de chegar, filho?, já estávamos preocupados". E nenhum dos dois estava dormindo, porque o pai falou, como que mastigando as palavras babosas, "Volta de madrugada e depois não tem cristo que o acorde para que não perca a hora": como se alguma vez tivessem precisado acordá-lo, como se ele não se levantasse todos os dias na hora certa e cumprisse com sua obrigação sem faltar nunca. Respondeu qualquer coisa, sem disfarçar a irritação, o simples desprezo que os dois lhe provocavam, entrou no banheiro e passou o trinco que ele mesmo tinha instalado, tirou a roupa examinando cada peça com muito cuidado e foi guardando uma por uma no saco de plástico, que depois esconderia dentro do guarda-roupa até que na tarde seguinte pudesse usar a máquina de lavar. Quem lidava com ela era ele, claro, o sujeito passa a vida trabalhando mais horas que um relógio e quando chega em casa ainda tem de pôr a roupa para lavar, porque a velha não sabe, e quando tenta é pior, quase sempre provoca um desastre. Devia ter jogado fora a roupa suja, mas a velha logo ia dar por falta dela, e viria com suas perguntas, como quem não quer nada, bancando a sutil, soltando indiretas, puxa, filho, faz tanto tempo que você não usa a malha que eu fiz para o dia do seu santo. Por isso é melhor lavar tudo, lave e estréie, como dizia o anúncio, você lava as mãos embaixo de um jato de água fervendo e com um sabão bem forte e depois não fica cheiro nenhum, você entra no chuveiro às duas da manhã, ainda meio tonto, assustado, um pouco bêbado, lembrando coisas que parecem sonhadas, e quando sai vermelho e nu diante do espelho embaçado já é como se fosse outro, como se não tivesse feito nada nem estivesse caindo de cansaço, e depois, sem dormir, sai para a rua e encontra a vida de todos os dias, ou melhor, de todas as noites e madrugadas, as ruelas desabitadas, os lixeiros na praça do bairro, fazendo seu trabalho repugnante sob a luz vermelha que gira no teto do caminhão, entre o barulho da prensa que esmaga e molda o lixo. E apostava que nenhum desses lixeiros tinha diploma, por mais que o velho fale, mas, o que eles têm, sim, é um bom salário fixo, férias e décimo terceiro, e o cheiro não é mais nojento, e sindicatos que os defendem e preparam greves, e ele, se entrasse em greve, o máximo que conseguiria era ir para o olho da rua, essa que é a verdade, tudo por culpa do velho que às quatro da manhã, na noite de chuva e vento gelado, fica na cama muito folgado, com sua aposentadoria por invalidez, cozinhando nos seus gases quentes e podres, enquanto ele se levanta muito antes de as putas e os bêbados irem dormir. De banho recém-tomado, com uma espécie de pressão muito forte na nuca, e certa tontura, com lucidez e vertigem ao mesmo tempo, de roupa limpa, barba feita, cheirando a loção, com as mãos limpas, que logo estarão sujas de novo, com essa sujeira e esse fedor que o anis só encobre por um momento mas que pega no vidro do copo, o cabelo ainda molhado, o motor do furgão trepidando na ruela, os faróis iluminando as pedras do chão e o cal das paredes, os olhos fosforescentes de um gato. Mas essa noite não era igual às outras, e não só pelo que ele sabia, ele e mais ninguém no mundo inteiro: quantas horas, quantos dias levariam para saber, para achar o que ninguém além dele sabe onde está? Segue com o furgão até a praça do general, que sempre está quase totalmente escura e vazia a essas horas, e percebe que alguma coisa já começou a acontecer, tão rápido, tão em seguida, seu coração dispara, olha de lado e vê que as luzes da delegacia estão acesas, que na porta há guardas e homens à paisana e várias viaturas com as luzes das sirenes brilhando no silêncio, na calma fria da noite de lua.

16.

Agora se arrependia vagamente de ter aceitado, mas não tinha mais remédio, o carro da professora rodava por uma rua feia e confusa do norte da cidade, desconhecida para ele, e logo desembocou em um cruzamento iluminado pelas luzes brancas e vermelhas de um posto de gasolina. De repente parecia que era muito tarde e que estavam muito longe. Havia muitas indicações e placas de trânsito, e Susana estendia o rosto sobre o volante para se orientar por elas, ao mesmo tempo que procurava uma rádio no dial, e depois uma fita no porta-luvas, onde havia um caos de documentos, fitas soltas, estojos vazios e flanelas para limpar vidros. Sorridente, nervosa, virava-se por alguns segundos e olhava para o inspetor com um gesto de desculpa, ela era um desastre, disse, para se orientar no trânsito e para manter suas coisas em ordem, ainda mais agora, que fazia meses que ninguém entrava em seu carro, caíram umas fitas misturadas com estojos vazios e ao abaixar-se para pegar uma delas apoiou sem querer a mão direita no joelho do inspetor, notando a imediata contração muscular, a rigidez automática sob o tecido da calça, na nuca do homem que não se apoiava por completo no encosto e que mantinha a mesma atitude de visita formal de pouco antes, na casa dos pais de Fátima. Por fim colocou um cassete no toca-fitas, e nesse instante mudou o sinal frente ao qual estavam parados, de modo que a música começou a tocar ao mesmo tempo que o carro ia ganhando velocidade, agora em uma estrada entre descampados, de onde avistavam ao longe, destacadas contra o céu azul-marinho, algumas das torres iluminadas da cidade. Nem lhe ocorrera perguntar ao inspetor de que tipo de música gostava, talvez pensando que ele levava jeito de não gostar de nenhuma. Acelerou com alívio pela estrada livre ao passo que agradecia, na dificuldade do silêncio, a voz sedosa de Ella Fitzgerald em uma balada que ela adorava, e que parecia particularmente apropriada para a quietude lunar da noite, *Moonlight in Vermont*. Ainda não perdera aquela disposição de sua primeira juventude para buscar correspondências entre os instantes de sua vida e as canções de que mais gostava: a música lenta, na velocidade do carro, sugeria-lhe o mesmo que estava vendo com seus olhos, a lua alta e branca e envolta em gaze no ar limpo pela chuva, o brilho de laca do ar azul-escuro.

— Não posso entender que ele continue telefonando — disse. — Que não lhe baste ter matado a menina.

— Eu duvido que seja ele — disse o inspetor, olhando para a frente, para a luz dos faróis.

— Como alguém pode ser tão cruel? Como pode ligar friamente sabendo que vai torturar pessoas que já estão tão arrasadas?

— Eles gostam do telefone. Não correm nenhum perigo e podem desfrutar do medo que provocam nos outros.

Lembrava-se de outro apartamento, de outros telefonemas repetindo-se todos os dias, a qualquer hora, no meio da madrugada. Nos últimos tempos, em Bilbao, cada vez que o telefone tocava sua mulher começava a tremer. Um dia a campainha a surpreendeu quando carregava uma bandeja com xícaras e copos, e o vidro, a porcelana e as colherzinhas começaram a tilintar como se sacudidos por um terremoto, durante o tempo eterno em que se repetiram os toques e ele atravessou a sala e estendeu as mãos justo quando tudo acabava de se espatifar no chão, entre os pés dos dois, e os copos e as xícaras se quebraram com um barulho seco, enquanto ela continuava tremendo e olhava para aquele desastre cobrindo a boca, sem perceber que já não ouvia o telefone.

Lembrar dela tornava mais vivo o desassossego íntimo do arrependimento, o incômodo de se encontrar em uma situação estranha que era muito desconcertante para ele, e da qual com certeza não sairia antes de, no mínimo, duas ou três horas. Faltara-lhe presença de espírito para recusar o convite da professora, apesar de estar muito cansado e com vontade de ir para a cama com um Valium e dormir a noite inteira. Agora, dentro de si, bem lá no fundo, notava, além de sua inabilidade absoluta para manter uma conversa fluida desvinculada do seu trabalho, a irritação egoísta de quem se acostumou a horários rígidos e a não conviver com ninguém e que já não tem paciência para as ficções da sociabilidade nem aceita de bom grado o menor transtorno de sua rotina.

— Pensei que não fosse aceitar — disse Susana.

— Como? —absorto, fitando as luzes dos carros que vinham na direção contrária, voltava a ouvir a voz que dizia o nome de Fátima ao telefone, as outras vozes que murmuravam ameaças de morte às quatro da madrugada.

— Que fosse responder com um não quando o convidasse para jantar.

O inspetor olhou-a por um instante e logo desviou os olhos, de novo fixos na estrada. Poderia ter respondido com um não se ela tivesse lhe dado tempo, mas agiu muito rápido e o apanhou de surpresa, sabendo perfeitamente que, até certo ponto, o tinha forçado a aceitar. Haviam descido pelo elevador em silêncio, e o inspetor pensou como era estranho o fato de que parte dos acontecimentos sobre os quais vinha se interrogando tão intensamente nos últimos tempos tivesse se desenrolado exatamente ali, começado nesse cenário, na mesma cabine de paredes metálicas em que Fátima entrara tantas vezes. No mesmo lugar em que ele apoiava a mão agora, ao lado do painel com os números dos andares, haviam estado as manchas de sangue dos dedos do assassino; exatamente ali teria mostrado uma faca a Fátima, enquanto, com a outra mão, tapava-lhe a boca, sufocando-a. "As coisas em que a gente pensa demais acabam parecendo invenções", disse a Susana logo em seguida, e ela respondeu: "As coisas e as pessoas. Quando eu me apaixonava por alguém, lembrava tanto dele e ficava fantasiando tanto que, quando o revia, custava a reconhecê-lo".

Mas ainda não eram capazes de falar de si mesmos com a mínima desenvoltura. No elevador, a proximidade e o silêncio os constrangiam, e não tinham quase nada em comum a não ser o alívio de terem deixado a casa de Fátima, o apartamento apertado de trabalhadores pobres, atulhado de móveis e objetos, cuja atmosfera se tornara ainda mais sufocante pelo advento do luto, pela falta de ar atrás das janelas fechadas, pelo sofrimento sem consolo, pela destilação do rancor. Saíram, e o hall estava escuro, como um indício do abandono e do perigo que já pareciam estar instalados ali antes que Fátima o tivesse atravessado empurrada ou levada por seu assassino, com um dos braços apoiado em seu ombro, e a mão apertando-lhe a nuca.

Demoraram um pouco até encontrar a luz do hall, e ao acendê-la cada um se defrontou com os olhos do outro, com um excesso involuntário de intensidade que os deixou, a ambos, constrangidos. Nada é mais difícil que aprender a olhar para alguém, a ser olhado de perto por um outro. Antes de sair à rua, Susana abotoou o casaco até o pescoço, calçou luvas de lã e enfiou as mãos nos grandes bolsos, acostumada ao inverno, ao frio daquela cidade alta e interior, pronta para suportá-lo. Na calçada, o inspetor tentava pensar rápido em uma fórmula correta para se despedir dela, quando Susana perguntou por que não iam tomar alguma coisa juntos, um tanto abruptamente, como se já tivesse levado algum tempo pensando no que acabava de dizer.

"Podíamos ir a algum bar aqui perto", disse o inspetor, um pouco atarantado. Conhecia a rua palmo a palmo, até no escuro, sabia de cor o aspecto de cada um dos edifícios e das lojas, agora com as portas trancadas, hostis à noite invernal, enfrentando o medo com alarmes e fechaduras. Diante deles, com as luzes da vitrine apagadas, estava a papelaria onde Fátima comprara a cartolina e a caixa de lápis de cera, uma lojinha muito modesta e nada próspera, sem brilho, como quase todas do bairro, portas de pequenas oficinas e de negócios insignificantes. A rua o deixava exasperado, fazia-o sentir com mais força, quase fisicamente, uma revolta contra si mesmo, um desespero por ainda não ter feito nada de útil e não ter se aproximado da verdade talvez nem mais um passo sequer.

— Os bares daqui são muito deprimentes — disse Susana, apontando para um pequeno bar na esquina, com uma luz doentia, e do qual saía, pelo tubo de ventilação, um pestilência densa de frituras; em seguida acrescentou, muito rápido, como antes, para não lhe dar tempo para uma negativa: — Meu carro está aqui perto. Se quiser, podemos ir jantar em um lugar que descobri recentemente. Acho que vai gostar, é um antigo *cortijo* à beira do rio.

Pôs-se a andar, agasalhada e enérgica, por entre os carros estacionados. Sem convicção, mas não sem uma ponta de satisfação, o inspetor seguiu-a, depois de olhar furtivamente para o relógio. Não era muito tarde, apenas oito horas, mas passaram tanto tempo na casa de Fátima e estava anoitecendo tão cedo que tinha a sensação desoladora de que já era noite havia muito tempo, como em um país boreal. Às vezes, por volta das oito e meia, depois de jantar no refeitório da clínica, sua mulher tinha permissão de telefonar para ele direto do quarto.

— Que bairros! — disse Susana. — Quando eu cheguei aqui, não existia nenhum desses blocos. Só descampados e hortas, que eu via da janela da minha classe. É incrível como conseguiram fazer com que tudo ficasse tão horrível.

Era verdade, embora o inspetor não tivesse pensado nisso antes. Podiam estar em um bairro da periferia de Bilbao, ou de qualquer outra cidade, com muros encardidos e roupa pendurada em pequenos terraços, garagens e calçadas esburacadas, bares de luz suja, muros pichados. Mas tinha sido esse o espaço da vida de Fátima, o possível paraíso de suas caminhadas até a escola, de suas brincadeiras com outras meninas nos corredores dos prédios e de suas idas à papelaria e à venda, apertando com muita força uma moeda na mão, levando uma lista caprichosamente escrita por ela mesma. Ali estiveram, agora desbaratados pela morte, os misteriosos itinerários que o olhar infantil traça nos mesmos lugares em que os adultos só vêem a monotonia e a fealdade de suas vidas.

— Um restaurante de verdade — disse Susana, enquanto procurava as chaves do carro na bolsa. — Com toalhas de linho e carta de vinhos, imagine.

Em seus momentos de maior aflição tinha aprendido algo sobre si mesma: que sua capacidade de reviver e superar a dor dependia muito de sensações físicas e de experiências materiais, não tanto de idéias ou propósitos, sempre abstratos demais para lhe inspirarem confiança. Não podia cuidar da alma sem cuidar das mãos ou da pele, e o que às vezes lhe devolvia a vontade de viver era o contato agradável com um tecido ou com uma taça de cristal, a aquisição, em um antiquário, de uma bela cadeira de balanço. Seus estados de ânimo dependiam da porcelana das xícaras do café da manhã, da qualidade do pão e do azeite com que preparava uma torrada e do sabor do suco de laranja. A desolação moral sempre tinha para ela uma evidência física. Assim como, durante a gravidez, seu organismo lhe exigia com absoluta urgência que comesse alguma coisa doce para não desfalecer, um pedaço de bolo ou uns bombons, essa noite sentia a necessidade de jantar bem para livrar-se da lembrança sufocante do apartamento e dos pais de Fátima, para aliviar a repugnância que lhe causara a voz sombria repetindo o nome da menina ao telefone.

Disse que vivia perdendo as chaves do carro: tirava coisas de dentro da bolsa e as ia depositando sobre o teto do Corsa branco, polpudos molhos de chaves de sua casa e da escola, pacotes de lenços de papel e maços de cigarros, caixas de fósforos de cozinha, uma caderneta de poupança, um cartão de crédito, o estojo dos óculos, comprovantes de caixa eletrônico. Encontrou-as por fim, abriu o carro, pôs tudo de volta na bolsa, tirou o casaco antes de se sentar, e de repente pareceu menos corpulenta e mais jovem, com sua malha de lã grossa, suas calças de flanela e suas botas de inverno. Colocou os óculos para dirigir, e logo adquiriu, de perfil, com o forte queixo sobressaindo da gola alta da malha, uma imediata severidade prática, confirmada pela eficácia inegável com que suas mãos destravaram o volante e começaram a girá-lo.

— Esse seu casacão — disse, enquanto manobrava o carro para sair —, logo reparei nele.

— Não diga — o inspetor sentia-se um tanto inseguro, como que ameaçado pelo ridículo ou pela fragilidade de um ato furtivo, dentro de um carro que ele não dirigia, ao lado de uma mulher que não era a dele nem uma daquelas conquistas do erotismo alcoólico de certas noites não tão distantes nem tão fáceis de esquecer quanto gostaria. Além disso, seu banco estava muito perto do painel, e ele, com as pernas encolhidas, não conseguia encontrar o mecanismo para recuá-lo. "A alavanca está à sua direita, embaixo do assento", disse Susana, olhando-o por um instante: o fato de ela ter adivinhado seu pensamento fê-lo sentir-se mais ridículo. Encontrou a alavanca e com grande alívio teve sucesso na operação. Respirou profunda mas discretamente, esticou as pernas mas não chegou a apoiar a nuca no encosto.

— Esse casaco é o tipo de roupa que ninguém usa por aqui — continuou Susana. — Tão reforçado, tão invernal, de um lugar com um clima menos africano e um nível de vida mais alto. Por isso, assim que o vi no pátio da escola, pensei: ele vem do norte, do País Basco ou de Santander.

— Morei muitos anos em Bilbao. Fui transferido no início do verão.

— Gostava de lá?

— Que pergunta — disse o inspetor. Um policial em ação naquela região não costumava ouvi-la, talvez porque todos a considerassem desnecessária. Mas ele mesmo ficou um tanto surpreso com a convicção de sua resposta: — Eu gostava, sim, por mais estranho que pareça.

Agora que não estava mais no norte, percebia que se acostumara muito profundamente a certas coisas, à monotonia e aos matizes das paisagens e do clima, à proximidade do Cantábrico e às cores suavizadas pelo nevoeiro, lavadas pela umidade, muito menos contundentes que no sul, onde tudo, quando chegou, parecia de uma nitidez ardida, ofuscante, sem gradações de tonalidade nem de sombra: a cor parda ou calcária da terra nua, os azuis e brancos tão exagerados no céu do meio-dia e na cal das paredes, a crueza com que de repente as coisas apareciam naquelas paisagens nunca totalmente alheias ao deserto, uma árvore, uma casa de campo, uma rocha, até um rio, não os rios brumosos do norte, com as margens ocultas pela vegetação, mas águas minguadas por anos de seca e correndo entre barrancos de uma nudez mineral.

— Sentia muito medo? — era uma mulher que não se detinha diante de nenhuma pergunta. Mostrava uma mescla desconcertante de extrema cortesia e de curiosidade, uma deferência inata para com as experiências e a vida daqueles que conviviam com ela. Notava que quase todas as pessoas desconfiam quando alguém dá mostras de curiosidade em relação a elas, e que muito poucas têm a generosidade necessária para prestar atenção à vida dos outros.

— Muito. Sempre esperava que fosse me acontecer alguma coisa. Saía de casa de manhã pensando que talvez não voltasse à noite.

— Não acabou se acostumando?

— Claro que sim. As pessoas se acostumam ao pior. A viver com uma doença ou com as pernas cortadas, a viver com medo de morrer. Até os pais de Fátima vão acabar se acostumando.

— E sua mulher?

— Como?

— Sua mulher — Susana apontou para a aliança na mão esquerda do inspetor. — Ela se acostumou?

O inspetor corou, mas achou que dificilmente Susana poderia notá-lo: dirigia muito atenta à estrada mas voltando constantemente o rosto para ele, em rápidas indagações sobre sua expressão ou seus gestos, que lhe pareciam ao mesmo tempo neutros e muito reveladores, submetidos a um excesso de tensão que se quebrava sem remédio mais do que ele desejaria, e até mais do que ele mesmo percebia.

— Sofreu uma crise nervosa fortíssima pouco antes da mudança — para o inspetor era muito desagradável falar da mulher, em grande parte porque não sabia como fazê-lo, nem qual era o tom adequado para se explicar diante de uma quase desconhecida que o levava em seu carro, que o convidara para jantar: sentia-se ao mesmo tempo desajeitado com uma e desleal com a outra, arrependia-se amargamente de ter aceitado, sentia falta da tranqüila segurança, da solidão e do tédio de sua casa. — Agora está em uma clínica. Dizem que vai sair logo. Na verdade, é o que vêm dizendo desde que foi internada.

— Sente muita saudade dela.

Não tinha perguntado: afirmava. Mas o inspetor, se tivesse ousado dizer a verdade, não teria respondido que sim. Queria que ela voltasse, e não só da clínica, mas do túnel de desolação e mutismo em que estava havia tanto tempo mas não podia dizer que sentia falta da presença dela a seu lado, que lamentava a ausência dela em casa ao voltar do trabalho. Não podia dizer a ninguém que pensara muitas vezes em deixá-la, não porque desejasse outra mulher, ou outras, mas simplesmente porque não a amava, porque teria preferido estar só, sem a constante angústia de pensar que ela o esperava quando demorava, que sofria por causa de cada gesto seu de desapego ou de frieza: não era verdade que a gente acaba se acostumando a tudo; ela não o conseguira, depois de tantos anos.

— Olhe a lua — disse Susana; tinham ficado os dois em silêncio. Diante deles, sobre o vale ondulado dos olivais e a silhueta negra da serra, a meia-lua branca pairava inclinada e imóvel como um balão, cercada por uma incandescência fria que apagava o brilho das constelações a seu redor. — Como está alta. Conhece essa canção? *Como a lua está alta*. Daqui a pouco vai tocar. Marcel Proust pensava, quando era pequeno, que todos os livros falavam da lua. Comigo acontece o mesmo, só que com as canções. Quase todas das que eu mais gosto têm a ver com ela.

— Agora ela está em quarto crescente.

— Isso eu nunca sei. Como é que se tem certeza?

— Um padre me explicou faz muitos anos e nunca me esqueci. A lua é mentirosa, dizia. Não é quando tem forma de C que ela está crescente, e sim quando tem forma de D. Sempre que olho para ela, me lembro disso.

Susana estava achando a voz de Ella Fitzgerald triste demais e procurou outra música para se animar, uma fita de Paul Simon, *Graceland*, que sempre tivera efeito imediato sobre ela. Agora não falavam, hipnotizados os dois pelas claridades e sombras da paisagem noturna, a terra pálida, molhada de uma chuva recente, e as copas das oliveiras repetindo-se com a mesma exatidão de metrônomo dos postes telefônicos. O luar aumentava e aproximava os volumes azulados da serra, ressaltando as manchas brancas das aldeias que se distribuíam pelas encostas, pontilhadas pelo brilho de suas luzes amarelas. Não falavam, cada um atento ao outro e, ao mesmo tempo, com um certo receio do outro, buscando as palavras, deixando-se levar pelo impulso do carro e pelo magnetismo da música no espaço fechado. Susana observou que o inspetor por fim tinha apoiado a nuca no encosto. Com a mão esquerda tamborilava discretamente no joelho, acompanhando o ritmo, não sem certa habilidade que ela também registrou.

— Gosta desta música?

— Gosto muito de ouvi-la assim, de noite, numa estrada deserta.

— Eu me transporto com ela. Quando estou farta da cidade e já não acho consolo nos livros nem nos discos, pego o carro de noitinha e saio para qualquer lugar, fujo, imagino que estou viajando para bem longe. Vejo as luzes de uma dessas aldeias e vou até lá, com a música bem alta, mas quando chego, e a fita já acabou, dou uma olhada na aldeia, caio em mim e volto pelo mesmo caminho, pensando que minha vida poderia ser bem pior e que eu poderia estar dando aula nesse lugar. Mas, assim, acabo descobrindo alguns lugares de que eu gosto muito: o restaurante do rio, encontrei no verão passado. Convidei a mim mesma para jantar e não terminei a garrafa de vinho por vergonha de sair depois sozinha, trançando as pernas.

Haviam chegado a uma ponte sobre o rio, que descia lento e largo, engrossado pela chuva recente, com cintilações fosforescentes ao luar. Vinha um carro em sentido contrário, e Susana teve de esperar que passasse. "Chegamos", disse, apontando para um edifício justo do outro lado, com telhados desiguais e muros altos que caíam a prumo sobre as margens. Mais embaixo, paralela ao rio, passava uma linha de trem. Lá, no meio da noite, no alto, dominando a encosta coberta de caniços e giestas, o lugar tinha para a imaginação de Susana um ar de castelo fortificado aonde se chega depois de uma longa viagem, como se ficasse em outro país, a uma distância não medida em quilômetros. Era restaurante e também hospedaria, disse ao inspetor enquanto estacionava o carro, junto a um pequeno bosque de amendoeiras, na área calçada em frente ao portão. Havia mais alguns carros, e, assim que começaram a subir em direção à casa, alcançou-os, vindo do interior, um suave e alentador ruído de vozes e talheres.

— Olhe o nome do lugar — disse Susana, parando em frente ao arco da porta, já animada pela perspectiva do jantar iminente, das taças de cristal sonoro e dos talheres de prata, da delícia do primeiro gole de vinho tinto. — "La Isla de Cuba". Acho que foi o que mais me atraiu da primeira vez que estive aqui. Perguntei para os garçons a razão do nome mas nenhum deles sabia. Olhe a cidade, como a vemos daqui. Ela sim parece uma ilha.

Antes de entrar no restaurante, o inspetor seguiu com os olhos a direção indicada por Susana, e então dividiu com ela, sem saber, a sensação de ter ido muito longe em menos de meia hora, apenas o tempo de umas poucas canções. Viu a colina escura, a linha da muralha, as luzes longínquas dos mirantes, e por um momento teve a impressão de estar vendo uma cidade onde nunca tinha estado, ou à qual nunca chegara a regressar. Mas não esquecia, nem mesmo nesse momento, assim como um doente crônico não esquece da dor que o atormenta, ou um obsessivo, da sua idéia fixa, não esquecia que nesse lugar tão inverossímil como o desenho sem nome de uma cidade noturna, em algum lugar, caminhando por uma rua ou escondido em um quarto, iluminado pela mesma lua, assistindo a uma partida de futebol em algum bar, esperava-o alguém que ele nunca tinha visto, alguém que ele reconheceria assim que o tivesse diante dos olhos.

17.

A excitação só de pensar, como uma coisa golpeando as veias e a cabeça, o café bem forte com um pouco de conhaque batendo bem no meio do peito, o primeiro gole de anis seco ou de rum, ou a tontura da primeira tragada em um daqueles mentolados das primeiras vezes, nas noites de verão em que ia com os amigos do bairro fumar nos jardins da Cava, a um passo, ali mesmo, talvez num dos bancos à beira do barranco, pertinho dos pinheiros, com o cheiro de resina no ar quente das noites de julho, e o barulho das pisadas nas agulhas secas, que rangiam por mais que tomassem cuidado, por isso tinham que estar muito atentos, no escuro, quase se arrastando, como nos filmes, para chegar o mais perto possível sem serem descobertos, os cotovelos fincados na terra, nas agulhas secas dos pinheiros, para espiar os casais que naquele tempo ainda iam namorar nos bancos do parque. Era uma excitação parecida, o coração na boca, as batidas tão doídas e rápidas no peito, como um punho que bate muitas vezes numa porta, o punho de alguém que bate desesperadamente em uma casa fechada. Ele e seus amigos, ou melhor ele sozinho, deitado no barranco, na escuridão do parque onde as lâmpadas estavam sempre quebradas, talvez escondido atrás do tronco de um pinheiro, ou estirado em uma vala, quem sabe até naquela, na mesma, pensa de repente, deitado, e o coração ressoando com força contra a terra, tentando ver e ouvir, enxergar alguma coisa por entre as sombras, o abraço dos casais de namorados que não tinham outro lugar para ir, os gemidos, as palavras, o atrito das roupas, os breves gritos de dor, a mancha pálida de um lenço que recolhe ou limpa algo, mas nunca conseguia ouvir direito, e muito menos ver claramente, imaginava que via coisas, que distinguia palavras sujas e precisas mas só conseguia ver sombras se agitando em movimentos convulsos, e às vezes um rosto iluminado por um segundo pela chama de um fósforo ou pela brasa de um cigarro. Mexia-se sem querer, com medo de ter feito algum barulho que o denunciasse se encolhia mais contra o chão, o coração batendo surdamente como se estivesse embaixo da terra, o medo de ser descoberto, de que a luz de uma lanterna o cegasse: é a mesma excitação, uma tontura muito forte, um golpe, quase uma vertigem, dava uma tragada no mentolado e sentia, simultaneamente, doçura e náusea, sensações que também o rum ou o anis puro lhe proporcionavam, sem gelo nem frescuras de coca-cola ou tônica, um gole e a garganta arde e a cabeça fica a mil, começa a virar, como se o pescoço dispusesse de um mecanismo giratório, mas ninguém sabe, e isso é o melhor, é incrível, dá um gole de rum, volta a trancar a garrafa em seu guarda-roupa, chupa uma bala de menta ou um grão de café e ninguém pode descobrir, sai do seu quarto, atravessa a sala onde os velhos cochilam iluminados pela tevê, porque eles só acendem a luz quando a noite já está bem adiantada, e sem olhá-los nem se despedir deles desce até o hall escuro e chega ao portão, se safando com rapidez, com a força do rum na nuca e nos calcanhares, para que a velha não tenha tempo de repetir sua ladainha, aonde você vai?, tenha cuidado, não demore, sai para a rua calçada com pedras batendo a porta e tropeçando, maldiz a prefeitura, que não asfalta as ruas porque diz que esse é um bairro antigo e muito importante, na verdade um monte de taperas e igrejas em ruínas, e também não conserta o calçamento, por isso é uma buraqueira só, se você não toma cuidado arrebenta os pneus, e se depois volta meio alto, como também falta luz, tropeça e cai e quebra a cabeça ou um braço, e aí quem é que vai trabalhar, quem é que começa o dia antes de o sol nascer para só largar à noite, sempre com pressa, de um lado para o outro, entre o barulho dos caminhões dos atacadistas e o cacarejo das mulheres, sempre vendo olhos e bocas de mulheres que gritam e olhos e bocas abertas de peixes, olhos redondos com o olhar dos mortos e bocas desconjuntadas com fileiras mínimas de dentes que arrancam a pele das mãos, sempre sorrindo, mesmo que por dentro você tenha vontade de vomitar ou de cravar um gancho nessa boca aberta e pintada que pede alguma coisa como crava nas guelras de uma merluza, mesmo que você esteja com febre e venha de várias noites sem dormir, sentindo que vai desabar sobre a poça gosmenta e a lama de escamas e vísceras. Não, senhor, ele não pode passar mal, ninguém vai lhe dar uma licença médica e não tem um sindicato que o defenda, pode estar morrendo por dentro que dá na mesma, ninguém percebe nada nem liga para porra nenhuma. Isso também é incrível, fantástico, que ninguém saiba de nada, que ninguém possa enxergar o que há por trás do rosto nem dos olhos, você sai para a rua com as pernas ainda bambas por causa do rum e ninguém percebe. Uma vizinha velha que varre a calçada na frente de casa o cumprimenta usando o diminutivo nojento de quando era garoto, nunca se convencem, não vêem os filhos crescer, sempre a mesma conversa mole, “Para mim você continua sendo uma criança, não vê que eu pus você no mundo?”. Cumprimenta a vizinha, sorrindo, começa a sorrir justo quando cruza a porta da rua, que jóia de filho, ouviu uma vez a vizinha falar para a velha, tão trabalhador e ajuizado, você deve ter muito orgulho dele, um rapaz tão bom, do jeito que são os jovens hoje em dia, e como ele logo começou a trabalhar quando aconteceu aquela desgraça com o pai, com que vontade, sendo ainda uma criança. Vão se danar: uma criança? Olham para um sujeito que serviu o exército, capaz de trabalhar mais horas do que as que o relógio marca e de comer uma mulher e de beber três doses de anis seco sem ficar com as pernas bambas nem com as mãos tremendo, e o que vêem é uma criança, todas elas, mães e vizinhas, tias, avós, freguesas. Estava espiando as duas pela persiana do térreo, e não podia acreditar no que a velha estava dizendo, era de mijar de rir: "Claro, só que o meu menino é muito calado, coitadinho, parece que não consegue arranjar namorada". A vizinha começou a rir, com seu birote sujo, sua mantilha, suas alpargatas velhas, a vassoura, uma bruxa perfeita: "Aqui pode ser calado, mas para as freguesas ele bem que fala as suas gracinhas quando vende o peixe. Com muita educação, claro, sempre no seu lugar". "Então, é isso que nós sempre lhe ensinamos. Diploma não pudemos dar, mas pelo menos ele tem uma boa profissão para ganhar a vida como seu pai. Até melhor do que um diploma, pois afinal o mundo está assim de médicos e professores brigando por um emprego de varredor."

Sempre as mesmas bobagens, as mesmas palavras, como se tivessem acabado de lhes ocorrer, onde é que já se viu um médico trabalhando de varredor?, nem devem sabem o que é um diploma, o que é nada, se não sabem nem fazer funcionar uma máquina de lavar, ou um vídeo, ou ligar um aquecedor. Mas não tem jeito, ele tem de seguir em frente e dar boa-tarde para a vizinha que passa a vida inteira varrendo o mesmo trecho de calçada e de rua, toda esburacada, a calçada estragada, sempre com a mesma mantilha sobre os ombros e as mesmas alpargatas pretas, e até a mesma vassoura, varrendo como se metade das casas não estivessem desabando e a maioria dos vizinhos mortos. Pelo menos que varresse com uma vassoura moderna, com as cerdas de plástico, não com esses vassourões de gravetos que não faz muito tempo o velho ainda comprava, até que pararam de fabricar aquelas coisas, vassouras de varrer estábulos e chiqueiros, como é tapado, dizia que eram melhores, muito melhores que as vassouras modernas, porque para ele tudo o que é antigo é melhor, o braseiro é melhor que o aquecedor a gás, a eletricidade de 125 volts é melhor que a de 220, o presunto é mais gostoso quando cortado com faca e não na máquina, melhor trabalhar a terra com enxada do que com trator, as geladeiras antigas com barras de gelo conservavam melhor o peixe que as de agora, um saco, sempre martelando as mesmas besteiras, incansável, mastigando as palavras e respirando com os pulmões envenenados de alcatrão ou de câncer, sempre os mesmos ditados, as mesmas advertências e opiniões estúpidas e turronas, as mesmas lembranças, até as mesmas doenças e os mesmos impropérios, e ele calado, dizendo que sim a tudo, calado sobre o prato de sopa ou do ensopado gorduroso, sem erguer os olhos nem afastá-los da comida ou da televisão para não ver a dentadura do velho sobre a toalha de plástico, dócil, fervendo por dentro, enquanto na tela volta a aparecer a imagem de um rosto infantil que não é idêntico ao que ele recorda, nem no penteado nem na roupa, na fotografia ela está de maria-chiquinha, saia pregueada, meias brancas, sapatos de verniz. “Anjinho”, diz a velha, “que Deus a tenha em sua glória”, e ele sente que não pode ser, que é impossível que ninguém saiba, ninguém no mundo além dele, nem o policial tão esperto de cabelo grisalho que virou o rosto para a câmara como se fosse um bandido, nem o promotor, nem o legista, ninguém, nenhum dos jornalistas ao lado de quem ele passa como se não houvesse nada quando vai até a praça, todas as tardes, depois de tomar um banho e um bom gole de rum da garrafa do armário, sem muito porquê, acariciando o volume do canivete na calça, só para dar uma olhada, para cumprimentar alguém e contar ou escutar uma nova fofoca, para se aproximar e sentir a excitação do perigo imaginado, da impunidade perfeita, como quando era garoto e ia ao parque espiar, para passar perto dos câmaras e dos fotógrafos ou em frente à mesmíssima porta da delegacia, sem nenhum risco, sem levantar suspeitas, como quando sai para a rua e a vizinha pára de varrer, chama-o por seu diminutivo repugnante e lhe diz: "Vai dar uma voltinha?", dando uma risadinha tola, com uma ponta de malícia, de uma terna maternidade de empréstimo, a mesma que dará ao comentar com a mãe, "Agora anda saindo muito arrumado, todas as tardes, já deve ter a sua paquerinha".

Afasta-se depressa, pisando firme no calçamento de pedras, enquanto a vizinha pára de varrer para olhá-lo pelas costas, a jaqueta, as calças justas, o volume no bolso, o tilintar das chaves do furgão. Todas as tardes foge do bairro e vai para o norte, até a praça do general, e depois segue para onde estão o movimento e as luzes, as boas lojas de roupas e de eletrodomésticos com suas vitrines impecáveis, os prédios de apartamentos com porteiros eletrônicos e calefação central, as ruas largas e bem asfaltadas, os cafés, as oficinas mecânicas, as videolocadoras, os bares de topless, a vida de verdade, os supermercados que segundo o velho logo iriam acabar com o mercado central, cada vez mais velho e sujo, com menos gente e cheiros mais desagradáveis. Sobe excitado por antecipação, livre do ar melancólico das vielas, das pequenas praças cercadas por muros de conventos e torres de igrejas, quem dera um incêndio ou um terremoto acabasse com tudo aquilo e tivessem de reconstruir essa parte da cidade que diziam ser tão importante, mas onde ninguém quer morar, queria ver um desses turistas tão finos, que se emocionam vendo um curral tomado pelo mato, passar um inverno aqui.

Já está anoitecendo quando chega à praça, e ao olhar para a única sacada iluminada no primeiro andar da delegacia, onde está pendurada a bandeira, sente como que uma pontada de excitação no estômago, mais forte ainda, uma fisgada, o coração batendo muito forte sem ninguém ouvir, mesmo passando tão perto, batendo surdamente no peito como no fundo da terra e da escuridão quando espiava os namorados imaginando que via na realidade o que tinha visto nas revistas e nos filmes, que ouvia as palavras claras e sujas que os homens e as mulheres dizem neles, principalmente as mulheres, que sempre são as mais sem-vergonha, vivem disfarçando mas é só nisso que elas pensam. Na sacada iluminada há um vulto em movimento muito perto da janela: ele não ergue os olhos, se bem que não aconteceria nada, mais um grau de atrevimento e a única coisa que aumenta é a excitação, não o perigo: aproxima-se do guarda da porta, diz boa-tarde, com uma cortesia vagamente servil que é uma lembrança do serviço militar. O guarda leva a mão ao quepe, está velho e gordo e com certeza não serve para mais nada. Ele lhe pergunta se sabe de alguma coisa, se tem alguma novidade, muito consciente da suavidade de sua própria voz, mais suave que o habitual, como sempre que está muito excitado ou enfurecido, quanto mais raiva tem por dentro, mais suave e dócil soa a voz, e enquanto a escuta sente a pressão do sangue nas têmporas. "Circulando", diz o guarda, brusco e impaciente, quase sem olhar para ele, sem a menor consideração por sua pergunta, por sua cortesia, por seu interesse, "que ninguém está aqui para ficar dando entrevistas coletivas." Você não, mas eu sim, pensa, sorrindo para o guarda, eu poderia, sim, dar uma coletiva, e aí vocês iam ver, "Desculpe, não queria incomodar", diz, com uma voz tão macia que até para ele mesmo soa meio afeminada, e para maior humilhação e raiva percebe que vai ficar vermelho, controla-se, respira fundo e não enrubesce, com a ponta dos dedos toca o volume do canivete na calça. Deve-se respirar bem fundo, bem devagar, aconselham na revista de horóscopo, tanto para não ficar vermelho quanto para não gozar antes da hora. Agora imagina que é um terrorista, que saca um revólver do bolso da jaqueta e o aponta para a cara do guarda e estoura seus miolos contra a parede. Se ele quiser, se lhe der na telha, pode fazer qualquer coisa que não vai acontecer nada, depois vai parecer que foi um sonho mas terá sido real, vai sair nos jornais e no noticiário das três. Se ele quiser, se lhe der na telha, agora pode atravessar a área ajardinada do centro da praça, entrar na cabine que fica ao lado da estátua e ligar para a delegacia, perguntando pelo inspetor-chefe, com a voz suave, mas nem tanto, que se você fala com educação ninguém escuta, com voz suave mas mandando, tenho uma coisa muito importante para lhe dizer: da própria cabine veria a sombra afastando-se da sacada para atender o telefone. Pode ligar e desligar logo em seguida, ou manter uma conversa com o inspetor, como o assassino de *O silêncio dos inocentes*, que ele viu muitas vezes, se bem que achou o filme muito rebuscado e fantástico. Pode dizer para o inspetor-chefe quem é ele e o que fez e o que pode fazer quando e onde bem entender e depois desligar e sair da cabine que não vai acontecer nada, pode ligar para o programa da madrugada, no qual tanta gente faz mistério para dizer uma ou duas bobagens e contar para a puta da locutora alguma coisa realmente capaz de tirar-lhe o fôlego.

Mas tem outra coisa, mais excitante ainda, tão tentadora que ele não sabe se vai poder ou querer resistir. Pensa nisso ao ver um padre velho que caminha na frente dele em direção à rua Mesones e à rua Nueva, passando o Monterrey. Não usa batina, mas sabe que é um padre, ele o conhece faz tempo, um padre velho, sempre o conheceu, a vida inteira, que caminha muito devagar, com uma pequena cruz de madeira pendurada sobre o peito da grossa malha azul-marinho, de tênis pretos, adiantando muito o queixo como para se deixar levar por um impulso de vontade mais eficaz que a força de seus pulmões ou o vigor de suas pernas. Começou a segui-lo, sem perceber diminuiu o ritmo de seus passos para acomodá-los aos do padre, que deve morar depois do fim da rua Nueva, onde antigamente ficava o colégio dos jesuítas. Como anda devagar o desgraçado, deve ter mais de oitenta anos, mas esses velhos de hoje não morrem nem com um tiro na cabeça, nem com uma bomba. Segue-o muito devagar pela rua Nueva, cheia de gente nessa hora, com calçadas largas, com as fachadas de mármore e vitrines enormes, cujas luzes bastariam para iluminar tudo, lojas de luxo, comércio de verdade, até joalherias e peleterias com vidros blindados, com manequins nuas de plástico branco só cobertas por uma estola de visom. Preços nas alturas, que movimento, uma merda de calcinha custa mais que um quilo de merluza, e os putos dos donos na maior boa vida, embolsando o dinheiro de mãos limpas, sem madrugar nem se molhar nem morrer de frio no inverno, sem enjoar com o fedor no verão. Lojas de sapatos, de bolsas, de eletrodomésticos, de aparelhos de som, tudo novo em folha e caríssimo nas vitrines, sem outro cheiro a não ser o do couro dos sapatos e o dos perfumes das mulheres, porque aqui o dinheiro não tem a mesma textura pegajosa que tem no mercado, como é evidente, não fica manchado por dedos sujos, ninguém precisa contá-lo nem guardá-lo em gavetas imundas, em caixas registradoras tão pegajosas como todo o resto: aqui o dinheiro é invisível e não se escutam as moedas, só esse barulho dos cartões de crédito quando são passados pela máquina, dinheiro limpo, mágico, instantâneo, não moedas nem notas suadas, dinheiro eletrônico. O velho diz que tudo isso é enganação, que para ele o que vale é um bom maço de notas amarrado com um elástico, como os maços que antigamente os atacadistas de frutas e os negociantes de gado levavam em carteiras gordas, presos com elásticos que estalavam com opulência. Não confia em papéis, nem em cartões nem nos extratos do banco, e também não entende nada, o burro, a primeira coisa que ele faz às sete da manhã do primeiro dia do mês é ir para a fila na porta da Caixa Econômica, como os outros velhos, porque velho é o que não falta neste mundo, todos na fila, nervosos, nas manhãs de inverno cobertos com boinas e cachecóis, com as cadernetas de poupança na mão, com a carteira de identidade e o cartão da previdência, preparados para mostrá-los no guichê, com medo de serem roubados ou enganados pelo caixa, ou de que o banco vá à falência, ou de serem assaltados na saída. Retira todo o dinheiro da aposentadoria e o leva para casa em notas palpáveis, e o guarda em uma caixa de latão que, por sua vez, esconde embaixo de um ladrilho solto dentro do armário de seu quarto, pensando que todo mundo é idiota.

O padre velho deve ser igual, anda pela rua sem reparar em nada, sem olhar para a mulherada que entra e sai das lojas de boca pintada, de salto alto e sacolas de compras, deixando um rastro de perfume e de tabaco suave. Passa iluminado pelas vitrines e sem nunca reparar nem nas roupas das mulheres nem nos televisores e câmaras de vídeo e vestidos de luxo e casacos de pele, deve ir rezando o terço, mas com certeza não, é um padre ateu, diziam, que anda sem batina, até sem colarinho, mas é tão padre como qualquer outro, como o bispo ou cardeal ou seja lá o que for que tenha vindo rezar a missa no funeral da menina. Tinha cinco padres no altar, um deles com um desses chapéus altos que usam os bispos, e não dava nem para entrar na igreja de La Trinidad, as escadarias estavam cheias de gente e a multidão tomava toda a praça, era impressionante ver no noticiário da noite. Instalaram alto-falantes nas colunas das arcadas, na torre do relógio e na sacada da delegacia, e grandes plataformas ou andaimes para as câmaras e os holofotes da televisão, que jogavam uma luz mais forte que a de um meio-dia de verão. Como quando ele era pequeno e transmitiram as procissões da Semana Santa ao vivo, o povo da cidade não se agüentava de orgulho, gravaram tudo em vídeo, faziam caras e davam tchauzinho para as câmaras, enquanto os penitentes e os andores iam passando. Começou a chover, e toda a praça e as escadarias da igreja se encheram de guarda-chuvas pretos, as luzes soltavam um vapor espesso e faziam brilhar os pingos da chuva, que justo nessa hora voltava a cair depois de anos de seca.

E ele ali, no meio de tudo, mais um guarda-chuva em meio ao mar de guarda-chuvas pretos, brilhando como verniz sob a chuva e os holofotes, na praça ecoando de cânticos de igreja e ladainhas de padres. Só ele sabendo, mas sem se lembrar, comovido, quase inocente, como todos, tomado pela mesma onda universal de pesar, de luto e de raiva vingativa que varria a multidão como uma violenta pancada de chuva sobre o mar, ele incógnito e solitário entre os guarda-chuvas e as pessoas, anônimo, acobertado, repetindo a custo as palavras da missa, de cabeça baixa, aprisionado entre os outros, idêntico a eles, singular em seu segredo, em sua arrogância íntima, dando a mão para uma mulher que chorava a seu lado quando o padre disse, "dêem-se fraternalmente a paz". A mulher trazia presa à gola uma dessas fotos da menina que tinham distribuído pela cidade, como santinhos, mas esse rosto não lhe despertava culpa, nem sequer lembranças, não parecia o rosto de alguém que ele tivesse conhecido. Só ele e mais ninguém sabia, ninguém no mundo, naquela lenta multidão que já de noite subiu devagar rumo ao cemitério. Muitos, mulheres principalmente, levavam velas de chamas frágeis, agitadas ou apagadas pelo vento, como nas procissões. Só ele sabia, calmo e lento sob seu guarda-chuva, caminhando no mesmo passo que os demais, e também impune, invulnerável, como agora, quando segue o padre pela rua Nueva, passando o hospital Santiago, a caminho da igreja e do colégio dos jesuítas, que ficava isolado no limite oeste da cidade antes que os padres vendessem a maior parte dos terrenos para uma construtora, tinham enchido os bolsos os desgraçados, lá com toda sua reza e penitência.

Agora o segue de um pouco mais longe, porque nessas calçadas há menos vitrines e quase não circula gente, está mais escuro, como se a noite tivesse chegado antes aqui que na rua Nueva. Toma mais alguns metros de distância, mesmo sabendo que a precaução é desnecessária, só para dar mais emoção, para saborear a própria astúcia, porque o padre não vai vê-lo, não vai saber nem imaginar que está sendo seguido, está muito ocupado em continuar andando com o queixo para a frente e a cruz de madeira balançando sobre a malha. E mesmo que se virasse e visse sua cara não pensaria nada de mau dele, se é que não está tão cego que ainda consiga distinguir os traços e o olhar de um rosto. "A gente vê a nobreza dele no rosto", disse a vizinha, ele a ouviu por trás da persiana fechada. O padre parou junto a um sinal, está fechado para ele mas parece que vai atravessar assim mesmo, talvez não enxergue o farol, ou não entenda as convenções de trânsito, ou, de tão distraído, não perceba todo o tráfego que há na rua. De repente dá vontade de alcançar o velho, de pegar no braço dele e ajudá-lo a atravessar, permita-me que o ajude, padre, com a voz bem macia, os velhos logo abrem um sorriso idiota, o que mais querem é um moço bom e prestativo que lhes ofereça a ajuda de sua juventude, o filho-modelo que tiveram e perderam ou nunca chegaram a ter, pais, ou avôs, ou tios por procuração, por caduquice. Mas mantém a distância, e o padre atravessa a rua atabalhoado e suicida, provocando as buzinadas de um caminhão, com a pressa que a gente tem, mas os velhos..., parece que o tempo não existe para eles, chega a dar medo quando resolvem atravessar, porque se você se distrai e acerta um está perdido, como se não sobrassem os velhos no mundo, agonizando ao sol nas praças ou entre as fumaradas de tabaco do Lar do Pensionista, cobrando aposentadoria até os cem anos, cagando e mijando nas calças sem a menor vergonha, comendo como leões e sem apanhar nem um resfriado.

Ele também atravessa, e outra buzina muito forte o estremece, como se o acordasse de um sono em que ele não sabia que tinha caído, sonâmbulo sem perceber, por causa de tantas noites em claro ou maldormidas, por causa da dose de rum e da excitação nunca diminuída do segredo inviolável. Uma motorista grita pela janela aberta, agitando a mão cheia de pulseiras e unhas vermelhas, "Idiota, não enxerga, não?", e ele cora até a raiz dos cabelos, agora sim, vermelho como um imbecil qualquer, com o corpo inteiro formigando, as costas, a virilha, a palma das mãos, crava as unhas nelas com os dois punhos cerrados, só podia ser uma mulher, pensa, diz em voz baixa quando vai chegando à outra calçada, vira-se para xingá-la e o carro já passou, mas vê a mulher de trás, ainda furiosa e agitando as mãos, e duas crianças de seis ou sete anos que o olham com ar idêntico de menosprezo e deboche, os rostos colados contra o vidro traseiro, menino e menina com uniforme de colégio de freiras, claro, crianças riquinhas, filhinhos de papai, de médico, na certa, de diretor de banco, o carro é um Volvo, o maldito do dono não tem de levantar às quatro e trabalhar mais horas que o relógio para pagar as contas: o que sentiria essa fulana, toda cheia de razão, com suas pulseiras e unhas vermelhas, se o menino ou a menina demorassem para voltar da rua, se não voltassem nunca.

Mas já não vê o padre, irrita-se, distingue-o de longe, escuro e encurvado à luz dos últimos postes da cidade, junto à grade da igreja. Aperta o passo, ainda vermelho, com o rosto formigando, as marcas das unhas na palma das mãos, o coração torna a bater mais forte, o padre entrou na igreja por uma porta lateral, e se continuar a segui-lo, o que pode acontecer?, qualquer um pode entrar numa igreja, um jovem cristão, atravessa o corredor central e inclina-se diante do altar-mor, e nisso o padre se sentou dentro de um confessionário, quem é que ele espera na igreja vazia? Não pode vê-lo, há uma cortina e uma treliça, um cheiro de velas, de veludo e incenso: e se ele se aproximar agora, se ajoelhar ao lado do confessionário, junto à treliça, se disser ave maria puríssima com a voz bem macia e em seguida contar tudo, tintim por tintim, nos mínimos detalhes, os que ninguém sabe porque a polícia não divulgou? Não para pedir perdão, mas para que alguém fique sabendo e não possa dizer nem fazer nada, os padres são proibidos de divulgar o que ouvem na confissão. E além do mais, este aqui, quando abrisse a cortina ou saísse do outro lado do confessionário, não iria encontrar ninguém em toda a igreja, a voz que teria acabado de escutar seria a de um fantasma ou de um sonho. Entra na igreja, pouco iluminada, deserta, sua imaginação corre na frente e o atordoa e tem a impressão de já estar recordando os passos que ainda não deu e que são inexoráveis, cruza o corredor central, ajoelha-se por um instante, leva a mão à testa e aos lábios, embora não se lembre muito bem do sinal-da-cruz, depois percorre um por um os confessionários vazios. O padre está no último, ouviu-o tossir, como quando ia confessar-se em seus tempos de criança, talvez o tenha visto entrar na igreja e agora escute seus passos, mas não pode ouvir as batidas do seu coração, as ondas de sangue que o golpeiam nas têmporas. Vai se aproximar, mais um gesto, uma palavra, e algo que não existia começará a acontecer, mas ele pára, justo no limite, como a ponto de tocar um fio de alta-tensão, de fincar a ponta ou o gume da faca, as unhas, mais um milímetro na carne, recua, volta para a rua e de novo começou a maldita chuva, o vento oeste lança contra suas pernas um rodamoinho de folhas pardas e molhadas que nessa mesma tarde começaram a cair de todos os plátanos da cidade.

18.

Depois não podia acreditar naquilo, até se envergonhava, mas não muito, no fundo não podia acreditar no que sua memória dava por certo, que tivesse falado tanto, animada pelo vinho, sem dúvida, mas também pelo jantar, suavemente embriagada pelas coisas que via e tocava ao seu redor, as altas taças de cristal e as velas nas mesas, o murmúrio do rio do outro lado da pequena janela gradeada junto à qual jantaram, a amabilidade discreta dos garçons, que apareciam e desapareciam segundo seus desejos ainda não expressos, para trocar um prato ou um talher ou servir mais um pouco de vinho. A culpa foi do vinho, claro, pensava depois, para se justificar ante si mesma ou para conjurar a suspeita de que ele pudesse vir a considerá-la uma dessas mulheres convencidas que falam sem parar. Com uma atitude mundana, que ela estranhou, o inspetor disse ao garçom que ele mesmo trataria de manter as taças cheias: atento a ela, concentrado em olhá-la, falava muito pouco e, embora não parecesse prestar atenção ao nível do vinho na sua taça, servia mais um pouco sempre que esta ameaçava ficar vazia. Ele também bebeu vinho, pela primeira vez em muitos meses, goles cautelosos que lhe causaram um efeito imediato e quase alarmante de prazer, despertando uma parte anestesiada de sua alma, um aceno de felicidade que ele logo procurou equilibrar bebendo muita água, permitindo-se, enquanto escutava Susana, secretas capitulações à culpa, ao desassossego de pensar que seus subordinados não conseguiriam encontrá-lo se precisassem dele para algo urgente, se houvesse alguma novidade ou lhe telefonassem da clínica.

Fazia anos que não falava assim, rememorava Susana, no dia seguinte, na escola, ainda sentindo um resto de tontura do vinho, atordoada e ausente entre as vozes das crianças, na conhecida feiúra da sala dos professores, ainda sem acreditar muito, satisfeita no fundo, ou pelo menos infinitamente aliviada, lamentando apenas as lágrimas finais, a desnecessária confissão de despeito. Tinha falado de uma maneira como quase nunca mais havia experimentado em sua vida adulta, como só pudera viver na adolescência ou na juventude quando conversava com as amigas, inteiramente entregue às palavras, explicando-se para si mesma tanto quanto para o homem respeitoso e calado que a escutava comendo muito pouco, bebendo água, atento a servi-la de vinho. Passara boa parte dos últimos dez anos monasticamente dedicada a criar um filho sozinha, a ler romances e poesia e livros de história, e sobretudo, a estudar sem a ajuda de ninguém as duas línguas estrangeiras de que mais gostava, vencendo a cada dia o cansaço de voltar para a escola, a inércia de se deixar levar pela sorte, aparentemente inevitável, de uma vida monótona e não muito desagradável que já parecia ter atingido sua forma definitiva. Dedicada a si mesma e à criança, indiferente à cidade, mas sem ânimo para tentar sair dela, mal tivera ocasião de compartilhar com alguém os episódios de sua aprendizagem pessoal, que assim se tornara mais inútil e muito mais querida. Não conversava com ninguém sobre os livros que lia, a maioria pedidos por correio, nem sobre as canções que escutava ou os poemas que decorava. Assim, Vladimir Nabokov, Antonio Machado, Paul Simon, Ella Fitzgerald, Pérez Galdós, Saul Below ou Marcel Proust, que eram algumas de suas companhias mais assíduas, eram tão absolutamente seus quanto a presença de seu filho ou as reflexões mais secretas de sua intimidade. Quando o menino deixou a infância para trás e se transformou muito rapidamente e com incômoda convicção em um adolescente, já havia deixado de conversar livremente com ele, em parte porque muitas vezes não sabia o que dizer, mas sobretudo porque o garoto, mais alto que ela aos catorze anos, desajeitado em seus movimentos, com buço de rapaz, a intimidava, e a fazia mergulhar, com seu silêncio entre ressentido e hostil, em um estado confuso de perturbação, irritação e remorso, em partes iguais, explicou depois ao inspetor, o sentimento comum dos pais modernos. Tinha conversado muito com o menino até os onze ou doze anos, mas conversar com uma criança, disse, é sempre aventurar-se em outra língua, quase em outro país, e a conversa na verdade não é recíproca ou está atravessada de mal-entendidos que nenhum dos dois percebe. Falava-lhe muito quando era pequeno, ia pegá-lo na creche e voltava falando com ele, o menino de dois ou três anos caminhando de mãos dadas com ela e levantando muito a cabeça, rechonchudo e lento, como uma caricatura de atenção reflexiva. Mas tinha começado a falar com ele muito antes, no quarto ou quinto mês de gravidez, desde a primeira vez em que o sentiu mexer dentro dela, com medo e ternura, quando estava deitada no escuro e apoiava as mãos na barriga para sentir seus rápidos movimentos de criatura humana e submarina, imersa nesse mar primitivo que incompreensivelmente estava dentro dela e formava parte de seu corpo como o fluxo de seu sangue. Falava em voz baixa enquanto o amamentava, cantava canções que tinham cantado para ela quando era menina e que tinham o dom instantâneo de acalmá-lo e adormecê-lo, foi lhe ensinando as palavras uma por uma, nomeando as coisas que ele apontava com o dedo, e com a mesma paciência e dedicação ensinou mais tarde as palavras escritas, que o menino aprendeu muito rápido, sem nenhum esforço, soletrando as palavras inclinado sobre as grandes páginas dos livros de histórias ou parando na rua para decifrar cada um dos cartazes com que deparava.

Mas essa noite, animada pelo vinho, não foi do filho que ela falou mais, exceto no fim, quando sentiu a iminência do choro e percebeu que não iria conseguir se conter. Falou do outro, do pai, do ex-marido, com quem não vivia havia quase doze anos, contra quem não sabia que guardava um rancor tão minucioso, tão exato de lembranças e de injúrias que o tempo não chegara a apagar, talvez por culpa de seu próprio silêncio, da tenacidade do seu orgulho, que a levara a ocultar a gravidade das feridas para não se submeter à ofensa adicional da compaixão. Só a um quase-estranho podia contar a verdade: só naquele lugar como que suspenso em uma terra de ninguém, fora da cidade, da vida diária, à beira de um rio que ela via iluminado pela lua enquanto falava, em um tempo sem conseqüências nem origens, sem vínculos de sucessão com o tempo para o qual despertaria na manhã seguinte.

"Era do modelo engajado-atormentado", disse, "você já percebeu que todos nós, que nos julgamos tão originais, somos sempre a repetição de um modelo, ou melhor, de um protótipo, que surge a cada época e muda ou desaparece por completo depois de alguns anos? Eu, por exemplo. Quase tudo o que sou pode ser deduzido, sem muita dificuldade, de um protótipo: professora progressista, separada e com um filho, desgastada pelo trabalho com as crianças, decepcionada com a educação, tão perto dos quarenta que quase mais vale dizer que já os tenho. Até meu carro e o apartamento onde moro devem corresponder a alguma estatística. Pois meu marido, meu ex, correspondia a outro modelo, ou melhor, era uma mistura de dois, um cruzamento, para ser mais exata. Modelo engajado, ou comprometido, e modelo atormentado. Os comprometidos de então não se atormentavam, porque achavam fútil e pequeno-burguesa a obsessão pelas dores pessoais diante da magnitude da história e da luta de classes. Os atormentados não se comprometiam, se entupiam de álcool, de drogas ou de psicanálise reichiana, ou com as três coisas ao mesmo tempo, principalmente se eram artistas, e imagine o estado em que ficava a cabeça dessas pessoas. Para meu ex não existiam as distinções burguesas entre o público e o privado, tudo fazia parte do nosso compromisso, que era principalmente o dele: meu trabalho na escola, sua olaria, a associação de bairro, nossos amigos, que acabaram sendo dele e não meus, tirando o coitado do Ferreras, porque sumiram junto com ele. A criança era ao mesmo tempo compromisso e tormento: compromisso de dar-lhe uma educação não-repressiva, tormento de que adoecesse, de que nossas atitudes como pais não fossem corretas e lhe causassem algum trauma. Primeiro, em nome do compromisso, ou do tormento, ele não queria que a criança nascesse. Eu me empenhei em não interromper a gravidez, mas assim que a criança veio ao mundo ele se transformou no mais neurótico dos pais. Por qualquer coisa corria para o pronto-socorro, levantava no meio da noite para escutar sua respiração, com medo de que sufocasse, discutia aos gritos com os médicos, porque não confiava em ninguém, nem confia, imagino, e além disso tem uma idéia definitiva sobre cada coisa, da queda do Muro de Berlim ao uso de antibióticos. É contra os dois. Quero dizer, os antibióticos e a queda do Muro. Antes de nos casarmos estava empenhado em que nosso modelo de casal fosse Jean-Paul Sartre e Simone de Beauvoir: sinceridade, camaradagem, casas separadas etc. Eu não dizia nada, porque era muito moça e estava convencida de que ele sempre estava com a razão, e quando uma de suas idéias ou ações me desagradava, isso só comprovava meu erro.

"Eu tinha dezoito anos quando o conheci. Não sabia quase nada, escolhi o curso normal, que preparava para o magistério, por comodismo ou preguiça, porque era uma carreira curta e não parecia difícil. E toda tarde, quando me procurava, ele fincava a bandeira do compromisso e do tormento no que para mim era apenas uma rotina agradável de aulas e anotações, a perspectiva de um emprego. Como eu poderia discordar de um homem que se comprometia e se atormentava tanto? Como dizer para alguém assim que eu não lia os livros sobre pedagogia revolucionária que ele se empenhava em conseguir, ou que o famoso par Sartre-Beauvoir me dava nojo, nojo físico, para minha maior vergonha, ela com aquele turbante de quem nunca lava o cabelo, e ele com aquela pinta de velho tarado, com o beiço caído e babado e os dentes podres?"

"Tudo eram regras", disse, saboreando o vinho com deleite quase vingativo, "tínhamos rompido com a vida dos nossos pais e com as convenções burguesas, e o resultado prático era que tínhamos muito mais regras do que antes, mais minuciosas e mais dogmáticas, uma regra para cada gesto e para cada instante do dia, como os judeus ultra-ortodoxos. Os filhos não deviam chamar os pais nem de papai nem de mamãe, por exemplo; tinham de aprender a chamá-los pelo nome, para acostumar-se à camaradagem e libertar-se do autoritarismo. Parece mentira, no que deu tudo isso, falar sobre esses tempos é como falar sobre a Idade da Pedra. Estávamos todos cheios de regras, uns mais, outros menos, os comprometidos com regras diferentes das dos atormentados, mas ele reunia todas, era como o Código Civil e o Código Penal, um monstro da jurisprudência, o juiz, o promotor e a testemunha de acusação ao mesmo tempo, o comprometido e o atormentado, aquele que não se deixava enganar, como todos, pelas armadilhas da democracia formal, ou pelas críticas contra Cuba ou Vietnã do Norte. Eu cada dia mais insegura, e ele mais firme, mais tranqüilo, com esse sorriso, que mete tanto medo, de quem nunca se engana e que conhece de antemão os erros dos outros, principalmente os meus, que eram os erros que cabia a ele corrigir, a cruz que lhe coubera carregar, como se dizia antigamente. Eu tenho uma tendência instintiva a dar a razão a meu interlocutor. Ele era incapaz de conversar sem discutir. E quando discutia com alguém era impiedoso. Com aquela voz tão macia e persuasiva, com sua barba de comprometido e sua palidez de atormentado, primeiro desqualificando e depois desarmando e humilhando quem ousasse fazer alguma brincadeira, não levar a sério algum dos princípios de sua ortodoxia. Como contrariá-lo ou duvidar de seus axiomas, se falava tão macio, sem nunca erguer a voz, mais tranqüilo e seguro à medida que seu adversário perdia as estribeiras, pois ele só manifestava sua irritação por uma rigidez particular do sorriso, por um tom de voz um pouco mais suave, como de quem foi ferido mas não perde o equilíbrio, a calma dos justos. Eu acho que ele não convencia as pessoas, mas as hipnotizava, ou pelo menos me hipnotizou e me manteve sonâmbula durante boa parte da minha juventude, até muito depois de nos divorciarmos. Sem perceber, eu via a mim mesma através de seus olhos, julgava-me de acordo com os seus princípios, sem necessidade de que ele me apontasse um erro ou um defeito ou ditasse um veredicto. Se eu pintava os lábios e vestia uma blusa decotada, ele aparecia no espelho em que me olhava para me repreender em silêncio."

"Eu era uma burguesa, coitada de mim, porque meu pai era gerente de banco." Sorria, retrospectivamente com pena de si mesma, nos olhos, um suave brilho de lenta embriaguez, recordando quem tinha sido, com ironia e incredulidade, sem tristeza, somente com um desejo de restituição que não mais se realizaria. "Ele, em compensação, tinha um passado tão limpo como o de um cristão-velho: seu pai e seus avós, oleiros, trabalhadores braçais, o que era a garantia de que estava a salvo das fraquezas ou futilidades de quase todos os outros, principalmente os universitários. Quando alguém lhe perguntava o que ele fazia, respondia declarando seu ofício como uma acusação potencial contra qualquer um, ou como um argumento imbatível: oleiro. Ele não era um parasita, nem um teórico, trabalhava com as mãos. Foi para que ele se ocupasse da olaria do pai que eu pedi para ser indicada para cá quando passei no concurso. Foi assim que deixei Madri e minha vida anterior, sem parar muito para pensar, ou pensando através dele, por comodismo ou porque estava hipnotizada, ou porque o amava mais do que agora gostaria de reconhecer ou lembrar. Chegamos aqui não como recém-casados, mas um pouco como pioneiros, como esses pioneiros puritanos e rústicos dos filmes do Oeste, eu pioneira da escola antiautoritária, ele pioneiro da olaria popular de sua terra, do resgate de sua identidade cultural, o senhor já deve conhecer essa história, imagino. Eu acho que, na verdade, ele me trouxe aqui para me reeducar, como um daqueles professores ou cientistas chineses que eram obrigados a ir para províncias afastadas e trabalhar no campo. Agora entendo que eu não tinha escapatória: era burguesa e era de Madri, e ele, do interior e proletário, oleiro ainda por cima, o que era o cúmulo do trabalho braçal e da cultura autóctone.

"Mas foi quando nasceu o bebê que o compromisso, o tormento e as regras para tudo chegaram ao máximo." Não podia falar do nascimento ou da primeira infância de seu filho sem que uma espécie de sorriso interior iluminasse seus olhos. "Sempre com o termômetro, com a angústia de que tivesse alguma doença horrível, de que tivesse nascido cego. E as regras: não devia dormir de barriga para cima no berço porque, se vomitasse, podia sufocar; se chorava muito quando não era hora de mamar, ninguém podia embalá-lo nem pegá-lo no colo para que não acostumasse; antes do banho devia-se ter certeza de que a água estava na temperatura certa. Antes de o bebê nascer, ninguém estava mais atormentado do que ele pela inconveniência de sua chegada. Mas assim que nasceu ele se revelou o pai mais atento e mais obsessivo, como se disputasse um campeonato de amor pelo bebê e de desvelo por suas doenças e sempre conseguisse a pontuação máxima. Fazia-me sentir culpada de negligência com muita facilidade: eu dormia perfeitamente, não perdia o sono pensando que a criança podia ter um colapso cardíaco, não telefonava para o pronto-socorro com a voz entrecortada se a febre chegava a trinta e nove. Se alguma coisa me preocupava, eu fazia o possível para disfarçar. Ele era insuperável na exibição e demonstração de seus padecimentos paternos e, como não confiava em ninguém e era incapaz de dar a razão a quem o contradissesse, discutia com o pediatra que lhe dizia que não tinha nada de errado com o menino, ou pedia logo o livro de reclamações, sempre muito suave, claro, sem erguer a voz, com seu rosto pálido de pai transtornado, de cidadão que faz valer escrupulosamente seus direitos. Conhecia todos os regulamentos, estudava os aditivos descritos nos rótulos das embalagens, lia de cabo a rabo todas as bulas dos remédios e todos os manuais dos aparelhos, porque não confiava nem nos médicos nem nos operários. E nunca deixava de estar comprometido nem de estar atormentado, era ao mesmo tempo herói e mártir, Lênin e Joana D'Arc, o punho em riste e a coroa de espinhos. Eu saía da escola à tarde e ia ajudá-lo na olaria. Também começaram a aparecer dois amigos dele que moravam juntos fazia pouco tempo, Ferreras e Paca, jantavam conosco, iam ouvir discos em casa, porque eles não tinham aparelho de som. Ferreras e ele se conheciam do colégio. Discutiam muito, porque o Ferreras de então fazia o tipo libertário vadio, vendo o de hoje não dá nem para imaginar, agora tão sério, usava o cabelo comprido e estava sempre fumado de haxixe. Se alguém me dissesse naquela época que ele iria acabar como legista, eu diria que era impossível. Mas quase todas as coisas que aconteceram depois, naquela época eu achava que seriam impossíveis. Paca era o oposto dele. Uma garota muito certinha, que parecia assustada, e trabalhava como secretária na Previdência Social, o que lhe permitia sustentar a vagabundagem libertária do seu namorado, que não terminava nunca o curso de medicina. Ela me ajudou a cuidar da papelada do parto e, depois do nascimento do meu filho, vinha sempre me ver, se oferecia para ficar com ele para que meu marido e eu pudéssemos sair de vez em quando. Eu fui me afeiçoando a ela, como por qualquer pessoa que é amável comigo, e também porque, além dela, eu não conhecia quase nenhuma mulher na cidade, a não ser minhas colegas da escola, que eram todas bem mais velhas do que eu. Quando meu marido falava, ela era a única que sempre lhe dava a razão, até tomava o partido dele nas discussões com Ferreras, que eram chatíssimas, como essas partidas de tênis que passam pela televisão. Eu não suspeitava de nada. Se tivesse desconfiado deles em algum momento, teria sentido uma terrível vergonha de mim mesma. Chegava de tarde à olaria e via que ela já tinha chegado antes de mim, e que não ia embora com Ferreras, e nem de longe me passaria pela cabeça que alguma coisa errada estivesse acontecendo.

"Sabe o que é pior, o que menos se apaga com o passar dos anos? A sensação do ridículo, a humilhação de ter sido ludibriada com tanta facilidade, por culpa da minha própria estupidez, que ia muito além da inocência, eu era como o caipira que é enganado com a maior facilidade quando chega à capital. Eu notava que ele estava cada vez mais estranho mas achava que era tudo por causa do tormento e do compromisso, como de costume, da ansiedade com o menino e dos problemas na olaria, que não ia nada bem, sempre por culpa dos outros, dos clientes ou dos fornecedores. Sua lista de desafetos, de inimigos e de incompetentes não parava de crescer. É dessas pessoas que vivem se queixando deste país, como dizem eles, este país é uma merda, neste país ninguém é sério, este país não tem jeito: era ele contra o país inteiro, contra este país e também contra as máfias dos atravessadores, contra os atacadistas, contra os fornecedores de argila e as lojas de artesanato, ou melhor, estavam todos mancomunados contra ele, toda a máquina do capitalismo mundial. Com a criança tão pequena, eu já não ia todas as tardes à olaria, e não percebi que ele tinha deixado de pedir que eu fosse ajudá-lo. Chegava tarde, muito cansado, desmoralizado, dormia mal, ficava na cama acordado, atormentado, tão visivelmente atormentado que teria sido uma inconveniência aproximar-se dele com intenções sexuais, não fosse se sentir assediado ou ferido em sua masculinidade, ou atormentado com o tormento adicional de não desempenhar como marido. Mais pálido a cada dia, a cara de cera, até a voz de cera, calado à mesa enquanto eu servia o jantar, mais meticuloso do que nunca para comer, mais rígido, e também cheio de regras, de estratégias para poupar, baseadas sempre no princípio de que, a ele, ninguém o enganava: devia-se comprar carne de vaca em vez de vitela, carne de vaca e filés de fígado, eu morria de nojo, e ele dizia, sorrindo, que nisso saltava aos olhos a minha educação burguesa, minha propensão ao consumismo, porque o fígado, apesar de muito mais barato, alimenta muito mais que um filé, e a carne de vaca é muito melhor que a de vitela, o que acontece é que neste país ninguém sabe comer direito. Uma coisa de louco a quantidade de defeitos que essas pessoas vêem neste país, podiam ir para a Groenlândia ou para a Califórnia ou para a Coréia do Norte e nunca mais voltar. Fígado na chapa, bagre em vez de linguado, cação em vez de baiacu, presunto magro: era uma façanha ir às compras com ele, sempre comparando preços e olhando a data de vencimento e os corantes e conservantes, não fossem enganá-lo, se pedia cem gramas de alguma coisa e colocavam cento e dez, mandava tirá-los com aquela voz macia, pois ele sabia muito bem quanto tinha pedido, e dizia isso com um sorriso insultante, como dando a entender que com ele essas trapaças não funcionavam. Não era só o pai perfeito e o oleiro perfeito, era também o consumidor perfeito, o comprador de presunto consciente, por isso não foi muito difícil para ele transformar-se logo depois no adúltero problemático, no mártir perfeito dos seus próprios conflitos pessoais. Depois de passar um ano pondo chifres no amigo e em mim com aquela fulana para quem eu tinha aberto a minha casa, ele apareceu um dia com mais cara de tormento e de compromisso do que nunca, mais pálido, com a voz mais macia, com mais cara de cera, e me notificou que, por coerência consigo mesmo, tinha que nos deixar, à criança a mim."

Tinham acabado de servir a sobremesa, mas ainda havia um pouco de vinho na garrafa. O inspetor dividiu-o entre as duas taças e, quando Susana pegou um cigarro, apressou-se a acendê-lo. Pela primeira vez nos últimos meses, sentiu uma verdadeira tentação de fumar. Mas logo a venceu, preferindo ver como ela fumava, desfrutando do seu cigarro com um prazer tão intenso como dos últimos goles de vinho.

"Mas, passados os primeiros meses de humilhação e solidão, o que fiz, sem premeditação, foi começar a aproveitar a vida que eu tinha permitido que ele roubasse de mim, não tanto no que se relacionava às minhas convicções, que afinal são abstratas demais para que me importem de verdade, mas no que dizia respeito aos meus hábitos, meus gostos e minhas preferências pessoais. Voltei a usar batom, a deixar as unhas compridas e a pintá-las de vermelho, fiz um corte de cabelo chocante e o tingi de um preto bem forte, voltei a comprar blusas de seda, saias curtas, sandálias de salto alto e vestidos justos, não para conquistar quem quer que fosse, e muito menos para seduzir o dito-cujo, que para essas coisas tem um gosto tão sem graça como tem para comida, mas para resgatar a mim mesma, de quem tinha esquecido, para me ver no espelho como me via aos dezessete anos, quando estreava uma roupa nova e estava começando a usar batom. Sobrevivi assim, reconstruindo minha vida sozinha, quer dizer, com meu filho, os dois nesta cidade que não era a nossa. No começo eu o deixava com uma baby-sitter, depois comecei a deixá-lo em uma creche e saía correndo da escola para pegá-lo a tempo, só pensava nele, não queria pensar em nada nem em ninguém além dele. Pensando bem, teria sido uma vida perfeita, não fosse ele, o pai do meu filho, com seu compromisso e seu tormento, que tinha fugido com minha melhor amiga mas que às vezes voltava, com cara de mártir, ou telefonava para falar com o menino, para lhe perguntar se queria que o papai e a mamãe voltassem a ficar juntos, aposto que sim, os três como antes. Voltava e tornava a ir embora, carregando sua cruz de adúltero coerente, de bígamo de esquerda, e me dizia, com essa brutalidade que então se chamava sinceridade, que já não me amava, pois tinha encontrado em Paca a satisfação que sua relação comigo não lhe dava, e depois de me humilhar com sua voz tão macia e de me fazer entender que eu era mais ou menos uma merda e que por minha culpa tínhamos fracassado como parelha — usavam muito essa palavra, a parelha, eu sempre pensava em parelhas de bois ou de guardas-civis —, voltava a ligar depois de uma semana e me dizia, mais atormentado do que nunca, que estava sofrendo muito, muito mais do que eu, claro, que agora tinha descoberto que sua vida éramos nós, o menino e eu. Eu já estava um tanto cansada, e se eu não respondia ou dava a entender que não acreditava muito em tudo aquilo, com base na experiência, ele logo se irritava, com aquela sua capacidade de passar para o insulto num instante: 'Que foi, você não acredita em mim? Pensa que eu estou brincando ou que isto é menos doloroso para mim do que para você?'. Isso era algo que ele não podia perdoar: que alguém pretendesse roubar-lhe o privilégio de ser o campeão do sofrimento, laureado com a coroa de espinhos. E eu, como uma idiota, de novo hipnotizada, sem dignidade, pois ninguém que tenha sido enganado a tem, deixava que ele voltasse, porque me cortava o coração quando o menino, que ia fazer três anos, desatava a chorar perguntando pelo pai, todas as noites, na hora de dormir."

"Voltava e a primeira coisa que fazia era inspecionar e ordenar tudo, minhas roupas e meu trabalho, a escola, a alimentação do menino, a saúde, decidindo quais eram os brinquedos educativos apropriados para desenvolver sua coordenação motora ou sua inteligência e quais os inaceitáveis. E na cama, por uma ou duas noites, mostrava até certa veemência, nada habitual nele, diga-se de passagem. Mas o impulso durava pouco, e, em vez de sofrer pela ausência do filho e da mulher, logo começava a sofrer pela ausência da amante, ou do par, e à noite descia para a rua alegando algum pretexto ridículo — era orgulhoso demais para saber mentir — e suponho que ia telefonar para ela de uma cabine, tal como tinha feito comigo algumas noites antes. Sempre angustiado, atormentado, pálido, comprometido com sua coerência, sempre mentindo e tornando-se agressivo quando suas mentiras não eram aceitas, mentindo para a mulher, para a amante e para o filho, jogando nas costas dos três o fardo de seu sofrimento, desfrutando ao mesmo tempo das vantagens do casamento e do adultério, da sinceridade liberada e da velha hipocrisia de sempre, da paternidade e da vida de solteiro. Chegaram os papéis do divórcio, que ele tinha feito de tudo para agilizar, e quando apareceu em casa para pegar minha assinatura estava mais pálido que de costume e tinha a voz mais macia ainda, o olhar como mais atormentado vendo o menino brincar no chão. 'Então', perguntei, desejando que ele sumisse quanto antes, 'onde é que eu assino?', e ele ficou olhando para mim com sua melhor cara de vítima, de vítima acusadora, claro: 'Eu não imaginava que você fosse capaz de tanta frieza'. Não tinha remédio, eu não sabia me defender dele, sempre arrumava um jeito de me matar de remorso.

"Se ele tivesse ido embora de verdade, ou tivesse morrido, se pelo menos tivesse desaparecido da nossa vida." Não era só o vinho, nem a sensação instantânea de fuga e liberdade que se havia apoderado dela assim que dera partida no carro e saíra dirigindo para fora da cidade escutando Paul Simon: era também a atitude dele que a animara a falar, o silêncio paciente e respeitoso com que a escutava, quieto diante dela, vagamente paternal, embora devesse ser apenas dez ou doze anos mais velho que ela, com o cabelo grisalho e o rosto como que castigado pelos rigores do tempo ou por uma longa experiência de isolamento e dor, paternal e ao mesmo tempo desamparado, fitando-a com seu olhos cinza e atentos, que só de vez em quando adquiriam uma expressão ausente, de inquietude repentina, de vago desassossego.

"Porque, apesar de tudo, juro, duvido que tenham existido muitas mulheres mais felizes do que eu fui naqueles anos, com meu filho. Quase não tinha dinheiro, porque a maior parte do meu salário ia para pagar a dívida do apartamento que meu marido fizera tanta questão de assumir pouco antes de resolver que não podíamos continuar vivendo juntos. Ele não apenas me traiu: também me passou a perna, com sua voz macia de militante ortodoxo e sua cara de sofrimento, ficou com o carro, porque, segundo ele, precisava mais que eu de condução própria, mas as prestações continuaram caindo na minha conta, e eu continuei pagando como uma idiota, só para evitar o aborrecimento de outra discussão interminável com ele, para não acabar culpada, como de costume, sentindo-me uma ex-mulher vingativa que importuna o cônjuge já atribulado por suas dificuldades econômicas. Vivia atormentado por causa do filho e comprometido com sua educação, mas sempre esquecia de pagar a pensão, e eu não tinha ânimo para reclamar. Mas não queria o dinheiro dele. O que eu queria era que nos deixasse em paz, que não voltasse a encher a cabeça do meu filho com falsas promessas, que não continuasse a nos usar como testemunhas de sua vida atormentada. Apesar dele, e da falta de dinheiro, eu fui feliz de repente, sem esperar, sentia-me forte e jovem com meu filho, alimentada por ele, fortalecida por sua existência, descobrindo as coisas ao mesmo tempo que ele as descobria ao meu lado, com aqueles olhos tão grandes e tão profundos que ele tinha, olhando tudo tão fixo que nem pestanejava. Ia de mãos dadas comigo, com sua chupeta na boca, e a tirava para me perguntar: 'O que é isso?'. Ia pegá-lo na creche, e quando me via vinha correndo, tropeçando no tapete com as botinhas que eu lhe comprava. Se eu adoro comprar roupa para mim, imagine para ele. Me abraçava respirando muito forte pelo nariz, com suas bochechas quentes e rechonchudas coladas no meu rosto. Todas as noites eu tinha que ler ou contar uma história, ficando ao lado dele até que pegasse no sono, como ele me fazia prometer. Sem que eu percebesse, depois de apagar a luz, muitas vezes ele se levantava enquanto eu lia ou assistia a um filme na sala, e quando ia me deitar o encontrava dormindo na minha cama."

Dirigia de volta para a cidade, já assumindo o ar prático e um pouco severo que os óculos lhe davam, agora sem música, menos concentrada nas faixas brancas da estrada e na luz dos faróis do que numa rememoração que aos poucos fora deixando de fazê-la feliz, começando a sentir-se invadida por um certa depressão, talvez devida à diminuição dos efeitos do vinho ou simplesmente ao desânimo por ter de voltar. A seu lado, o inspetor notava que algo estava acontecendo com ela, uma alteração rápida e sombria em seu estado de espírito mas não dispunha da perspicácia necessária para averiguar o que era e, de todo modo, sabia ser pouco hábil para qualquer tipo de consolo. Apenas a olhava, ouvia sua respiração, e agora não precisava desviar os olhos porque ela parara de virar-se para ele, mantinha os dela fixos na estrada, que já subia em direção às primeiras casas da cidade. No final de uma curva, foram ofuscados por um carro que vinha em sentido contrário, e Susana, que nesse instante tateava o painel em busca dos lenços de papel, teve de girar rápido o volante, e freou bruscamente sobre o cascalho do acostamento, à beira de uma encosta plantada de oliveiras. O carro morreu, e ela, quando ia ligá-lo de novo, deixou cair as duas mãos e jogou o corpo para trás, numa súbita atitude de capitulação. "E agora que tem catorze anos resolveu que eu não o entendo e que não gosta do tipo de vida que eu lhe ofereço, que sou autoritária, que exijo demais dele, que daqui para a frente vai morar com o pai. Deve ser seu herói, seu grande companheiro, imagino, o desgraçado, que nunca teve que lhe dar uma ordem nem que repetir dez vezes que vá fazer o dever de casa, o pai amigo, o comprometido, o atormentado, esperou dez anos para tirar de mim também o filho."

19.

Levantou cedo, animado por um pressentimento de manhã fria e ensolarada que confirmou ao entreabrir a cortina do quarto, olhando por instinto para a calçada em frente, onde não havia ninguém e as portas das lojas estavam fechadas. Uma manhã limpa de novembro, mais limpa ainda a essa hora, nove horas de domingo, sem trânsito, sem pressa, sem urgência de nada, pois tinha tempo de sobra, se saísse de casa às dez estaria às onze na porta da clínica, ou da casa de repouso, ou como quer que a chamassem agora, embora fosse o mesmo lugar que, se não lhe falhava a memória, em outros tempos se chamava manicômio. As palavras dão medo, e para fugir dele procuram-se outras mas logo o medo volta a se inocular nelas, e é necessário abandoná-las outra vez, substituindo-as por outras, por palavras não usadas com as quais se possa comerciar mais facilmente a covardia ou a mentira, a coação, a dissimulação. No norte, a matança de pessoas dignas de todo o respeito feita por pistoleiros é chamada de luta armada, e o terrorismo, abstratamente, de violência, e um tiro na cabeça de alguém é uma ação. De maneira semelhante, sua mulher não estava internada em um manicômio, nem sequer em uma clínica, mas em uma casa de repouso, mas a casa de repouso ficava no mesmo lugar e tinha o mesmo nome que o antigo manicômio, aquele onde, segundo o padre Orduña, acabariam os internos do colégio se não refreassem seus baixos instintos:

— Vocês vão acabar lá em Nuestra Señora de los Prados, com uma camisa-de-força.

E ele então imaginava, a partir da mera sugestão daquele nome, um prédio branco, entre sanitário e eclesiástico, rodeado por um gramado muito verde e por grandes árvores sob as quais passeavam os loucos atados a si mesmos no abraço demente das camisas-de-força. Um padre foi levado do colégio assim: era um padre alto e corpulento mas de pele flácida e olhos saltados, vestiram-lhe a camisa-de-força por cima da batina e ele gemia como um bezerro enquanto o arrastavam pelos corredores amarrado, as fraldas pretas sobressaindo de modo incongruente por baixo da lona da camisa-de-força, enquanto todos os internos permaneciam trancados nos dormitórios por ordem expressa do reitor. Não queriam que ninguém visse aquele padre que enlouquecera mas alguém conseguiu vê-lo, um dos mais velhos, dos mais ousados, dos que desobedeciam às ordens e enfrentavam os padres, arriscando-se a apanhar, um daqueles alunos violou a ordem expressa e olhou pela fresta de uma porta, ou por uma janela alta, e viu no pátio as figuras de luto clerical e as batas e gorros brancos dos enfermeiros agrupando-se junto à ambulância gradeada para onde empurravam o padre que era mais alto e mais forte que qualquer um deles, dócil de repente, mugindo como um animal, batendo a cabeça contra as portas metálicas tão surdamente como um touro contra as tábuas de um curral ou das defesas da arena.

— O padre Alonso — lembrou-se sem dificuldade o padre Orduña, ainda constrangido, depois de tanto tempo, pois preferiria que o inspetor tivesse esquecido o episódio. — Seu transtorno foi mantido em segredo, até nós éramos proibidos de falar nele. Morreu em Los Prados sem nunca ter recuperado a razão. Que Deus tenha tido misericórdia dele. Ninguém precisava mais da misericórdia de Deus que o padre Alonso.

— Mas o que ele fez? Por que o levaram?

O padre Orduña demorou um pouco para responder: tantos anos passados e ainda lhe custava quebrar um silêncio que só protegia agora um punhado de mortos.

— Ele raptou e violentou um menino, um dos alunos externos, pobres, da catequese — falava de cabeça baixa, evitando, contra o seu costume, os olhos do inspetor. — Depois esmagou sua cabeça. A família tinha influências muito poderosas, títulos de nobreza. Concordaram em interná-lo pelo resto da vida para evitar o escândalo de um julgamento. Aquele menino agora teria a sua idade, mais ou menos. Às vezes ainda cruzo com o pai dele pela rua. Deve ter setenta e tantos anos mas está mais senil do que eu, imagine. Olho para ele e penso que talvez esteja pensando no filho.

Preparou um desjejum rápido na cozinha imaculada, porque quase nunca a usava, a não ser para coar um café, de vez em quando, ou esquentar no microondas algum prato pronto, que depois jantava distraído em frente à televisão, acompanhado de uma coca-cola ou de um copo d'água. Enquanto tomava o café, em pé, de banho recém-tomado, já barbeado e vestido, sem gravata, com uma calça rústica e uma malha de lã folgada, ficou escutando o rádio com o único propósito de saber da previsão do tempo. No fim da tarde voltaria a chover. Ao sair, vendo-se no espelho, lembrou-se com uma ponta de vaidade do que Susana

Grey lhe dissera: que a roupa lhe dava um ar do norte. Uma pergunta dela o desconcertara, e agora repetiu-a para si mesmo: perguntara-lhe como era a sua casa, e ele não soubera o que responder. Normal, disse, como qualquer uma, mas a verdade é que nunca tinha reparado muito nela, nos móveis, e nas cortinas, e nos quadros escolhidos por sua mulher e trazidos de Bilbao. Teve um repente de constrangimento e pudor ao imaginar a possibilidade de Susana entrar em sua casa e julgá-la. Viu o que ela veria, uma espécie de neutra mediocridade na qual nunca havia reparado até agora, uma casa onde nem sequer as fotos emolduradas sobre os criados-mudos ou sobre a cômoda sugeriam uma única marca pessoal, como se fossem essas fotos falsamente familiares das lojas de móveis. Procurava mantê-la muito limpa, sempre que entrava nela tinha a impressão de entrar em uma casa onde ainda não havia morado ninguém.

Na garagem, com a ajuda de uma lanterna, examinou a parte inferior do carro, e depois os fios da partida, as fechaduras, o vão sob o assento do motorista. Na esquina havia um carro parado sobre a calçada que não se lembrava de ter visto antes: memorizou a marca e a placa, e logo em seguida as esqueceu. Comprou as flores de praxe numa banca, sem reparar muito nelas. As ruas periféricas da cidade tinham a essa hora um ar meio desolado e fantástico, uma penumbra úmida de prédios muito altos e próximos que barravam a luz radiante da manhã de domingo. Havia grandes latas de lixo nas calçadas, quase todas vazias, algumas tombadas, com sacos de plástico e imundícies esparramadas em volta, resíduos habituais das farras de sábado à noite, assim como os charcos de vômito e as lixeiras arrancadas e queimadas. Via o mesmo espetáculo em todas as manhãs de domingo, à mesma hora, quando saía de carro, e se lembrava de uma das declarações atribuladas de Ferreras: "Não entendo os meus contemporâneos. Não entendo meus semelhantes".

Mas não entender o afetava menos que a Ferreras ou ao padre Orduña, até que a Susana Grey. No caso do padre Orduña, sua fé religiosa, em vez de desfazer as incertezas, só fazia obscurecê-las mais ainda: não apenas não entendia o horror, a exploração e a crueldade, mas além disso não aceitava, no fundo do coração, que Deus os permitisse. Para Ferreras, esquerdista e ateu, educado na certeza da bondade original dos seres humanos, o mal era uma excrescência da alma, tão horrenda e tão alheia à deliberação e à vontade como a proliferação do câncer em um organismo saudável. Procurava ao mesmo tempo explicações ambientais e genéticas, mas cada enigma parcialmente explicado apenas conduzia a outro enigma anterior, ou para a pura desrazão do acaso: tomando um grupo não muito grande de homens, com o tempo um de seus indivíduos desenvolverá um câncer ou uma cirrose, um deles cometerá um crime, assassinará a mulher em um acesso de embriaguez, abusará de uma criança, sufocará uma menina de nove anos enfiando-lhe na garganta a calcinha rasgada da própria vítima.

Susana Grey vivia obcecada por entender por que seu filho, que ela criara e educara sozinha durante tantos anos, agora decidia ir morar com o pai. Que erros ela cometera, que culpa insuspeitada expiava com esse abandono, que, tanto tempo depois, parecia-lhe a coroação sarcástica da deslealdade do outro, do ex-marido, pai exemplar agora, de novo, aberto ao diálogo, comprometido com a adolescência de seu filho, devidamente atormentado por ela.

Sem parar para pensar no assunto, o inspetor intuía que todos eles estavam à procura de fantasmas. Talvez não fosse tão necessário entender, e nem muito possível, ou na realidade não houvesse muita coisa para entender além da crua evidência do que ocorria, não na imaginação nem no subconsciente de ninguém, mas no exterior visível das coisas e dos atos, à luz do dia, de uma lâmpada poderosa ou de um microscópio. Uma criança não precisa entender para aceitar: ele não entendeu por que sua mãe passava as noites costurando com os olhos vermelhos à luz de um lampião ou por que uma noite de inverno vestiram-lhe um avental e rasparam sua cabeça e o fizeram subir em um trem que soltava colunas de vapor na estação de Atocha.

E era possível que sua mulher, no longo período em que foi se arrastando para um estado permanente de estupor e silêncio, antes da crise final e da internação na casa de repouso, tivesse decidido em segredo que já não entenderia mais, nem tentaria, nem faria mais perguntas, nem desejaria nada além de ficar quieta em seu quarto com cortinas floridas que disfarçavam as grades, estendendo o braço para que lhe aplicassem as injeções, engolindo docilmente os comprimidos trazidos por uma freira, apertando os lábios e baixando a cabeça, como depois de comungar.

Saiu da cidade pela estrada oeste, que ficava mais além dos muros e dos campos de esportes do internato dos jesuítas, agora transformados em um denso conjunto habitacional. Quando ele era garoto, quase não passavam carros pela estrada ladeada por uma dupla fileira de olmos, que se estendia até perder-se na distância dos primeiros montes de olivais. As paralelas são duas linhas que nunca se encontram: o padre Orduña, com o ponteiro na mão, marcava o compasso da repetição coletiva, e depois ele, nas tardes de passeio, caminhando em fila dupla à sombra dos olmos, via suas copas afastando-se e unindo-se em um ponto distante e pensava com vago desgosto na antipatia das duas linhas de giz sobre a lousa, e nos trilhos do trem e nas fileiras de oliveiras que também se juntavam ao longe.

A estrada descia até o vale e depois de atravessar o rio elevava-se pouco a pouco rumo às colinas do sudoeste e aos primeiros contrafortes da serra. De dia, no ar tão nítido, sob uma luz que ressaltava cada elemento da vista que ele ia descortinando e tornava tudo mais exato e mais próximo, a paisagem não parecia a mesma que ele atravessara não muitas horas antes com Susana Grey, à luz de uma lua em quarto crescente, às vésperas da lua cheia. Agora tudo, a terra, as oliveiras, os águas turbulentas do rio, o azul do céu sobre os rochedos da serra, o branco de cal dos casarios, tinha um brilho de mundo recém-saído das águas, uma pujança de argila vermelha escurecida pela chuva e de vegetação verdejando nas ladeiras e barrancos que até poucas semanas antes pareciam ter-se tornado tão áridos como os leitos secos de um deserto.

Contrariando seu hábito, o inspetor ligou o rádio à procura de música mas não encontrou nenhuma parecida à que Susana Grey pusera na noite anterior. Recordou uma voz masculina que cantava como que murmurando coisas em inglês, sobre um fundo de tambores e vozes africanas. Como nunca havia escutado essa música, agora ele a associava exclusivamente à professora, a seu sotaque madrileno e ao odor de seu perfume, matizado de tabaco suave e de giz.

Mas já eram quinze para as onze, e, como todos os domingos a essa mesma hora, estava chegando ao desvio para a casa de repouso, ex-manicômio, antiga clínica. Sentia, mais forte do que em outras vezes, uma surda resistência interior a chegar. Dentro de alguns minutos não haveria mais preâmbulos nem adiamentos possíveis, nem sequer, como em outros tempos, a trégua mínima de fumar um cigarro antes de, por fim, fazer algo que relutava em fazer. Nunca mais contaria com esse tipo de recurso, de trégua privada, os parênteses de usura temporal que no passado se concedia ao pedir o último ou penúltimo copo, mais uma dose de névoa e remorso antes de voltar para casa: um cigarro sentado no carro, em frente ao portão às escuras, mais alguns minutos de trégua enquanto avistava no alto a única janela iluminada em todo o edifício, às duas ou três da madrugada, de qualquer madrugada chuvosa do norte. Assim que ela ouvia a chave na fechadura, apagava a luz, encolhia-se na cama e fingia dormir, sem nunca mais ceder à rotina do choro nem das recriminações.

Já não havia zonas de névoa, parênteses de nicotina e de álcool em que refugiar-se com extrema habilidade para não deixar nada transparecer, respirando como um mergulhador uma pesada atmosfera de desgosto e de culpa, mais densa que a que os outros respiravam. Dentro do carro, com o motor desligado, no estacionamento da casa de repouso, uma clareira asfaltada entre eucaliptos e ciprestes, o inspetor permaneceu imóvel por alguns momentos, sem outro gesto de nervosismo afora o tamborilar rápido e leve dos dedos da mão direita sobre o volante, esperando que dessem onze horas no relógio do painel para galgar os degraus em direção à porta metálica da casa de repouso, que se abriria por dentro com um ranger de molas muito rudimentares, com uma lentidão de porta de igreja enquanto ele a empurrava.

Esperando diante dela, por um instante teve consciência do ligeiro ridículo de seu aspecto, com uma das mãos segurando o ramo barato de flores embrulhado em papel prateado e com a outra alisando o cabelo mecanicamente, ou procurando com um gesto reflexo o nó da gravata que não colocava aos domingos: por um segundo viu a si mesmo de fora, com um quê de galã envelhecido, com uma aguda sensação de incongruência, o pretendente falso que não bate à porta da prometida também madura, e sim à de uma clínica mental, o esposo dedicado, ainda não reincidente no adultério, por enquanto, levando flores de marido culpado, evocando sem muito arrependimento a mulher que amparara na noite anterior sem se atrever a abraçá-la de verdade, mais por inabilidade que por timidez, por ter perdido completamente o que nunca chegara a adquirir de verdade na juventude, o hábito e a sagacidade da ternura, a ousadia do desejo.

Ele a envolvera com os braços enquanto ela chorava, os dois desconfortáveis no carro parado no acostamento, de frente para o vale imerso em uma névoa de claridade lunar. Não sabia por quanto tempo Susana estivera chorando, com o rosto aconchegado em seu peito, o hálito e as lágrimas umedecendo a camisa do inspetor. De quando em quando, uns faróis iluminavam por um instante o interior do carro, deixando-o em seguida na mais profunda escuridão, que aos poucos voltava a ser clareada pela lua, quando as pupilas voltavam a se acostumar. Ouviu-a fungar, e ofereceu-lhe um lenço de papel. Susana separou-se dele e limpou o nariz e as lágrimas, tateando em busca dos óculos. Pediu-lhe desculpas, disse que não devia ter bebido tanto, que se envergonhava de incomodá-lo.

Mas era outro tipo de choro, não o que ele conhecia fazia tantos anos, nem o que provavelmente presenciaria agora, quando chegasse ao corredor e ao quarto onde a mulher o esperava. Era um choro convulso que se rebelava e que afirmava algo, que levara Susana a buscar o amparo urgente de seus braços, o simples alívio de um lenço de papel e de um retoque nos lábios e nos olhos, um retorno imediato à atividade, a tarefas menores e precisas que sacudissem a inércia da dor, a tentação de inspirar piedade: limpar os óculos, dar partida no carro, pôr de novo a música. "Você não imagina quanto Paul Simon me faz companhia", disse. Em algum momento do jantar tinham começado a tratar-se de você.

Ele conhecia outro choro: o que quase não se escuta, abafado por um travesseiro ou atrás da porta fechada de um banheiro com as torneiras abertas, o que se alongava com a mesma monotonia que a chuva do norte e não parecia esperar consolo nem alcançar um final, o choro seco na escuridão, como uma queixa por uma dor física que não encontraria alívio nem consolo e já nem sequer os procurava.

No pequeno jardim, em frente à porta de entrada, havia uma estátua da Imaculada Conceição, branca, certamente de gesso. A família dela escolhera o psiquiatra e a casa de repouso e pagava os dois. Cruzando a porta, entrava-se em um espaço com toques eclesiásticos: ao fundo, atrás da mesa da recepção, uma enfermeira examinava os recém-chegados de cima a baixo, e seu uniforme branco e sua touca tinham, como seu rosto grande e sem maquiagem, um aspecto entre medicinal e monástico, com uma ponta de severidade penitenciária. Em toda parte, inclusive nos quartos das internas e nos banheiros, ouvia-se música coral ou de órgão, bem baixa, como um fundo musical especialmente concebido para fins eclesiásticos. O psiquiatra-chefe, com mesuras e suavidades de padre, dissera ao inspetor que essa música tinha o dom de relaxar os pacientes, assim como a pintura levemente rosada das paredes e os quadros de vales alpinos ou de cenas religiosas pendurados a distâncias regulares.

Não havia lugar reservado para as visitas. Cada interna perambulava com a sua visita pelos corredores ou pelas trilhas do jardim dos fundos, quando o tempo estava bom, ou sentavam-se nas poltronas de plástico marrom da chamada sala "de atividades recreativas", onde havia uma máquina de café, várias mesas com panos verdes, tabuleiros de xadrez, baralhos e uma televisão que as mulheres mais velhas olhavam em silêncio durante horas, despenteadas, de penhoar e pantufas, algumas fumando com tragadas velozes e úmidas e usando como cinzeiro os copos de plástico do café com leite.

Houve vezes em que sua mulher o tinha esperado ali. Procurou-a entre os rostos velhos e a fumaça e comprovou, não sem alívio, que não estava. Então subiu para o quarto, bateu à porta, dizendo o nome dela, mas também não a encontrou ali. Mulheres sozinhas passavam a seu lado e o olhavam detidamente. Era um quarto pequeno, com algo de pueril na decoração e nos móveis, como o quarto de solteira de uma garota deixado intacto pelos pais depois de sua partida. Ao entrar, esperava-se encontrar o toque anacrônico, infantil, de um urso de pelúcia sobre a colcha ou de uma boneca vestida à moda de quinze ou vinte anos antes. Na cabeceira da cama havia um crucifixo com um terço pendurado. Os únicos sinais da presença de uma mulher, ou de alguém, eram uns chinelos de pano ao pé da cama e uma revista de variedades atrasada sobre o criado-mudo.

Saiu logo em seguida do quarto, com a sensação desagradável de ser um intruso, e a viu chegar do fundo do corredor, entre as outras mulheres que andavam com um ritmo semelhante ao dela, como se fosse uma rua percorrida só por sonâmbulos, cruzando-se sem se ver, sem fazer barulho ao pisar, de tênis ou chinelos, de pantufas de pompom, de penhoar ou abrigo, algumas despenteadas, como se tivessem acabado de levantar na preguiça e na desordem de um domingo doméstico, outras com o cabelo repuxado, ou muito curto, como se acertado a tesouradas distraídas. Iam e vinham pelo corredor, sozinhas, quase todas fumando, com expressões idiotas ou trágicas, ou aterrorizadas, ou sem nenhuma expressão. Entre elas, como era obrigado dolorosamente a reconhecer, completamente alheia a tudo, como alguém a quem coubera uma horrível cota de estranhamento, e a quem tivessem deixado apenas o corpo e trocado a alma, ou transplantado o cérebro de outra pessoa, estava sua mulher, mais parecida com as outras do que com ela mesma antes de ser internada ali, mas ainda identificável, com os passos curtos, os braços cruzados, o punho direito sob o queixo, em uma atitude de concentração desesperada e inútil, um pouco despenteada, mas não muito, o suficiente para sugerir uma irregularidade naquela mulher de aparência tão formal, que usava, diferentemente das outras, um conjunto de saia e blusa, um colar de pérolas artificiais e sapatos de salto. Ele os ouvira antes de vê-la, seus saltos ressoando no corredor em meio ao cicio de solas de pano e de borracha. Vinha devagar, de cabeça baixa, mas não tanto como se só olhasse para o chão, apenas evitando por instinto o perigo de ver de frente algo inesperado ou desagradável, qualquer rosto ou presença que a ameaçasse.

É mais fácil descobrir no rosto dos outros o avanço da idade que não se consegue ou não se quer vislumbrar no próprio rosto. Vendo a mulher de sete em sete dias, a cada encontro o inspetor tinha a sensação de que não se havia passado só uma semana desde a última vez em que a vira, mas no mínimo um ano. Quando se olhava no espelho, enumerava para si mesmo os avanços da velhice, as novas rugas, a queda um pouco mais pronunciada da pele do queixo ou das bolsas sob os olhos, os cabelos mais brancos, os que ficavam presos entre os dentes do pente ou sumiam na espuma suja do ralo, durante o banho. (O padre Orduña, no estrado da sala de aula ou no púlpito, brandindo um dedo em riste: "Nem uma folha cai de uma árvore nem um cabelo de cada cabeça sem que o saiba o Pai vosso que está no Céu".)

Mas era ao ver a mulher que ele realmente tinha a noção exata e devastadora da ação do tempo. O que nele ia se desgastando aos poucos, nela se destruía. À doença do medo, à intoxicação do rancor e da morte ele sobrevivera como ao álcool, combalido mas inteiro, ainda firme. Mas ela não. Nem o tempo, nem a solidão, nem o temor ela conseguira suportar incólume durante tantos anos. Agora vivia em um limbo de psicoterapias católicas e injeções, que a deixavam coxa durante dias e apagavam de sua memória até seu próprio nome, e de rosários e novenas com que recuperava meio inconscientemente uma antiga e temerosa religiosidade rudimentar. Com a mesma unção com que a narcotizavam com psicotrópicos, as freiras ou enfermeiras deixavam sobre seu criado-mudo estampas com orações ou figuras de uma piedade rançosa e pueril, do tempo em que ela era menina, a Virgem rodeada de cabeças de anjos e pisando descalça a cabeça de uma serpente, a alma cruzando uma ponte frágil sobre um precipício com o Anjo da Guarda pairando sobre ela para protegê-la.

Demorou para vê-lo, porque não erguia completamente a vista, mas sabia que estava procurando por ela, tinha ouvido o chamado da enfermeira pelos alto-falantes. Aproximava-se como se tivesse medo de descobri-lo e, quando ergueu os olhos por um instante e o viu tão de perto, voltou a desviá-los, ficou inquieta, os olhos fundos e um pouco vidrados, rendida, como um animal que já confia apenas na exibição incondicional de sua vulnerabilidade para não ser agredido pelo dono furioso. Permanecia imóvel, no meio do corredor, enquanto outras mulheres iam e vinham esbarrando nela, com um ar de pressa inútil e agitada claustrofobia, a pressa sem destino de presos caminhando pelo pátio de uma prisão. Foi abraçá-la e sentiu que seus músculos se contraíam ao contato de suas mãos mas estreitou-a, ainda que sem ternura, com uma mescla incômoda de frieza e de pena. Ela não fez nada, só deixou cair os braços ao longo do corpo, e ao olhá-la tão de perto ele pôde discernir no fundo vazio e turvo de seus olhos o efeito dos comprimidos e das injeções, uma calma pantanosa que nada podia perturbar, mas que se quebraria em tremores de pavor e alucinações persecutórias assim que o efeito dos remédios passasse.

— Como você está?

— Bem, como sempre.

— Aplicaram a injeção hoje?

— Vieram às seis, mas eu já estava acordada.

— Doeu muito?

— Deitei na cama e não me lembrava de nada. A enfermeira falava um nome e eu não sabia que era o meu.

O mais difícil não era olhar aqueles olhos em que ela parecia não estar, mas manter um arremedo passável de conversa, uma seqüência fluida de perguntas e respostas. Repetia sempre as mesmas coisas que dissera outras vezes, pois ela as esquecia tão logo as escutava, e não demonstrava muito interesse em conversar, talvez por carecer da necessária capacidade para ligar uma frase à outra, uma resposta a uma pergunta. A medicação aliviava a sua angústia apagando temporariamente sua memória, amputando grande parte de sua consciência e de sua identidade.

— Sua mãe e seu irmão vieram visitar você?

— Acho que não — baixou a cabeça, passou a mão pelo rosto. — Espere. Acho que sim, ontem ou anteontem.

Entregou-lhe as flores, ela as olhou por um segundo, agradeceu com um sorriso, com um franzir de lábios quase infantil no rosto envelhecido e inchado, e logo se esqueceu delas, parecia não saber que finalidade lhes atribuir, como se intrigada com a operação de um aparelho desconhecido. Ele a tomou pelo braço e a conduziu devagar para o quarto, e sem poder evitá-lo cumprimentava com uma inclinação da cabeça as mulheres que o olhavam mais fixo ainda, sentindo-se falso de novo, ao conduzi-la como que numa imitação de quando formavam um casal de noivos e passeavam aos domingos de manhã, depois da missa do meio-dia, antes do aperitivo e da bandejinha de doces comprada em uma confeitaria, trinta anos antes, na capital de província de onde possivelmente ela nunca teria saído se não se tivesse encontrado com ele, um estudante de direito pobre e disciplinado em quem sua família não confiava, embora contasse com a proteção dos jesuítas locais e tivesse até um certo ar de seminarista. Agora nas visitas voltavam a dizê-lo, a mãe viúva de escrivão real e o irmão notário e também com um ar de viúvo, vinham vestidos de preto de sua província remota, reviviam ofensas guardadas durante décadas como tesouros de avareza, velhas advertências que ela então se negara a escutar e às quais agora assentia com docilidade, sem nem sequer ouvi-las. "Ah, minha filha, com tantos bons pretendentes, justo quem você foi escolher, olhe a vida que ele lhe deu."

20.

As mãos limpas, as mãos amolecidas pelo excesso de umidade, as mãos vermelhas por causa do trabalho e do frio, as mãos com dedos grossos, com unhas rachadas, de bordas ásperas e córneas, sempre com uma borda preta, apesar do sabão e da água quente, dos jatos de água fervente ou gelada sob os quais se juntam e esfregam as mãos tão vermelhas, com umidade de carne crua, com a palidez de mãos doentes, o que não condiz com seu tamanho nem com a força de aço dos dedos, acostumados a apertar, a arrancar coisas, a se fincar como ganchos nos escamosos ventres abertos para extrair as vísceras num só movimento rápido: mãos rápidas, hábeis, eficazes e cruéis, mãos que erguem caixotes escorregadios de umidade e gordura e imundície de peixe, que se retorcem, uma enroscada na outra, nos momentos de inatividade, ocultas sob o avental sujo, nervosas, deformadas, envelhecidas por tanto trabalho, pelo atrito com superfícies ásperas, com coisas úmidas e frias, espinhosas, endurecidas pelo frio das câmaras frigoríficas, mãos muito mais velhas e vincadas que o rosto, como que enxertadas em outro corpo mais jovem e de aparência mais frágil, que não podem ocultar o castigo diário do trabalho nem tampouco o cheiro, sobretudo o cheiro, que pega em tudo, no vidro de um copo, nas moedas e nas notas do troco, no botão de um elevador, na lâmina de um canivete automático, que infecta o ar, que nunca pode ser tirado por completo da roupa, da pele, do cabelo, apesar do sabão, do perfume, da mania de limpeza, as mãos mergulhadas na água, vermelhas e amolecidas na pia do banheiro, surgindo do vapor, da fumaça, escorrendo ao subir como animais emersos e idênticos, carnudas criaturas marinhas, como as lulas, os polvos, as arraias, as sibas, os tamboris, mãos amontoadas em caixotes de peixe, cortadas e expostas, amputadas, com a base ainda sangrenta, como o dorso de um grande peixe cortado ao meio de um golpe, mãos que se movem sozinhas, que procuram, que arrastam quem se sente cirurgicamente costurado a elas, quietas e alertas, pálidas na escuridão da insônia, pousadas sobre a cama, reclamando algo, puxando, curvando-se sobre o rosto diante do espelho, os dedos abertos entre os quais os olhos espiam como por uma fresta, mãos de aparência vulgar, semelhantes a tantas outras mãos maltratadas e enrijecidas pelo trabalho, mãos anônimas, como que encapuzadas dentro dos bolsos, dobrando-se sobre si mesmas como se fecham as patas articuladas e pontiagudas dos caranguejos, com impressões digitais que vão ficando por toda parte, como o cheiro, tão persistentes quanto, que seria preciso ocultar sob luvas de borracha, para que deixassem apenas as marcas vermelhas dos dedos, o negativo dos dedos abertos em uma pele tão fácil de afundar, como argila, de rasgar com as unhas, com suas bordas córneas, sempre rachadas e ásperas, com aquele cheiro que continua a sentir quando aproxima as unhas ao nariz, apesar do sabão e da esfregação frenética: mãos que agarram, que arrancam, que rasgam e buscam no escuro, que emergem molhadas, viscosas, como de um peixe aberto, que separam lábios e dentes cerrados, que tapam uma boca a ponto de soltar um grito e depois fica aberta e nada se escuta, assim como não vêem os olhos arregalados, com um brilho de vidro na luz da lua cheia; mãos que depois não guardam nenhum sinal do que fizeram, mãos tranqüilas, imóveis em balcões de bares, apertadas por outras mãos ignorantes, mãos comuns, que podem pertencer a qualquer pessoa, que quase não deixam impressões digitais, mãos invisíveis, as mãos automáticas que repetem gestos e habilidades e que com certeza guardam uma memória mais poderosa que a do olhar, talvez imune ao remorso, uma sensação particular de maciez, de carne frágil, imediatamente vulnerável, de saliva, de sangue, de matéria viva rompida e lacerada, como a quebra de um par de guelras em que as mãos cravam as unhas como ganchos e penetram e perfuram e agarram, mãos estranhas, perigosas, delatoras, sujas, ocultas nos bolsos, impacientes por chegar ao abrigo da impunidade, por se juntarem sob a água da torneira, do jato quente, para que lave tudo, tão quente que nenhum outro par de mãos poderia suportar, mãos que apanham e esfregam o sabão e espalham a espuma e são clareadas e depois voltam a esfregar o sabão e a submeter-se ao jato de água que solta um vapor denso e quando já estão inchadas e vermelhas, com cor de crustáceo cozido, esfregam-se com mais energia e mais raiva no tecido áspero de uma toalha, e já parece que não vão conservar nenhum rastro de cheiro, mas ainda resta algo, impossível de apagar, não o cheiro do sangue, nem da pele suada nem da saliva nem da roupa infantil, mas outro cheiro, perpétuo, o cheiro de peixe, perceptível nas unhas, no fio preto que sempre fica sob a borda, nos interstícios da pele encarquilhada.

Olha as duas mãos apoiadas no balcão, sobre o maço de Fortuna e o isqueiro, desconhecidas, estranhas a ele, dotadas de uma mobilidade autônoma e interior, como a das lagostas ou dos caranguejos nos caixotes da peixaria, muito cedo, muito antes de o mercado abrir ao público, ainda de noite, quando os gritos dos carregadores e as buzinas dos furgões ecoam nas abóbadas com vigas de ferro, tantas patas enredando-se umas às outras, querendo cravar-se nas couraças espinhosas e ásperas, que podem rasgar a pele num descuido, mexendo-se como antenas de insetos, como os pêlos dos protozoários sob a lente de um microscópio, que viu tantos anos antes, no colégio, quando as mãos não eram assim, mais suaves então, sem cicatrizes nem calos, mas já clandestinas, já furiosas e vingativas, as unhas cravando-se na palma sob o tampo da carteira, apalpando a braguilha, no escuro do cinema, sob o casaco dobrado no regaço. Olha as duas mãos, alheio a elas, com repulsa, assim como olha o garçom e os clientes do bar, repulsa e receio, algo semelhante ao nojo, mas também ao orgulho, são mãos mais fortes que as de qualquer um desses afeminados que têm salário fixo e não madrugam e podem dar-se ao luxo de ficar doentes ou de fazer greve, entre o polegar e o indicador ele pode esmagar sem a menor dificuldade uma tampinha de garrafa ou partir uma casca de noz, com as duas mãos e cerrando os dentes é capaz de envergar uma barra de ferro, quem diria, com essa cara, diria a vizinha, um dia em que os velhos o irritaram além da conta e deu um murro numa dessas portas de compensado e a atravessou de parte a parte. Leva a força nas mãos como o canivete no bolso e o golpe do rum na nuca, agora duplicado, não na clandestinidade de seu armário, mas no balcão de um bar, onde entrou sem pensar, sem se lembrar de que já tinha estado ali outra vez, só que então na parede não estava, entre as garrafas e os pôsteres de times de futebol, essa foto colorida recortada de uma revista, com uma moldura barata, com uma pequena fita preta de luto em um canto, já toda suja, escurecida pela fumaça e pela gordura da cozinha, o sorriso da menina amortecido ou desbotado pela passagem do tempo, se bem que não faz tanto, ele nem se lembra, dois meses, dois meses inteiros sem subir por essas ruas com as mãos bem ocultas nos bolsos da jaqueta, que agora é de inverno, pois durante esse tempo não parou de chover. Subiu até esse bairro afastado sem premeditá-lo, como poderia ter ido para qualquer outro lugar, distraído, excitado, com essa rápida embriaguez que lhe provocam as pessoas, as luzes das lojas, o barulho do trânsito nas ruas, falando sozinho, mas quase sempre sem mexer os lábios, apertando as chaves ou o canivete no bolso da jaqueta. Atravessou a praça da estátua, sem nem olhar para as sacadas da delegacia, subiu pela rua de La Trinidad e ao passar junto às escadarias da igreja lembrou-se daquela vez, da multidão sob os guarda-chuvas, dos holofotes da televisão fumegando, dos ecos das orações e dos cantos nos alto-falantes, mas logo esquece, tudo passa muito rápido, como as pessoas a seu lado, como a entrada das vielas ou as placas de trânsito quando dirige de madrugada e acelera imaginando que não está no furgão de entregas de uma peixaria, e sim em um carro esporte, uma Ferrari Testa Rossa, ou uma dessas picapes imensas que vão pela rua ameaçando esmagar o que houver pela frente. Tudo passa muito depressa, dentro e fora dele, na consciência, na rua, onde já é de noite e as lojas estão iluminadas, e acima as luzes da cidade nova, as avenidas modernas que dão tanta inveja, com seus prédios com interfone e aquecimento central, com cozinhas como as que aparecem nos anúncios, e não essa cozinha horrorosa e escura onde a velha prepara a comida, seus cozidos grosseiros, como para alimentar não pessoas normais, e sim brutos, trogloditas, que é o que eles são, os dois enfurnados em casa como bichos numa gruta, nas ruínas do bairro cada vez mais deserto, o bairro histórico, nada menos, podiam enfiar a história e as pedras e as igrejas no cu. Subiu até o que chamam Torre Nueva, onde estão os prédios de oito ou dez andares para os quais dá vertigem olhar, e a estátua daquele toureiro de que o velho tanto gostava, Carnicerito, que também trabalhava no mercado, e olhe como ele progrediu, repete, de açougueiro a estrela da arena, comprou um daqueles carros que os ricos usavam antigamente, pode acreditar que ele não se envergonhava de ter trabalhado no mesmo ofício que seu pai, como se açougueiro fosse o mesmo que peixeiro, os açougueiros não cheiram mal, não vão deixando sua fedentina em tudo o que tocam, como um molusco vai deixando sua baba. A estátua ficou anã e perdida entre os prédios, no começo de uma avenida reta que sobe para o norte, reta e larga, com conjuntos de apartamentos dos dois lados, com guindastes e escavadeiras nos terrenos, não ruínas, não taperas engolidas pelos saramagos, trepadeiras que são, igrejas velhas e janelas desconjuntadas. Vida, movimento, supermercados, concessionárias de automóveis, bares da moda, lojas de ferragens, vitrines imensas de maquinário agrícola, de colhedeiras e tratores, lojas de cozinhas e banheiros, grandes extensões de louça brilhante, de azulejos, de espelhos e torneiras douradas, até banheiras redondas, não aquela nojeira em que ele tem de tomar banho, com a cortina de plástico embolorada, não infectada com os micróbios do velho porque tomar banho o velho nunca toma, torneiras de onde vai sair um jato forte e volumoso de água fervente que não começará a sair gelada de uma hora para outra porque o gás do botijão acabou. Fica olhando as vitrines como um idiota, iluminado por elas na noite prematura do final de novembro, as mãos nos bolsos da jaqueta, a gola levantada, porque começou a fazer frio, o vento agora vem do norte, contra ele, avenida abaixo, e no fim da rua, ao longe, na distância reta, a lua imóvel sobre os telhados parece correr a toda, entre as nuvens levadas pelo vento, corre e fica imóvel, sem peso, como um balão, grande, amarela, um grande rosto inchado de feições vagas, assomando sobre os telhados, vendo tudo, a ele também, somente a ele, que avança em sua direção pela avenida reta, e que a perde de vista ao dobrar uma esquina, ainda sem saber aonde vai, sem pensar, agora por uma rua empinada, mais escura, com luz apenas em uma ou duas oficinas mecânicas, oficinas pequenas e sórdidas, com muita graxa e ferrugem, com fotos de mulheres peladas nas paredes, tudo lambuzado também, encardido, manchado, também nesse trabalho as mãos estão sempre pegajosas e sujas. Não conhece bem essa parte da cidade, por isso demora a se orientar, ruas iguais com blocos de apartamentos e roupa pendurada nos terraços, pequenas lojas e oficinas, bares com paredes de azulejos e balcão de zinco, tudo confuso, malfeito, calçadas estreitas e esburacadas invadidas por carros e lixeiras, persianas metálicas fechadas, mais bares, todos idênticos, todos soltando o mesmo cheiro de cigarro e fritura, fritura de peixe.

Ele não pensa ou não quer pensar aonde está indo, aonde não voltou há exatas oito semanas, pode ser que não saiba, que não tenha calculado o tempo, de início tampouco reconhece a rua, a entrada de mármore falso e barato com o número sete, o painel do porteiro eletrônico, afinal são todos iguais, você pode apertar qualquer um desses botões como o globo da loteria que, quando pressionado, expulsa uma bola qualquer, você pode não dobrar essa esquina, mas a seguinte, porque de repente sentiu uma comoção, uma vertigem, quase um princípio de náusea, não o remorso, e sim a atração do perigo, a embriaguez do segredo, aqui mais forte do que nunca, agora poderia ir até o portão e tocar no apartamento onde a menina morava, mas não sabe o número, como tampouco soube seu nome até o dia seguinte. Dá meia-volta na calçada, já quase na esquina, agora mesmo poderia cruzar com o pai ou com a mãe da menina, aperta as unhas contra a palma das mãos dentro dos bolsos da jaqueta, seguras e quentes, revolvendo-se em seu pequeno refúgio, como as patas das lagostas e dos caranguejos e os tentáculos dos polvos nos caixotes. Finca as unhas, mais um pouco e sangrará, procura o canivete, tranqüiliza-se ao acariciar o cabo com os dedos, mas do que precisa agora é de uma bebida, urgente, está com a boca seca, deixa a rua olhando de passagem para a vitrine de uma papelaria e empurra a porta do primeiro bar que encontra, sem se incomodar com o ar denso e carregado, com o cheiro de peixe frito e de cigarro: por isso ele gosta das uisquerias, porque não fedem a óleo rançoso nem a tabaco forte, mas a desodorizante de ambientes e a maquiagem, a cigarros suaves de contrabando, a carne descarada e oferecida, que nem mesmo quando ele se atreve a tocá-la com avidez e covardia parece totalmente real, sempre é como estar olhando um filme ou uma revista, tudo tão detalhado e tão visível, até as estrias da pele e as obturações nas bocas abertas para receber o sêmen, ou a urina, ou as duas coisas ao mesmo tempo, e no entanto não há nada, nada além da superfície lisa do papel ou da tela do televisor.

Entra olhando para o chão, pisando em serragem úmida, em cascas de camarão, envelopes rasgados e vazios de açúcar, senta-se em um banco, e só quando percebe que esse bar em que acaba de entrar para beber uma cuba-libre é o mesmo da outra vez é que ele começa a atentar para a repetição das coisas, para a duplicação de tudo, idêntico mas ligeiramente diferente, as duas mãos iguais, o rosto duplo frente à pia e do outro lado do espelho, o barbeador movendo-se com perfeita sincronia deste lado e do outro, os dois olhos alongados, muito juntos, ele mesmo no bar, atrás do balcão e no espelho defronte, vendo-se por entre as fileiras de garrafas, o espelho embaçado de gordura em que está pendurada a foto da menina, com uma moldura barata que já começa a se soltar: acende um cigarro, vê a grossa mão direita com suas unhas pretas de bordas rachadas estender-se até o maço, as unhas do polegar e do índice pinçam o filtro do cigarro, puxam-no devagar, levam-no à boca, e depois os dedos abarcam a forma do isqueiro e o acendem e o aproximam, nos dois lugares ao mesmo tempo, aqui e do outro lado do espelho, agora e dois meses antes, porque cada coisa vai-se revelando idêntica para ele, como se de repente compreendesse a forma de um desenho geométrico, cada detalhe encaixa na célula correspondente da duplicação: a tarde é a mesma, só que está mais escuro, e a rua que se vê através da vidraça, o garçom está assistindo a um programa na televisão, tão absorto que demorou a atendê-lo, embora não houvesse mais ninguém no bar, como da outra vez, entrou por um impulso repentino e agora tem certeza de que foi sentar-se no mesmo banco, fez um sinal e o garçom nada, a televisão está alta demais e ele tem a voz muito macia, ninguém diria que a voz e as mãos pertencem à mesma pessoa, voltou a dizer "Escute", agora mais alto, e bateu com o isqueiro no balcão, e só então o garçom se virou de má vontade e ele o reconheceu, um sujeito jovem, branco, com a barba malfeita, com uma camisa meio suja, com cara de não ter sangue nas veias, pois deve passar horas e horas assistindo à tevê no bar que não parece ter muitos fregueses, eu queria é ver esse morto um sábado às onze da manhã na banca do mercado, atendendo às mulheres que pedem coisas aos berros e furam fila, fazendo as contas para o troco e servindo todas sem errar, sorrindo, dando trela para todas, a senhora viu que coisa?, quando o pegarem deviam cortar seu pescoço, se bem que esse aí não paga nem com a morte, e se o prenderem aposto que o soltam logo em seguida, ou o declaram louco, os ladrões e os assassinos entram pela porta da delegacia e saem livres pela do tribunal, é verdade, menino, você me veja um quarto e meio de siba, caprichado, que é para um arroz...

E assim toda a vida, todos os dias, de segunda a sábado, as mesmas caras de mulheres e suas bocas abertas confundindo-se na sonolência e na tontura do cansaço com os focinhos, as bocas e os olhos dos peixes, as bocas com dentes finos e guelras vermelhas e os olhos redondos e monstruosos dos peixes mortos, o olho enorme e saltado do polvo, que parece olhar de dentro de um capuz, de uma máscara de carne úmida. Não estão menos mortos os olhos do garçom que lhe serve o rum com coca-cola e em seguida se viram para continuar assistindo à tevê, a um seriado com risadas automáticas ou um concurso que os velhos também devem estar vendo agora mesmo, e junto ao barulho do televisor, o da máquina de café, e também o do caça-níqueis que toca como chamariz uma musiquinha conhecida e estridente, e logo depois o da máquina de cigarros na qual a voz automática diz, para ele, "Seus cigarros, obrigada".

Tudo duplo, percebe agora, enumera, aplacando a angústia crescente com um bom gole de rum, quando deixa o copo no balcão já bebeu mais da metade, ele o vê aqui e do outro lado, no vidro em que também se vê acendendo um Fortuna, duas chamas de isqueiro e duas brasas ardendo, a porrada na nuca e no estômago; num bolso da jaqueta, as chaves do furgão e no outro, o canivete, as duas portas do bar, que dão para duas ruas paralelas, se daquela vez tivesse saído pela porta da esquerda e não pela da direita tudo teria sido diferente, mas agora é tarde, ele não sabia, não sabe agora, só sente duplicada a excitação, o princípio de atrevimento e audácia, mais forte que outras vezes, ainda mais forte que quando, numa praça, ajudou uma menina a subir no escorregador empurrando-a com a mão forte e espalmada em que quase cabia a bundinha inteira, sem apertar, apenas sentindo a pele macia sob o tecido de uma saia ou de um abrigo enquanto os olhos receosos olham para um lado e para o outro à procura de uma mãe vigilante.

Mais forte, como agora, o rum terminado num segundo gole e o cigarro consumido em poucas tragadas, tudo duplo, outra cuba-libre, pede, e tem de pedi-lo duas vezes e enrubesce, porque o garçom, com o volume da tevê tão alto, não escutou direito, está embasbacado, olhando agora com a cabeça levantada e os olhos virados para cima, para a estante alta onde está o televisor, para umas mulheres de biquíni falando alguma coisa para uns concorrentes enquanto o público morre de rir, umas mulheres louras e altas, de salto agulha, com umas tangas tão justas e mínimas que dá para ver tudo, só falta se esfregarem nos concorrentes, agora mesmo a velha deve estar querendo mudar de canal e o velho disfarçadamente escondeu o controle remoto, no colo, embaixo da mesa, resfolegando como um tuberculoso sem tirar os olhos das mulheres. Bebe outra vez, agora mais devagar, com a língua e o céu da boca encharcados de líquido doce, o golpe instantâneo nas têmporas, as duas latejando ao mesmo tempo, o coração e o estômago se dilatam e encolhem em espasmos idênticos, e agora não tem mais paciência de ficar no bar e termina seu copo de um gole e joga no chão e pisa o cigarro que acabou de acender, bate no balcão com uma moeda de quinhentas pesetas, mas o desgraçado do garçom diz que as duas bebidas são setecentas pesetas, e diz isso com certa ironia no olhar, como rindo dele, e ele sente o sangue subir à cabeça e lhe dá vontade de agarrar o outro pelo peito sujo da camisa e de empurrá-lo com uma só mão poderosa contra a parede, contra o espelho e as fileiras de garrafas e a foto cagada de moscas e amarela de fumaça com sua moldura barata, e com a outra mão puxar do canivete e abri-lo bem na frente desses olhos de morto, o gume a um centímetro do rosto mal barbeado, da pele do pescoço: vê tudo num instante, ouve o barulho das garrafas quebradas e a respiração covarde do garçom enquanto procura mais dinheiro nos bolsos e primeiro não o encontra, de repente receia ter saído só com a moeda de quinhentas e fica vermelho antecipando o vexame, mas felizmente encontra uma nota de mil, uma nota amarrotada e suja, fedendo a peixe, pede desculpas, tentando sorrir mas o outro não se incomoda em dizer nada nem em mudar a expressão, olha a nota e depois para ele como considerando uma possível falsificação e depois tira três moedas de cem da máquina registradora e as deixa sobre o balcão sem olhá-lo, voltando-se em seguida para a televisão. Despede-se com um boa-tarde, mesmo sabendo que não terá resposta, guarda os cigarros e o isqueiro, cada um num bolso da jaqueta, e ao sair não sabe se o está fazendo pela porta daquela vez ou pela outra, mas tanto faz, as duas ruas são idênticas, carros estacionados sobre as calçadas e prédios com roupa estendida e bujões de gás nos terraços, lojas pequenas, com as luzes acesas, mulheres voltando das compras com chinelos de pano e casacos sobre os ombros, tudo igual, o portão do qual se aproxima, o painel com números e letras de apartamentos junto ao qual pára como que interessado em algo, como um vendedor ou um entregador desorientado que custa a encontrar um endereço, tudo tão idêntico que o que acontece é igual ao recordado, até a hora é a mesma, vinte para as sete, acaba de descobri-lo olhando o relógio, e como a hora é a mesma e o portão é idêntico, a menina atravessa a rua e passa ao seu lado sem olhar para ele e empurra a porta, que não estava fechada, e caminha até o elevador cantarolando, murmurando uma canção com os lábios fechados, balançando-se um pouco, como se imaginasse que pula ou dança ao ritmo da música que só ela escuta.

Entra atrás dela, a porta se fecha pesadamente depois que ele passa mas a menina não se vira, tem de fazer tudo igual, cada detalhe, se bem que agora ela não esteja de abrigo e sim de jeans, mas também está de tênis, aproxima-se dela e ainda não viu o seu rosto, está parada, cantarolando uma música, diante da porta do elevador, a luz do hall se apaga e é ele quem a acende, e então a menina vira o rosto por um instante, mas não muito, quase nada, por um décimo de segundo ele vê a si mesmo de fora e de longe, caminhando de volta para o bairro do sul, de costas, de cabeça baixa e a gola da jaqueta levantada, mas esse não é ele, já é tarde para sê-lo, um segundo apenas, mas já é tarde e sem volta, o elevador chegou ao térreo e a menina se virou para lhe perguntar se vai subir e ele respondeu que sim com uma inclinação da cabeça. A cara não é a mesma, não é uma cara totalmente infantil sob a luz desagradável da cabine do elevador, idêntico mas não o mesmo, com os mesmos botões e o mesmo desenho rudimentar de uma mulher com uma criança e o letreiro "Impeça que as crianças viajem sozinhas", e também aqui alguém raspou a primeira sílaba de "Impeça" e agora diz "peça que as crianças viajem sozinhas". A menina sozinha bem perto dele, mas agora vê que é mais alta, não tinha notado, calada, olhando os números que se iluminam, a que andar o senhor vai?, perguntou-lhe, e ele respondeu, ao último, tudo igual, não teve de pensar, não teve de decidir nem escolher nada, só deixar as coisas serem exatamente iguais, detalhe por detalhe, segundo a segundo, e, como tudo é idêntico, agora a mão que apertava o canivete já aberto no bolso da jaqueta passa por cima da cabeça da menina e avança até tocar o painel, e de repente se transforma em um punho fechado e dá um soco violento no botão vermelho de stop.

21.

Esperava sentada na cama, em um quarto que vira pela primeira vez vinte minutos antes e que já começava a tornar-se habitual, ainda vestida, descalça, fitando os pés juntos, os dorsos magros sob as meias escuras e translúcidas, com um vazio ou um desconforto no estômago que os cigarros pioravam, que só obtinha algum alívio com o gim-tônica que preparara logo ao chegar, assim que ficou sozinha, e fechou a porta com uma urgência de solidão e refúgio, enfim desvencilhada de tantas preliminares intermináveis, que não deixavam de ser humilhantes ou no mínimo mesquinhas, em parte porque não estava acostumada a elas, pois nunca tinha marcado encontro com um homem num hotel.

A cada passo uma prova, uma tentação de arrependimento, desde as cinco da tarde, quando as crianças saíram e ela voltou à sala dos professores onde havia deixado sua sacola de viagem preta, mesmo sabendo que não passaria despercebida, que alguém lhe perguntaria com certo tom de ironia ou de fofoca aonde ela estava indo com aquela sacola; tinha preparado uma resposta, à lavanderia, era roupa suja, disse, e, quando se encaminhava para o carro carregando-a na mão, o abatimento das horas somou-se à incerteza para sugerir que talvez não devesse seguir adiante, que ainda era tempo de fazer um par de telefonemas e cancelar o encontro e a reserva do quarto em La Isla de Cuba. Mas ao mesmo tempo era tão excitante a sensação recuperada de expectativa e prenúncio, que a alimentara como uma seiva secreta ao longo do dia, fortalecendo-a quando as crianças a atordoavam ou quando sentia a garganta doer ameaçando com uma recaída na faringite, quando olhava as tristes paredes azulejadas, os bancos estropiados, os quadros e os pôsteres descoloridos da sala dos professores. Contava as horas como na juventude teria contado os dias que faltavam para que algo muito desejado acontecesse, com um anseio não totalmente sentimental ou sexual, mais ou menos como se espera na infância, com uma incondicionalidade quase que preenchida pela própria espera, com muito medo também, incerta de não vir a se arrepender, receando um telefonema e ao mesmo tempo se deixando tentar pelo possível alívio de que fosse ele quem faltasse ao encontro, e não só porque sentisse medo e inventasse um pretexto mas por algum motivo real, alguma descoberta sobre o assassinato de Fátima, ou porque a mulher dele tivesse sofrido uma crise naquela clínica onde estava internada.

Deixou a sacola no banco de trás, permaneceu imóvel por algum tempo, sentada ao volante, como que revendo uma série de decisões práticas e necessárias, viu-se pálida no espelho, com as olheiras mais acentuadas, com essa tonalidade murcha de cansaço na pele, e não era para menos, depois de tantas horas com as crianças, com trinta meninos e meninas de nove e dez anos, turbulentos, mais nervosos à medida que avançava o dia, fechados numa sala de aula pequena demais, onde a carteira de Fátima voltara a ser ocupada, embora sua foto continuasse pregada na parede, entre os desenhos de seus colegas, perto das cartolinas azuis em que os outros tinham feito seu trabalho de artes. Olhava sempre para a foto, encontrava os olhos amendoados e o sorriso da menina como pedindo serenamente que continuasse a se lembrar dela, que não a esquecesse, e essa tarde, às cinco horas, quando a sala ficou vazia, demorou um pouco mais que o habitual para recolher suas coisas, e, não havendo mais ninguém, a presença de Fátima fez-se mais intensa na fotografia, despertando em Susana, sem que ela se desse conta por completo, como que um instinto de cumplicidade e gratidão.

Isso que ela estava vivendo agora mesmo tinha algo a ver com Fátima, e não apenas o terrível acaso sem o qual ela, Susana Grey, não teria nem sequer sabido da existência do homem com quem se encontraria uma hora e meia mais tarde. Fátima, sua devoção a ela, seu talento infantil para a laboriosidade e a graça, tinham-na resgatado mais de uma vez da decepção e do desânimo em relação a seu trabalho, tinham-lhe propiciado uma preciosa compensação íntima para outras deslealdades. Morta a menina, compreendeu de verdade quão importante fora sua predileção, quanto a alimentara seu desejo de saber, a presteza com que Fátima lhe mostrava que a paciência de seu trabalho não estava sendo de todo estéril: aprendia tudo velozmente, e o que ia aprendendo logo frutificava em sua inteligência, como um alimento de efeito imediato no vigor físico de uma criança.

No espelho em que se olhava para pintar os lábios, viu que seus olhos, desfocados sem os óculos, adquiriam um brilho de lágrimas, mas agora não podia permitir-se a fraqueza nem o consolo do choro, que nos últimos tempos a assaltava tão imprevistamente, até quando estava lendo ou escutando música, quando lia algum poema de Antonio Machado ou de César Vallejo ou ouvia certas canções não necessariamente sentimentais. Pôs os óculos, escolheu uma fita em meio à desordem do porta-luvas, já espalhada até o chão, não Paul Simon desta vez, algo mais enérgico, mais adequado para fortalecer sua ousadia, The Pretenders, e logo pensou que se ele estivesse no carro não se atreveria a pôr essa música. Fitava seus olhos cinza e atentos e não conseguia imaginar em que ele estava pensando, como a estaria vendo. De súbito aterrorizou-a a idéia de estar se apaixonando por um estranho. Pisou no acelerador assim que pegou a estrada, aumentou o volume, repetindo em voz baixa a letra de uma canção, e só ao deixar para trás os últimos prédios sentiu-se resoluta e desimpedida, contagiada pela força da música e pela vibração do carro, liberada do esforço exaustivo e minucioso das decisões pela velocidade que inexoravelmente a levava para o vale ao passo que começava a anoitecer e a lua cheia e amarela surgia no espelho retrovisor, sobre o perfil das torres e dos telhados que ficavam para trás à medida que iam passando com idêntica rapidez os quilômetros e os minutos.

Ele tinha dito que chegaria entre seis e meia e sete: preferia esperá-lo com tempo, chegar ao quarto bem antes, examinar tudo, até pensara em tomar um banho e trocar de roupa, para não ter no corpo o cheiro de cansaço, e giz, e suor infantil que trazia da escola, mas decidiu que não, que não queria dar tantas evidências, e limitou-se a escovar o cabelo e a retocar a sombra e o batom, afinal não era uma amante preparando-se para receber seu cúmplice apressado e adúltero.

Venceu como pôde a ligeira vergonha, a impressão de baixeza, enquanto assinava a ficha de entrada na recepção e mostrava a carteira de motorista e o cartão de crédito, temendo deparar-se com algum rosto conhecido entre o pessoal do hotel, o rosto de um vizinho ou do pai de um aluno: tudo de repente difícil, embaraçoso, lento, insuportável, os detalhes do formulário, o camareiro que demorava para pegar sua sacola, a porta do quarto que demorava a abrir, as moedas para a gorjeta que não apareciam na bolsa, esvaziada sobre a cama, a profusão de tudo, exceto moedas de cem, os lenços de papel, o estojo de ruge, o batom, os cigarros, a grande caixa de fósforos, reuniu por fim trezentas pesetas e as entregou ao camareiro com uma irracional sensação de indignidade, como se o estivesse subornando, comprando seu silêncio.

Ao ficar só, acalmou-se instantaneamente. Não parecia estar em um quarto de hotel, e sim numa casa de campo, como convidada. As paredes brancas, o teto inclinado, com grossas vigas de madeira envernizada, o chão de lajotas vermelhas, uma janela de folhas rústicas que dava para a barranca do rio: na cidade, ao longe, as luzes tinham-se acendido de repente, embora ainda não fosse noite fechada, restava uma fosforescência de claridade diurna na ligeira névoa do rio, na terra calcária dos olivais. Tão longe e tão perto, pensava, tão protegida e tão frágil, um pouco estranha diante de si mesma e na estranheza geral das coisas, do lugar e da hora, às seis da tarde de um dia de semana e ela não estava em casa, nem sequer sabia se voltaria essa noite, ou se voltaria à cidade na manhã seguinte, às quinze para as nove, como todas as manhãs, exultante ou decepcionada, ou nem isso, aviltada por uma sensação de fraude, pelo obscuro arrependimento sexual.

Examinou o frigobar, indecisa entre o uísque e a genebra, e por fim preparou um gim-tônica e para acompanhá-lo abriu um saquinho de amêndoas salgadas. A mistura do amargo da tônica com a vertigem doce do gim deu-lhe um toque de leveza realçado pelo sabor salgado das amêndoas, que acentuava a vontade e o prazer de beber. Ele virá, sim, pensava, sentada na cama, descalça, com as pernas esticadas e os pés juntos sobre a colcha, o copo de gim-tônica gelado no regaço, com seu convidativo borbulhar e seu aroma amargo de casca de limão, o cigarro no cinzeiro sobre o criado-mudo, junto ao abajur ainda apagado, vendo-se no espelho de moldura antiga bem defronte à cama, está vindo, vai vir porque eu o chamei, porque tive o descaramento, a temeridade, a coragem de lhe dizer que o esperava aqui, que já não tenho tempo, nem vontade, nem paciência de esconder o que mais desejo nem para continuar perdendo o melhor da vida, que já não sei fingir, nem esperar, nem me resignar, nem dizer boa-noite para um homem que me agrada muito e vê-lo ir embora como se não houvesse nada, como na outra noite, quando se despediram depois do jantar, do excesso de vinho e do choro irresistível. Quanto tempo sem abraçar ninguém assim, sem desejar um homem desse modo, com tanta urgência e ternura, com uma segurança infundada mas muito forte de que se desse os passos necessários depois não seria abatida pelo arrependimento.

Aquela noite, depois do jantar e do que ela mesma chamou de espetáculo de choro, entraram na cidade em silêncio, cada um sem graça de olhar para o outro, nesse esfriamento de estranheza renascida que se segue a uma efusão prematura, trazendo a suspeita de um erro ou, no mínimo, de um passo em falso. Deixou-o na porta de casa, embora ele tivesse dito que não precisava, e nenhum dos dois soube despedir-se, olharam-se fugazmente e ele agradeceu o jantar com uma cortesia demasiado formal, deteve-se com a mão já entreabrindo a porta, disse boa-noite, em um tom que ela repetiu na resposta, saiu e fechou a porta olhando para os lados, como Susana não deixou de observar. Deu-lhe adeus com a mão, quando ela arrancou, mas foi um adeus impessoal, uma leve inclinação da cabeça e um gesto fugaz da mão que segurava as chaves. Pelo retrovisor, enquanto se afastava, viu-o entrar no prédio, e deu-lhe uma impressão de solidão absoluta, como uma dessas pessoas que assim que se despedem já estão muito longe, tendo cancelado todo vínculo com a pessoa de quem acabam de se despedir, apagado sua presença com um rápido automatismo, com um gesto e uma simples palavra.

Dormiu mal, por culpa do café imprudente que bebera depois do jantar, irritada consigo mesma e com ele, com a frieza e o mútuo constrangimento da despedida. No dia seguinte, sexta-feira, a ressaca e a dor de garganta por ter fumado além da conta somaram-se ao cansaço semanal de cinco dias seguidos de aulas: permanecia ausente em meio às conversas no pátio e na sala de professores, impacientava-se com as crianças, custava-lhe erguer a voz. Chegou de volta em casa quando já estava anoitecendo, e assim que acendeu a luz da entrada começou a tocar o telefone. Mãe desnaturada, disse para si, ao reconhecer mais tarde que sofrera certa decepção ao ouvir a voz de seu filho: falando-lhe com um carinho já incomum nele, com aquela voz áspera de adolescente que adquirira nos últimos tempos, disse que estava com vontade de vê-la, que iria passar o fim de semana seguinte com ela.

Depois de desligar, sentiu remorso de talvez ter sido muito fria com o garoto, ou muito brusca ao se despedir, querendo evitar a possibilidade de que seu pai pegasse o telefone, disposto a informá-la acerca de alguma nova fase de seu tormento ou de seu compromisso, a consultá-la sobre o estado psicológico de seu filho. Enquanto arrumava a casa e escutava um disco leve de Ella Fitzgerald da fase juvenil, que a animava muito, revisou a conversa palavra por palavra, como um promotor à cata de provas contra ela mesma, em um exame pormenorizado e solitário que a obcecava com certa freqüência. Era muito mais hábil para se acusar ou para se deixar ferir pelas acusações dos outros do que para se defender, e agora compreendia, tarde e sem dúvida já sem muito remédio, que dessa debilidade se alimentara durante cerca de vinte anos o parasitismo emocional de seu ex-marido, seu talento infalível para despertar-lhe a incerteza e a culpa.

* * *

"Nunca mais", disse em voz alta, brindando consigo mesma na cama, diante do espelho, nervosa e um pouco ébria, impaciente, querendo não olhar muito para o relógio, às quinze para as sete, no quarto agora iluminado pelo abajur. Quando ele chegasse não deveria encontrar muita luz mas tampouco um excesso de penumbra, ainda dava tempo de esvaziar o cinzeiro e abrir a janela para a fumaça sair. As pessoas que não fumam são muito sensíveis ao cheiro de cigarro, principalmente os ex-fumantes, conversos recentes, como ele sem dúvida era. Mas ao abri-la ouviu um carro aproximar-se, forçando o motor ladeira acima, e sentiu um calafrio, e fechou-a em seguida. Nos minutos de espera tudo ia-se tornando um tanto irreal.

Mas não eram minutos, e sim dias inteiros que ela passara, primeiro esperando que algo acontecesse, e depois decidindo agir, ruminando a sós, imaginando palavras ou estratagemas, golpes de sorte que resolvessem tudo, um encontro na rua, por exemplo, no sábado, quando ela fosse ao mercado, lembrava-se de ter dito que fazia as compras aos sábados de manhã: não seria nada mau que fosse ele quem procurasse o encontro, mas não parecia muito provável, no carro e durante o jantar Susana pensara algo que só se atreveria a dizer-lhe depois, que ele era, como Nabokov diz de Proust, outro herói da combustão interna.

Para chegar ao mercado tinha de passar pela praça onde ficava a delegacia. Viu guardas fardados na porta e um carro na porta, com as luzes da sirene acesas, mas sem som. Sentiu-se um pouco ridícula, recordando algo que ele lhe dissera com a maior seriedade, ainda que sem nenhuma ênfase, como se estivesse informando-a de um fato natural: seu único pensamento, sua única razão de ser, era encontrar o homem que tinha matado Fátima. Não teria sido um modo sutil ou simplesmente covarde de adverti-la para que não continuasse a se aproximar dele? Mas ia ao mercado com o propósito, não de todo claro em sua consciência, de comprar algo excepcional para o almoço, caso se atrevesse ou se decidisse a convidá-lo.

Na praça, à luz cinzenta da manhã, sobre o asfalto molhado, a agitação silenciosa das luzes do carro da polícia impunha um pressentimento de alarme, uma urgência de certo modo sem sentido, que não correspondia a nenhuma atividade visível, à calma dos guardas que fumavam na porta ou dos motoristas de táxi que esperavam sob as copas arredondadas dos alfeneiros.

Se ele estivesse em sua sala, se por acaso se aproximasse da sacada, poderia vê-la passar puxando seu carrinho de compras, com a calça de lã, as botas de inverno, o casaco azul-escuro. Não quis erguer a cabeça nem dirigir os olhos para o prédio da delegacia. Com decepção e alívio, afastou-se pelas arcadas da rua que leva ao mercado, cheia de gente a essa hora, de carros e mulheres com carrinhos de compra iguais ao dela, cada vez mais cheia e carregada de vozes e de cheiros. Seu filho, desde os três ou quatro anos, adorava ir com ela ao mercado. Agora passava sozinha junto às bancas de brinquedos baratos e guloseimas e via em outros meninos, agasalhados para o inverno, com japonas e botas de borracha, os mesmos gestos e olhares do seu filho, quando pequeno, os dedinhos apontando ou escolhendo coisas, os olhos arregalados, as bochechas suavíssimas coradas pelo vento, o rosto colado contra um vidro, hipnotizados por um carrinho de plástico, por um bastão recheado de bolinhas de anis ou por um super-herói apócrifo.

Duvidava que acabasse convidando-o no final das contas, mas resolveu que, de qualquer maneira, prepararia um almoço decente, para aliviar a solidão e o tédio do sábado nublado tratando-se bem. Por via das dúvidas, caso ela enfim se decidisse ou ele lhe telefonasse, ou se se encontrassem na rua, comprou dois gorazes na peixaria de sempre, a daquele moço que lhe dava um pouco de pena porque não tinha nenhuma aparência de peixeiro, era corpulento, sim, com mãos grandes, pensava, vermelhas e fortes quando manejava um facão ou segurava entre as duas um punhado viscoso de lulas ou de manjubas, úmidas quando roçavam levemente as dela ao devolver o troco. Mas o rosto não, o rosto destoava do corpo e daquela banca de peixe tanto quanto a voz, muito educada e macia, que lhe lembrava com um remoto desagrado a voz de seu ex-marido. Era um rosto jovem mas nada juvenil, meio antigo, com os olhos grandes, alongados e muito juntos, unidos além disso pelo amplo arco das sobrancelhas, um rosto como que bizantino, absorto, sempre um pouco alheio à ação decidida das mãos.

Ao voltar para casa lavou as suas depois de limpar o peixe. Em um acesso de lucidez pragmática reconheceu que não telefonaria para o inspetor, e também que seria insuportável preparar o almoço só para ela. Sem pensar duas vezes, ligou para Ferreras, talvez não esperando encontrá-lo ou que ele aceitasse o convite: mas ele atendeu logo ao primeiro toque e, apesar do estranhamento inicial, pois ele e Susana não costumavam combinar seus encontros, respondeu imediatamente que sim, com uma alegria de reencontrado.

Seus encontros geralmente aconteciam por acaso, e então iam até o bar mais próximo para tomar uma cerveja ou um café, conversando impetuosamente, lembrando os velhos tempos, principalmente Ferreras, mas sem tocar em velhas feridas, até que um dos dois olhava para o relógio e descobria que estava atrasadíssimo para alguma coisa, ficavam de se ver com calma, de almoçar juntos um dia desses, e só voltavam a se encontrar depois de semanas ou meses, de novo por acaso.

Chegou às duas em ponto, bronzeado e bem-disposto, com sua jaqueta de motoqueiro, trazendo o capacete numa mão e na outra uma garrafa de vinho, ainda surpreso e grato pelo convite, um tanto intrigado também, com um grande sorriso de dentes perfeitos em seu rosto bronzeado como que por sóis africanos, com um suave perfume, e o gesto rápido, nem bem entregou a garrafa, de tomar Susana pela cintura enquanto fazia menção de beijá-la nos lábios mas apenas tocando-a de leve com os dele, com seu grande bigode já grisalho, assim como o cabelo, despenteado e abundante, sempre agitado por ventos de quem se expõe ao ar livre, como o rosto, a fisionomia e a presença marcantes de fotógrafo de guerra e explorador amazônico que morava com a mãe e uma tia solteirona, que tinha medo de avião e quase nunca viajava para fora de sua província natal.

— Susana Grey — disse-lhe pouco depois, olhando-a cozinhar enquanto bebia uma cerveja, direto da lata, talvez por fidelidade ao estilo selvagem da moto e da jaqueta —, Susanita, como eu gostava de você naquela época, quando éramos tão fiéis àqueles dois que nos corneavam, devíamos ter tido um caso, você e eu.

— Agora que eu me lembro, você era partidário do casamento aberto...

— Eu era um libertário ardoroso mas puramente virtual, mais ou menos como agora — Ferreras soltou uma risada, e o tamanho e a brancura dos dentes no rosto moreno amplificaram o riso. — Seu ex e minha ex enchiam a nossa cabeça com os preceitos do ascetismo revolucionário, e assim que virávamos as costas eles se entregavam à prática do amor livre, da cópula adúltera, para usar uma expressão mais fina.

— Veja que belo par de idiotas, você e eu, tantos anos depois e ainda lembrando dessas coisas.

— Susana, Susanita — Ferreras repetia o nome com uma ternura quase indecente. — Para falar a verdade, eu gostava muito mais de você do que da minha namorada. Eu gostava de você de óculos e sem óculos, de cabelo solto e de cabelo preso, do perfume e do xampu que você usava e do cheiro que trazia da escola, e daquele cheiro que você teve mais tarde, depois de dar à luz, o cheiro dos recém-nascidos que fica nas mães. Que cheiro bom, Susana, de leite meio azedo, de perfume de bebê e de talco. Ah, se você soubesse. Um dia cheguei procurando seu ex, que não estava, claro, pois devia estar se esbaldando com a minha ex na já mítica olaria popular andaluza, os dois com a mão na massa, literalmente, pois então, cheguei e você estava sozinha, naquele apartamento tão vazio, este aqui, você sozinha com o bebê, que devia ter poucos meses, estávamos conversando e a criança começou a chorar, porque era a hora de ele mamar, você disse, e muito discretamente, mas com a maior naturalidade, você desabotoou a camisa e começou a amamentar, sem descobrir o seio por completo, claro, mas também sem escondê-lo, e eu senti uma coisa muito forte, como de doçura e amargura ao mesmo tempo, sem jeito até de olhar para sua cara, não fosse pensar que estava querendo espiar seus peitos...

— Eu também achava você mais atraente que meu marido — Susana tinha apagado o forno e bebia uma taça de vinho branco encostada na bancada da cozinha. Não era a primeira vez que tinham essa mesma conversa, com variantes ditadas pelas volubilidades da memória e do ânimo: aquela amizade consistia sobretudo no espaço em branco do que não lhes acontecera e na evocação de um vínculo involuntário e cada vez mais distante, o de uma simultânea deslealdade cometida por outros. — Mas se olhava muito para você logo me sentia culpada. Que vergonha, pensava, ele tão atormentado com sua olaria, voltando cada noite mais tarde, angustiado com o trabalho e as dívidas, e eu aqui comparando-o desfavoravelmente com seu amigo do peito... É verdade que eu dei de mamar para o meu filho na sua frente, estando os dois sozinhos?

— Claro. Eu me lembro como se fosse ontem.

— Mas você, um libertário que fumava haxixe, não tinha que se sentir culpado de olhar para quem não devia.

— A mulher de um amigo — disse Ferreras, com melancolia e sarcasmo, talvez com pena de quem ele tinha sido, não muito diferente daquela que Susana sentia por si mesma. — A mãe do seu filho. Susana, Susanita. Que vontade me deu naquela tarde de beijar esses peitos que seu filho chupava com tanto gosto. Devíamos ter tido um caso e largar aqueles dois em vez de esperar que eles nos largassem. Para falar a verdade, de vez em quando, a esperança ainda renasce, se bem que eu não chego a levar muito a sério, é como um resíduo de uma coisa juvenil, como quando começa outubro e continua parecendo que vão começar as aulas no colégio. Como diz minha mãe, eu sou um moço velho, passado da idade. Mas quando você ligou para mim de repente vi uma luz. Sempre que encontro com você me dá essa coisa gostosa, meio de adolescente, como quem pensa "E se...?". Vim com a melhor garrafa da minha adega, você abriu a porta e ao mesmo tempo ouvi essa música de que você tanto gosta e senti o cheiro disso que está no forno, mas a ilusão não durou nem cinco minutos.

— Quando você viu que eu tenho doze anos a mais.

— Imagine, não é isso. Agora você está muito mais bonita do que quando tinha vinte e poucos. Mais feita, mais inteira, amadurecida, como também diria minha mãe. Sou contra a idolatria da primeira juventude das mulheres, você não imagina como me enchem de tédio essas modelos adolescentes dos anúncios de jeans que tanto excitam os meus amigos casados e pais de família. Acontece que só de ver você percebi algo estranho, nem sei como, porque em geral eu sou bastante cego para essas coisas, demorei um pouco para entender. Vi você, olhei nos seus olhos, ouvi essa música, vi os pratos e os talheres e a toalha ali na mesa, e pensei que na verdade nada disso é para mim. Será que nós dois nunca podemos estar a sós sem pessoas invisíveis para atrapalhar?

"Susana, Susanita": gostava de lembrar do modo como Ferreras tinha repetido seu nome. Agora esperava por alguém que na verdade ainda não o pronunciara. Pensava nas injustiças da amizade entre homens e mulheres, nas assimetrias ocultas, que envergonham e entristecem: talvez mais humilhante que uma seca negativa às solicitações do desejo fosse uma atitude serena de amizade, que as descartava de antemão, sem reparar muito nelas. *Just friends, lovers no more*, dizia Ella Fitzgerald numa das canções que tocava enquanto ela e Ferreras conversavam na cozinha, os dois encostados na bancada, bebendo algo, mantendo uma instintiva distância física, uma cautela que em Ferreras tinha algo de capitulação a outro, não sabia nem suspeitava quem, mais uma das presenças invisíveis que ocupavam o espaço entre Susana e ele. Mas fizera-lhe muito bem aquela confissão de desejo e ternura à qual nunca corresponderia, e lhe devolvera, quando ela mais precisava, como um espelho benigno, uma imagem não desalentadora de si mesma, de seus atrativos físicos, de que tanto duvidava. Desse modo, pensava depois, quando Ferreras já havia ido embora e a tarde de sábado caía pesarosa num anoitecer chuvoso, a força do desejo de um homem não correspondido atua automaticamente contra ele, pois em vez de aproximá-lo da mulher desejada favorece nela a vontade íntima de tornar-se atraente aos olhos de outro.

No domingo de manhã, telefonou duas vezes para o inspetor: enquanto ouvia o sinal insistente e inútil, lembrou-se de ele ter dito que aos domingos ia visitar a mulher na clínica onde estava internada. Passou o dia completamente só e reclusa, sem falar com ninguém, preferindo o silêncio e a leitura à música, saindo apenas para comprar o jornal, ao qual dedicou boa parte de uma tarde breve e preguiçosa, com intermitências atenuadas de melancolia. Depois de jantar qualquer coisa bebeu uma última taça do excelente vinho que Ferreras lhe trouxera, assistindo na televisão a *Entre dois amores*, em grande parte por uma velha fidelidade a Robert Redford.

À meia-noite o telefone tocou e sentiu o coração disparar: quem estava do outro lado da linha desligou assim que ela atendeu. De repente a solidão se tornava desagradável e hostil, a porta frágil de sua casa, a noite atrás dos vidros tão ameaçadora quanto o telefone ao lado de sua cama. Eles gostam do telefone, tinha dito o inspetor: qualquer um pode ser aterrorizado impunemente e sem nenhum esforço com uma simples ligação. Contrariando seu costume, passou o trinco na porta antes de se deitar. Apagou a luz e sentiu medo do escuro de sua casa vazia, do corredor atrás da porta do quarto encostada. Se não tomasse logo um sonífero, veria chegar de olhos bem abertos a triste manhã letiva da segunda-feira.

Estava voltando da escola na tarde seguinte quando o viu de repente, mas sem ser vista por ele, em um lugar inesperado, uma praça mesquinha onde não era improvável que Fátima tivesse brincado alguma vez, pois não ficava longe de sua casa, um pedaço de terra batida entre blocos de apartamentos, com uns poucos bancos, umas lixeiras quebradas, uma fonte sem água, alguns escorregadores e gangorras enferrujados em que brincavam crianças recém-saídas da escola, as menores vigiadas por mães jovens que conversavam e fumavam em grupo. Em uma esquina mais afastada, alguns adolescentes, sentados no chão, compartilhavam um litro de vinho em caixinha e discutiam com gestos bruscos e palavras muito grosseiras, com um empenho deliberado de vulgaridade. Susana calculou que deviam ter mais ou menos a mesma idade de seu filho. Um deles tinha sido aluno dela quando era do tamanho das crianças que agora brincavam nas gangorras e nos escorregadores. A tarde sem sol tinha uma luz gasta de inverno, uma qualidade deteriorada, como a das lâmpadas com os globos de plástico quebrados e o chão de terra nua, sujo de sacos vazios e folhas trazidas pelo vento de outros lugares, porque essa praça não tinha nenhuma árvore.

E ali estava ele, em pé, numa posição estranha, um observador e um intruso que não devia passar despercebido, com seu casaco escuro e seus sapatões rústicos de andarilho dos bosques do norte, aparentemente atento a algo e ao mesmo tempo muito absorto, como se não estivesse por completo no lugar que ocupava, nebuloso e incerto em sua própria improbabilidade. Pela direção de seu olhar era impossível saber o que ele estava observando, se é que observava algo, ou apenas permanecia postado entre as coisas, em meio às vozes das mulheres e aos gritos das crianças, nesse fim de tarde invernal de novembro.

Enquanto esperava passar o efeito da surpresa, Susana aproveitou a vantagem de vê-lo tão de perto sem ser vista por ele: observar pela rua um conhecido que se julga sozinho pareceu-lhe um abuso tão censurável como ler sua correspondência, e tão tentador quanto. Estava com o casaco aberto, as duas mãos nos bolsos, a gola levantada. O frio acentuava em suas faces magras uma tonalidade avermelhada de pele anglo-saxã. Tinha o cenho franzido, os olhos semicerrados, fitava o chão, erguia a vista para os escorregadores e os grupos de mulheres mas devia estar tão absorto em algo que na realidade não via, não viu Susana quando ela avançou em sua direção agitando a mão. Uma das mulheres agora o observava, sem muita atenção, mas com desconfiança. Uma bola de borracha tinha caído a seus pés e ele se inclinava para devolvê-la a um menino de quatro ou cinco anos, acariciando-lhe fugazmente a cabeça. Que estranho que ele não tivesse filhos.

Quando finalmente viu Susana, demorou alguns segundos para reagir: continuou imóvel, lento para sorrir ou para dizer algo, mas ela lhe deu dois beijos com uma naturalidade perfeitamente calculada, disposta desta vez a não se deixar vencer e paralisar pela inércia da formalidade. Que surpresa, ela disse, se você estivesse me procurando não teríamos nos encontrado com tanta facilidade, e ele logo negou com a cabeça, como flagrado em um despropósito, e em seguida se deu conta de que negar com tanta veemência era uma indelicadeza, e para compensar a gafe, ou para sair do apuro, atreveu-se a propor que fossem tomar um café. Ali perto havia uma doceira razoável, disse Susana. Se ele não estivesse muito ocupado, podiam tomar um chá à moda antiga, com *petits fours* ou tortinhas de nata.

Sentada diante dele, na pequena mesa da doceira, teve de repente a intuição de que a coincidência de encontrá-lo adquiriria uma importância decisiva. Pela primeira vez via aquele homem acessível em seu abatimento ou em sua incerteza, não protegido por sua ficção de reserva profissional, como se depois de ter sido surpreendido por ela na praça já não pudesse ou não quisesse voltar a essa espécie de observatório interior em que parecia viver. Agora a olhava de outro modo, e não apenas nos olhos; detinha a vista na boca ou nas mãos dela, no decote da camisa entreaberta, ao escutá-la formava-se em seus lábios um princípio de sorriso de que ele não era consciente, como tampouco o era do diferente grau de intensidade de suas pupilas. O que você estava fazendo na pracinha?, perguntou-lhe Susana, e a resposta teve o mesmo tom involuntariamente pessoal que impregnava a pergunta, transformando-se em uma desalentada confissão.

— Que é que eu poderia estar fazendo? Procurava por ele. É o que sempre estou fazendo. Quase dois meses procurando, e continuo mais ou menos na mesma. Um amigo me disse: procure pelos seus olhos. Um homem que fez isso não pode olhar como os outros. Mas eu ando pela rua e aos poucos vou achando que todos os olhos que observo podem ser os de um assassino, ou que ninguém é, que ele foi embora da cidade e que nunca vou pegá-lo. Conheço de cor o rosto de todos os fichados que mostrei para você na delegacia. Fui a todos os night-clubs e falei com todas as prostitutas que ficam nas saídas da cidade para ver se se lembravam de algum cliente esquisito, que tivesse alguma coisa diferente. A impotência, por exemplo. Isso nós conseguimos evitar que saísse nos jornais. Ferreras diz que ele não chegou a penetrar a menina, que nem sequer ejaculou. Mas, se você pergunta para as putas se atenderam algum sujeito estranho, elas dão uma gargalhada e dizem que nunca viram um homem normal. Agora o que eu faço é rondar as escolas na hora do recreio, e observar os homens que olham pelas grades dos pátios. Alguns deles são pederastas, reconheço seus rostos das fichas, embora por enquanto eles não me conheçam, eu até acho que eles pensam que eu sou um deles. Quase nunca fazem nada, só olham, se não os conhecesse pelas fotos eu nunca diria que são suspeitos, sempre tão corretamente vestidos, senhores já, um deles tem setenta e nove anos. Mas eles não chegariam tão longe, não têm tanta força nas mãos. Vou aos parques infantis, na hora do almoço ou à tarde, na saída da escola, mas na delegacia não digo o que estou fazendo porque me tomariam por um idiota. Em vez de almoçar no Monterrey, compro um sanduíche e uma lata de coca-cola e vou para uma praça, quando não chove, tenho um mapa da cidade com todas as praças assinaladas, passo horas olhando o rosto das pessoas e às vezes vejo alguém que poderia ser quem estou procurando, um indivíduo jovem que olha de certa maneira, que se aproxima dos meninos ou das meninas e os ajuda a subir no escorregador, ou lhes oferece algo, balas ou sementes torradas, também existem homens perfeitamente honestos que fazem isso e não são pederastas nem exibicionistas. As horas passam e penso que eu deveria ir embora, meus pés começam a congelar, algumas mães começam a me olhar com certa insistência mas não vou embora, espero mais um pouco, até anoitecer e quando já não restam mais crianças na rua, vou embora e continuo procurando, e chega uma hora em que já não vejo mais nada, nada além de rostos e mais rostos repetidos, e continuo a vê-los de noite quando fecho os olhos antes de dormir e depois sonho com eles, e às vezes um rosto determinado me faz acordar, porque sonhei que é esse o que estou procurando e não quero esquecê-lo, está perfeitamente claro, acho incrível não ter reparado nele antes, tenho certeza de que vou reconhecê-lo e que não posso esperar até de manhã para ir até a delegacia, e então acordo às cinco da manhã e já não volto a dormir. Estava pensando nisso agora há pouco, quando você apareceu, por isso não vi você de saída, estava pensando que nunca vou encontrá-lo e que já faz dois meses que essa menina foi enterrada. Numa investigação, o pior inimigo sempre é o tempo, cada dia que passa é mais difícil descobrir algo, pistas são destruídas, perdem-se testemunhas, desaparecem as provas, as pessoas esquecem as coisas, nós mesmos vamos ficando mais negligentes, nos preocupamos com outras coisas, tudo vai se apagando até que chega um momento em que não há mais remédio. Mas eu não esqueço, não estou disposto a permitir que isso aconteça, não tenho o direito. Toda manhã, ao acordar, imponho a mim mesmo a tarefa de continuar lembrando e de sentir a mesma raiva que no primeiro dia, que na primeira noite, quando encontramos Fátima mas tenho a sensação de que cada vez me pareço mais com o pai dela, tão impotente quanto, sem fazer nada além de olhar para as minhas mãos, como fazia naquela noite, você se lembra?

Estava com a mão direita sobre a mesa, os dedos tamborilando levemente enquanto falava, em um gesto reflexo de nervosismo que ela já havia observado. Tranqüilamente, com decisão e discrição, Susana apoiou sua mão sobre a do inspetor, apertou-a com suavidade até que o movimento se deteve.

— Cometer um crime e ficar impune é relativamente fácil — disse o inspetor, com a mão agora imóvel embaixo da de Susana, o olhar fugidio, acima de tudo por pudor. — Ainda mais quando não existe um motivo claro e quem o comete não pertence ao mundo do crime. Todos os policiais e criminosos habituais se conhecem entre si, assim como vocês, professores, se conhecem, imagino. Esqueça todos esses avanços científicos de que Ferreras tanto gosta. Nosso método normal para resolver um crime se baseia no mais antigo dos procedimentos: a delação. Mas se o criminoso age sozinho, se não há testemunhas e ele não está fichado, tem grandes chances de ficar impune.

— Eu sempre imagino um desses assassinos que planejam tudo e que cometem um erro fatal...

— Cinema — o inspetor sorriu. — O cinema estragou o cérebro das pessoas. Na realidade, matar uma pessoa é bem fácil, não tem mérito nem atrativo nenhum, nem sequer é mórbido. O que me dá nojo nos filmes é que eles fazem com que o crime pareça interessante, quando na realidade não passa de crueldade e descaso, como quando, numa tourada, o bicho custa a morrer e todos o espetam de qualquer jeito, porque não vêem a hora de voltar para casa ou porque está anoitecendo. Tirando os terroristas e os pistoleiros a mando dos traficantes, ninguém planeja coisa nenhuma. E muitas vezes nem se importam com as testemunhas, porque as testemunhas não falam. As pessoas normais têm medo, são muito fáceis de assustar. Com um revólver ou uma faca, qualquer um é onipotente, não tem o menor mérito aterrorizar ou matar. Nem faz falta uma faca: um grito, um gesto, e pronto, a vítima está rendida. A força das mãos. Você não viu as marcas dos dedos na nuca de Fátima.

— Pode ser que você não esteja procurando direito — disse Susana, um pouco intempestivamente, e logo se arrependeu de sua afirmação: quem era ela para julgar o trabalho alheio? Mas o olhar do inspetor a convidava a continuar.

— Talvez não repare nas coisas o suficiente — disse. — Talvez você pense que olha mas na verdade não está olhando, você se fecha de tal forma em sua obsessão e em sua busca que acaba não vendo nada a seu redor. Você me contou que esse indivíduo atravessou a rua segurando Fátima e chupando o sangue da mão, mas que só aquela mulher o viu, ela e mais ninguém no meio de tanta gente. As pessoas não reparam muito no que os outros fazem ou dizem.

— "Têm olhos e não vêem" — o inspetor lembrou-se do padre Orduña. — "Ouvidos e não ouvem."

— Principalmente os homens. Os homens reparam nas coisas menos ainda que as mulheres.

— Eu reparei em você.

— É mesmo? — Susana sorriu, lisonjeada, incrédula. — Não acredito. Você olha muito atentamente mas parece que sempre está vendo ou lembrando de outras coisas.

Seus joelhos tinham tocado os dele embaixo da mesa. Nenhum dos dois os afastou. De repente perturbava-os a dificuldade de continuar falando, a evidência de que o silêncio poria tudo a perder se se prolongasse por mais um minuto. O inspetor disse que precisava voltar para o escritório. Chamou o garçom com um gesto da mão esquerda, para não mexer a que ainda permanecia imóvel sob a mão de Susana. De mãozinhas dadas, pensava ela, com crescente medo do ridículo, roçando os joelhos por baixo da mesa de plástico de uma doceria. Como namorados tardios, como os noivos velhos de antigamente, casais murchos de solteironas e viúvos que chegavam ao casamento com uma gravidade notarial.

— Posso levar você de carro — disse Susana. — Está estacionado aqui perto.

— Não precisa, não são nem dez minutos — tinham por fim separado as mãos, agora ele só estava esperando o troco. — Uma caminhada vai me fazer bem.

— Como está sua mulher?

— Igual, acho — tinha enrubescido um pouco, mas não baixou os olhos. — Tenho a impressão de que ela perdeu o contato com a realidade.

Estavam na calçada, já de noite, à luz da vitrine da doceira, de novo incapazes de se despedirem sem inibição ou de negar-se abertamente a separar-se, cada um resignado a seu pequeno ridículo pessoal, à recriminação solitária de alguns minutos depois, quando tivessem se despedido de verdade e já não fosse possível remediar o silêncio, corrigir o suplício, a vergonhosa indecisão.

— Eu lhe devo um jantar — disse o inspetor.

— Você não vai ter tempo nem vontade, com tanto trabalho — nas palavras de Susana era perceptível uma ponta de sarcasmo.

— Quer dizer que não aceita meu convite?

— Ainda não fui convidada.

— Escolha você o dia e o lugar.

Susana deu de ombros e enterrou as mãos no casaco com um gesto de abatimento ou renúncia, de impaciência gasta. Sem se darem conta, tinham chegado quase à porta da casa dela.

— Isso é o que a gente diz quando quer adiar as coisas — disse. — Quando no fundo não quer que aconteçam, ou pouco importa se acontecerem. Você nunca se sente sozinho nesta cidade? Nunca faz nada além de trabalhar? Nunca chega em casa e tem vontade de se encontrar com alguém, de ir beber alguma coisa e ficar batendo papo até altas horas?

Estavam de novo postados na calçada, aprisionados na imobilidade, como na primeira noite e possivelmente como sempre, temeu ela, incapazes de romper o malefício das despedidas, a paralisia dos cumprimentos que terminam sem o menor sinal de ternura, de proximidade física. Mas ela não tinha mais tempo, nem ânimo, para renunciar de antemão àquilo que desejava, nem podia dar-se ao luxo ou à segurança da dignidade e da reserva, ou da covardia que às vezes recebe esses nomes. Sem rebaixar-se a espiar de relance para ver se alguma vizinha os observava, deu um passo na direção dele e o beijou na boca, sem abraçá-lo, mas atraindo-o pela nuca, com os dedos contra a pele áspera, entre o cabelo curto e grisalho, mais como uma exigência que como uma carícia.

— Quer que eu suba com você? — a voz do inspetor soou mais escura quando se separaram. Tinha engolido em seco antes de falar, ainda surpreso, aterrorizado com sua própria audácia.

— Vamos fazer uma coisa — disse Susana, agora corajosa e tranqüila, lúcida, reassegurada, resoluta. — Se você não quiser, é só falar, e tudo bem. Não quero que você veja a minha casa hoje, não está muito arrumada nem muito limpa. Além do mais, estou muito cansada, hoje é segunda, e não dormi nada bem. Você também não está com uma cara lá muito boa, e está preocupado, quem sabe até se ofereceu para subir por cortesia e na verdade não vê a hora de voltar para o escritório ou para casa. Faz muito tempo que não gosto de um homem para valer. Sei quanto gosto de você, mas não quanto você gosta de mim. Se quiser, espero você amanhã à tarde. Não aqui, porque as vizinhas são muito fofoqueiras, e além disso algumas delas são mães de alunos. Vou reservar um quarto no Isla de Cuba e, quando você chegar, já vou estar lá. Se não quiser, diga agora mesmo. Eu vou entender, sem drama. Se você disser que não, vou aceitar a explicação que me der. Acho que não vou sofrer muito, porque ainda não estou muito apaixonada por você. Que horas são?

— Quase sete.

— Espero você a esta mesma hora.

— Podemos ir juntos.

— Prefiro ir sozinha. Quero esperar por você.

Tornou a beijá-lo rapidamente nos lábios, empurrou a porta e desapareceu sem olhar para trás.

Agora eram quase sete e meia, e ela ainda estava esperando. O gim-tônica, pela metade, já estava morno, com o gelo dissolvido no líquido que, àquela altura, havia perdido o gás. Talvez ele acabasse não vindo. Em nenhum momento prometeu que viria. Na janela a lua cheia tinha um aspecto redondinho de lua de papelão recortada contra um pano de fundo de céu azul-marinho.

Ouvia-se o barulho do rio como se passasse muito perto, arrastando pedras e galhos em sua correnteza engrossada pela chuva. Teve a impressão de distinguir atrás do rugido da água o ronco do motor de um carro, o apito distante do trem. Subitamente desanimada, como quem tivesse embarcado em uma sesta longa demais e acordasse já de noite, com a boca amarga e a noção de tempo alterada, foi ao banheiro escovar os dentes, para tirar o ressaibo de álcool, e olhou-se no espelho com um propósito de objetividade e ironia logo desfeito pelo desânimo. Pediria o jantar no quarto, se embriagaria levemente com o vinho tinto, na manhã seguinte acordaria tarde e ligaria para a escola para dizer que estava doente. Vinte para as oito. Podia pelo menos ter inventado uma desculpa para não vir, uma mentira verossímil, razoável. Estaria no escritório, olhando para o telefone, incapaz de ligar e ao mesmo tempo com medo de que ela ligasse? Estava começando a retocar o batom quando ouviu uns toques leves na porta. Não perguntou quem era, abriu sem temer a decepção de topar com um camareiro. Pelo modo de bater na porta, ela o reconheceu como se tivesse ouvido sua voz.

22.

Tudo exato, duplicado, idêntico, tudo repetição e simultaneidade, como o despertar de cada madrugada com os números vermelhos na dupla escuridão do quarto e do espelho e com a voz sussurrante no rádio, ou como um sonho que, enquanto se sonha, se sabe que é repetido. Como no sonho, tudo parece transcorrer dentro da cabeça, sem que nada exterior interfira, sem que ninguém saiba, nem olhe, nem desobedeça às instruções ditadas pelo próprio sonho, pela vontade ou pelo capricho de quem está sonhando tudo. Os olhos arregalados, olhando para cima, não para o rosto mas para a faca que acaba de saltar como um relâmpago na luz do elevador, para a mão que deteve o elevador com um soco entre dois andares, as duas respirações agitadas no espaço exíguo e fechado, metálico, de um metal pintado para imitar madeira, chapa barata que faz um barulho de coisa oca com o murro. É um desses elevadores antigos de porta pantográfica que, vazada, transforma o muro de cimento em um dos lados do compartimento, confirmando assim um sentimento irracional mas muito poderoso de proteção e refúgio, como se estivesse em um poço ou um túnel blindado, não em um prédio de apartamentos onde poderia ser surpreendido a qualquer momento. Ninguém o surpreendeu da outra vez, ninguém o deteve, e agora tudo é tão idêntico que olha para o rosto da menina e vê o da outra, não o das fotos que apareceram na televisão e nos jornais mas o verdadeiro, o que até agora ele não havia recordado, o que se ergueu para olhá-lo no outro elevador idêntico a este e no começo não teve medo de nada, durante alguns segundos pareceu mais intrigada do que assustada pela faca e pela parada do elevador, e só começou a se assustar de verdade quando viu o sangue escorrendo da mão dele.

Tudo igual, a faca que desce até o pescoço, se bem que agora não precisa abaixar tanto como da outra vez, e isto é uma súbita anomalia, uma irregularidade que o desagrada mas que não é grave, parece fruto de um defeito de foco. A menina é mais alta, até se pode dizer que já não é bem uma menina, estranho ele não ter notado isso antes, é o mesmo que acontece quando na penumbra de um bar se é abordado por uma mulher decotada e provocante e um segundo depois se vê que é uma velha de pescoço enrugado e cabelo tingido. É mais alta que a outra, não muito mais baixa do que ele, e se percebe o volume dos peitos por baixo da camisa, usa uma camisa e um casaco aberto, não um abrigo cor-de-rosa, percebe-se o volume mas não muito, estão despontando, é por esse tipo de coisa que ele vive dizendo que os peitos, na mulherada, nascem antes dos dentes. O cabelo é preto, como o da outra mas muito mais comprido, e parece muito forte quando o puxa para obrigá-la a ajoelhar, e a nuca é igualmente macia, tudo se repete, apesar das irregularidades, o elevador parado entre dois andares, e o canivete, e o tempo tão parado como o elevador, por obra de sua vontade, e também o sangue, em sua mão direita, o sangue brotando de um fino corte na palma da mão mas não tanto como da outra vez, cortou-se com a lâmina do canivete e nem se dera conta, ele chupa a mão e o sangue tem exatamente o mesmo gosto que da outra vez, e enquanto força a menina a se ajoelhar, sentindo na palma da mão o cheiro de sangue e de peixe, também de suor excitado, de clausura nessa jaula tão pequena, rápido, diz a ela, abra a braguilha, que potência, vai arrebentar o zíper, está ajoelhada com o rosto à altura da sua virilha mas não faz nada, levanta os olhos arregalados e olha para a faca, para o sangue que brota da mão dele, e ele então tem de lhe acertar um tapa na nuca, é agora, já, não pode mais esperar, vai estourar de tesão, como os caras das ereções colossais nas revistas e nos filmes, que metem nas mulheres em qualquer lugar, em qualquer posição, no elevador ou contra a parede, aperta o rosto dela contra a calça, ouve sua respiração como que abafada por uma mordaça mas ela ainda não está fazendo nada, não move as mãos, nem sequer começou a abaixar o zíper, e então se escutam as batidas, batidas violentas nas portas de metal, batidas e vozes vindas de baixo, com certeza do térreo, alguém perdeu a paciência esperando o elevador. Só agora os olhos dos dois se encontram, e sem dizer nada ele a puxa pelo cabelo para obrigá-la a se levantar, excitado pelo perigo, não assustado, tão invulnerável a tudo como dentro de um sonho, limpa o sangue da mão no cabelo preto e liso, a ponta do canivete no pescoço, aperta o botão do último andar, as batidas se ouvem mais fortes embaixo, e agora ele não sabe se também soavam da outra vez. Recorda e age ao mesmo tempo, vê com seus olhos exatamente o mesmo que viu havia dois meses, um corredor quase às escuras, com portas de apartamentos fechadas como túmulos, com olhos mágicos por onde ninguém vai espiar. O elevador parte afinal, chamado pelo morador que batia na porta com tanta fúria, e agora a escuridão é completa, de início, depois, aos poucos, vão enxergando as coisas, assim como vão escutando sons no que até agora era um silêncio tomado pelos arquejos, ouvem-se ruídos domésticos do outro lado das portas fechadas, gritos abafados de crianças, barulhos de cozinha, anúncios de televisão mas tudo distante, à medida que descem as escadas, tão lúgubres como as da torre ou dos sótãos de um castelo. Ninguém nunca sobe nem desce as escadas altas de um prédio de apartamentos, a não ser que o elevador esteja quebrado. Ninguém sabe o que acontece nessa escuridão, para além da luz brevemente acesa nos corredores. Avançam quase às apalpadelas, roçando a parede, o braço da menina dobrado contra as costas, os ossos do pulso tão frágeis como da outra vez, como os ossos leves e ocos de um pássaro, poderia apertar mais um pouco e o braço se partiria como um bambu seco, como a espinha de um peixe, ele aperta e sabe o ponto exato em que deve suavizar a pressão para que o osso não se quebre, assim como sabe até onde pode pressionar o fio da faca no pescoço sem que a pele se rasgue. Mas na realidade não tem de fazer muita força, o corpo já não completamente infantil parece frouxo e dócil, como feito de trapo, diz ao seu ouvido que se ela gritar lhe cortará o pescoço, e ela balança violentamente a cabeça, olha-o com os olhos arregalados e vidrados de lágrimas, e agora ele a faz parar entre os andares, no patamar onde há apenas uma janela de vidro fosco que deve dar para um poço e por onde entra uma luz escassa, à qual as pupilas logo se acostumam, uma luz que lhe permite ver de perto o rosto rígido de medo, hipnotizado, subjugado, as feições paralisadas, a boca aberta, respirando muito forte mas incapaz de articular palavras, ou de emitir gritos, o brilho da faca que ele agora passeia suavemente por uma face, como se estivesse escolhendo o desenho de uma ferida, de uma futura cicatriz. O elevador pára não muito longe mas ele não o escuta, não presta atenção, acende-se a luz do corredor com um tiquetaque de cronômetro, ouvem-se vozes, passos, barulho de chaves, bem perto, um ou dois andares abaixo, os dois escutam, a faca no rosto, os olhos de um nos olhos do outro, a respiração simultânea, a crescente pressão no pulso, o gume de aço quase fendendo a pele enquanto a poucos passos dali alguém, que acaba de sair do elevador, abre a porta de casa e é recebido pelas vozes e pelos cheiros de sua vida diária, pela promessa de um descanso embotado, do jantar seguido da sonolência diante do televisor: quem é que pode saber o que acontece ali tão próximo, na escuridão onde a luz não chega, para além de uma porta fechada, no vão de uma escada por onde ninguém nunca sobe nem desce? A porta se fechou, e ele reduziu levemente a pressão no pulso e afastou o canivete, vamos, diz de novo, empurrando-a para o chão com sua mão direita, grande e poderosa, abaixe o zíper, e nesse instante a luz do corredor volta a se apagar, e por alguns segundos voltam a não enxergar nada: ouve-a soluçar, ela não entende ou não sabe o que ele quer, imagine se não sabe, se agora nascem putas, aprendem com as próprias mães, mais putas do que elas, uma mão desajeitada tateia a braguilha e não encontra o zíper, e é ele, impaciente, quem por fim o abre, quem tira com dificuldade e urgência o que tanto se avolumara ali dentro, não vai caber na sua boca, pensa, ou diz, e crava-lhe os dedos nos ossos da nuca, diz as mesmas palavras que leu nas revistas e ouviu nos filmes, as que ele não ousa dizer em voz alta nem para as putas, ordena, exige, ele mesmo abre a sua boca, na penumbra, como abriria a de um peixe para extrair as vísceras, a saliva e as lágrimas molham sua mão, saliva e muco, investe ritmicamente agora, mas ela não sabe bem o que fazer, sufoca-se respirando pelo nariz, que está entupido, ele a empurra com a mão mas não adianta, é muito desajeitada, e a luz do corredor volta a se acender, de novo passos mas não vozes, e o barulho do elevador, sente que vai se retrair, que a tremenda potência começou a murchar, a enfraquecer ou a arrefecer. Tudo idêntico, poderia ficar imóvel que as coisas continuariam acontecendo igual, como dizem que os aviões voam com o piloto automático, por isso sabe que não será descoberto, que a menina não vai gritar e que ninguém vai subir pela escada. Encosta-a contra a parede com um empurrão, a luz se apaga, ele fecha o zíper e volta a ajustar o cinto, andando, diz, e muito cuidado, senão corto sua língua.

Muito tranqüilo, guarda o canivete, tira um cigarro e depois o acende usando uma das mãos, sem soltar a menina, alisa o cabelo, arruma a roupa, respira fundo, concentra-se para conter as batidas do coração, como ensinavam naquela revista, uma tragada funda, a mão direita já sem sangue, não como da outra vez, que não parava de sangrar, ele chupava e o sangue desaparecia, e um instante depois já voltava a se formar a linha vermelha atravessando a palma da mão. O cigarro na direita, a esquerda no ombro da menina, na nuca, pressionando a pele, os músculos do pescoço, procurando a forma das vértebras, mais um lance de escadas, outro corredor com as portas de apartamentos fechadas, com nomes em placas douradas ou estampas do Sagrado Coração acima do olho mágico, e sempre vozes de crianças e barulhos de televisores, chegaram ao segundo, vai contando os degraus, dezoito entre cada andar, faltam trinta e seis para o térreo e o hall mas não sente medo, só excitação, a vertigem de se aproximar de algo, de um limite, do ponto em que a mão quebra o osso ou a faca corta a pele, apenas um milímetro ou um décimo de segundo, disso depende tudo, como quando era criança e via, na porta metálica de uma instalação elétrica perto de sua casa, uma placa de advertência: "Não toque, perigo de vida". Sobre as letras vermelhas havia o desenho de uma figura humana sendo fulminada por um raio cravado no meio do peito como uma lança, e ele, sempre que passava por ali, parava alguns instantes e sentia a tentação de tocar a porta metálica pintada de cinza, como que atraído por um ímã poderoso mas relutava, aproximava a mão e a afastava quando faltavam poucos milímetros para que a ponta dos dedos encostasse no metal, provocando talvez uma descarga que o sacudiria como o boneco do desenho. Vinte e dois degraus, vinte, o corredor do primeiro andar, o choro de uma criança muito pequena e os gritos de uma mulher, uma histérica, o som de um programa infantil, os dois últimos lances antes do térreo, a mão esquerda que pressiona um pouco mais forte, agora não com a ponta dos dedos mas com as unhas, porém sem fincá-las, mais um milímetro e suas bordas rachadas e córneas romperiam a epiderme. É como caminhar em sonhos, como avançar pairando um pouco acima do chão, sem nenhum esforço, descendo por uma escada rolante, agora a luz do hall, branca e fria como a das câmaras frigoríficas, a mão na nuca, embaixo do cabelo, uma tragada funda no cigarro, nada, nem tremor nas pernas, nem sombra de medo, porque não há ninguém no hall de entrada e ele sabe que agora ninguém vai aparecer, vê tudo claro, o futuro e o passado, esta vez e a outra, a primeira, já não sente o efeito do rum na cabeça nem nas pernas, desanuviado de repente, como depois de um banho frio, apenas a excitação, a cada passo mais intensa mas não o entorpecendo, e sim fortalecendo-o, uma sensação fantástica de poder e de perigo, de impunidade, de audácia. Já perto da saída, obriga-a a se aproximar mais, aperta-a por um instante contra seu flanco, inclina-se sobre ela, se você der um pio ou tentar fugir, eu corto seu pescoço, e com o indicador faz um breve gesto que estremece a menina, e a paralisa, tem de empurrá-la, igual à outra, se não a segurasse cairia no chão, abra a porta, ordena, e ela obedece, hipnotizada, já cruzam o umbral, estão na calçada estreita, invadida por carros, iluminada pela luz dos postes e das lojas, parece a mesma rua mas não é, vozes e barulho de trânsito, rostos que vêm na direção oposta, como os faróis que surgem da escuridão quando dirige à noite. A calçada é tão estreita que eles têm de dar passagem a uma mulher com um carrinho de bebê, a uma velha com sacolas de compras, ele a olha de lado enquanto a empurra para a frente, e a menina caminha com a cabeça rígida, sonâmbula, sem nunca se voltar para olhá-lo. Procura os olhos das pessoas que se aproximam, em busca de alguma expressão de reconhecimento, de receio, de alarme mas ninguém olha, ninguém repara nem nele nem na menina, e se porventura olham logo desviam a vista, absortos em suas coisas, no cansaço do fim do dia. Uma farmácia, uma mercearia, o bar da esquina, o de dois meses e o de dez minutos antes, o bar vazio, como sempre, com sua luz crua que ressalta a sujeira, o garçom de barba malfeita que levanta a cabeça para o televisor, na certa também não vê, não repara em nada, depois não vai se lembrar. Ao mesmo tempo sente que caminham sem necessidade de se mexer e que seus passos não avançam, como nos sonhos, que nunca chega a dobrar a esquina, vê tudo como através de um vidro, de uma bolha em cujo interior se encontram ele e a menina, como esses exploradores submarinos dos documentários, que passeiam com escafandros e pés-de-pato e suas roupas de borracha entre os peixes e as plantas do fundo do mar e vão abrindo caminho com simples gestos das mãos, sem que os peixes os olhem, com seus grandes olhos tão abertos e tão cegos como os olhos das pessoas que se aproximam e passam e nunca olham.

Tornou-se invisível, imperceptível em meio às pessoas da rua, agora imerso em uma zona de sombra, sem necessidade de escolher a direção dos passos, porque os pés o levam por conta própria, na simples duplicação de um itinerário que só vai relembrando à medida que o refaz, encontrando rastros esquecidos, como nas florestas dos contos de fadas, uma videolocadora, um sinal, de novo a praça com a estátua do toureiro, já deixaram as avenidas mais largas do norte da cidade e parece que está caminhando há horas, invisível e tranqüilo, a mão esquerda na nuca, no pescoço, no ombro, pousada, fechando-se encurvada e afiada sob o cabelo como patas de caranguejo, brincando de acariciá-la, de puxar de repente, de usar o cabelo como rédea diante de um sinal vermelho, quieta, diz, voltando-se para ela, atraindo-a, fique quietinha, senão você já sabe o que pode acontecer, atravessam juntos a avenida pela faixa de pedestres, diante de uma fileira de carros com os faróis acesos, de rostos de motoristas que não olham uma única vez, e agora, embora tivesse pensado em descer por ruelas laterais, decide que não, que vai descer pelo caminho mais curto e iluminado mas também o mais perigoso, pela rua Trinidad. Mas não é bem uma decisão, ele simplesmente repete, não pode ir por onde não foi da outra vez, no topo da ladeira vê sua sombra e a da menina projetadas na calçada pela luz de um poste, duas sombras tão nítidas como as que a luz da lua cheia desenha, as pernas dele compridas como as dos gigantes dos contos de fadas, e a seu lado, tocando a dele, presa e coberta por ela, a outra sombra, que avança no mesmo ritmo, quase ao mesmo passo, como no exército, seus sapatos alinhados com os tênis da menina, idênticos aos outros, brancos, de esporte, um pouco gastos, as duas sombras aparecendo e desaparecendo na calçada, precedendo-os, ficando para trás, confundidas com as outras sombras dos que entram e saem das lojas, já a ponto de fechar, uma loja de pássaros, outra de máquinas de costura, a vitrine grande e antiquada de El Sistema Métrico, as portas metálicas, os balconistas que se despedem das últimas freguesas inclinando ao máximo as cabeças bem penteadas e esfregando as mãos brancas, como se sempre estivessem com frio, e em frente à igreja, a escadaria onde daquela vez se apinhava a multidão, embaixo dos guarda-chuvas, da chuva cintilante à luz dos refletores. Alguém o cumprimentou, e ele não percebeu, de tão absorto que estava, era uma freguesa do mercado, reconhece o rosto alguns segundos mais tarde, quando ela já desapareceu, aperta mais forte os dedos na nuca, na pele suada, nos músculos, nas vértebras cervicais, estão chegando à praça do relógio e à estátua, já pode ver a torre, os táxis, o prédio da delegacia, ah, se soubessem, se alguém reparasse neles, mais por bravata que por nervosismo, pega um cigarro, leva-o aos lábios e o acende, usando somente a mão direita, guarda o isqueiro e fuma apertando o filtro entre os dentes, entrecerrando os olhos, com a mão no bolso da jaqueta, empunhando o cabo do canivete automático. Tudo é tão fácil, tão dócil como o corpo da menina que caminha a seu lado, como a luz de outro sinal que se abre para que os dois atravessem rumo ao centro da praça, por entre os canteiros, perto da fonte, onde costumavam ficar os fotógrafos e os câmaras de televisão, se quisesse poderia passar bem em frente à porta da delegacia e cumprimentar o guarda que aquela tarde lhe respondeu mal, poderia entrar na cabine telefônica sem soltar a menina e ligar para o inspetor-chefe e dizer-lhe, babaca, olhe como você é esperto, cadê todas aquelas pistas, aquelas invenções de testemunhas e de placas de carros suspeitos: nem carro nem nada, igual à outra vez, a pé e atravessando a cidade inteira, o relógio da torre deu sete badaladas mas tem a sensação de estar caminhando há muitas horas, começa a ficar impaciente, não com pressa, nem com medo mas sim pela vontade de chegar aonde não teve de pensar nem por um momento que iria, a excitação que volta ao sentir nos dedos a suavidade da penugem da nuca, a fragilidade dos ossos, o cheiro acre do corpo, talvez tenha mijado nas calças, pensa, como a outra, que estava toda molhada de urina, a calcinha e o abrigo, as meias brancas que ele não tirou. Volta a pressão na virilha, agora que já se afastam da praça e continuam descendo em direção ao parque da Cava, cada vez menos gente e menos trânsito, menos luzes de lojas ou de bares, assim que atravessarem o cruzamento da rua Ancha é bem possível que já não vejam mais ninguém, ninguém passeia por esses jardins junto à muralha depois que anoitece, e menos no inverno, só um ou outro drogado se aventura até o pequeno parque no fim da cidade, à beira do barranco coberto de pinheiros que desce até as hortas, também abandonadas, quase todas, tomadas pelo mato, como os pátios das casas em ruínas do seu bairro. Mas agora ele gosta dessa escuridão, sente-se atraído e protegido por ela, como se voltasse para sua terra vindo de um país estranho, para o seu bairro de vielas calçadas de pedras e de casas velhas e abandonadas, aperta o passo, joga o cigarro, cospe-o, apalpa o membro, duríssimo, empurra a menina, agora envolve o seu pescoço inteiro com a pinça dos dedos, não há ninguém, ninguém vai aparecer, como nas escadas e no hall do prédio, a cada passo que dão ficam mais invisíveis, mais se confundem com as sombras de uma rua onde a iluminação vai se tornando mais fraca à medida que descem. E justo nesse momento param por um segundo, ele ainda não viu do que se trata mas sentiu a rigidez em todo o corpo da menina, paralisa-o um perigo que ele pressentiu com um instinto cego de animal mas segue em frente, os pés sem tocar o chão, atraído por um magnetismo como quando sua mão avançava sozinha para a chapa de um cartaz de perigo de vida: a poucos passos de distância, bem na frente deles, sobre a calçada oposta, há um carro branco e azul, uma radiopatrulha, tão perto que já não é possível recuar, e mesmo que fosse ele não o faria, sente que não pode ou que não quer parar, que vai seguir em frente apertando a nuca com os dedos, com as unhas, caminhando com uma perfeita simulação de tranqüilidade e dizendo, com a cabeça baixa e o rosto voltado para ela, você morre se der um pio, eu degolo você aqui mesmo. As luzes interiores do carro estão acesas, o motorista e outro policial conversam, ou escutam o rádio, ele já pode ouvir o som, embora sem saber se se trata da faixa da polícia ou da transmissão de uma partida de futebol. Ouve uma respiração que é a sua própria, sente a dupla palpitação nas têmporas, engole em seco, as unhas da mão esquerda cravam-se na parte posterior do pescoço da menina e as da direita em sua própria palma, dentro do bolso da jaqueta, percebe ao mesmo tempo a ferida na outra pele e na sua própria, o arranhão duplo que se prolonga por alguns segundos eternos quando chegam perto do carro de polícia, vão passando a seu lado, não olhe ou arranco seus olhos, disse-lhe muito suavemente, e ele, ao contrário, olha, não fazê-lo seria suspeito, suspeito e covarde, vão pela calçada da direita e seu corpo se interpõe entre a menina e os eventuais olhares dos policiais mas eles nem sequer erguem os olhos, continuam conversando, ou escutando o rádio, ouvem-se os silvos e as vozes metálicas da faixa da polícia e ao mesmo tempo a voz de um locutor de futebol sobre um clamor distante, devia ser o mesmo jogo que o garçom do bar estava vendo com tanto interesse, veio ouvindo trechos dele, só agora é que percebe, desde que começaram a descer as escadas há uma eternidade. Não olhe para trás, diz agora, mais alto, aliviado, imune, empurrando-a, com o perigo ainda pressionando-lhe a nuca, já não se ouve o rádio do carro de polícia, já não se vê mais ninguém, só algumas luzes no interior de casas fechadas, clarões azulados de televisores, o mesmo barulho do futebol, agora distante. Continuam avançando como se não se movessem, levados para a escuridão final e próxima do parque como por uma esteira rolante, falta apenas uma faixa iluminada e deserta e do outro lado já estão as sebes devastadas, as luzes quebradas, a zona de sombra onde há muitos anos se refugiavam os casais de namorados, onde os garotos mais travessos e mais atrevidos do bairro iam fumar e espiar.

Tudo idêntico agora, mais do que nunca, até o barulho dos passos sobre o cascalho, sobre cacos de garrafas de cerveja, tudo imperioso, próximo, irrefreável, sem necessidade de postergação nem disfarce, até a mesma lua no alto do céu, sua forma branca levemente borrada por nuvens tênues como gaze, as duas mãos já impacientes que procuram e exigem, o cheiro dos pinheiros, de terra e agulhas molhadas, a mesma vala no barranco onde ele atira a menina com um tapa, o rosto mais pálido que a cara da lua, agora iluminado apenas por ela, no qual de repente ele vê, por alguns segundos, nitidamente, a fisionomia dupla e repetida, a boca aberta, o queixo trêmulo, os olhos de incredulidade e terror da outra menina, o rosto que ninguém no mundo além dele viu.

23.

Escutava o rio, com os olhos semicerrados, na zona de penumbra do quarto iluminado pela lua, que projetava na parede a forma exata da janela, com sua grade em cruz, onde estivera por um segundo a silhueta nua dela, quando se levantou para ir ao banheiro. No retângulo de claridade ele tinha visto a forma dos ombros dela, suas cadeiras, o perfil do seu rosto e o de um seio, enquanto via deslizar o corpo nu, com um brilho lunar na pele, tão silencioso, os pés descalços sobre as lajotas, como a própria sombra, com uma atitude furtiva de pudor diante dos olhos masculinos. Tinha acendido a luz do banheiro e fechado em seguida a porta, e então o rumor do rio se fundiu ao de uma torneira, e depois a ouviu urinar, antecipando uma familiaridade e uma ternura que o surpreendiam. Imaginou-a nua, com os braços cruzados sobre o peito e as pernas juntas, de súbito arrepiada, sob a luz fria do banheiro, e desejou que voltasse quanto antes e que atravessasse a claridade da lua para vir se aquecer embaixo dos lençóis, da colcha e da pesada manta antiga que de certo modo combinava com o quarto, com as lajotas vermelhas do chão, com as paredes de um branco de cal e com as vigas inclinadas do teto.

Agora não se lembrava mais qual dos dois tinha apagado a luz: então foram inundados pela luz da lua e tiveram a impressão de ouvir com mais nitidez a corrente rápida e cheia do rio, fluindo com um rumor constante. As zonas de luz e de sombra estavam divididas por uma linha reta que passava justo ao pé da cama. "Não olhe para mim", ela lhe dissera, e virou as costas para tirar a blusa e o sutiã. Abriu os olhos, e ela estava de pé ao seu lado, mais graciosa do que pensara ao vê-la vestida, com uma simultaneidade de plenitude física de mulher que pariu e amamentou um filho e de fragilidade de garota, nos ombros, na curva da nuca exposta sob o cabelo curtíssimo, na forma dos seios, carregados e ao mesmo tempo altos e jovens. Era outra mulher a que estava vendo, até então secreta, mais desejável do que sua inabilidade lhe permitira imaginar ou perceber, tão velada pela roupa como pela expressão diária da vida prática e do trabalho, da solitária resistência contra o desânimo e a adversidade.

Ao abraçá-la surpreendeu-o sobretudo a suavidade inusitada da pele. Ele não dispunha de lembranças e de expectativas em relação às quais pudesse julgar lucidamente o que estava lhe acontecendo. Como quem vai dormir ainda preso às urgências angustiantes da realidade, notava que na penumbra do quarto e no contato com a maciez limpa da pele de Susana iam se dissolvendo as obsessões e as obrigações do seu trabalho, a rigidez do corpo, a ansiedade e a culpa, como se estivesse começando a se deixar levar por uma corrente idêntica à do rio impetuoso que passava tão perto. Desde que saíra da delegacia e entrara no carro vinha se remordendo, com a preocupação de estar abandonando as suas responsabilidades, de que alguma coisa acontecesse na sua ausência e não fosse possível encontrá-lo. Uma ligação da clínica, o telefone tocando interminavelmente no apartamento vazio, tão asséptico como o mostruário de uma loja de móveis. O nervosismo, a covardia masculina diante de um provável fracasso sexual alimentavam a angústia da deserção, e ao mesmo tempo eram exagerados por ela. Tornara-se adulto em uma época em que os homens ainda se iniciavam no erotismo por meio da masturbação sórdida dos internatos e do trato com as prostitutas. Até os cinqüenta e quatro anos não soubera que poderia existir entre homens e mulheres uma camaradagem íntima como a que Susana Grey parecia lhe oferecer. Ao parar o carro diante do La Isla de Cuba, ao subir para o quarto, o que estava sentindo era uma mistura confusa de pânico e angústia, e também, lutando contra ela, como as defesas de um organismo ainda saudável contra o vírus de uma doença, uma insólita capacidade de encantamento, quase um princípio imemorial de inocência que na realidade deveria ter conhecido entre os quinze e os vinte anos mas que surgia agora, inesperado e anacrônico, desajeitado e extemporâneo como o amor de um velho. Com a idade que ele tinha agora, seu pai já era um homem vergado pela velhice, marginalizado da vida por tantos anos de clandestinidade e prisão, de obstinado fanatismo político. "Não é justo que você o chame de fanático", dissera-lhe o padre Orduña, com sua cara de ofendido, evitando olhá-lo nos olhos.

Como agora estava longe de tudo, de todos eles, vivos e mortos, testemunhas e credores, dos que cobravam dívidas e impunham obrigações, dos que sempre estavam exigindo ou acusando, com a autoridade da retidão, do sofrimento ou da morte. A mulher na clínica para onde não telefonaria essa noite, os outros policiais, os que agora estavam sob suas ordens e os que tinham morrido no norte fulminados por um tiro, arrebentados por uma explosão, o padre Orduña, que estaria sentado em seu confessionário, esperando por ninguém, às vezes, por ele, o homem que olhava e retorcia suas mãos em um quarto onde já era de noite e a luz ainda não estava acesa, o velho que morrera decepcionado mas ainda invicto, envergonhado do filho único, negando-se a vê-lo: todos exigindo coisas, exigindo satisfações até do outro lado da morte, todos espiando e perscrutando cada um de seus atos, infundindo queixas e acusações em seus próprios pensamentos.

Longe de todos eles agora, refugiado, escondido, provisoriamente a salvo, isolado de tudo pela luz branca da lua e pelo som ininterrupto das águas do rio, nu entre lençóis de hotel cheirando a limpeza, protegido pela penumbra da vergonha de ser visto, aprendendo a acomodar-se de lado ao abraço de uma mulher que o tratava com delicadeza e cuidado, que o envolvia ao mesmo tempo que se aconchegava e se apertava contra ele, o afagava com a ampla carícia de seda de suas coxas, com a penugem macia do ventre, procurava seus pés para esquentar os dela, frios de repente, como em uma noite de inverno dos tempos em que aquele lugar ainda era um *cortijo*.

Não sentia a impaciência sexual das outras vezes, sempre exacerbada pelo álcool e pelo esforço inútil para se livrar da culpa do adultério. Tinha começado a beijá-la e a tatear sob a sua roupa com uma urgência desajeitada, muito semelhante à que antes o levava a virar o primeiro copo da noite. "Calma", ela lhe dissera ao ouvido, "não tão rápido", e fora tranqüilizando-o com a suavidade idêntica da voz e dos dedos, fazendo com que ele entrasse em sintonia com a sua lentidão e a sua naturalidade, com habilidade e paciência, apagara a luz (agora se lembrava de que tinha sido ela), fizera-o deitar, ajoelhando-se aos pés da cama para tirar os sapatos pesados e depois as meias e a calça, acariciando os pés, beijando-o levemente nas coxas. "Calma", dizia, detendo a rapidez rude da mão ansiosa que a apalpava, e cada carícia, cada toque dos seus lábios ou da sua pele o afastavam um pouco mais da vida exterior, da realidade e do passado, como uma hipnose que gradualmente o fosse conduzindo para o sono, mergulhando-o em outra existência mais serena e habitável que a vida cotidiana, longinquamente parecida em sua ternura sensual àquela que ele recordava em alguns despertares de sua adolescência, sem nunca tê-la experimentado na realidade.

Não apenas descobria quase às cegas o corpo de uma mulher deitada a seu lado: o que na verdade parecia estar descobrindo era o próprio sentido do tato, não se tratava de recuperar, porque nunca o exercera até esse grau de sutileza, assim como nunca experimentara o sabor de uma boca como a dela. E ao recuperar ou descobrir o que, se não tivesse encontrado Susana, teria permanecido morto e desconhecido nele, voltavam ondas de sensações e lembranças perdidas, de quando ele tinha treze ou catorze anos, lembranças de despertares ao amanhecer com uma umidade fria na pele do ventre, de fragmentos de sonhos que se repetiam todas as noites e nos quais vislumbrava uma sexualidade que não era crua nem obscena, como que livre de culpa e de arrependimento. Sonhava que uma mulher nua estava sentada diante dele, também nu, conversando em um café ou na sala de uma casa, talvez deitados em sua própria cama no dormitório coletivo, e que aos poucos iam se aproximando um do outro, devagar, tocando-se muito de leve, ela roçando-o com o cabelo, com um mamilo rosado, com os dedos, e então ele percebia que não podia mais se conter, que o próximo toque, por mínimo que fosse, o faria gozar, e então ejaculava, diante dela, sem chegar a abraçá-la, com melancolia e um desejo sem correspondência possível, com uma efusão breve e muito intensa de felicidade, frustrada pela consciência de que a mulher se desvaneceria e de que o sonho seria interrompido pelo próprio estremecimento da ejaculação, pela umidade do sêmen esfriado. Recordava o sonho negando-se em vão a despertar completamente, com os olhos fechados, ao amanhecer de uma segunda-feira de inverno, querendo calcular, na escuridão do imenso dormitório coletivo, quanto tempo faltava para o sino tocar.

Ele percebia agora, sem possibilidade de retorno, que estava para acontecer o mesmo que naqueles sonhos. Como neles, não queria se entregar mas já era tarde demais, nem sequer faria falta uma carícia mais intensa, qualquer contato casual já o subjugaria, o cabelo dela em seu rosto, o ventre liso e generoso empurrando o seu flanco em um ritmo suave e constante, a mão que não apertava nem exigia, apenas pousava, acabava de se mover como se desenhasse ou modelasse uma forma no calor da penumbra sob os lençóis.

Ficou imóvel, ultrajado, com uma vergonha masculina e pueril de si mesmo, em silêncio, incapaz de dizer nada, de superar o ridículo imaginado. Súbita e covardemente, a única coisa que ele queria era não estar ali, sentindo a frieza úmida que manchava o lençol, que ficara também na mão dela. Tudo inútil agora, tudo acabado, fracassando antes mesmo de começar, o desejo morto, a mulher estranha e sem dúvida decepcionada, também silenciosa, limpando as costas da mão na colcha, e de novo o rio, que durante alguns minutos deixara de escutar, o retângulo branco um pouco mais à direita, na parede, à medida que a lua subia sobre o vale. A urgência antiga de ir embora, de cancelar com um gesto o engano, a fraude, o desconforto de uma presença que iria se tornando fria e hostil a cada minuto que passasse.

Mas Susana não se separara dele. Acariciava-lhe o rosto e o cabelo, consciente do silêncio, decidida a não se deixar vencer nem pelo próprio desânimo. Não podia se calar, não podia se render, renunciar de antemão. Sabia que ele não era capaz de imaginar que sua primeira reação tinha sido de surpresa e ternura, até de certa lisonja. Pensava que existem regiões do cérebro masculino completamente refratárias a certas sutilezas da inteligência e da sensibilidade.

— Eu me lembro da primeira vez que me deitei com um rapaz — disse-lhe. — Da primeira vez que fiquei nua na frente de um homem, não daquele que depois seria meu marido mas de um outro, um rapaz do bairro, que depois foi embora de Madri, não sei o que terá sido feito dele. Tínhamos saído juntos durante aquele verão, recém-formados no colegial, quase sempre com outros amigos mas às vezes também sozinhos, sem planejar muito, pelo menos da minha parte. Íamos juntos à piscina ou nos encontrávamos à tarde na biblioteca do bairro. Aconteceu numa tarde, a última do verão, em setembro, já estava fazendo bastante frio e no dia seguinte iam fechar a piscina. No fim, só estávamos nós dois. Parece que todos os meus começos e descobertas acontecem em setembro. Tínhamos nos beijado uma ou outra vez, andado pela rua de mãos dadas, sempre de noite, claro, e por ruas desertas, soltando-nos quando aparecia algum conhecido mas aquele dia, na piscina, perdemos a vergonha. Os dois nos acariciávamos embaixo da água, nos beijávamos abrindo muito a boca, ainda muito desajeitados, e os beijos tinham gosto de cloro. Deitados nas toalhas, ele enfiava a mão disfarçadamente por dentro do meu biquíni mas estávamos com uma pele que, exposta por muito tempo à água, ficara toda arrepiada e não favorecia o deslizar dos seus dedos, e além disso ele não devia saber muito bem para onde levá-los. No fim eu estava toda eriçada e com as mãos enrugadas. Os colchonetes e as espreguiçadeiras tinham sido recolhidos, tinham fechado o bar e desligado o som. Saímos para a rua de cabelo molhado, e ele passou o braço sobre os meus ombros. Era a primeira vez que fazia isso à luz do dia, sem medo de que nos vissem. Eu também não me importava. Aproximou a boca do meu ouvido e disse, com a voz um pouco rouca, que gostava muito de mim, e depois me perguntou por que eu não ia até à casa dele, que seus pais não estavam e não iam voltar até o dia seguinte. Tinham ido visitar alguém fora de Madri, um parente doente. Ele caminhava todo rígido ao meu lado, não relaxava o braço nos meus ombros, não chegava a se apoiar em mim. A verdade é que não sabíamos andar abraçados. Isso é algo que também leva muito tempo para se aprender. Ele, ainda por cima, tinha naquele momento outra dificuldade para andar com desenvoltura, e tentava cobrir a frente da calça com a sacola. Estávamos muito excitados mas mortos de medo, acho que ele estava com mais vergonha do que eu de ficar nu. Eu me lembro de uma cama de casal, e de que o entardecer atrás das persianas meio baixas se refletia no espelho de uma cômoda. Fomos tirando a roupa sem nos tocar nem olhar um para o outro, sem dizer nada, chegávamos a prender o fôlego para não romper o silêncio. Nem sequer tiramos a colcha, que era uma colcha grande, de verão, branca, um pouco áspera, acho. Eu me deitei primeiro e fiquei ali, de barriga para cima, com as pernas cruzadas. Ele se deitou do meu lado e começou a me beijar ainda mais afoito e desajeitado do que na piscina, respirando cada vez mais forte. Tudo de repente era muito doce, muito suave, como um começo da vida, parecia que nada ia ser como antes depois de eu ter ficado nua na frente de um homem e de vê-lo de corpo inteiro. Já nem tinha medo de que nos flagrassem. Ele estava de lado, acariciando-me brusca e delicadamente, se é que se pode dizer assim, como se tivesse medo de me machucar. As mãos não deslizavam direito na pele pouco sedosa pela exposição prolongada à água da piscina. Eu estava com vergonha da palidez dos meus peitos e da minha barriga. Quase sem perceber, comecei a tocar aquela coisa inchada, muito dura e quente, um pouco grotesca ou desproporcional em relação ao corpo magro do garoto. Eu nunca tinha visto aquilo assim, tão detalhadamente, tão de perto mas não cheguei nem a pegá-lo direito, eu mal sabia como, só o cobri com a mão, apertando bem de leve, enquanto ele me beijava um seio, e então ele gozou, sem que eu tivesse feito nada, ele próprio imóvel, só aquilo jorrando na minha mão, que o recebia na palma, escorrendo entre os dedos e ainda se reanimando e tornando a sair, como sai o ar num suspiro muito longo. Com você, aconteceu o mesmo que daquela primeira vez, foi como voltar àquele tempo. Tem uma canção da Violeta Parra que eu adorava, *Volver a los diecisiete*, você conhece?

— Mas eu não tenho dezessete anos.

— Nem eu. E daí? Levei vinte para me sentir como daquela vez.

— Não tente me consolar.

— Deixe de ser bobo. Não existe antídoto contra o orgulho dos homens, principalmente contra o orgulho ferido. Não tenho do que consolar você. Talvez tenha, sim, de agradecer.

Beijou-o na boca, remexeu seu cabelo com os dedos e se levantou com decisão, atravessando durante menos de um segundo o espaço retangular iluminado pela lua, ainda mais clara e mais nua no interior daquela luz, os ombros jovens e estreitos e as cadeiras engrossadas pelo tempo e pela maternidade, a silhueta adelgaçada e reproduzida na parede, recortada nela com uma precisão de cartolina preta.

Deitado na cama, ouvindo a corrente do rio de olhos entrecerrados, emergindo aos poucos do poço masculino da decepção, ele a esperava com todos os sentidos alertas, concentrados nela, na simples paciência de aguardar, na percepção de tudo que a lembrava e a anunciava, seu cheiro nos lençóis, a água das torneiras e depois o trinco do banheiro, que voltava a se abrir, seus sapatos de salto alto, suas meias e sua roupa íntima no chão, seus óculos e seu maço de cigarros no criado-mudo, cada coisa com sua sombra exata sob a lua cheia. Ao voltar, pisando silenciosamente nas lajotas, cobria os peitos com os braços cruzados, em um gesto friorento de pudor. A lua iluminou agora seu rosto e a alta brancura de suas coxas: no espelho viu-a fugazmente de costas, e pareceu-lhe impossível que logo em seguida aquela mulher pudesse estar deitada a seu lado.

"Me dê um cantinho", disse Susana, tiritando, e aconchegou-se contra ele, jogando por cima dos dois os lençóis e as cobertas já revoltos. Pouco antes, menos de uma hora, quando ainda era possível que o desejado pelos dois não chegasse a cumprir-se — estavam de pé, um diante do outro, cada qual com um copo na mão, vestidos, sem se tocar, como se não se conhecessem —, ela lhe perguntara por que ele falava tão pouco, por que era tão difícil saber o que sentia e pensava.

— Deve ser por vaidade — respondeu ela mesma —, por orgulho. Quem se esconde sempre tem mais prestígio do que quem se mostra abertamente. Vai ver que é por causa daquelas bobagens orientais que estiveram na moda faz tempo, aquela coisa chinesa ou taoísta de que quem sabe cala, ou de que a palavra dita é de prata e a silenciada é de ouro, todo aquele entulho de que meu ex tanto gostava nas suas fases orientais, que ele também as teve. Eu até tento ficar quieta para me fazer de misteriosa mas nunca consigo. Sempre acabo falando o que penso na hora em que me vem à cabeça, e por isso estou sempre em desvantagem, não tomo jeito. Você, em compensação, como não fala nada, parece que traz dentro de si todo o mistério do mundo.

Abraçando-a ao recebê-la na sua volta do banho, com a pele cheirando a sabonete e a colônia, a secreta higiene feminina, pôs-se a falar no seu ouvido, com a voz rascante e muito menos enérgica que o rosto ou o porte, tentando tardiamente uma resposta, e ao fazê-lo falava consigo mesmo, sem olhar para ela, abrigado na penumbra. Queria explicar que tinha passado grande parte da vida se escondendo, disfarçando a sua origem e os seus sentimentos, e que ele mesmo acabara por não saber o que guardava verdadeiramente em seu interior. Não tinha a menor dificuldade em entender aqueles que, por alguma razão, devem se esconder, e talvez graças a isso tivesse adquirido uma notável habilidade profissional para encontrá-los. Reconhecia instintivamente os fingidores, os que mentem por necessidade ou pelo puro prazer de mentir, e quanto mais perfeita era a falsificação de uma vida, tanto mais ele a percebia, como esses peritos que com um simples golpe de vista reconhecem a falsidade de uma assinatura ou de uma nota. Outros homens casados mantinham com as próprias mulheres uma ficção de normalidade sob a qual ocultavam paixões ou aventuras. Ele não ocultava nada, ou quase nada, nem sequer sua frieza. Tinha a sensação de que sua vida em comum com a mulher fora se extinguindo e esfriando, não por efeito da vontade ou da falta de amor mas em virtude de um princípio físico como o que, segundo os astrônomos, faz a chama das estrelas se apagar. A diferença era, disse, que no caso dele, talvez não fosse exatamente esse o da sua mulher, nunca houvera um verdadeiro fogo, nada que o tempo esgotasse ou extinguisse.

— Mas você deve ter gostado dela em algum momento — disse Susana. — No começo.

— Não me lembro. Esqueci completamente.

— Talvez seja mais difícil esquecer quando se tem filhos. Se eles existem, é impossível apagar de uma vez o passado. Você o vê todos os dias no rosto do seu filho. Se ele está no mundo, aquele tempo e seus erros têm uma justificativa.

Quase sem perceber tinha começado a acariciá-la enquanto conversavam em voz baixa, tão lentamente como ela acedia ao calor, com os pés muito frios enroscados nos seus, e ao deslizar os dedos agora mais sensíveis e ousados, sentindo a textura da pele e percorrendo as sinuosidades já familiares que depois procurava e reconhecia com os lábios, voltou a recordar, agora sem medo nem vergonha, apenas com ternura, quase com gratidão, seus sonhos dos catorze anos, e teve a sensação de vê-la como ela era agora e como deveria ter sido na primeira vez em que olhos masculinos a viram nua. Abria mão de tudo, despojava-se de tudo, assim como ela, que, ao se despir, deixara cair as calcinhas e o sutiã e se aproximara dele como que emergindo das roupas abandonadas e inúteis, caídas a seus pés com um rumor de gaze. Não havia urgência, nem incerteza, nem gestos febris ou de uma ansiedade bruta. Ele a via oscilar sobre ele, erguida, amoldando-se lentamente a seu corpo, o cabelo caído no rosto, confundido com a sombra, os ombros jogados para trás, as duas mãos segurando suas coxas com força. Desfaleceram os dois na mesma onda densa de prazer, que ele foi sentindo chegar de longe, anunciada, inelutável, desconhecida, duradoura e lenta, não de todo extinta depois do fim, quando os dois se aquietaram e ela aos poucos foi-se desprendendo dele enquanto se deixava cair a seu lado.

Não percebeu que adormecia. Acordou com um leve sobressalto e, sem se separar de Susana, que dormia abraçada a sua cintura, tentou distinguir os ponteiros do relógio na penumbra. Temia que fosse muito tarde, voltava a sentir a angústia de que nesse momento o estivessem procurando, sem a menor chance de encontrá-lo. Havia um telefone sobre o criado-mudo. Tentou virar-se de lado mas ela o abraçou mais forte, murmurando em sonhos. Tudo tinha um quê de leveza e estranheza, de normalidade suspensa, como a que parecia se entranhar nos objetos identificáveis e banais que se tornavam tão outros à luz precisa da lua. Estava havia menos de três horas com uma mulher quase desconhecida no quarto de um albergue rural chamado La Isla de Cuba e sentia-se tão ligado a ela, tão sereno na sua proximidade, como se a conhecesse desde sempre.

Não se mexia, por medo de acordá-la. Com muita cautela afastou o cabelo de seus olhos que não pareciam fechados por completo, de seus lábios entreabertos que aspiravam e expeliam o ar muito pausadamente. Murmurando algo, Susana mudou de posição, virou-lhe as costas, agora abraçando o travesseiro. Voltou a olhar o relógio, sentou-se na cama, discou o número da delegacia, na esperança de que ela não chegasse a saber que ele tinha dado um telefonema. Pela voz do guarda que atendeu, soube de imediato que, numa espécie de compensação punitiva, iam se cumprir as piores previsões da culpa.

— Mas, chefe, onde se meteu? Faz horas que estamos procurando pelo senhor.

— Aconteceu alguma coisa?

— Outra menina desapareceu.

24.

Treme, gelada, nunca sentiu tanto frio, morre de vontade de urinar, sufoca-se, não sabe que agora não está dormindo, não sabe onde está, quem é, o que a impede de respirar, que mordaça a asfixia, quer abrir a boca e não consegue, não pode abri-la mais ainda, tem a mandíbula deslocada mas não sabe, quer aspirar o ar pelo nariz e mal consegue, apenas um filete afiado como uma agulha, um fio de ar e de gelo, sufoca-se, quer mexer as mãos e tampouco pode, não as sente, não se lembra de onde estão, sonha que jaz estirada e nua, exposta ao ar gelado de uma noite de inverno e que, se não se segurar com muita força, vai urinar, tirita, treme tanto que sofre convulsões e algo muito úmido lhe roça as costas, algo úmido e áspero, que espeta, como as agulhas do frio, como a agulha de ar ou de gelo que penetra em seus pulmões, para conter a tremedeira tenta cerrar os dentes mas não consegue, é impossível fechar a boca, quase tão impossível quanto respirar, se não fosse por esse fio ínfimo de ar que a cada instante parece romper-se e deixá-la definitivamente amordaçada. Estava sonhando que se afogava, que depois ficava gelada e nua sobre uma lâmina de gelo, sonhou com um rosto e uma grande mão que se agigantava aproximando-se aberta e cobria seu rosto e lhe enfiava algo na boca, um rosto e mais acima copas de árvores e, mais acima e mais longe ainda, a lua, e por um instante o rosto e a lua eram a mesma coisa e ela afundava e o rosto e a lua eram o círculo cada vez menor da boca de um poço por onde ela caía, flutuando, sem peso, sem respiração nem movimento, gelada, sem nome, sem nenhuma lembrança, sem mãos nem pés, urinando desfalecida como uma criança que dorme e sonha que urina, e depois a umidade cada vez mais fria, a cama descoberta, a paralisia dos braços e das mãos dormentes que não sabem obedecer à vontade e não puxam os lençóis e as mantas para cobrir o corpo frio, o corpo pálido, lívido e gelado, que ela vê como se fosse o de outra pessoa ou como se o sonhasse: não sabe que esse vulto largado à sombra lunar e exata das árvores é ela mesma e que já não está de todo sonhando, que o que morde e empapa de saliva, de baba e sangue, é o tecido de algodão que a sufoca, que invadiu sua garganta, que se introduz pelas fossas nasais, e a cada tentativa de respiração penetra mais ainda, dedos grossos e fortes empurrando, recorda de repente, vê, em um fulgor de clarividência e de pânico que se extingue logo em seguida, dedos cravando-se e enterrando-se e trespassando uma matéria mole que é sua própria carne, que agora começa a reconhecer graças à certeza da dor, à ferida horrenda que trespassa e obscurece a sua consciência, que a apaga por completo, apesar da lua, da luz invariável que agora aos poucos lhe permite enxergar uns galhos altos, uma copa vertiginosamente distante que se inclina e balança e acima da qual está o círculo branco que antes era a boca de um poço e um rosto que se inclinava para olhá-la, de novo como um clarão de lembrança que não chega a se completar e que a mergulha outra vez no pânico dos sonhos, na paralisia do frio e no desespero da falta de ar. Volta a escuridão, como num quarto onde se derruba uma lâmpada mas é ela que fechou os olhos, apertando as pálpebras com tanta força que chegam a doer, e com os olhos fechados o frio é mais intenso, e também, a asfixia e a urgência de urinar: agora ao menos sabe que pode abrir e fechar os olhos, vira o rosto e alguma coisa raspa e molha sua face e cheira profundamente a terra, a folhas molhadas e a barro, vê uma sombra alta e vertical e estremece vendo nela uma sombra humana, sapatos enlameados e logo acima um par de jeans e uma coisa horrenda e pálida que pende como uma pelanca e mais acima o rosto branco, a cara redonda da lua que se inclinava sobre ela aumentada e deformada como num espelho côncavo, com os olhos tão fixos que ela não pode deixar de olhar, por mais que feche os seus, continua a vê-los, por mais que se encolha e se esconda e cerre os punhos e as pálpebras para sair do pesadelo, não consegue interrompê-lo. Mas o rosto não está lá, ela abre os olhos, e ele desapareceu, esforçou-se por sair do sono e emergiu dele a tempo de não ser aniquilada em pleno pesadelo, e o que vê não é uma figura humana mas um tronco de árvore, e o rosto, no alto, é a lua. Agora ouve um barulho, uma respiração muito próxima, de algo ou alguém que se arrasta e se sufoca, que a sufoca, que esmaga seus pulmões, que vai quebrar-lhe o esterno e as costelas, que lhe tapa a boca e a garganta e vai romper o fio de ar e de gelo que a mantém viva, algo que aos poucos raspa e arranha e vai adquirindo uma lenta mobilidade, vai despertando de uma densa paralisia de congelamento e de sono, de sonolência idêntica à morte e que desemboca nela como um rio noturno na escuridão imensa do mar: é uma mão que apalpa a terra molhada, que vai deslizando com uma lentidão de lesma ou lagarta e se aproxima do seu rosto e dos seus olhos abertos e é sua própria mão mas que ainda não a obedece, olha para ela e lhe pede que os dedos se dobrem mas os dedos permanecem imóveis, paralisados de frio, a mão encurvada oscilando sobre seu rosto e já é outra maior e tem as bordas das unhas pretas e rachadas, tem de fechar os olhos, para que o pesadelo não volte, os olhos fechados e o corpo inteiro encolhido num quarto em sombras mas não tem onde se esconder nem com o que se cobrir, nem sequer pode virar de lado contra a parede e encolher as pernas contra o peito e agasalhar-se nas cobertas, agora percebe que está nua, que não jaz em uma cama e sim na terra úmida de um barranco, que não há nada com o que possa se cobrir: tenta se mexer mas os braços e as pernas não respondem, e os dedos da mão continuam congelados, tenta respirar e não consegue, amordaçada, sufocada, talvez já morta e sonhando a própria morte, quer lembrar de alguma coisa mas a lembrança é tão impossível quanto o movimento ou o grito. Mas não se rende, animada pela mesma obstinação de quem resiste a entregar-se por completo ao horror de um mau sonho, tirita sem que seus dentes se entrechoquem pois está com as mandíbulas tão abertas que a dor é insuportável, só não é mais do que a que lhe trespassa o ventre, sente as convulsões do frio e já não pode mais se segurar e urina interminavelmente, sem saciar a vontade de continuar urinando, e agora sente um calor muito intenso na virilha, que em seguida se transforma em frio, umidade gelada e coceira insuportável mas é a coceira e o frio o que a desperta um pouco mais, é a dor revivida e a tremedeira o que anima a circulação do sangue com o cego empenho de continuar pulsando e vivendo e permite que os dedos se fechem por completo e voltem a se abrir e se aproximem lentamente do rosto e agarrem algo, apanhem uma ponta de tecido encharcado de saliva e impregnado de hálito, ainda sem forças, sem outra determinação ou propósito que os do instinto, as pontas dos dedos conseguem fechar-se em torno dessa coisa molhada e puxar para fora, e ela percebe que a mordaça que lhe invade a garganta, o nariz e a boca pode ser arrancada, e que a respiração que ouvia tão perto é a dela, tão próxima da asfixia: mas os dedos não sabem ou não podem agarrar, cedem, as unhas perdem a ponta do tecido, o desespero de não respirar volta a esmagar-lhe as costelas e os pulmões, como se alguém se ajoelhasse em cima dela: agora o vê, em outra iluminação, da memória ou do sonho, com os dois joelhos cravados em seu peito e o tórax a ponto de se quebrar como uma casca de ovo, os joelhos apertando e se afundando nela, e ela sendo esmagada e enterrada e com a boca muito aberta, e sem poder respirar mas, quando já estava para perder novamente a consciência, correndo o risco de talvez vir a ser tragada pela amnésia ou pela inconsciência ou pela morte, os dedos da mão revivem e tateiam sobre o rosto e as unhas encontram a borda de algo e puxam, e a mordaça ou o tecido ou a gaze que a sufocava vai saindo aos poucos, liberando primeiro o fundo da boca e a língua retorcida e, depois, a garganta e as fossas nasais, agora sim pode respirar, engasga gulosamente com o ar, tosse, embriaga-se de ar gelado e úmido, de cheiro de terra e plantas, de cascas de pinheiros encharcadas, ouve a si mesma respirando e sente as costelas subindo e descendo, e não pode puxar o ar muito fundo porque a dor nos pulmões e no esterno é tão insuportável como a que lhe atravessa o ventre, como a corrosão do ácido que a urina provocou em sua carne aberta e exangue. Engole saliva e o gosto de sangue faz o corpo se arquear em ânsias de vômito, vira-se para um lado e rola por uma curta distância sobre a terra, para baixo, para uma escuridão aonde o luar não chega: agora de bruços, de boca aberta, com a língua retorcida se espetando com agulhas de pinheiros e misturando o gosto de terra ao de sangue, apóia as mãos aos lados do corpo e consegue se erguer um pouco, e então escuta algo e leva uma eternidade para descobrir ou lembrar o que é, as badaladas de um relógio, do relógio de uma torre, pensa, um relógio grande e amarelo brilhando na noite, tão inacessível e indiferente como a lua cheia enquanto ela caminha presa e empurrada por alguém, e os carros e os rostos das pessoas pertencem a um sonho que ainda não é de terror mas de uma estranheza hipnótica, de paralisia da vontade e da voz mas não das pernas, que se mexiam obedecendo, não sustentadas pelos joelhos frágeis e sim pelo impulso da mão no ombro, na nuca, das unhas cravando-se sob o cabelo. Ouve as badaladas, tenta contá-las e não consegue, e esse som lhe devolve a memória ou a visão da cidade, embora ainda não se lembre de quem é ela mesma, nem sequer tenha consciência de uma identidade, escuta as badaladas do relógio da torre e vê as ruas deslizando em sua imaginação como se se sucedessem em um filme a que ninguém assistisse: apóia as palmas das mãos, os joelhos, o ventre, o peito apertado contra a terra, em toda a pele os arranhões como unhadas, ergue o corpo mas não tem força nos braços, torna a cair, as agulhas dos pinheiros arranham seus lábios e suas pálpebras, estica uma das mãos, procurando algo, encontra uma casca áspera, fecha os dedos em torno dela, arrasta o corpo inteiro para cima, primeiro um cotovelo e depois outro e em seguida os joelhos, esfolados, ardendo quase tanto quanto a virilha, respira com força, a língua ainda retorcida, entre os lábios, agora são as duas mãos que conseguiram agarrar o tronco grosso e rugoso, avança mais um pouco, centímetro a centímetro, e consegue ajoelhar-se, pára para tomar fôlego, com a cabeça enterrada entre os ombros, vai morrer de frio, vê um pouco mais acima o fim do barranco, tão perto e ao mesmo tempo tão longe, como a copa de uma árvore e como a lua ou o relógio amarelo, estende a mão, e é como se estivesse dentro da água tentando agarrar-se a uma borda escorregadia de azulejos ou de pedra. Mas não vai se render nunca, não vai entregar-se à morte ou a um sonho mau que ela ainda não sabe ter sido de verdade, porque não sabe quem é nem onde está nem o que lhe aconteceu e só tem visões truncadas do pesadelo, e terror, e sensações primitivas de frio e de dor e asfixia, e o impulso que a leva a levantar-se mais um pouco do chão e a aspirar o ar com avidez é tão impessoal e tão alheio à sua vontade como a força das raízes que empurra a seiva das árvores. Vai erguendo-se com os joelhos e a palma das mãos na terra com uma consciência tão exclusivamente física como a de um animal mergulhado em um estado letárgico ou ferido, e é esse instinto que a faz encontrar uma camisa que estava jogada ali perto e que não sabe que era dela e colocá-la de qualquer jeito e galgar o barranco engatinhando até chegar a um espaço plano onde as palmas das mãos e os joelhos não encontram barro nem agulhas de pinheiros, e sim pontas de cascalho e de cacos de vidro. Respira ofegante, ainda numa postura primitiva de animalidade assustada, apóia-se em algo e consegue pôr-se de pé, e o que acaba de tocar não é mais um tronco áspero mas uma superfície lisa e fria, o metal de uma lâmpada quebrada. As pedras e os vidros fincam-se nas plantas dos pés mas ela não sente nada, vê sombras de árvores e de sebes e, ao fundo, luzes fracas sobre casas caiadas, e um vale profundo e azul, inundado de névoa e luar. Dá alguns passos, sente tontura, tremendo de frio, com as pernas tão bambas que tem de fazer um esforço para continuar em pé e não cair de novo no chão, com um líquido escorrendo entre as coxas, e nesse momento tem a impressão de ouvir algo atrás dela e se volta, e a sombra de uma árvore é por um segundo uma sombra masculina com um rosto muito pálido. Quer correr e não consegue, escuta uma voz muito suave que a chama ou a insulta com palavras atrozes que ela nem sabia que existiam, dá um passo e depois outro, e os vidros cravam-se na planta de seus pés, e ela não sente essa dor porque é muito mais intensa a que lhe atravessa o ventre como um gancho, não quer se voltar para não ver a sombra, o rosto pálido e morto, a claridade do vale com uma profundidade de névoa e um fundo azul-marinho de montanhas coroadas de neve que lembra esses vales dos sonhos onde moram os mortos. Não consegue correr mas sonha que corre, já está correndo e tem a impressão de que ainda não conseguiu se mexer, corre para o fim da escuridão e escuta o atrito dos seus pés e a urgência ávida da sua respiração. O vento joga seu cabelo para trás e abre sua camisa, sonha ou imagina que corre ao mesmo tempo que se afasta do vale e da lua e das sombras das árvores e vai chegando a um lugar onde não há cascalho nem cacos de vidro mas asfalto, e onde já não é a lua que a ilumina e sim uns postes muito altos e curvos, corre quase nua por uma rua longa e deserta onde todas as portas estão fechadas e as luzes de todas as janelas apagadas, e correndo como em sonhos não avança nem nunca se cansa e não sabe quem está vendo as coisas que ela vê nem a quem acontece o que ela está vivendo: corre de boca aberta, com a língua retorcida, com um líquido escorrendo por suas coxas como escorre a saliva por seu queixo, corre pelo meio de uma rua sem outra luz que a dos postes e onde desapareceu todo sinal de presença humana, vê ao longe, acima, mais luzes e uma torre, e na torre uma esfera amarela que não é a lua nem um rosto, tem de chegar e não consegue, talvez esteja sonhando e na realidade não se moveu do barranco e está gelando e morrendo, tropeça em algo, um meio-fio que lhe causa uma dor insuportável nos dedos de um dos pés, tropeça e cai entre dois carros e não levanta as mãos a tempo e bate o rosto contra o cimento mas volta a se levantar, outra vez de quatro, ofegando com a cabeça caída entre os ombros, humana e animal, aterrorizada, sobrevivente, uma figura desgrenhada e nua e com o rosto sujo de barro e de sangue cambaleando na normalidade adormecida da rua deserta e dos carros estacionados, apóia-se em um deles, no metal gelado, respira com força e afasta o cabelo do rosto e outra vez corre e já não está sonhando, vê outras luzes, uma estátua alta e escura entre árvores, a torre e o relógio amarelo igualmente inacessível mas agora escuta vozes e não sabe que chamam por ela, corre e cai no chão derrubada pela vertigem de um desmaio e sente quase na inconsciência que a rodeiam e falam com ela, que a levantam do chão, que a cobrem, que a levam para algum lugar e a deitam, e tudo está quente, e as vozes que ouve ao mesmo tempo estão ao seu lado e soam com uma distância de transmissão de rádio. Uma mão quente, áspera, cuidadosa, roça-lhe o rosto, algo muito quente a cobre por fim, agasalha-a, a envolve, alguém repete muito perto de seu ouvido uma palavra e ela ainda não sabe que voltou à vida e que estão dizendo seu nome.

25.

“Ela já pode se vestir”, disse Ferreras tirando as luvas de borracha, no mesmo tom de voz com que falara com a menina, Paula, desde que a vira entrar no consultório, ainda muito pálida, envolta na mesma manta com que os taxistas a cobriram quando a recolheram, ainda desgrenhada e com grandes olheiras roxas, acompanhada pelo pai, guiada por ele, que a abraçava delicadamente pelos ombros e lhe falava em voz baixa, quase ao ouvido, como se fosse traduzindo as coisas que os outros diziam mas que ela ainda era incapaz de entender, as instruções dos policiais e dos enfermeiros de plantão, do homem robusto, de cabelo grisalho, rosto bronzeado e jaleco branco, o legista, que fazia tudo com movimentos calculados e precisos, que em dado momento acariciou a cabeça da menina, desgrenhada, ainda suja de terra e de agulhas de pinheiros mas em seguida a retirou ante seu gesto de pavor, tão instintivo como o de um animal ferido.

“Calma”, disse o legista, “não vou machucar você, calma, minha flor”, e o pai se aproximou dela, ainda sentada na maca, e segurou as suas duas mãos, com os olhos chorosos e tentando sorrir, repetindo ou traduzindo para ela as palavras de Ferreras, "Vamos, querida, fique calma, já não vai acontecer nada de mau com você". A menina atirou-se nos braços do pai e, afundando a cabeça revolta em seu peito, começou a tremer e a gemer, com um som gutural, sufocado, não inteiramente humano, um soluço como Ferreras jamais escutara, que lhe gelou o sangue em sua sugestão primitiva de sofrimento e de terror, de pavor sem possibilidade de alívio nem de compreensão, como o que poderia ter sentido uma mulher de vinte mil ou trinta mil anos atrás ao ser apanhada na escuridão de uma floresta pela patada ou pela mordida de uma fera carnívora.

Afastou-se da maca para não interferir no abraço entre pai e filha, de modo a não ser visto por eles, permaneceu um pouco à parte e levantou do chão a manta em que a menina viera envolta, examinando-a detidamente à luz de uma lâmpada poderosa, procurando indícios, usando suas pequenas pinças para colher agulhas de pinheiro, lascas de casca de árvore, algum pequeno grumo de barro ou de sangue, de barro sanguinolento. A menina ainda não conseguira dizer nada, e ele não tinha permitido que lhe fizessem perguntas. Abria muito a boca como para gritar e se dobrava para a frente sacudida por violentas convulsões, o pai segurava a sua cabeça e afastava o cabelo do rosto enquanto ela vomitava uma substância escassa e amarela. Ferreras havia lhe injetado um sedativo suave, uma enfermeira tentara fazê-la tomar uns goles de chá de tília, pois estava roxa de frio, parecia ter sobrevivido a um naufrágio, a um cataclismo ignorado sem outra testemunha além dela mesma: testemunha quase muda, com a língua ainda um pouco torta, com uma camisa rasgada que mal a cobria e as pernas e o ventre lambuzados de sangue.

O único alívio, o único antídoto possível contra a mera raiva e o nojo, era, como sempre, o cumprimento dos detalhes menores. Papéis que era necessário preencher, data e número de registro, hora de entrada, nome do paciente, do pai, da mãe ou do responsável, endereço. Poderia pedir a uma enfermeira que cuidasse disso, das formalidades, assim como poderia ter ordenado que aplicassem a injeção na menina mas preferiu fazer tudo ele mesmo, não por desconfiança mas para disciplinar-se interiormente, para simular um mínimo de normalidade, de regularidade, de eficiência. "Por favor", disse ao pai, "diga-me o nome completo da menina", e o homem, sem separar-se dela, os dois sentados na maca na qual logo depois Ferreras lhe pediria que a ajudasse a se deitar, declinou o nome muito sério, em voz baixa, com docilidade e retidão, pois se via que era um homem acostumado à calma, dotado de uma instintiva fortaleza moral que sem dúvida agora o ajudava a não desmoronar, a dizer obrigado e por favor e a falar com sua filha em um tom de ternura sem vestígios de aflição, de desespero ou de ódio, sem permitir que sua própria dor, o sofrimento de tantas horas passadas desde que a menina não havia voltado para casa, se somasse ao dela e o aumentasse. A mãe tinha tomado um sedativo muito forte, explicou a Ferreras, como que a desculpando por ela não estar ali: na manhã seguinte, quando acordasse, saberia que a menina estava a salvo. "Posso aplicar outro no senhor, se quiser", disse o legista, mas ele recusou decididamente, abraçado à filha, não queria dormir, não a deixaria sozinha nem por um segundo, e seus olhos injetados voltaram a se encher de lágrimas, procurou um lenço de papel e só encontrou a embalagem de plástico de um pacote vazio. Ferreras abriu outro e o ofereceu, e o homem, depois de enxugar os olhos e assoar o nariz, agradeceu, sempre educado, grato, acariciando o cabelo, o rosto da filha, sussurrando diminutivos infantis, nomes que talvez não lhe dissesse fazia muitos anos, porque a menina já era quase uma adolescente, tivera sua primeira regra havia poucos meses, cinco meses, acrescentou, com uma familiaridade que Ferreras estranhou em um pai. Anotou esse dado em um dos formulários, abotoou o jaleco branco, colocou lentamente as luvas de borracha.

— Preciso sair? — perguntou o pai, temeroso.

— Prefiro que fique — Ferreras aproximou-se da maca, e a menina, embora não o olhasse, recuava contra a parede. — Ajude-a a deitar. Diga-lhe que não tenha medo.

— O que fizeram com a minha filha? — o homem inclinava-se sobre ela, ajeitando o pequeno travesseiro sob sua cabeça, cobrindo-lhe o peito com a camisa. — Quem foi capaz disso?

— Não toque agora em seu cabelo — disse Ferreras. Ajude-a a abrir mais um pouco as pernas. Isso mesmo. Deve estar sentindo muita dor.

Aproximou mais a luz, sentou-se aos pés da maca, entre os joelhos afastados e erguidos da menina. Colheu amostras de sangue, de fluxo, escovou a penugem do púbis, encontrando vários pêlos escuros, crespos e fortes, que guardou em um saco plástico: tinha a sensação irracional e poderosa de reconhecê-los, de identificar um rastro perdido meses antes, não em uma maca de exame mas em uma mesa de autópsia, um sinal tão familiar como uma voz, como um rosto entrevisto várias vezes, indistinto, e agora reencontrado, preciso e diferente de qualquer outro.

"Quer dizer que é você de novo", pensava ele, examinando, com uma delicadeza extrema que ele ignorava possuir nas mãos, o sexo dilacerado e manchado da menina, as feridas, os arranhões, a carne rosada, infinitamente indefesa, vulnerável a qualquer crueldade. A mais leve pressão despertava contrações de dor na menina, e ele tentava acalmá-la lhe dizendo coisas em voz baixa, não vai acontecer nada, minha flor, não vou machucar você, já vou terminar. Examinou os joelhos esfolados e vermelhos, a pele das coxas, que começava a recobrar uma temperatura normal, quase morna mas ainda conservando uma palidez azulada, as plantas rosadas dos pés, sujas de barro, incrustadas de fragmentos de vidro e de cascalho. Extraiu-os cuidadosamente com as pinças, guardou-os em outro saco, com outra etiqueta, repetindo entre dentes, "quer dizer que é você, desgraçado, quer dizer que teve que levar mais uma para o mesmo lugar".

— Disse alguma coisa? — falou o pai, sentado junto à cabeceira, ainda sem se atrever a fazer outras perguntas.

— Nada, desculpe — Ferreras fizera a menina baixar as pernas e a cobrira até a cintura com um lençol. — Estava falando sozinho.

Os hematomas na cintura e na pele tensa sobre as costelas, os arranhões, as marcas vermelhas da pressão dos dedos: eu conheço você, pensava, dizia em silêncio, e cada coisa que descobria confirmava sua intuição, sua vingativa certeza, outro pêlo pubiano no interior da boca, embaixo da língua, os sinais das unhas no pescoço, as manchas roxas nos ombros e abaixo da nuca, precisas como impressões digitais, como da outra vez, como as mãos pintadas que ele recordava ter visto nas aldeias do Marrocos, silhuetas azuis de mãos, tantos anos antes. Ia calculando as palavras técnicas que mais tarde escreveria no laudo, os termos exatos que descreviam e ao mesmo tempo abrandavam a infâmia mas sobretudo pensava estar falando com o outro, com aquele que ia reconhecendo nos vestígios de seus atos, na incisão à faca em volta de um dos seios nascentes da menina, nos pêlos fortes e crespos mas sobretudo em outra coisa, da qual ele já tinha certeza, embora faltasse a confirmação de um exame microscópico do fluxo e do sangue, uma evidência que lhe parecia o retrato exato mas ainda parcialmente em sombras do agressor, do quase repetido assassino. Disse-o em voz baixa porque sabia que era o que o pai mais esperava e temia, o que até agora não se atrevera a perguntar, sentado junto à filha, acariciando-lhe as mãos, dizendo-lhe diminutivos infantis ao ouvido enquanto acompanhava de soslaio os movimentos do médico, as expressões sucessivas de seu rosto.

— Não foi violentada. Ao menos tecnicamente, se é que isso lhe serve de consolo — disse Ferreras. — O hímen foi rompido mas não há sinais de penetração. Não há vestígios de sêmen.

— Graças a Deus — o homem tinha as mãos cruzadas sob o queixo, como se rezasse. — Posso levá-la para casa?

— É melhor que ela fique aqui em observação, pelo menos durante quarenta e oito horas. Vamos tirar umas radiografias, principalmente do tórax, pois pode ter alguma costela quebrada. Agora vou aplicar uma injeção para que durma no mínimo por doze horas. É do que ela mais precisa. O senhor pode ficar com ela.

O pai a ajudou a se erguer, vestiu-a com a bata da Previdência Social trazida por uma enfermeira, como se fosse uma menina desajeitada ou sonolenta. Tão pálida, com olheiras arroxeadas, a bata folgada demais, de repente não parecia mais uma menina recém-chegada à puberdade mas uma mulher esquálida, muito debilitada pela doença ou pela fome, alucinada pelo terror, como as mulheres judias nas fotos dos campos de extermínio. Logo viriam levá-la para um quarto, disse Ferreras. Mas talvez ela possa se recuperar, pensava, desejava e pedia em uma atitude íntima de oração leiga, tem apenas doze anos, ainda conserva intacto todo o impulso orgânico de crescer e esquecer: você não conseguiu matá-la, desgraçado, não vai conseguir envenenar sua vida futura. Com extremo cuidado injetou-lhe um tranqüilizante em um dos braços e pediu para o pai segurar contra a pele dela um algodão embebido em álcool. Agora você vai dormir, disse à menina, aproximando-se com cuidado, mesmo não sendo rejeitado dessa vez, vai ver como não vai ter nenhum sonho ruim.

Tirou as luvas mas não o jaleco branco, lavou as mãos. Quando os atendentes vieram levar a menina, o pai se voltou para ele e lhe apertou as duas mãos, demoradamente, com uma força muito intensa, de dor e de alívio, de gratidão. Era um homem jovem, abaixo dos quarenta, com um rosto sereno, apesar da exaustão nervosa e das horas de angústia, muito parecido com o da filha.

Ao ficar sozinho, Ferreras tirou de sua jaqueta de motoqueiro e explorador, pendurada no cabide, uma garrafinha chata e prateada, e bebeu um gole de uísque que queimou a garganta e depois o estômago, mergulhando-o em uma calma inerte, de cansaço e insônia: o telefone o acordara às três e meia da manhã, e agora eram cinco e meia, e não passaria um só minuto sem que alguém chamasse à porta. Passou sob o nariz o frasco de uísque aberto: não cheirava a álcool mas a fumaça e algas, a água salobra de torrente. O aroma do uísque de malte atenuava os cheiros clínicos da pequena sala, lhe proporcionava um parêntese semelhante ao repouso, ao esquecimento.

Onde você está agora, desgraçado? O que está sentindo, o que você pensa que fez? A porta se abriu sem ninguém bater, e nela apareceu o inspetor.

— Foi ele?

— Aposto meu pescoço que sim — Ferreras observou que os olhos do inspetor deslizavam para o frasco de uísque aberto: ele o cheira, assim como o tabaco, e se comove com os velhos e queridos cheiros, as doces fibras queimadas, mescladas de cinza e fumaça, as moléculas do álcool no ar. — Beba um gole — ofereceu-lhe a garrafa, e o inspetor recusou-a com um gesto rápido, desviando os olhos. — O uísque de malte é prescrição médica.

Mas havia alguma coisa, e não era o álcool, nem a excitação renovada da busca, da iminente caçada. Algo que agora estava e que antes nunca estivera nos olhos cinzentos do inspetor, em suas pupilas fixas e absortas, fragilidade ansiosa, medo de alguma coisa, como se tivesse perdido, no decorrer dos dias, dos poucos dias passados desde a última vez que Ferreras o vira, a altivez ou a autoconfiança que nele pareciam tão naturais como a cor cinzenta de seus cabelos ou o tom avermelhado das faces, de seus pômulos ossudos, a pele sempre como que avivada por um vento muito frio, pelos rigores de um clima muito mais setentrional.

— No mesmo lugar — disse Ferreras. — Na mesma hora.

— Você conversou com ela?

— Não pode falar — Ferreras estranhou muito que o inspetor o chamasse de você. — Tinha o cabelo e a camisa cheios de agulhas de pinheiros, como Fátima. Se você quiser, podemos ir agora mesmo até o parque da Cava, e eu tenho certeza de que encontraremos a roupa dela.

— Mas não a matou.

— Talvez ele não saiba.

— Como assim?

— Talvez pense que está morta, como Fátima.

— Ele tentou asfixiá-la?

— Tem a mandíbula destroncada e a língua quase partida. A boca está toda cheia de fios de algodão.

— Quis sufocá-la do mesmo jeito que Fátima.

— Sem dúvida. Exatamente igual.

— Vamos para o parque — o inspetor levantou-se, e Ferreras observou que sua camisa não estava bem abotoada e que na borda do colarinho havia uma mancha de batom, perto do nó da gravata, mais frouxo que o normal. Então era isso: Ferreras, confusamente, lá no fundo da excitação e do cansaço, da urgência em procurar vestígios, em identificar pistas, sentia inveja, um rancor melancólico. — Já conversei com os taxistas que a encontraram, com o médico de plantão e com o pai da menina — continuou o inspetor. — É praticamente impossível mas vou tentar evitar que os jornais dêem a notícia, que alguém dê com a língua nos dentes.

— Você quer que ele se descuide?

— Ao contrário — agora o inspetor tinha notado a olhada de Ferreras e passava instintivamente a mão pelo pescoço. — Quero desnorteá-lo. Quero que ele não tenha certeza se a menina morreu ou se encontraram o cadáver. Você fale com as enfermeiras, com os atendentes, exija que jurem que não vão dizer nada.

Saíram do hospital depois das seis da manhã, os dois calados, protegendo-se do frio e da umidade da noite, Ferreras com sua maleta para a coleta de provas, o inspetor levando uma lanterna muito potente no bolso do casaco. O hospital ficava em um descampado nos arredores da cidade, ao norte, já bem perto dos primeiros olivais. Grandes nuvens escuras estendiam-se a partir do horizonte ondulado do oeste, encobrindo meio céu e ocultando a lua. A noite agora era mais profunda do que havia poucas horas, e as janelas iluminadas do hospital brilhavam com uma frieza de distância inalcançável.

— Temos que nos apressar — disse o inspetor enquanto atravessavam o estacionamento. — Logo vai chover.

— Como da outra vez — Ferreras acomodara-se ao lado dele no carro, agigantado no espaço tão reduzido pelo aspecto formidável de sua jaqueta, com a maleta entre as pernas. — Lembra? Encontramos Fátima e começou a chover. Eu me lembro de que, então, ventava como agora.

Atravessaram a cidade de norte a sul, as ruas iluminadas e solitárias por onde não havia ainda quase nenhum carro circulando. Com o rosto encostado ao vidro frio da janela, Ferreras via as portas fechadas e as janelas escuras se sucederem, uma ou outra com alguma luz acesa, luzes elétricas de madrugadores que tomavam um café com leite em pé e se preparavam para empreender solitários o caminho para os primeiros trabalhos, luzes fracas atrás de cortinas que talvez pertencessem aos quartos de insones ou doentes. Ele está em algum lugar, pensava, aqui mesmo, perto de nós, talvez não conseguisse dormir e uma dessas luzes acesas fosse a dele, ou estivesse acordado no escuro, ou quem sabe estava dormindo, exausto e relaxado, convencido de sua impunidade.

— Quero que ele espere e que não aconteça nada — disse o inspetor bruscamente, como quem está há um bom tempo ruminando algo em silêncio. — Que vasculhe o jornal de cabo a rabo e não ache nenhuma notícia, nem sequer do desaparecimento de outra menina. Que escute o rádio todos os dias, a toda hora, que fique nervoso esperando o noticiário. Com esses tipos acontece o mesmo que com os terroristas. No fundo os envaidece ver suas façanhas na imprensa. Eu conheci alguns que colecionavam recortes em álbuns, como os artistas.

"Fala mais que de costume". Com uma perspicácia minuciosa, Ferreras continuava observando as pequenas novidades no comportamento do inspetor. Falava mais e mais rápido, olhava com mais freqüência nos olhos. Dentro do carro, tinha a impressão de sentir, pairando acima do cheiro do aquecedor e da roupa de inverno molhada, outro cheiro mais leve, muito tênue, de perfume ou maquiagem, de intimidade de mulher.

— Me telefonaram do seu escritório por volta das nove — disse, com total premeditação mas aparentando a maior naturalidade. — Não estavam conseguindo localizá-lo e pensaram que eu podia saber onde você estava.

Espiava discretamente o rosto do outro à espreita de uma reação: o inspetor permaneceu impassível, simplesmente não disse nada, como se não tivesse escutado, recuperando instantaneamente sua habitual inacessibilidade. De novo eram dois estranhos dispostos a cumprir juntos uma tarefa absorvente e ingrata, saindo de um carro às seis e quinze da manhã no extremo mais escuro e ermo da cidade e cruzando um pequeno parque com sebes maltratadas, com lâmpadas quebradas e bancos tombados sobre o cascalho: calados, quase clandestinos, um deles empunhando uma lanterna acesa, o outro uma maleta. Dos grandes pinheiros da ladeira, encharcados de chuva, vinha um forte cheiro de resina e madeira.

— Eu estava em casa quando me ligaram — disse inesperadamente o inspetor. — Deixei o telefone fora do gancho, sem querer.

Pelo menos não tinha fingido que não escutava: que ele se visse obrigado a inventar uma mentira era quase um gesto de cortesia. De vez em quando, o vento rompia um grande bloco de nuvens e o luar desenhava suas duas sombras à frente deles. Um instante depois, já estava escuro de novo, e seguiam orientados apenas pelo círculo da lanterna.

Desceram pelo barranco, segurando-se nos troncos dos pinheiros, e encontraram sem a menor vacilação o lugar que procuravam, a mesma vala da outra vez, a terra remexida, a roupa arrancada e jogada, até a luz da lanterna foi de súbito idêntica, e os dois lembraram, sem dizer nada, o único elemento que faltava agora para que a repetição fosse exata, o pequeno corpo nu de Fátima, apenas de meias brancas, com aquela coisa saindo da boca desmedidamente aberta. A um passo das ruas iluminadas da cidade, dos lugares concorridos onde se ouvem vozes e buzinas e mora gente, o barranco e os grandes pinheiros de copas altas e troncos inclinados e retorcidos eram, na consciência do inspetor e do legista, um arvoredo arcaico, denso de escuridão e de terror, muito distante do presente, da luz do dia, da porção civilizada e habitada do mundo.

Vasculhavam, os dois de joelhos, às margens da clareira aberta pela luz da lanterna, como se espiassem dentro de um poço, as cabeças juntas, as mãos tateando entre as agulhas e as raízes, a umidade fria penetrando em seus ossos: os pequenos artefatos de Ferreras, suas escovas, suas pinças, a delicadeza de colecionador de insetos com que recolhia uma guimba de Fortuna e a guardava no correspondente saco de plástico, as pegadas que o próprio inspetor tratou de fotografar, provocando com o flash da câmara turbulências instantâneas de sombras, as roupas da menina, uma por uma, os jeans, as meias, os tênis, vários números maiores que os de Fátima, o casaco manchado de sangue no ombro. "Falta a calcinha", disse Ferreras: encontraram-na um pouco mais longe, acima, entre as sebes que separam o barranco do parque, e, antes de guardá-la, Ferreras examinou-a aproximando muito a luz da lanterna. Estava rasgada, ainda empapada de saliva, de sangue, de uma espessa mucosidade. Os dois recordaram o momento em que Ferreras extraiu com suas pinças a calcinha da boca de Fátima, que ficou tão aberta como seus olhos, a língua afundada na garganta, partida sobre a traquéia, os pequenos dentes infantis despontando sob os lábios exangues.

Sobre um dos poucos bancos que restavam intactos, Ferreras ordenava seus achados à luz da lanterna, cada vez mais fraca: enquanto procuravam, inclinados sobre a terra, atentos a qualquer eventual vestígio que a qualquer momento poderia ser varrido pela chuva, não tinham percebido que estava começando a amanhecer. Para o leste, entre a serra ainda escura e a camada de nuvens, surgira um reflexo avermelhado que aos poucos se dourava.

— Vermelho nascente que pronto descora, tempo de chuva que não demora — disse Ferreras para si, de costas para o inspetor, olhando para o vale que já mostrava um tom cinzento de manhã chuvosa de inverno.

— Que foi que você disse?

— Estava falando sozinho — Ferreras se virou, o rosto já completamente definido na claridade fantasma do amanhecer, vinda como de lugar nenhum, estranha ao mesmo tempo à lua e ao sol. — Lembrei de um ditado que as pessoas do campo diziam antigamente, quando se madrugava tanto para ir colher azeitonas que todo mundo saía quando ainda era de noite. Desciam pelas veredas a caminho do vale, viam essa mancha vermelha em cima da serra e tiravam que era um aviso certo de chuva. Vermelho nascente...

Estava transido de umidade e de frio, com dor nos joelhos e nas costas, como um prenúncio de reumatismo. Olhava, do parque abandonado, as casas brancas que se estendiam para o sul acompanhando as sinuosidades da muralha parcialmente em ruínas, os telhados, as torres das igrejas, as esquinas onde, minuto a minuto, a luz elétrica ia se desvanecendo. Pensou que não via um amanhecer no bairro de San Lorenzo e no vale do rio Guadiana desde o tempo de sua adolescência, quando aproveitava as férias de inverno para trabalhar na colheita da azeitona e custear seus estudos de medicina. Agora o frio, a dor nas juntas, a falta de sono debilitavam suas defesas contra a nostalgia, e notou que estava ficando impudicamente sentimental, o que, para seu desespero, acontecia cada vez com mais freqüência: recordou o almoço na casa de Susana Grey, poucos dias antes, do lampejo triste de intuição que o fez perceber o espaço vazio ao lado dela, o vão ou a sombra de alguém, de outro homem que mais uma vez não era ele.

— Este era meu bairro — disse para o inspetor. Tinham acabado de recolher todas as amostras e a roupa da menina e agora as estavam guardando na maleta. — Aqui era montado o cinema de verão aonde meus pais me traziam todas as noites. Já de longe ouvíamos a música dos filmes, e quando entrávamos sentíamos um cheiro muito forte de jasmim e maravilha. Eu me lembro de quando inauguraram esta merda de parque, quem te viu e quem te vê. Tinha uma pérgula com roseiras e um chafariz, e os casais de noivos vinham passear aqui nos domingos de manhã. Acho que foi neste lugar que eu vi pela primeira vez um casal de mãos dadas, o que todo mundo achava uma coisa muito moderna, porque os noivos, até então, andavam de braço dado. Você vinha e comprava uma cigarrilha americana ou um cartucho de avelãs torradas de um vendedor ambulante, e no verão também havia um carrinho de sorvete e limonada. Era a grande moda, ir passear no parque da Cava aos domingos, eu me imaginava já crescido, caminhando por aqui, de mãos dadas com a minha noiva, depois da missa do meio-dia na igreja de El Salvador, comprando para ela uma limonada ou um cartucho de avelãs quentinhas, ou um cigarro avulso, um mentolado, que custava uma peseta, uma fortuna. Olhe no que tudo aquilo foi dar: uma lixeira de seringas e cascos de cerveja. E esse desgraçado trazendo duas vezes uma menina sem ser visto por ninguém, sem o menor perigo. Mesmo que elas gritassem, ninguém teria ouvido. Meu antigo bairro é uma cidade fantasma.

Ainda estavam em pé, ao lado do carro, e o inspetor o escutava segurando as chaves na mão mas sem impaciência, com uma atitude indulgente de quem se dispõe a ouvir que Ferreras não deixou de notar. "Estou ficando velho", declarou, desgostoso de si mesmo, e encolheu os ombros tristemente antes de entrar no carro. "É muito ruim pensar assim, mas já não gosto do mundo." E, ainda por cima, começo a me repetir, pensava assustado, estou ficando esclerosado, não faz muito tempo eu disse essas mesmas palavras para alguém: para Susana Grey, lembrou-se logo em seguida, no sábado anterior, enquanto compartilhavam o vinho, o peixe assado e o molho sutil que o acompanhava, em uma mesa com toalha e guardanapos de linho em que só faltava outro par de talheres e outro prato diante de uma cadeira vazia para declarar ainda mais escancaradamente a sombra ou a evidência de quem não estava ali. Nesse instante, ao pensar nela, reconheceu o rastro do perfume que tinha sentido ao subir no carro e teve um momento de lucidez a um só tempo divinatória e olfativa, e compreendeu que a presença fantasma do sábado anterior na casa e no olhar dela se relacionava, numa espécie de simetria velada ou secreta, com a outra presença invisível que agora acompanhava o inspetor, que lhe deixara uma mancha de batom na camisa e um leve cheiro de perfume, uma certa maneira de olhar ou de ficar absorto ou quase sorrir. "Susana", repetia em silêncio, pensava no nome como se o pronunciasse, "Susana Grey", lembrando-se das coisas que tinham acontecido ou não chegaram a acontecer muitos anos antes, agora mais abatido ainda pelo cansaço da péssima noite, o rosto apoiado contra a janela do carro, enquanto a manhã se firmava nas ruas ainda desertas e algumas gotas de chuva isoladas e miúdas batiam silenciosamente contra o vidro.

— Viu? Não falha — disse, erguendo-se para espantar o sono, envergonhado daquele surto de desolação adolescente. — Vermelho nascente que pronto descora, tempo de chuva que não demora.

26.

“Não que eu não tenha forças para continuar me escondendo”, disse a voz rascante e nada enfática do outro lado da treliça do confessionário, uma voz gasta, como se fosse de areia grossa, fraca na realidade, sobretudo agora, quando não contava com o evidente apoio da presença física, como essas vozes que mudam por completo quando ouvidas pelo telefone, revelando coisas que o olhar elude ou desfigura, “é que não tenho mais idade. Não é digno viver mentindo e se escondendo já passado dos cinqüenta, e principalmente não tenho vontade, ânimo, fé cega, seja como for que o senhor queira chamar essa coisa que sustenta a pessoa quando ela já não acredita em nada nem tem mais expectativa nenhuma. Se eu quisesse, logo poderia me aposentar. Eles me sugeriram isso quando me concederam a transferência, disseram que se eu preferisse poderia pedir para ocupar um posto em algum órgão administrativo e ficar no cargo até completar o tempo de serviço, num gabinete de relações públicas ou até num escalão mais alto, numa assessoria ministerial, como reconhecimento por todos os meus anos de experiência, pelos serviços prestados, como se dizia antigamente. Não sei se a oferta era um prêmio ou uma tentativa de se livrarem de mim, e talvez nem eles mesmos soubessem, nada é muito claro neste trabalho, e já faz muitos anos que não sabemos ao certo quem é que age dentro da lei e quem está fora, quem mente e quem diz a verdade. Mas me deu muito medo de, repentinamente, ver chegar o que sempre pareceu estar tão longe, a reforma, ou pior ainda, a aposentadoria, é uma palavra terrível, a aposentadoria e, portanto, a velhice, porque sempre acreditamos que quem envelhece e morre são os outros, acontece a mesma coisa com os atentados. Cada vez que matavam ou aleijavam um dos nossos, eu tratava de examinar seus atos para descobrir em que o sujeito tinha errado, que imprudências tinha cometido, e era um jeito de eu me tranqüilizar, de sentir que nem todos éramos iguais, que existia uma maneira racional de reduzir os riscos e até de evitá-los. Mas claro que isso era mentira, em grande parte, porque ninguém pode tomar todas as precauções nem prever todas as eventualidades, ninguém está totalmente a salvo quando existe alguém disposto a tirar-lhe a vida arriscando a própria. Veja esses terroristas palestinos que prendem na barriga um pacote de explosivo, que não é mais caro nem pesa mais do que um walkman, entram num ônibus em Jerusalém e provocam um massacre, é a coisa mais fácil do mundo, não tem nada menos heróico, ou então estes daqui, com seus lança-bombas e seus sistemas de controle remoto, que costumam ser mais modernos que os nossos, e ainda por cima com toda essa gente disposta a mantê-los informados de tudo, dos horários, dos hábitos de quem eles têm na mira. Eu pensava, convencia a mim mesmo de que tinha tudo sob controle mas era uma alucinação, o mesmo que acontece quando a pessoa bebe e depois pega o carro e acha que está dirigindo muito bem, que vê tudo perfeitamente e que suas mãos não tremem. É mentira, mas uma mentira muito verossímil, com todo o luxo de detalhes, uma dessas mentiras que os grandes estelionatários inventam, tão perfeitas que justamente por isso são mais suspeitas, porque na vida real não existe nada tão impecável, tão bem-feito, tudo parece fruto do acaso ou da pressa, do improviso, de um acesso de raiva, como na maior parte dos crimes, exceto nos crimes políticos ou profissionais, que na realidade são muito parecidos."

A voz ficou em silêncio, o padre Orduña ouviu um engolir de saliva e teve a sensação de não conhecer quem lhe falava, o rosto masculino velado pela penumbra fria da igreja, fragmentado pelos orifícios em losango da treliça.

"Mas é para isso que serve o álcool", prosseguiu a voz monótona, agora hesitante, como que procurando recuperar o fio perdido, "para forjar simulações. O sujeito sai por aí bêbado, arriscando a vida, a própria e a dos outros, e acha que está dirigindo com o pulso firme, tem os olhos injetados e bafo de uísque e pensa que ninguém percebe seu estado, que tudo está sob controle. E vive assim, anos e anos, cada vez mais perdido em simulações de tudo, de conversa, de amizade, de heroísmo, e também de desejo sexual. Eu pensava que era corajoso não pedindo a transferência apesar das ameaças de morte mas aquilo não era coragem, era cabeça-dura de bêbado, de bêbado da pior espécie, aquele que não reconhece a extensão do seu envolvimento com a bebida, o que ainda disfarça diante dos outros. Na verdade, disfarçar não é difícil, porque muita gente bebe e uns se escudam nos outros, e também porque ninguém repara direito em nada, como diz uma amiga minha, Susana Grey, não sei se o senhor a conhece e se lembra dela, ela disse que quando era mocinha foi a algumas de suas reuniões, aquelas das comunidades eclesiais de base. Mas não perca a paciência, não perdi de novo o fio da meada, eu vim aqui justamente para lhe falar dela mas não ainda, antes preciso explicar outras coisas que o senhor talvez não possa entender, pois não deve ter bebido álcool em toda sua vida."

"Eu bebo todos os dias, na consagração, você já se esqueceu?", disse com certa ironia o padre Orduña, e a voz se deteve, voltou a soar com um tom duro, alheia a qualquer toque de humor, qualquer tentativa de relaxar a tensão.

"Eu começava a beber e era automático, logo ficava com tesão, desculpe a palavra, tinha que procurar uma mulher onde quer que fosse, e logo, sem muitos preâmbulos nem estratégias de sedução, sem sentimentalismos de nenhuma espécie, sem pensar sequer no adultério. Entre outras coisas, porque não tinha tempo, tinha que voltar para casa numa hora mais ou menos razoável, tinha que bater o ponto, como dizia um colega meu, um que foi assassinado no restaurante onde estava esperando por mim. Quando cheguei, seu copo de uísque ainda estava sobre a mesa, o uísque e o café pela metade e o cigarro no cinzeiro. Havia certos lugares, clubes noturnos, onde nos conheciam e não cobravam nada de nós, policiais, o senhor deve imaginar, toda cidade tem lugares assim, e muitas vezes terminávamos a noite num deles, ou eu terminava sozinho, porque na verdade preferia que ninguém me acompanhasse, sempre tive vergonha dessas coisas, como ocorria quando estava no internato e os outros se masturbavam em grupo, faziam campeonatos para ver quem gozava antes. Eu procurava ir sozinho, telefonava para minha mulher, dizia que tinha muito trabalho e que não me esperasse, e muitas vezes nem sequer telefonava, pensava em fazê-lo e deixava para depois, assim que tivesse terminado o copo, e ao olhar as horas já era tão tarde que era melhor não ligar, pois ela podia já estar dormindo, ou se assustar com o telefone tocando a uma hora daquelas. Mas não dormia. Não dormia nem acreditava em uma única palavra do que eu lhe contava, esperava por mim acordada, com seu penhoar e seus chinelos, vendo tevê, até altas horas, eu chegava e inventava uma mentira qualquer e ela começava a me recriminar por não ter avisado, e desatava a chorar, e o que eu sentia, acima de tudo, era tédio, vontade de que aquilo acabasse logo para que eu pudesse ir dormir, porque era sempre a mesma história, os dois fazendo e dizendo as mesmas coisas, ela suas recriminações e eu as minhas desculpas e minhas mentiras, sempre igual, não sei por quantos anos, e cada vez pior, porque depois começaram os telefonemas anônimos, as ameaças, trocavam meu número de telefone e dali a uma semana essa gente já o descobria, e era ela quem os recebia, não eu, que raramente estava em casa. No final ela se alterava com qualquer campainha, fosse ou não do telefone. A do despertador, a do forno, todas a aterrorizavam. Agora, nesse lugar onde ela está, evitam que ela as escute, e, quando recebem alguma ligação para ela, uma freira vai avisá-la."

O padre Orduña escutava de cabeça baixa, inclinada contra a treliça, com os olhos entrecerrados, as mãos juntas no colo, ou brincando com a borda da estola, em uma postura não ditada por nenhuma liturgia, e sim pelo hábito e pela paciência de escutar, ao longo de tantos anos, naquele mesmo lugar, de ouvir sabendo que seus interlocutores na verdade não solicitavam sua atenção, apenas sua presença abstrata do outro lado, o rumor de sua respiração ou de seus movimentos, a certeza de que alguém escuta, que já contém em si mesma parte do alívio, da absolvição pedida e sempre concedida. Às vezes cochilava no confessionário, mais amiúde conforme os anos passavam e seu sono ia se tornando cada vez mais superficial e irregular, um sono leve e agitado de velho. Nessa manhã acordara quando ainda estava muito escuro e, ao ouvir na escuridão que estava chovendo, experimentara um sentimento de gratidão, uma efusão de orações atendidas, até de preguiça e vontade de ficar na cama escutando a chuva, pelo menos a dose muito limitada ou incipiente de preguiça que podia se abrigar em um caráter como o dele, tão afeito à ação, tão pouco apto para a autocomplacência, fosse no prazer ou na dor.

A força da chuva estremecia o vidro da janela, e agora ventava muito forte nos descampados onde antes ficavam as oficinas e a granja, agora semeados de prédios em construção, de gruas que oscilavam com grunhidos metálicos enquanto os fossos dos alicerces e das garagens subterrâneas em escavação se alagavam de lama parda e densa. Procurou às apalpadelas o botão do abajur, e quando a luz se acendeu seus óculos caíram no chão. Sentou-se para apanhá-los e as plantas de seus pés gelaram ao tocar no chão. Cobriu-se com um velho roupão xadrez, lavou o rosto com água fria, no pequeno banheiro pegado a seu quarto, onde também havia um chuveiro. O padre Orduña não levava uma vida assim austera por uma renúncia voluntária ao conforto que outros consideravam imprescindível: vivia assim porque não podia imaginar-se vivendo de outra forma, e porque aquelas coisas que os outros apreciavam eram para ele indiferentes. Olhava sem muita atenção as vitrines das lojas e recordava o assombro de Sócrates ante a profusão de objetos do mercado de Atenas: "Quantas coisas existem de que eu não necessito". Gostava de sua cama estreita, de antiquadas barras cilíndricas, encostada na parede, e até não muito tempo antes sempre dormira esplendidamente nela, apesar de sua estreiteza, da aspereza dos lençóis e da pequenez do colchão, e nem seu criado-mudo, descascado nos cantos, nem o abajur com o refletor azul-metálico pareciam ser para ele o que eram na realidade, testemunhos de certa modernidade ultrapassada já nos anos 60 que fora particularmente favorecida pelos fornecedores de mobília eclesiástica. Ele nem sempre conseguia viver de bem com sua alma, mas com seu quarto, sem dúvida, vivia muito bem, quarto que não chamava de cela porque pareceria muito pretensioso chamá-lo assim. O frio que fazia ali o revigorava, e, ao acordar nas manhãs ainda escuras e pisar o chão com os pés descalços, nunca pensara que bastariam um tapete e um aquecedor para tornar tudo mais habitável. Levantava muito cedo porque desconhecia o prazer de ficar na cama, e não tinha de vencer a tentação da preguiça pelo simples fato de que nunca a experimentara.

Às quinze para as sete já estava vestido, com o casaco cinza de gola alta e a calça de brim azul idêntica àquelas que usava em seu tempo de padre-operário, com os sapatões pretos que qualquer outra pessoa teria jogado fora pelo menos dez anos antes mas que ele continuava cuidando e levando para colocar meia-sola na sapataria do único sapateiro que restava na cidade, o filho de um sapateiro comunista com quem em outros tempos o padre Orduña tivera discussões intermináveis e apaixonadas sobre a existência de Deus, a natureza humana ou divina de Jesus Cristo, o ímpeto de revolução social dos evangelhos, discussões em voz baixa, claro, mantidas junto ao mesmo balcão ao qual as mulheres iam levar seus sapatos velhos embrulhados em jornal, teologia trabalhista e clandestina.

Seus sapatos rangiam quando percorreu os corredores desertos do colégio, com luzes muito fracas nos cantos, como se fossem ruas de uma cidade fantasma, as lajotas brancas e pretas dissolvendo sua perspectiva na fria escuridão e na vista míope do padre Orduña, que sempre o rodeava de distâncias enevoadas. Tanta gente fora partindo ou morrendo ao longo dos anos que o colégio parecia ter aumentado, multiplicado o número de quartos, de dormitórios e salas de aula, o comprimento dos corredores e das escadas, a regularidade matemática das lajotas, brancas e pretas, algumas soltas, ressoando agora nos lugares previstos, enquanto o padre Orduña descia com passos lentos e enérgicos em direção à igreja, a cabeça grande e robusta, o queixo erguido e empinado sobre o peito, as mãos nas costas, ou tateando por precaução o corrimão da escada, os joelhos avançando como se ainda encontrassem a resistência de uma batina, embora o padre Orduña não vestisse nenhuma havia muitos anos. Ainda se lembrava do escândalo na cidade, os padres e as beatas, o elemento católico, como se dizia então, chocados e furiosos porque um jesuíta saíra na rua vestido de pastor, embora muito provavelmente nenhum deles o tivesse visto, tudo era um zunzum de murmurações nas sacristias e nas novenas, nas mesas onde todas as tardes se fossilizava o tédio do terço, em um dos poucos cafés que ainda restavam: esse padre que é neto ou sobrinho do general da estátua passou pela rua Nueva vestido à paisana, de paletó preto e colarinho branco como um protestante, ele sempre foi um vermelho, já era de se esperar, e se negavam a cumprimentá-lo, viravam o rosto quando passavam por ele, um veterano da Divisão Azul, divisão de voluntários de direita que serviu ao lado do exército nazista na Segunda Guerra Mundial, que continuava carregando um revólver, cuspiu na sua frente antes de mudar de calçada, em uma Sexta-Feira Santa à tarde, no meio da procissão.

Agora essas coisas lhe pareciam ser mentira. Parecia mentira que tivessem existido, e mais mentira ainda que com o tempo tivessem deixado de existir, tão sólidas eram, tão indestrutíveis. Para chegar à sacristia, o padre Orduña tinha de atravessar uma quadra de esportes descoberta. Fazia muitos anos que ninguém jogava basquete ali mas ainda eram visíveis as linhas brancas sobre o asfalto e as armações metálicas das cestas continuavam de pé. Quis apertar o passo mas pisou em uma poça que não tinha visto, seus óculos caíram, e durante mais de um minuto viu-se humilhado e um tanto ridículo, agachado no escuro, sob a chuva fortíssima, procurando seus óculos, temendo pisá-los, imerso, como estava, na névoa permanente de sua miopia.

Molhou-se muito. Ao chegar à sacristia, enxugou o cabelo e o rosto com uma toalha. Limpou com cuidado as lentes dos óculos antes de começar a se vestir para a missa. Contrariando seu costume, ligou um pequeno aquecedor elétrico para secar os pés. Sentou-se diante dele e ali ficou por algum tempo, tão perto que logo as solas de seus sapatos começaram a cheirar a borracha queimada. Esfregava as mãos, agora derrotado, como um homem muito velho, pelo frio do amanhecer, abatido pela possibilidade de apanhar um resfriado ou até uma pneumonia se, durante toda a missa, na imensidão fria da igreja sem fiéis, continuasse com aquelas meias grossas e molhadas nos pés.

Com freqüência, principalmente no inverno, não havia ninguém nos bancos, e o padre Orduña rezava a missa exclusivamente para ele, fato que de modo algum o desanimava. O porteiro do colégio, quase tão velho quanto ele, era quem lhe abria a igreja e acendia as luzes. Entretanto, vestiu-se sem muita disposição naquele dia, sentindo mais frio ao contato com as roupas litúrgicas, com o metal gelado da custódia. Dirigiu-se ao altar-mor, consciente de suas meias molhadas, de seu passo mais pesado e de suas costas mais encurvadas do que em outros dias, apoiou as mãos no altar, ajoelhou-se para se persignar e ao erguer os olhos viu as poucas figuras de mulheres de todos os dias, incertas na distância e na penumbra. Mas desta vez havia mais alguém, ao fundo, um vulto mais alto, impossível de identificar de tão longe, masculino, com a mancha verde de um casaco ou de uma jaqueta, um homem que não tinha o hábito de entrar na igreja, ou que tinha deixado de freqüentá-la fazia tanto tempo que ignorava as mudanças nos costumes litúrgicos. Reconheceu-o mesmo sem ver seu rosto e, ao terminar a missa, em vez de se retirar, como previra, para trocar de agasalho e de meias e tomar um copo de leite quente, pôs a estola por cima da malha e dirigiu-se vagarosamente ao confessionário, sem saber ao certo se acudia a um encontro ou se formulava um convite.

"Eu sempre me lembrava do senhor. No fundo, quando pensava que me escondia dos outros, talvez me escondesse do senhor, do que pensaria de mim se soubesse que eu ganhava a vida na universidade informando a brigada político-social sobre os mais politizados ou rebeldes do meu curso, ou se me tivesse visto sair do carro cambaleando ou num night-club bolinando uma prostituta que não ia cobrar nada porque eu era policial. Não acredito em Deus e desde que casei não voltei a pôr os pés numa igreja, a não ser para casamentos ou funerais mas me surpreendi algumas vezes sentindo uma grande necessidade de me confessar e de ser perdoado, uma necessidade muito forte, não agora, claro, não desta vez, não é por isso que eu vim. Faz meses que não bebo e que não saio por aí procurando mulheres. Larguei o álcool de uma vez, o álcool e o cigarro, pouco antes de me concederem a transferência. Cheguei em casa numa noite, mais bêbado do que de costume, tirei a roupa no escuro, como sempre fazia nos últimos tempos, desde que minha mulher tinha deixado de esperar por mim acordada. Tirei a roupa tropeçando com as coisas, fazendo muito barulho mas ela não se mexia, e acho que também não se dava ao trabalho de fingir que estava dormindo, deitada de costas para mim no seu lado da cama, eu a via como um fardo à luz do rádio-relógio e queria descobrir se ela estava respirando como quem dorme, e ao mesmo tempo tentava disfarçar, não tinha dúvida de que o conseguiria. Agora sei que isso era impossível, desde que parei de fumar e de beber sinto o cheiro de álcool e de cigarro nos outros, na roupa e no hálito das pessoas, um cheiro muito forte, e percebo que quando eu chegava em casa e entrava no quarto, o cheiro que eu trazia comigo devia ser fortíssimo, impossível de disfarçar por mais que eu tentasse. Mas, como eu já disse, a gente pensa que tem o controle e não tem nada, vive à mercê de qualquer acidente, de qualquer desgraça, eu podia ter morrido na mão de um daqueles terroristas que me ameaçavam por telefone e me mandavam cartas anônimas ou podia ter eu mesmo me matado por conta própria dirigindo, ou me metendo em uma briga com cafetões ou traficantes num daqueles bares aonde ia à noite, às vezes fingindo que era por motivos profissionais, ou eu mesmo imaginando e acreditando que era por isso, contando para mim mesmo as mesmas mentiras que contava para minha mulher. Essas eram as piores, ou as mais perigosas, as que eu inventava para mim mesmo e em que acreditava como se as ouvisse de outro, de alguém que se apossava de mim quando bebia demais. Era isso que eu sentia às vezes, quando acordava de noite, ainda sob o efeito da bebida. Estava deitado no escuro ao lado de minha mulher e sentia que tinha outra pessoa no quarto e me dava pânico, mas não me atrevia a acender a luz, para não acordá-la, e o outro continuava ali, como se não tivesse deixado de me olhar enquanto dormia, via perfeitamente sua sombra e, quando pestanejava, o que eu tinha visto era um paletó jogado sobre uma cadeira. Outras vezes esquecia de coisas, que desapareciam por horas, até por noites inteiras, e dei para pensar que quando isso acontecia era porque o outro tinha se apossado de mim por completo e me roubava até as lembranças. Uma noite cheguei em casa às tantas, deitei no sofá sem tirar os sapatos nem a gravata e peguei no sono mas na manhã seguinte acordei na cama, com meu pijama e uma terrível dor de cabeça, com os pulmões ardendo de tanto fumar e sem me lembrar de nada. Mas nessa noite de que eu estou falando, a última de todas, eu estava tão bêbado que não tinha me atrevido a dirigir, e além do mais nem me lembrava onde tinha deixado o carro, e perambulei não sei quanto tempo, me molhando, com essa chuva fina do norte, e também não sei como consegui chegar em casa. Procurava um táxi mas não passava nenhum, andando sem parar, sem que o frio nem a caminhada me curassem a bebedeira. Parei duas ou três vezes para urinar em qualquer lugar, dessas mijadas longas dos bêbados que fedem a álcool. Cheguei ao portão do meu prédio, olhei para cima para ver se a luz do meu apartamento ainda estava acesa, e então perdi o equilíbrio e caí. Não sei quanto tempo fiquei no chão, de bruços, sem me mexer, felizmente protegido da chuva pela marquise. Estava caído, consciente, com o rosto contra o piso gelado, imagine se naquele momento chegasse algum vizinho, penso nisso e ainda sinto vergonha só de lembrar. Eu estava gostando de ficar ali deitado, não tinha a menor vontade de me levantar e entrar em casa, e naquele momento entendi esses bêbados que dormem na rua, largados na calçada. Impossível cair mais baixo, e é verdade, literalmente, a gente tem a tranqüilidade de ter chegado ao chão, de não estar sujeito a quedas nem vertigens, e o chão é tão firme, tão seguro e tão amplo que parece que nada mais pode acontecer, dá uma sensação de firmeza e tranqüilidade muito grande, de tranqüilidade e de abandono, como se a própria lei da gravidade nos protegesse. Eu pensava que podia entrar ou sair alguém, apesar de serem quatro ou cinco da manhã mas a vergonha não bastava para me levantar. Só me levantei porque comecei a sentir muito frio, e quando fiquei de pé senti tamanha tontura que quase caí de novo, já sentindo falta da segurança do chão, do santo chão, como diziam os antigos. Imagine, naquelas condições, que cuidado eu poderia ter ao me deitar para não acordá-la, e ainda continuar pensando que ela estava dormindo e que era possível que não a tivesse acordado, com todo aquele barulho que eu estava fazendo, com o fedor que eu devia ter. Eu sabia que assim que me deitasse ia sentir náuseas mas mesmo assim me deitei, e, quando entrei embaixo das cobertas, ela se afastou, como para evitar que eu encostasse nela. Na hora que me deitei e fechei os olhos veio o pior, primeiro a idéia de que tinha outra pessoa no quarto, e depois o enjôo, a sensação de que eu ia morrer se não me erguesse e acendesse a luz. Levantei me amparando nas coisas, consegui chegar ao banheiro, sentei na privada e então comecei a vomitar, sem forças até para virar o rosto para que o vômito caísse no chão. Vomitei em mim mesmo, na camisa do pijama, nas calças arriadas e nos joelhos, e o cheiro do vômito provocava mais ânsias e me fazia vomitar mais. Ficava com a cabeça baixa e a boca aberta e babando e olhava o que tinha saído e o que voltava a sair dela, como um idiota, como se não fosse eu que estivesse vomitando. Tinha que dar um jeito naquilo, evitar que minha mulher visse, me limpar e limpar o banheiro, e jogar fora toda a roupa que eu tinha no corpo, o pijama, as cuecas, os chinelos, tudo encharcado de vômito, e eu sentado na privada, incapaz de me mexer, querendo morrer, com uma vontade de estar morto mais forte do que toda a vontade de viver que eu jamais tivera. Não sei como consegui limpar aquilo, essa parte sumiu completamente da minha memória, nem sei se fui eu que o limpou, o fato é que na manhã seguinte acordei às onze e não tinha ouvido o despertador. Estava com um pijama limpo e um peso insuportável nos pulmões, e minha mulher não estava, fui ao banheiro e tudo estava em ordem, como se os vômitos e o desastre da noite anterior tivessem sido um sonho mas no espelho vi que eu tinha uma ferida e um hematoma muito escuro na sobrancelha direita. A partir desse dia não voltei a beber nem a fumar. Não foi uma decisão, não me deu nenhum trabalho, ao contrário, quando sentia cheiro de álcool ou de fumaça de cigarro sentia náuseas, revivia o horrível mal-estar daquela noite. Agora, ultimamente, tenho bebido um pouco de vinho mas só quando estou com essa mulher de quem eu queria lhe falar, Susana, Susana Grey."

A voz se interrompeu: para tomar fôlego depois de tantas palavras, ou talvez esperando uma pergunta que o padre Orduña não fez, cabisbaixo, atento, cansado, mexendo a cabeça muito de leve enquanto esfregava lentamente as mãos cruzadas, sentindo o frio e a umidade nos pés, a iminência do resfriado.

"Sabe o que comecei a sentir depois de largar o álcool? Nada de angústia, nem de decepção por voltar a ver as coisas como eram, as coisas e o rosto das pessoas. Senti que eu tinha ido embora, antes de partir do norte, que tinha mudado de país, e que agora vivia em um outro mais frio, com o ar mais limpo, como nas manhãs daqui quando, depois de uma noite de geada, o céu fica completamente azul. Tudo fora de mim, nesse país, era mais intenso, como que mais exato, as cores e, principalmente, os cheiros, alguém descascava uma laranja a vinte metros de mim e o cheiro chegava a me enjoar, ou via uma mulher vindo pela rua e percebia o momento exato em que eu entrava no raio do seu perfume. Mas tudo isso acontecia fora, porque esse país onde eu estava, e que não queria deixar, na verdade não era meu nem nunca seria. Não sei se consigo me fazer entender, nesse país novo sempre reinava a luz da manhã e eu vinha de outro onde era sempre de noite, e ainda por cima uma noite artificial e enclausurada, com a luz dos bares sórdidos, com o ar carregado de fumaça. Não tinha saudade, nem vontade de voltar, soube desde o primeiro momento que a vida anterior tinha acabado mas tinha consciência de que nunca me naturalizaria, digamos assim, que estaria de passagem nesse novo país, até que eu morresse ou me matassem, que os cheiros e as cores das coisas me comoviam mas não as pessoas, todas estrangeiras, hostis ou amáveis mas indiferentes a mim. Isso até dois meses atrás, quando aconteceu o caso dessa menina, Fátima, quando a vi morta no barranco do parque, sem nada no corpo além de um par de meias brancas, então percebi que quase nunca até então eu tinha sentido algo de verdade, em comparação com o que senti ao vê-la ali jogada, roxa, amarela, e olhe que eu vi coisas na vida, vi gente morta e despedaçada, cadáveres podres, tudo o que se pode ver mas na realidade havia algo em mim que nunca era afetado, algo que eu tomava por fortaleza de espírito, por coragem. Mas não era isso, era indiferença, ou, quando muito, ódio, uma intoxicação de morte e de raiva. Quando via o cadáver de um colega, de alguém que tinham acabado de assassinar, estava muitas vezes bêbado de morte e tão inconsciente dessa bebedeira como da do álcool. Mas sofrer, sofrer por alguém de verdade, não odiar, não querer me vingar ou fazer justiça com as minhas próprias mãos, sofrer como se me tivessem arrancado algo, como se me amputassem um membro sem anestesia, isso é algo que eu não tinha sentido até aquele momento. Nunca pensei em ter filhos, e quando fiquei sabendo que minha mulher não podia engravidar o que experimentei foi, acima de tudo, alívio, mas vendo Fátima, senti que quem tinha sido violentada e morta era uma filha minha, logo eu, que nunca tive vocação nem vontade de ser pai, que mal olhava para as crianças. Comecei a olhar para elas nos últimos meses, conversando com os colegas de Fátima, indo à escola na hora da saída em busca de rostos suspeitos, rostos e olhos, como o senhor me disse. E assim uma coisa puxa a outra, tudo se entrelaça, e isso é o me parece mais estranho quando paro para pensar, se eu não tivesse sido transferido para cá, não teria visto essa menina com a boca e os olhos abertos e as meias brancas, teria sabido do caso pelo jornal ou pela televisão, quando muito, ou nem sequer isso, e não teria conhecido essa mulher, Susana, não sei se eu já lhe disse que ela era professora dela. A primeira vez que a vi foi para lhe perguntar coisas sobre a menina, e acho que não reparei muito nela, talvez só em seu sotaque de Madri, e em mais nada. Ela se lembra de tudo, da roupa que eu estava usando, de cada coisa que eu disse mas segundo ela o normal é que as pessoas não reparem em nada nem se lembrem de nada, e ela tem razão, nisso também, eu achava que era muito observador e ao lado dela vi que não é verdade, que, além de não sentir nada, eu não enxergava quase nada, nem ouvia. É como aquela história da Bíblia que o senhor nos contava, já não me lembro direito, alguém que ficou cego porque saíram umas escamas nos seus olhos, 'alguma coisa parecida com escamas', disso eu me lembro, sim, dessas palavras, 'alguma coisa parecida com escamas'."

"O padre Tobias", disse o padre Orduña, "pensei que você não se lembrasse de nada."

"Era o que eu pensava também. Mas tudo era uma grande simulação, como a do álcool, como as encenações da minha vida, só que o mais enganado era eu mesmo. Pensava ver, e não via nada; pensava saber, e ignorava tudo; pensava ter experiência com as mulheres, e era mentira. Se eu tivesse morrido sem conhecer Susana, nunca saberia o que é desejar de verdade e ter prazer com uma mulher. O senhor pode achar tudo isso vulgar, ou impróprio mas é verdade, e nem sei dizer essas coisas para ela, sinto vergonha, juro que eu não sabia que isso podia ser assim, tão doce e tão forte, tão fácil, e desculpe eu ter vindo aqui para contar um adultério, pois vim para lhe contar e não para me confessar nem pedir sua absolvição. Não sinto dor no coração, como diziam, nem tenho a intenção de me penitenciar. Estive com ela até agora há pouco, depois de passar a primeira noite em sua casa. Nunca conheci ninguém com tantos livros, tantos discos, com tantas músicas que eu nem imaginava que existissem, ela faz com que me sinta como um aprendiz, um aprendiz de tudo, na minha idade, quase vinte anos mais velho que ela, faz com que eu me pergunte ao que realmente dediquei a minha vida, a não ser ao trabalho, ao trabalho e ao álcool, e a sempre fingir e me esconder. Isso também nunca tinha me acontecido, nem com mulheres nem com homens, a vontade de escutar alguém, de aprender com o que o outro sabe, não como aqueles pedantes que infestavam a universidade quando eu estudava, que sabiam de tudo e humilhavam quem não fosse inteligente e culto como eles. Alguém que sabe realmente de alguma coisa, quero dizer, com naturalidade, como ela, Susana, sabe, tanto que até caçoa um pouco de si mesma, diz que não teria lido tantos livros nem ouvido tantos discos se tivesse tido mais sorte com os homens. Que vergonha, descobrir a esta altura da vida que não sei nada, que na realidade nunca me preocupei em aprender nem entender nada, de repente não sei o que fiz enquanto minha vida passava, além de sentir medo e de perseguir terroristas e beber uísque. Ontem à noite me senti constrangido ao chegar à casa de Susana. Tinha comprado flores para ela e uma garrafa de vinho mas no elevador comecei a pensar que as flores deviam ser muito comuns e o vinho muito ruim. Eu nunca tinha reparado nessas coisas. De repente é como se eu estivesse no começo de tudo. Sei que é mentira, em parte, mas gosto de acreditar nisso, e a verdade é que muitas coisas estão acontecendo comigo pela primeira vez. O senhor pode achar estranho mas eu nunca tinha dormido com uma mulher que não fosse a minha, nunca tinha dormido assim, abraçado, sem nada no corpo, nenhum dos dois. Ouvindo as coisas que estou lhe contando eu me sinto um pouco ridículo mas também orgulhoso. Ela acordou quando viu que eu tinha me levantado e foi até a cozinha fazer um café, senti o cheiro enquanto me barbeava em seu banheiro, em meio à infinidade de cremes e pomadas que ela tem, ontem quando estava me mostrando tudo aquilo desatou a rir, dizendo que quem visse tantos produtos de beleza pensaria que a dona deveria estar em um estado de decrepitude terminal. Abri os potes de creme, os vidros de perfume, sem que ela me visse, e cheirei um por um, e também seu roupão, e então senti o cheiro do café, e quando saí ela estava junto à mesa da cozinha, diante do meu café com leite, despenteada, com uma bata de seda florida, acho, a bata estava meio aberta, ela estava de pernas cruzadas, e descalça, com cara de sono, mas tinha pintado os lábios, só para se despedir de mim, isso também nunca me aconteceu, e me acompanhou até o elevador e me deu um beijo na boca, e agora só penso no tempo que falta para vê-la de novo, em lhe telefonar para que almoce comigo, se bem que dificilmente ela vai poder, tem que estar na escola às três e meia. Não quero pensar em mais nada, por enquanto, no que vou fazer amanhã ou depois, no domingo, quando tiver que ir à casa de repouso, não sei o que vou fazer nem tenho vontade de continuar me escondendo e disfarçando, nem vontade nem idade, não me arrependo, não sei se é uma canalhice mas não me sinto culpado. Isso também é algo que me acontece pela primeira vez na vida, não estou morrendo de culpa e remorso, já não me é indiferente morrer. Eu não fui valente todos esses anos, quando achava que dominava o medo e não me importava muito em ser morto, na verdade eu não sabia a diferença entre estar vivo e estar morto."

A voz se deteve mas o padre Orduña continuou ouvindo a respiração do outro lado da treliça, vendo a sombra agora calada e expectante, a sombra de alguém que quase perdia seus traços individuais, dissolvendo-se em outras, em tantas outras, de homens e de mulheres, em inúmeras vozes que ao longo dos anos se ajoelharam no mesmo lugar, que murmuraram suas confissões e culpas já tão indistintas, tão intercambiáveis entre si, confidências covardes, sussurradas, enunciadas com medo ou com vaidade, com urgência de receber a absolvição, pecados mesquinhos ou atrozes, adultérios monótonos, ambições de posse de bens ou mulheres alheias, terríveis turbulências que permaneciam durante anos ou décadas ocultas na consciência de alguém, na voz mansa de uma sombra à qual o padre Orduña muitas vezes não conseguia atribuir as feições de um rosto. Não disse nada ainda mas a sombra continuava à espera, o homem que se ajoelhara pela primeira vez nesse mesmo lugar fazia mais de quarenta anos, para sua primeira e forçada confissão: o padre Orduña não sabia o que aquele homem esperava e duvidava que ele mesmo soubesse. Ouvia-o respirar, inquieto, agitado no assombro de sua nova vida recém-descoberta, de sua capacidade de felicidade e despudor, no fundo tão inábil para desfrutar delas como para esquecer a outra vida mais sombria que o aguardava, o escritório policial para onde voltaria quando saísse dali, suas obrigações conjugais, o olhar amedrontado e vazio da mulher que voltaria a visitar no domingo. Velho e austero, protegido no interior do confessionário, com os pés gelados, com um princípio de febre e de pesada sonolência na testa, sobre os olhos, o padre Orduña sentiu piedade dele e de todas as sombras que o precederam atrás da treliça, piedade e gratidão à providência ou à misericórdia divina por tê-lo poupado das atribulações e agonias da paixão sexual, que mal o tocara ao longo da vida, assim como quase nunca sucumbira ao desânimo nem à doença. Quem sou eu para julgar ou perdoar o que me vêm contar?, pensava, que posso eu saber de seus desejos e tormentos?

27.

Ia pegá-la todas as manhãs, às quinze para as nove, chamava pelo interfone e era ela mesma que atendia, já pronta para sair, vencia o medo e as lembranças e descia sozinha no elevador, via-o no portão e logo lhe sorria, com sua jovialidade recuperada, intacta, como que fortalecida, mais adulta agora, sem nenhuma marca visível da desgraça afora uma pequena cicatriz na face direita, talvez feita a faca, embora ela não recordasse o momento nem a dor da ferida, essa era uma das poucas coisas que ela havia esquecido, assim como havia esquecido o que estava acontecendo no momento em que começou a perder os sentidos, quando o homem enfurecido saiu de cima dela e ela parou de sentir-se esmagada pelo seu peso e pelas investidas violentas de sua pélvis e notou que algo duro e cruel rasgava o seu ventre e a dilacerava, e ela pensou que agora sim ia morrer de verdade e que era o canivete e não as unhas que o homem estava cravando como vingança por não ter conseguido o que pretendia, o que ele repetira tantas vezes que iria fazer com ela, dizendo as palavras mais sujas que ela jamais escutara, e que sentia tanta vergonha de dizer para o inspetor, na presença do pai.

Ficava na ponta dos pés para lhe dar um beijo e saía do prédio sozinha, como disseram que devia fazer, e punha-se a caminhar na frente dele, a caminho da escola, a mochila nas costas, com uma capa amarela e um guarda-chuva cor-de-rosa nos dias de chuva, e botas amarelas de borracha. De quando em quando virava a cabeça por um instante e olhava para o inspetor, só para ter certeza de que ele a seguia e a protegia mas, quando se encontrava com outras meninas, obedecia às instruções recebidas e agia com perfeita naturalidade, sem olhar para trás, ou fazendo-o com tanta habilidade que ninguém suspeitaria do seu vínculo com o homem alto e grisalho que caminhava a certa distância dela, sempre com os olhos fixos nela, sem perdê-la de vista até que ela desaparecesse dentro da escola, no tumulto de meninas e meninos e mães de todas as manhãs, onde muitas vezes surgia, como um presente adicional e instantâneo, a presença de Susana Grey, atarefada e séria a caminho de seu trabalho, quase desconhecida, com seu casaco azul-marinho ou a capa dos dias de chuva, sempre apressada, a ponto de chegar tarde, com os braços ocupados com livros e pastas, os olhos míopes semicerrados para distinguir a figura dele, que a cumprimentava com um gesto indeciso, mais por timidez que por precaução de clandestinidade.

Podia ter confiado essa tarefa a outro inspetor ou a um guarda à paisana mas preferia ir ele mesmo, e não só pela oportunidade de ver Susana Grey dar-lhe o bom-dia com que a cumprimentaria se continuasse a ser o que tinha sido no início, alguém a quem ele devia fazer perguntas e mostrar fotografias de delinqüentes sexuais. Gostava de esperar a menina no portão de seu prédio e lhe dar um beijo na face fresca e já próxima da adolescência em que mal se percebia a cicatriz, e depois segui-la pela rua vendo-a de costas, tão frágil na aparência mas tão forte, uma sobrevivente, resgatada do terror, certa de que ele a protegia, cúmplice no necessário segredo que tinham conseguido manter, orgulhosa de sua própria habilidade para ajudá-lo. Ele a vira tremer, no primeiro dia, no leito do hospital, abraçada ao pai, magra e pálida, com a bata da Previdência Social que ficava tão larga nela, ainda sem ter recuperado por completo a voz, falando muito estranho, quando separava os lábios, por causa da ferida na língua, que ao dobrar-se tanto para trás salvou-lhe a vida, dissera Ferreras, pois deixou um espaço muito estreito através do qual um filete de ar continuou entrando em seus pulmões, apesar da calcinha rasgada e enterrada na sua boca até a garganta, destinada a asfixiá-la como a Fátima, sua predecessora, seu duplo inexato.

Esse filete de ar e o frio, disse Ferreras, foi o frio que a acordou mas acima de tudo essa coisa tranqüila e indômita que ela tem, pensava o inspetor vendo-a caminhar rumo ao colégio, e quando a via sair outra vez à uma e meia da tarde, tão singular, aos olhos dele, em meio às outras meninas que na verdade se pareciam muito com ela, todas com suas capas e seus abrigos, com suas pastas e cadernos decorados com fotos de cantores ou atores de cinema. Lembrava-se de algo que Susana Grey lhe contara: o que ela tinha sentido na primeira vez que deixou seu filho no pátio de uma creche, entre as outras crianças, de repente não mais a criatura única que nascera dela e que compartilhava sua vida mas uma a mais entre muitas, difícil de distinguir de longe, e, no entanto, mais seu que se o visse sozinho, com um ar ao mesmo tempo de desamparo e de auto-suficiência, um princípio de autonomia pessoal.

A menina, Paula, saía entre as outras e logo os seus olhos o procuravam disfarçadamente, com um brilho de cumplicidade e astúcia, ninguém deve saber nada, tinham dito a ela, nem sua professora, nem sua melhor amiga, ninguém. Tinham tecido em torno dela uma malha firme e invisível de proteção e segredo, um sistema de silêncio acatado igualmente pelos taxistas que a recolheram e pelas enfermeiras que a atenderam em um quarto reservado do hospital, e agora o inspetor permitia-se uma satisfação íntima e cautelosa ao verificar que conseguira o que de início lhe parecera tão necessário quanto impossível, que o desaparecimento e o resgate de Paula não chegassem aos jornais nem aos noticiários, que nem sequer se espalhasse o boato pela cidade: que ele se pergunte por que ninguém diz nada, que perca o controle, que se atreva a voltar ao lugar onde deixou a menina pensando que estava morta como Fátima.

Mas, mais do que isso, ficava muito feliz ao observar a cada manhã e a cada tarde a recuperação gradual de Paula, ao segui-la em seu caminho para a escola, depois conversando com ela, na hora do café, não apenas sobre o que lhe ocorrera naquela noite mas a respeito de suas provas e brincadeiras, dos livros e programas de televisão de que mais gostava. Ficava séria de repente, olhava para o inspetor de um modo que já era familiar a ele, de medo e ao mesmo tempo de lembrança, de orgulho por ter recuperado um novo pormenor que lhe seria útil, que ficaria anotado no caderninho que ele sempre tinha ao alcance da mão: "A jaqueta era de camurça marrom", dizia, não porque tivesse feito um esforço por lembrar mas porque na superfície de sua memória ainda transtornada emergira essa imagem solta, "O relógio que ele usava não era de ponteiros mas de números, e a pulseira era de plástico preto".

Havia demorado dez dias para voltar à escola, para atrever-se a sair à rua e cruzar com estranhos, e a princípio seu pai e o inspetor a acompanharam mas logo ela começou a vencer o medo, passo a passo, até que um dia se atreveu a descer sozinha pelo elevador, e outro em que disse que já não precisavam acompanhá-la até à escola, senão suas colegas acabariam desconfiando, disse ela mesma, algumas já tinham lhe perguntado por que vinha de mãos dadas com o pai, aos doze anos, como se estivesse no jardim-de-infância.

O inspetor esperava na frente do gradil da escola, mais velho que a maioria dos pais e das mães, mais bem vestido também, com suas roupas invernais do norte, ia olhando um por um os rostos das crianças que saíam em levas agitadas, em meio a uma confusão de carros e de gente, de guarda-chuvas nos dias chuvosos, e quando reconhecia o rosto de Paula sentia uma efusão de alegria e calma. Ia atrás dela, já sabendo o caminho de memória, acompanhava-a até à entrada do prédio, abria a porta do elevador, lhe dava um beijo de despedida e depois voltava à tarde, para conversar com ela, sempre junto com o pai, que a acariciava em uma das mãos e a escutava com um misto de devoção e de raiva, devoção absoluta por sua filha recuperada e raiva que não queria demonstrar em toda sua intensidade na presença dela. "A única coisa que eu quero é que o senhor me prometa que vai prender quem fez isso", lhe dizia, quando a menina não estava por perto, "que não vai deixar esse sujeito sair vivo da prisão."

O inspetor chegava entre quatro e meia e cinco da tarde, e já o esperavam com o café pronto, era a própria Paula que o servia, para ele e para o pai, e não se esquecia de colocar só uma colher de açúcar em sua xícara nem de perguntar um pouco mais tarde se não queria uma coca-cola: ela lhe disse que nunca vira um adulto gostar tanto de coca-cola. O pai era funcionário do correio e não fazia nem um ano que tinha sido removido para a cidade. A mãe trabalhava como camareira num hotel. Cumpria o turno da tarde, e o inspetor raramente a encontrava. Os dois rondavam os quarenta anos, e a casa deles dava uma impressão de largueza na modéstia, de vida desembaraçada e bem vivida: havia fotos do casal abraçando-se, dos dois com a menina muito pequena, levando-a pela mão numa paisagem que parecia estrangeira, os três com ares de viagem, de jeans, tênis e suéteres, na frente de um carro cheio de bagagens ou de uma barraca.

Chegava com um gravador, com um bloco de anotações, com álbuns de fichas e materiais de identificação, e a menina o recebia e esticava-se para lhe dar um beijo, imediatamente calorosa, pois o afeto parecia sua predisposição natural, assim como em outras pessoas é a hostilidade, ou a indiferença. Sentavam todas as tardes nos mesmos lugares, o inspetor numa poltrona, a menina e o pai no sofá, em frente à mesa de centro em que estava a bandeja do café e na qual o inspetor colocava seu gravador. "Quero que você se lembre de tudo", dizia a ela, "sem vergonha de nada, e não se preocupe se você não tem certeza do que lembra ou não sabe se já me contou isso."

Mas não era necessário encorajá-la, tinha uma memória infalível, uma capacidade de observação e de reter informações que se tornava cada dia mais aguçada, e se manifestava na revelação de uma quantidade de novos detalhes, de nuanças ou de palavras até então não lembradas. O primeiro dia, no hospital, ela mal balbuciava, com a língua inchada e retorcida, trêmula, com os olhos perdidos. Agora era capaz não apenas de recordar tudo, mas também de relatar com uma precisão que por momentos chegava a ser intolerável para ela mesma. Nunca entrava em contradição, nunca dizia nada de que não estivesse muito certa. Parava de falar, engolia em seco, antes de repetir uma palavra ou um gesto particularmente repulsivo, olhava de lado para o pai, apertava a mão dele, de cabeça baixa, sem se atrever a encarar o inspetor.

— Ele me mandava fazer coisas e eu não entendia. Falava palavras que eu não sabia o que queriam dizer. Me chamava de puta muitas vezes, me mandava tirar a roupa e eu não obedecia, aí ele me dava um tapa e me jogava no chão mas eu me levantava de novo, e ele ficava muito furioso, respirava muito forte, sua voz tremia.

— Me diga como ele era, que sotaque ele tinha.

— Normal, daqui mesmo, como qualquer um. A voz é que era estranha, muito macia. Fumava muito. Pegava e acendia o cigarro com uma mão, enquanto segurava o canivete na outra.

— Em que mão?

— Na direita — a menina fechou os olhos, apertou os lábios, forçando a memória. — Na mesma que estava sangrando. O cigarro na esquerda e o canivete na direita. O isqueiro era azul, falhava muito. Ele chupava o sangue da mão.

— Você viu a cor do isqueiro no parque?

— Não, foi na escada, na primeira vez em que ele o tirou do bolso. Falhava porque suas mãos tremiam. A marca dos cigarros era Fortuna. Fumava mordendo o filtro, sem tirar o cigarro da boca. Falava que ia me queimar. Tragava muito forte e aproximava a brasa de mim.

— Do rosto?

A menina não disse nada, negou com a cabeça, tornando a desviar os olhos.

— Aqui — apontou fugazmente o indicador de unha roída a leve curva do peito. — E depois encostou o canivete. Me perguntava se eu ia gostar se ele o cortasse fora.

"Incisão superficial com arma branca em volta do seio esquerdo", o inspetor lera no laudo de Ferreras. Na sala familiar, tépida e segura, diante da mesa de centro em que repousava um civilizado aparelho de café, junto ao pai e à filha sentados no sofá, o inspetor de repente sentiu como que um estremecimento físico de pura maldade, o frio do metal fendendo a pele arrepiada da menina, sua carne branca e indefesa sob a luz da lua. Chegando ao barranco, mandou que ela tirasse a roupa, disse a menina. Ela se negou, ou simplesmente não conseguiu obedecer por culpa da paralisia do medo, e ele a jogou no chão com um murro, dado com a mesma mão que segurava a faca, e então ela começou a se despir, tremendo de frio, confundida não apenas pelo medo mas também pelo estranhamento, pela incapacidade de entender. Não compreendia o que o homem lhe ordenava, só o nojo e terror que as palavras desconhecidas e os gestos imperiosos lhe causavam.

No chão, ela reparou que o homem usava jeans e sapatos pretos, sem cadarço, uns sapatos sujos de lama, que não eram de inverno. Mas não, disse, agora se lembrava de que nos sapatos e nas meias ela já tinha reparado antes, que os viu quando caminhava de cabeça baixa através de toda a cidade, com aqueles dedos apertando a sua nuca, uns sapatos que pareciam mocassins, com borlas que balançavam de um lado para o outro, não, só com uma borla, a de um dos pés tinha caído, não se lembrava de qual dos dois, talvez do direito: o inspetor tomava nota, sorria animando-a mas com muito cuidado para não pressioná-la, para não forçar o ritmo ou o fluxo de sua rememoração de detalhes, fechava o caderno e guardava a caneta quando via que a menina começava a ficar muito tensa, perguntava alguma coisa da escola, elogiava sua memória, não devia ter nenhum problema para aprender as lições, disse a ela, se precisasse de um emprego quando crescesse, bastaria ela pleitear uma vaga de inspetor de polícia.

— A cor das meias — voltou a perguntar. — Você disse que eram claras. Brancas ou de outra cor?

— Brancas, tenho certeza.

— Ele usava algum anel, tinha alguma cicatriz?

— Anéis não, mas usava uma pulseira.

— Uma de correntinha?

— Acho que sim. Que nem uma pulseira de mulher, só que mais fina.

— Parecia de prata ou de ouro?

— De ouro — a menina sorriu. — Mas aposto que era falsa. As mãos eram enormes. Maiores do que as suas ou do que as do meu pai. Vendo o rosto dele, parecia estranho que tivesse aquelas mãos. As unhas tinham a borda preta. E ele me arranhava com elas.

— Eram compridas?

— Compridas não, rachadas, como se não tivessem sido cortadas direito. O cinto tinha uma fivela grande, que eu não conseguia abrir, e ele me puxava pelo cabelo e me encostava o canivete no rosto. A fivela do cinto estava gelada. Ele apertava o meu rosto contra ela, dizendo que eu não me fingisse de boba, que eu já devia ter feito muitas vezes isso que ele queria que eu fizesse.

O rosto redondo, lembrava-se, o queixo muito pequeno, nisso ela tinha reparado muito bem, um rosto que parecia inacabado na parte de baixo, o cabelo preto, encaracolado, a testa estreita, as sobrancelhas grandes, quase juntas acima do nariz: o inspetor mostrava-lhe desenhos, catálogos de olhos, de bocas, de narizes, de contornos de rostos, e ela escolhia rapidamente ou hesitava, o cabelo não era exatamente assim, um pouco menos encaracolado, quase liso, a testa era um pouco mais larga, as orelhas não tão afastadas. Afastavam a bandeja do café e os fragmentos de rostos possíveis eram peças de um jogo que mantinha os três absorvidos, mas que ela deveria completar sozinha, insegura, aturdida, subitamente assustada por uma combinação de traços que lhe trazia uma lembrança demasiado viva, por sucessões de olhos sempre ameaçadores mas que não chegavam a se parecer com os olhos do homem que a derrubara a golpes e a obrigara a se despir e a deitar-se de costas sobre a terra áspera e gelada e ver como ele se inclinava sobre ela com um cigarro na boca, com a faca na mão direita, com o cinto aberto e as calças abaixadas.

Aos poucos, com uma lentidão que já não o exasperava, pois agora sabia que contava com a vantagem do segredo, formava-se diante dele um rosto, uma figura inteira, que a menina ia construindo como quem encaixa as peças de um quebra-cabeça, como esses escultores que, conforme o inspetor vira em um documentário, vão acrescentando pequenos pedaços de argila ou de cera para modelar uma estátua. Quando ficava sozinho, ao sair da casa de Paula, ou quando não conseguia dormir e relia as anotações do seu caderno e escutava de novo a voz da menina no gravador, ia revendo uma por uma todas as coisas que já sabia, todos os fragmentos e pormenores mínimos que se acrescentavam àquela figura rudimentar de barro que ele estava construindo. O relógio digital barato, as unhas enegrecidas, a pulseira de ouro falso, o rosto redondo. Contava tudo para Susana Grey, fazia-a ouvir as palavras da menina, relacionava agitado cada coisa que sabia a respeito daquele homem ao qual já estava vinculado por uma familiaridade contagiada pela repugnância. Estava chegando perto mas a figura continuava sendo a de um completo desconhecido. Conheciam a sua estatura, o formato do rosto, a cor do cabelo, o aspecto das unhas, e a marca dos cigarros que fumava, mas, não obstante, o inspetor poderia esbarrar com ele e não reconhecê-lo. Ele havia passado com a menina quase junto à delegacia sem que ninguém reparasse nele, cruzara com uma radiopatrulha cravando os dedos na nuca da menina e apertando num bolso um canivete automático mas nada disso o tornara mais visível. Qual é a aparência dele?, perguntava muitas vezes a Paula, querendo que ela recordasse ou descobrisse um único traço inequívoco, um defeito físico, uma singularidade qualquer mas a menina respondia sempre o mesmo, capitulava, encolhendo os ombros, no sofá, ao lado do pai, diante da confusão de fichas policiais e desenhos de rostos:

— Tem uma aparência normal.

Saíam de carro, em algumas tardes, o pai dirigindo, o inspetor e Paula no banco de trás, repetiam o trajeto daquela tarde, e o inspetor lhe pedia que observasse todos os homens jovens que visse, o avisasse se encontrasse alguma semelhança, qualquer uma, na roupa ou no rosto, no jeito de andar. Iam devagar, rente à calçada, e Paula olhava a rua sem pestanejar, séria e atenta, de perfil contra o vidro, quase adulta, erguia a mão, esticando o indicador, deixava-a cair, mordia os lábios: pensava ter visto a jaqueta dele, ou os mocassins pretos, até pensava tê-lo visto durante um segundo de pânico e de alucinação, principalmente quando caía a tarde e as ruas se pareciam tanto com as que ela percorrera com um automatismo de hipnotizada e de morta-viva. Podia ser praticamente qualquer um, qualquer um com aparência normal, entre os homens jovens e comuns que caminhavam pelas ruas ao anoitecer, de jeans, de rosto redondo e cabelo preto, com jaquetas forradas para enfrentar as noites úmidas do inverno. Todas as tardes, assim que começava a escurecer, o medo voltava a assaltá-la, mesmo estando protegida no interior aquecido do carro, mergulhado em penumbra, e ela então pegava no ombro do pai e lhe pedia por favor que a levasse para casa. Olhava as luzes das vitrines, as pessoas de guarda-chuva e agasalhos nas calçadas, sentada ao lado do inspetor, sem se atrever a aproximar muito o rosto do vidro, com medo de ser descoberta por aqueles olhos dos quais não suspeitara da primeira vez que os vira no elevador.

Lembrava-se de quase tudo, menos disso, dos olhos, via-os em seus pesadelos e os esquecia ao acordar. Não recordava a cor nem a forma, não podia dizer se eram grandes ou pequenos, saltados ou fundos, não via nas fichas dos detidos nem nos desenhos que o inspetor lhe mostrava nenhum par de olhos que evocasse aqueles. Lembrava-se apenas das sobrancelhas grandes e escuras. O retrato falado que o inspetor observava sozinho em seu escritório, à luz de uma lâmpada baixa, enquanto não se decidia a ligar para a clínica para onde deixara de telefonar todas as tardes, era um rosto simples e redondo, com sobrancelhas grandes e arqueadas, com a boca pequena e o queixo breve, com uma mancha em branco como uma venda no lugar onde não estavam os olhos.

28.

Assim que o viu, quieto e sozinho na ponta do balcão, a mulher o reconheceu, apesar da pouca iluminação e de não ter nenhum motivo para se lembrar dele na realidade. Ela só o havia visto uma única vez meses antes, e nem tinha falado com ele porque estava ocupada com outro cliente, um *cortijero* de rosto vermelho e inchado que espiava seu decote com olhos turvos de farrista bêbado. Foi antes do início do mau tempo, disso tinha certeza, antes de chegar o inverno antecipado e foder com tudo, o inverno e a morte daquela menina, que mantiveram as pessoas enfurnadas e esvaziaram as casas noturnas. Quem é que se atrevia a sair de noite com toda aquela chuva, com tantos policiais à paisana rondando os bares e afugentando a pouca clientela que ainda restava, aparecendo todas as noites para investigar e mostrar fotos, perguntando para as garotas se lembravam de algum cliente estranho, que tivesse alguma coisa diferente, dificuldade de ereção, por exemplo, ela mesma tinha ouvido essa pergunta daquele que devia ser o chefe, um de cabelo grisalho, muito sério, e ela de saída não entendeu mas logo soltou uma gargalhada, o senhor quer dizer um meio broxa, disse, mas o policial a olhou de um jeito que cortou a sua risada, e até fez com que ela ficasse envergonhada, afinal estavam procurando o assassino de uma menina de nove anos, não era hora de brincadeira.

Um meio broxa, repetiu o policial, ou mais violento que o normal, e ela encolheu os ombros, também séria, em seu banco junto do balcão, eram tantos os tipos estranhos ou violentos que nem ela nem suas colegas conseguiriam se lembrar de cada um. Lembrariam, sim, se aparecesse um normal.

O policial, que não olhou nem uma única vez para seu decote, nem sequer uma espiada involuntária ou furtiva, e lhe entregou um cartão em branco em que tinha escrito um número de telefone, mas, como ela não tinha onde guardar aquilo, com tão pouca roupa e tão justa, largou-o em algum lugar perto do telefone ou da caixa registradora e se esqueceu dele. Só mais tarde, nessa mesma noite ou na noite seguinte, enquanto ela morria de tédio esperando alguém aparecer, em pé, com os cotovelos apoiados no balcão, o cigarro queimando entre os dedos, com unhas tão compridas e frágeis que quebravam à toa, na penumbra vermelho-azulada e quase vazia do night-club, onde um disco de Julio Iglesias abafava a conversa das outras duas garotas com um cliente, foi que ela se lembrou daquele tipo mas muito de passagem, não sabia nada dele e nem chegou a falar com ele nem com a garota que o levou para o reservado, uma cabra louca que desapareceu poucos dias depois, levando com ela seu inferno de drogas e cafetões, fugindo de algo ou de alguém. Não teria pensado nele não fosse a conversa com o policial de cabelo grisalho mas também não pensou em ligar para ele, nem em procurar seu telefone, que sabe lá Deus onde estava. Esqueceu aquele sujeito solitário e calado, como esquecia todos eles, até os que viravam fregueses, os rostos se confundiam na meia-luz do lugar, muito perto do dela e bufando contra sua boca ou seu pescoço nos catres dos reservados. Saíam pela porta congestionados de álcool e de uma luxúria arrogante ou deprimida e ela lhes dizia até logo, querido, volte sempre, e os esquecia por completo, a não ser que sua experiência ou seu instinto lhe dessem avisos inequívocos, sinais de perigo, de desejo violento. Mas aquele não tinha nada que parecesse digno de lembrança, e muito menos de temor, e também não se podia dizer por seu aspecto que tivesse muito dinheiro nem uma urgência desmedida por gastá-lo.

Talvez o que acontecesse, o que tivesse chamado a atenção dela da outra vez e que agora podia confirmar ao revê-lo, embora ele estivesse mudado, não sabia em quê, era que não combinava nem com o local nem com o ambiente, não se parecia em nada com os clientes habituais, caminhoneiros, ou viajantes, ou donos de lojas de eletrodomésticos, de oficinas mecânicas ou de comércios de tecidos que fechavam seus estabelecimentos às oito da noite e antes de voltar para casa iam de carro até os arredores da cidade, até o descampado entre a estrada e os olivais onde cintilavam as luzes do night-club por trás das pequenas janelas veladas por cortinas de um vermelho escuro.

Viu-o agora, antes de se aproximar dele segurando entre os dedos um cigarro apagado, tal como o vira da outra vez, no mesmo lugar e na mesma posição, alheio a tudo que o rodeava, refratário ao sentimentalismo e à vulgaridade da música, à penumbra em que se destacavam os falsos dourados da decoração e o vidro dos copos, os decotes e os rostos, encolhido como um seminarista na ponta do balcão mais perto da porta, com uma jaqueta de camurça, os ombros estreitos, o rosto redondo, de cabeça baixa como que com vergonha ou sem coragem de olhar para as garotas abertamente, absorto no copo diante dele, no maço de cigarros que tinha deixado em cima do balcão assim que entrara. Devia ser muito jovem, o rosto redondo dava-lhe um aspecto infantil, e, além disso, apesar de estar sentado, via-se que não era muito alto, não mais de um metro e sessenta ou sessenta e cinco. Quando deixou seu banco para abordá-lo, fez um sinal para o garçom, tão inativo como ela no anoitecer de vento gelado que talvez trouxesse neve. Apesar do volume da música, aquele eterno disco de Julio Iglesias, ouvia-se o vento soprar com força no telhado e sacudir portas e janelas com rajadas violentas. Aproximou-se do jovem, requebrando um pouco, com um jeito não muito provocante, sem muita convicção. Ele tinha as sobrancelhas e os olhos muito juntos, e embora tivesse percebido a aproximação dela não se atrevia a erguer a vista, estava muito nervoso, tinha bebido um drinque e fumava com sofreguidão, tentando se recompor, e quando ela lhe disse oi a expressão de seus olhos mudou instantaneamente, se tornou defensiva, altiva, até um pouco insultuosa, querendo se assemelhar à dos outros clientes, devia ser algo que os homens traziam dentro de si e que num dado momento aflorava até nos mais covardes, uma arrogância sempre igual, um modo de examinar e medir, de cima a baixo, com pose de especialistas, como se exercessem habilidades e poderes imemoriais, herdados de homem para homem, aprendidos por instinto, sem necessidade de escola.

Mas nesse continuava a existir alguma coisa que os outros não tinham, ela percebia isso agora assim como já havia percebido da outra vez, embora já não se lembrasse do cartão que o policial lhe deixara, com um número escrito à mão, nem tivesse sido capaz de explicar o que era que notava nele, o que ela distinguia, além da atitude de solidão e receio com que se instalara na ponta do balcão, com os ombros da jaqueta molhados e segurando os cigarros e o isqueiro e as chaves do carro em uma de suas mãos enormes, trazendo consigo, ao empurrar a porta, uma corrente de ar frio e neve pulverizada pelo vento, um ar de estranheza que depois sua voz tão suave não dissipou. Não era o tipo de voz com que os homens falavam nesse lugar, não era assim que eles se dirigiam às garotas, que as olhavam, com essa expressão amedrontada de moço antigo, de noivo inatacável, adequado, com essa cara de filho adorado pela mãe e pelas amigas da mãe, de filho-modelo, invulnerável às tentações da boemia e da carne, indiferente a elas, tão estranho à luz e à música e aos perfumes densos do clube como um cristão primitivo obrigado a presenciar uma daquelas orgias dos filmes de romanos.

De onde será que ele vinha, nessa noite em que ninguém se aventurava fora dos quartos quentes e das ruas familiares? O que viera procurar, viajando de carro até o ermo mais além das últimas casas e dos postos de gasolina onde quase ninguém parava para abastecer? Tímido, formal, assustado, com essa sombra que as sobrancelhas projetavam sobre os olhos muito juntos, os mesmos olhos que, nem bem ela começou a repetir desanimadamente o ritual da conversa — você tem fogo?, qual o seu nome?, você é daqui?, me paga um drinque? — adquiriram um brilho diferente, que não era tanto de desejo como de domínio, de impaciente afirmação de hombridade.

Havia algo mais que o diferenciava dos outros: ele olhava de mais fundo, de mais longe, e, se com os outros, bastava olhá-los nos olhos uma vez para saber o que procuravam e o que eram, sem possibilidade de erro, numa repetição monótona, nele tudo permanecia oculto, como o fundo de um poço ou de túnel cujo final não se vê. Ele lhe ofereceu fogo, disse um nome decerto tão falso como o que ela lhe dissera, ficou olhando para suas unhas compridíssimas, pintadas de vermelho, exóticas e provocantes arrematando um par de mãos na verdade pequenas e gordas, com algumas manchas escuras disfarçadas pela luz fraca, pelo som e pelo brilho das pulseiras falsas. Tinha vindo só para tomar um drinque, disse, para conversar, era advogado, tinha um escritório na capital da província, morava sozinho, em um apart-hotel, e quando ela tocou a taça de champanhe recém-servida no copo de cuba-libre que ele segurava e lhe disse que devia ser muito inteligente, tão moço e já advogado e com escritório próprio e morando em um apart-hotel, provavelmente corou mas era impossível saber, pois ali a luz era vermelha e nela se esfumava a cor natural dos rostos, substituída por manchas ou sombras, por uma palidez de pós cosméticos e sensualidades engorduradas de cremes e batom. Pareceu alarmar-se um pouco quando ela lhe disse que se lembrava de tê-lo visto ali outra vez mas logo se apoiou na mentira evidente, era verdade, tinha estado ali poucos meses antes, voltando de uma viagem de negócios a Madri, tinha conversado com outra garota, não lembrava o nome, Soraya, ela disse, pelo menos era como queria que a chamassem, jeitosinha mas muito magra, coitada, por causa do vício, nela ele ia ter mais onde pegar, e avançou as cadeiras e o decote em sua direção, roçou-lhe os joelhos com uma coxa grossa, espremida na meia de náilon. Vou ficar com ciúme, disse, imagine logo ir falando de outra na minha frente, eu desculpo você se me pagar outro drinque mas ele agora não prestava muita atenção, olhava para ela como se desprezasse a vulgaridade das palavras e dos gestos, de suas mãos toscas e domésticas apesar do vermelho e do comprimento das unhas, de seu cabelo tingido, com uma risca escura no meio. O que foi feito dela?, perguntou, mas falava tão baixo que a voz de Julio Iglesias quase não deixava ouvir a dele, um dia foi embora sem nem se despedir, era totalmente drogada, embora disfarçasse, tinha sido obrigada a esconder o vício para ser aceita em um lugar de alto nível como este, só que agora devia estar fazendo a rua, congelando numa beira de estrada.

Só mais tarde pensou realmente em Soraya, ou como quer que se chamasse, e no motivo de sua fuga mas seu instinto deveria tê-la avisado antes, ela deveria ter percebido, e se negado a ir com ele mas às vezes a pessoa sabe que não deve fazer uma coisa e mesmo assim faz, como se fosse uma fatalidade, como se não tivesse outro remédio, por fatalidade ou por costume, porque essa noite estava chateada e desanimada e muito provavelmente não chegaria mais ninguém antes da hora de fechar, e porque o sujeito na verdade não parecia nem um pouco perigoso, esquisito sim mas não mais que tantos outros, um santarrão putanheiro, tinha cara de ir à missa e de rezar o terço, na certa depois ia direto se confessar e era membro de alguma irmandade da Semana Santa, quem sabe até tivesse uma noiva e não ia trepar com ela até a noite do casamento. Ainda estava cheio de tipos assim, ela é que sabia, já lhe tocara agüentar mais de um na despedida de solteiro, excitado e bêbado, rodeado e animado por companheiros ainda mais bêbados que ele, com as gravatas frouxas, as mãos segurando uísques sobre os ombros amigos e as bocas alargadas pelos charutos enormes que mordiam, que nojo.

Mas esse não, mosca-morta, que pareceu não entender quando ela lhe fez um gesto indicando o reservado, onde podiam tomar outro drinque mais à vontade, conversando, conhecendo-se melhor, iam sentir menos frio, pois ali era mais abrigado e tinha até um aquecedor. Ele mudava, em segundos, uma hora parecia meio bobo e frouxo e de repente fazia um movimento decidido, um olhar, um gesto muito rápido que a desnorteava e que deveria ter servido de aviso. Atravessou com ela uma cortina vermelha e, quando entraram no quarto pequeno e quase vazio, ficou parado sobre o piso frio de cimento, com a taça numa das mãos, o maço de cigarro e o isqueiro na outra, tão acanhado que dava até pena, parecia que nunca tinha estado com uma mulher, gaguejou com aquela voz de bom-moço ao perguntar hesitante pelo preço e tentar saber o que lhe seria oferecido em troca, sem dizer nenhum palavrão, sem chamar as coisas pelo nome, evitando-as, assim como evitava os olhos dela enquanto a via tirar a roupa, apressada e friorenta, com a pele arrepiada apesar do calor do aquecedor que iluminava um canto perto da cama, na verdade um catre de ferro, sem lençóis, com um colchão de espuma e uma colcha velha por cima, com um estrado de molas que rangeu sob o peso do homem, que não tinha tirado os sapatos nem a jaqueta, só abaixado as calças, e que continuava fumando e bebericando sua cuba-libre, calado, absurdo com a jaqueta e aquela cara de comungante e de calças abaixadas, como se estivesse sentado na privada, as pernas curtas e grossas, muito peludas, cobertas de pêlos crespos, como deviam ser as costas, como o dorso das mãos e dos dedos.

Disse-lhe em voz baixa que não tirasse os sapatos nem as meias, abriu mais as pernas e lhe fez um sinal para que ela se ajoelhasse na sua frente, e esse gesto foi de uma grosseria e uma clareza inesperadas, brutais, como as palavras que disse, e que um segundo antes ela não poderia imaginar que pudesse ouvir daquela voz. Havia um tapete sujo aos pés da cama mas apesar disso o frio logo penetrou em seus joelhos, por isso resolveu terminar com aquilo quanto antes, apostava que o mosca-morta não ia durar nada, que logo ia se derramar com um gemido e um estertor lânguido para depois ficar cansado e frustrado, ainda com a boca aberta e os olhos baixos, sem conseguir se limpar com o papel-toalha sempre à mão sobre a mesa-de-cabeceira.

Sentia os dedos dele apertando a sua nuca, impondo um movimento rápido e mecânico, respirava pelo nariz, escutava acima dela o rosário de palavras do outro, as frases aprendidas em revistas ou filmes que sem dúvida repetia para se excitar e que ela era incapaz de associar ao rosto e à voz de poucos minutos antes mas logo viu que a coisa ia ser difícil e talvez impossível, ela o suspeitara logo ao ver o que o moço tinha por baixo das calças mas procurara disfarçar sua reação, sua surpresa, a vontade de fazer alguma piada. Agora estava sufocando, com os olhos fechados, ouvindo sua própria respiração e as palavras sujas que o homem recitava em voz baixa e suave como uma ladainha, estava consciente do frio e da dureza do piso sob o tapete e da dor nos joelhos, do vento que soprava fora, do outro lado das paredes, e da música de Julio Iglesias que continuava tocando no bar. Lambia e sugava em vão, cansada, impaciente, com um nojo neutro que atenuava pensando em outras coisas mas agora uma das mãos cravadas em sua nuca começava a puxá-la pelos cabelos, fazendo-a levantar a cabeça, obrigando-a a olhar para o rosto redondo e transfigurado do homem e para a lâmina do canivete automático que saltou bem na frente dos seus olhos, junto do seu rosto. Agora se lembrava do policial grisalho, do cartão com um número de telefone escrito à mão mas logo em seguida não pôde se lembrar de nada nem pensar em nada, parecia-lhe que aquela mão ia arrancar o seu couro cabeludo, e não podia gritar de dor porque o fio da faca estava contra o seu pescoço, pressionando a pele, a ponto de penetrá-la, enquanto as palavras continuavam e a mão que puxava o seu cabelo a obrigava a mover a cabeça mais rápido ainda. Voltava a endurecer, não tinham bastado as palavras e precisava do canivete para se excitar, respirava mais fundo mas não passou de um instante, logo amoleceu de novo, primeiro de maneira imperceptível, depois evidente, e também irremediável, ela jogou a cabeça para trás e conseguiu safar-se da mão, tentou gritar mas faltou-lhe o fôlego, e um segundo depois não era mais possível, porque o homem, o desconhecido, já a atirara contra o chão de cimento, já a segurava entre as pernas abertas e traçava círculos com a ponta do canivete em volta de seus mamilos, dizendo-lhe suavemente o que ia fazer com eles se não ficasse calada, perguntando se não sabia mesmo por que aquela garota, Soraya, tinha ido embora da cidade tão rápido e sem se despedir de ninguém, do que tivera tanto medo.

Exaltado, compensado, seguro de sua invulnerabilidade, fitava-a nos olhos sem pestanejar enquanto subia as calças e o zíper e ajustava o cinto. Guardou os cigarros e o isqueiro nos bolsos da jaqueta, conferiu se estava com a carteira, as chaves do furgão, as de sua casa. A mulher se levantara do chão e estava sentada na cama, o cabelo tingido de louro cobrindo-lhe metade do rosto, os sapatos tortos, a carne flácida e branca, repulsiva agora, tão pouco excitante como o quarto, seu telhado de fibra de cimento e sua nudez de garagem, com a pequena janela de vidros pintados de vermelho que deviam ter um brilho convidativo para quem passasse de carro pela estrada. Aproximou-se dela, ainda empunhando o canivete, obrigou-a a erguer o rosto, puxando-a pelo cabelo. Cuidado com o que você fizer ou falar, disse, porque eu posso voltar. Soltou o seu cabelo, pegou o colante ou o body que ela estava usando e lhe jogou no rosto, e quando ele já tinha virado as costas, certo de que a mulher não pediria ajuda, que não gritaria para impedir que ele saísse (assim como a outra, Soraya, não dissera nada, tendo bastado apertar-se contra ela e começar a introduzir a calcinha em sua boca para que ela se lembrasse e entendesse), ficou imóvel quando a ouviu falar, ainda sem se virar para ela, como se estivesse demorando para entender o que ela dissera, apertando o canivete com muita força.

"Eu gosto de homem com mais pau e menos faca."

Ficou vermelho, seu rosto ardia, deu meia-volta, e a mulher, sentada na cama, recuava sem deixar de olhá-lo, apertava o canivete com tanta força que ia ferir a palma da mão, ergueu o punho e a mulher acompanhou esse gesto como se não pudesse afastar as pupilas do pêndulo de um hipnotizador, golpeou-a uma única vez, o punho sólido e enorme como uma maça, viu-a caída sobre o travesseiro, de barriga para cima, sangrando pelo nariz, cerrou os dentes e fincou as unhas na palma da mão, atravessou a cortina vermelha e o ar denso e a música sem ver nada além de manchas e sem ouvir nada além da própria respiração e do sangue batendo nas têmporas. Saiu para o frio, para o vento gelado, entrou no furgão, arrancou, ouviu portas batendo e gritos atrás dele, viu à sua frente a estrada pontilhada de luzes, as faixas brancas e as fileiras rápidas de oliveiras, os brilhos da cidade um pouco além, reverberando em um céu baixo e branco, como que iluminado por dentro, um céu de inverno profundo e de prenúncio de neve.

Cruzou as ruas desertas sem parar nos sinais vermelhos, sem saber que horas eram nem aonde ia, cada vez mais rápido, em linha reta, ouvindo o motor vibrar e rugir e manchando de sangue o plástico do volante, segurando-o com a mão esquerda para chupar a ferida na outra, e já sem cuidado limpava o sangue na calça, na jaqueta, engolia e o gosto de sangue lhe dava náuseas, enjoado pelo cheiro de peixe que sempre havia dentro do furgão. Ao chegar à praça do relógio parou em um sinal, com um resto de lucidez ou de prudência, sempre havia guardas na porta da delegacia. Mas as sacadas estavam escuras e a porta estava fechada, os desgraçados ficavam lá dentro para se proteger do frio. Tamborilava no volante esperando o sinal abrir, chupando com impaciência a palma da mão, arrancou forte, com um grito dos pneus contra o asfalto, desafiando os guardas invisíveis, a cidade adormecida ou covarde que se ocultava atrás das janelas fechadas: calavam, tinham medo, uma cidade inteira aterrorizada por um único homem, conspirando para apanhá-lo, preparando armadilhas em que não pensava cair, escondendo coisas, querendo apagá-las, como se ele fosse idiota.

Passavam-se os dias, e nada no jornal, que ele jogava fora sujo de escamas e do grude dos peixes depois de olhá-lo página por página, nada no rádio nem na tevê, estavam querendo enganá-lo, não tinha dúvida, queriam que se descuidasse, que desse um passo em falso, nas primeiras manhãs ia até a banca de jornal contendo as palpitações, fincando as unhas na palma das mãos, e como não tinha o hábito de lê-lo desmontava os cadernos procurando, sentindo-se lesado ou ferido, desnorteado, primeiro com bruscos acessos de alarme e até de pânico e depois de irrealidade, tinha mais do que nunca a sensação de ter sonhado o que recordava, e algumas noites, sem conseguir se conter, vagou pelas ruazinhas abandonadas do bairro a caminho do parque e do barranco mas sempre parava antes de chegar, a um passo, talvez ainda não a tivessem encontrado, afinal, a primeira foi achada por acaso por um varredor, e agora, com o vento e o frio do inverno, ninguém ia ao parque, nem sequer os drogados e as turmas de bêbados das noites de sexta-feira. Mas também não pareciam estar procurando por ela, nem dando por sua falta mas claro que isso era impossível, estavam à espreita, eles não o enganavam, estavam esperando que desse um passo em falso, que ficasse nervoso e cometesse um erro. Mas ele ainda estava a salvo e era invisível, tinha vontade de telefonar para a delegacia e dizer isso para o inspetor-chefe, desafiá-lo, me encontre se puder, e desligar, ali mesmo, na cabine da praça, a um passo dos guardas e da sacada iluminada: chegar muito perto de um limite e então afastar-se e recuar, invulnerável, invisível, aproximar a mão de uma porta metálica com um cartaz que adverte "Não toque, perigo de vida" e sentir como um ímã na ponta de cada dedo, afundar o gume ou a ponta da faca em uma pele lisa e macia uma fração de milímetro exata, numa punção que não chega a ser uma ferida, que não chega a fazer o sangue brotar.

Ia freando à medida que se aproximava do parque, desligou o motor, apagou os faróis, e o carro continuou deslizando em silêncio, indo parar depois dos últimos postes de luz e ainda a uma certa distância das sombras vagas de sebes e árvores imóveis, e ele então percebeu que o vento cessara. A mão já não sangrava: com a ponta da língua podia acompanhar o fio tênue da ferida. Não havia ninguém por perto, não se ouvia nada, nem o vento, nem motores de automóveis. Contra o perfil escuro dos telhados e das árvores destacava-se o brilho de gaze ou de névoa do céu baixo. Estava a salvo, quieto, abrigado, oculto no interior do furgão sem luzes, no limite deserto da cidade, livre de qualquer suspeita, calmo agora, quase corajoso, fumando, a brasa do cigarro escondida na concha da mão, por precaução, para desfrutar ainda mais de sua invisibilidade, se passasse alguém provavelmente não perceberia que ele estava no furgão, confundido na escuridão interior, na fumaça.

Se agora desse a partida e descesse o declive ladeando a muralha, em poucos minutos estaria de volta a sua casa. Viu-se deitado na cama, sem conseguir dormir, ouvindo a tosse ou o cochicho dos velhos, imaginando que se levantava em segredo e caminhava flutuando sobre o chão até atravessar o parque e descer pelo barranco, sonhando. Saiu do furgão, parcialmente alheio a seus atos, quase vendo-se de fora, uma parte dele imóvel ou passiva e a outra avançando, como nos sonhos, como quando se está deitado no escuro e a imaginação representa com todos os detalhes algo que já aconteceu ou que nunca chegará a acontecer. Ouvia sob seus passos o cascalho do parque e os cacos de vidro. Deixava para trás o furgão, as últimas luzes das esquinas, as casas brancas de janelas fechadas, e a terra que pisava tinha um brilho morto, como a do céu, que por contraste tornava mais densas as silhuetas das árvores. Passara-se muito tempo, não era possível que ela ainda estivesse ali, jogada, esquecida, decomposta, ou quem sabe idêntica a como ele a vira ao deixá-la, ao luar, de repente perdia a noção do tempo e estava pela terceira vez na mesma noite, sempre igual, e o rosto que via era o da primeira menina, Fátima, a outra sumira de sua memória, nem chegou a saber seu nome. Desceu até o barranco, segurando-se nos troncos dos pinheiros, escorregando no barro, certo de que não precisaria acender o isqueiro para encontrar o lugar exato, a vala, teria chegado até de olhos fechados, como chegara imaginariamente em cada uma de suas noites de insônia, em sonhos dos quais despertava com uma agitação de alarme, de perigo e de vertigem.

Tropeçou em algo, tinha enroscado os pés em um emaranhado de raízes expostas, mas teve reflexos rápidos e não chegou a rolar pelo barranco, apertou o corpo contra o chão, como quando tinha onze ou doze anos e espiava os casais de namorados. Levantou-se, furioso, estava todo enlameado, quando chegasse em casa teria de pôr tudo na máquina, para evitar as perguntas impertinentes e medrosas da velha no dia seguinte, onde você esteve?, por de sua roupa está tão suja de barro?, você não andou bebendo, não é, meu filho? Apalpou os bolsos, tinha ouvido alguma coisa caindo, as chaves do furgão, não, o canivete, maldisse em voz alta, tateando, ajoelhado, e agora tampouco achava o isqueiro, por fim o encontrou, sorte não ter caído também, manteve-o aceso durante alguns segundos e quando se apagou teve com retardo a impressão de ter visto algo mas não podia ser, tentou acendê-lo de novo mas a chama não saía, só o gás, a rodinha girava sem fazer faíscas, era a pedra que estava gasta, ou seus dedos que tremiam ou estavam gelados. Uns sapatos, era isso que tinha visto mas olhava em redor e só via os troncos e as sombras das árvores, era melhor que se levantasse e fosse embora dali, rápido, ainda era tempo, uma das árvores pareceu se mexer e um instante mais tarde um clarão amarelo feriu-lhe os olhos, cobriu o rosto com uma das mãos, uma lanterna se acendera poucos metros à frente dele e se aproximava, e depois outra, mais à direita, e uma terceira às suas costas, três cones de luz densos de neblina avançando na direção dele, que ainda não conseguia ver ninguém ou não distinguia os vultos humanos das sombras das árvores. Levantou-se, limpando os joelhos, a jaqueta, desviando os olhos das luzes que o cercavam e demoravam uma eternidade em se aproximar, agora acompanhadas de rumores de passos e de corpos que se moviam ao seu redor, entre a vegetação, surgindo das sebes, destacando-se do vulto dos pinheiros. Quieto, disse uma voz, não se mexa, nem um passo, e da luz amarela das lanternas emergiu um revólver. Virou o rosto, fechou os olhos e ergueu as mãos lentamente, apesar de ninguém tê-lo ordenado.

29.

"Tire as algemas dele", disse o inspetor. O guarda obedeceu e se postou atrás da cadeira em que estava o detento, com as algemas na mão e os braços cruzados, como para vigiá-lo bem de perto, olhando-o enviesado sem disfarçar o desprezo, a curiosidade, o ódio. Mas o inspetor indicou-lhe com um gesto que se retirasse, e o guarda, contrariado, fez um cumprimento sumário e saiu fechando quase bruscamente a porta mas permanecendo de pé do lado de fora, suas costas largas como uma sombra azul no vidro fosco. O inspetor dera ordem de não deixar ninguém entrar e para não transferirem nenhuma ligação para sua sala.

Queria tempo e calma, não muito, talvez apenas algumas horas, as últimas dessa noite, não para confirmar o que já sabia, nem para obter uma confissão mas para entender algo, ou ao menos tentá-lo, antes que começasse o tumulto dos jornalistas e das câmaras de televisão e entrassem em funcionamento os mecanismos do processo judicial. Agora precisava mais do que nunca de sossego, de lentidão, de discrição. Para além da sacada de sua sala, na praça do general, na cidade inteira, deserta e adormecida ao abrigo da noite de inverno, ainda ninguém sabia de nada, e ele preferiria que o segredo não acabasse com a luz do dia, que a delegacia não voltasse a ser rodeada pela multidão sufocante dos que vinham à caça de manchetes ou de imagens e dos que gritavam abrindo muito a boca e agitavam os punhos exigindo justiça imediata, vingança.

Tanto tempo procurando, e só dispunha de algumas horas, não mais que duas ou três, calculava, até que começassem a tocar os telefones e a se formar grupos em frente à delegacia, em volta da estátua e da fonte que ultimamente amanhecia sempre com a água congelada. Mas ainda não dizia nada, não se lembrava de nenhuma das perguntas que quisera fazer durante todo aquele tempo, desde o início de outubro, desde que viu, primeiro no barranco e depois na mesa de autópsia, o rosto de Fátima, seus olhos abertos, as meias brancas arrematando as pernas magras, machucadas e enrijecidas. Tantos meses procurando um único olhar e agora estava bem defronte dele, fugidio e vulgar, sem mistério, sem muita expressão, um olhar que poderia ser o de qualquer um, assim como o rosto e as mãos, como a jaqueta de falsa camurça, suja de barro nos cotovelos e nos punhos, tudo barato e comum, as coisas que tinham tirado de seus bolsos e que agora estavam em cima da mesa, um isqueiro azul, Bic, de plástico, um maço quase vazio de cigarros Fortuna, as chaves de um carro, as de uma casa, em um chaveiro com propaganda de lava-rápido que ganhara de brinde, um canivete, exatamente como o que a menina, Paula, descrevera, de cabo preto e com uma cabeça de touro na ponta. Quase mais nada, duas notas sujas de mil pesetas, com um cheiro muito forte, de peixe, umas moedas, um lenço de papel com manchas escuras, talvez de sangue: as coisas em cima da mesa, vulgares mas também inusitadas, junto do telefone e da luminária, da bandeja metálica com os documentos e do arquivo de papelão em que estavam as fotografias e a papelada da investigação, meses de diligências, de relatórios e ofícios datilografados, de fórmulas repetidas no tédio do jargão administrativo. A primeira folha do dossiê era uma cópia do boletim de ocorrência do desaparecimento de Fátima. A última, o relatório enviado pelo escritório regional do Instituto Meteorológico, com as datas e horas exatas da aparição da lua cheia nos últimos meses.

O homem jovem sentado diante dele estava de cabeça baixa e massageava os pulsos, tão grossos que as algemas tinham-lhes deixado marcas de um vermelho muito intenso. As unhas, os dedos, o pêlo crespo do dorso, a cor de carne crua, tudo fora observado e descrito por Paula, a corrente dourada no pulso, o relógio grande e ordinário. Sem nunca tê-lo visto, o inspetor o reconhecia mas sentia a ausência da exaltação nervosa que tantas vezes havia imaginado que o dominaria quando chegasse esse momento, a sensação de vitória e de cólera. O que notava, no fundo de si mesmo, era uma ponta de decepção, de cansaço, de impaciência por terminar quanto antes. Esse rosto redondo, de sobrancelhas arqueadas e longas, de queixo diminuto e olhos muito juntos era o que ele estivera procurando ao longo de cada dia e quase cada hora dos últimos quatro meses, o rosto agigantado pela imaginação de um inimigo, de um monstro, o último rosto que Fátima vira antes de morrer de asfixia e de pânico, o mesmo que todas as noites, com sinistra pontualidade, aparecia nos pesadelos de Paula, embora o olhar sempre se apagasse ao despertar. "Todo sábado eu comprava peixe dele", diria depois Susana Grey, olhando as fotos com incredulidade e espanto, com um grau de repugnância que as palavras não eram suficientes para expressar, "eu tinha pena dele, porque achava que era muito tímido para ser um bom vendedor e nunca tinha muita gente em sua banca, as freguesas diziam que, quando seu pai adoeceu, ele teve que largar os estudos para trabalhar."

"Procure pelos seus olhos", dissera-lhe o padre Orduña, num tempo agora tão distante, logo depois da morte de Fátima, antes de Susana Grey: aí estavam, vermelhos, fugidios, servis, fixos no chão ou na beirada da mesa, nas marcas vermelhas das algemas. Poderia tê-los visto mil vezes e não teria suspeitado deles. Qualquer olhar pode ser o de um inocente ou o de um culpado, pensava, recordando os olhares serenos e francos que se viam em cada um dos cartazes dos terroristas mais procurados. Definitivamente, o rosto não era o espelho da alma. O que esse homem estaria vendo agora no dele?, em seus olhos cinzentos que não deixavam de fitá-lo, com idêntica curiosidade e decepção mas sem nenhum sinal da raiva agressiva com que os outros policiais o olharam, quando levou a mão ao bolso num gesto equívoco e alguém o derrubou por trás e torceu-lhe um braço até quase quebrá-lo, afundando de propósito seu rosto no barro, insultando-o? Agora você vai ver, desgraçado, vamos fazer com você o mesmo que fez com as meninas.

Vão com calma, dissera uma voz áspera e baixa, a primeira que ele ouviu quando a lanterna se acendeu na frente de seu rosto. Alguém o fez levantar o rosto do chão agarrando-o energicamente pelo colarinho da jaqueta, e uma lanterna aproximou-se tanto de seus olhos que, ao abri-los, teve a sensação de que queimavam, e tornou a fechá-los, protegendo-os com os punhos cerrados, num reflexo infantil. "Eu não fiz nada", disse, ainda de olhos fechados, enquanto o puxavam e empurravam ladeira acima, em direção às sebes que dividiam o parque do barranco e dos pinheiros, "não podem me prender." A voz áspera e fraca falou sem o menor tom de ameaça nem de ironia: "Não estamos prendendo você, só vai nos acompanhar para uma verificação de identidade". Em torno dele moviam-se confusamente feixes de lanternas e altas silhuetas fardadas. Na entrada do parque, perto de onde ele deixara o furgão, brilhavam as luzes vermelhas e azuis de três carros policiais.

Com um empurrão certeiro e como que casual fizeram-no entrar em um deles, e dois guardas se sentaram junto dele, um de cada lado. Fechava as pernas na esperança de que não percebessem que urinara nas calças. Agora sim viu o rosto do homem à paisana que tanto aproximara a lanterna de seus olhos, o mesmo que ele tinha visto aquela vez na televisão, por alguns segundos, antes de ser encoberto por um jornal: dava ordens por entre as luzes e o barulho das portas se fechando e a agitação silenciosa dos uniformes, dizia que não ligassem as sirenes, que não era preciso acordar ninguém. "Eu não fiz nada", repetiu, aprisionado entre os ombros dos guardas, maiores e mais fortes que ele, com as mãos juntas no colo, já algemadas, sentindo a umidade, "juro, eu moro bem perto daqui, só estava dando uma volta."

"Uma volta é o que eu faria você dar", disse um dos policiais, sem olhar para ele, e então o carro partiu e subiu devagar pela rua reta e deserta que desembocava na praça, precedido e seguido pelos outros dois, agora com as luzes de alarme apagadas.

Esperava confusamente que, chegando à delegacia, logo o poriam na cadeia. Havia pouca luz no saguão e nas escadas, um rumor abafado de passos, de vozes baixas e portas se abrindo e fechando. "O chefe não quer que ninguém saiba de nada ainda", sussurrou alguém atrás dele, um dos guardas que o faziam subir aos empurrões por uma escada estreita e mal iluminada. Era como chegar a uma casa onde se madrugou muito num dia de mudança ou de viagem e tudo é feito com extrema cautela para não acordar os vizinhos. Conduziram-no por um corredor com rodapé de azulejos marrons e portas abertas para salas com máquinas de escrever e papéis desordenados sobre mesas de metal. Em um canto havia um balde de água suja e um esfregão. Para um guarda bem mais velho que os outros, de usava óculos e datilografava muito devagar, teve de dizer seu nome, endereço, número da carteira de identidade, ocupação, nome dos pais. Ninguém o insultava, ninguém fazia muito caso dele: era empurrado, levado, alguém segurou seus dedos um por um para imprimir as impressões digitais sobre uns cartões brancos, entregaram-lhe um pano sujo e cheirando a álcool para que se limpasse, fizeram-no descer por outras escadas mas tampouco agora o conduziram a uma cela, e sim a um quarto com azulejos brancos onde tiraram fotografias de frente e de perfil, e mais uma de corpo inteiro, junto a uma escala métrica.

"Já veio mijado", disse aos guardas o homem que batia as fotos mas sem lhe dar a menor importância nem reparar muito nele, como se comentasse uma das manchas de barro da calça ou da jaqueta. "Venha, valentão, vamos trocar as fraldas", disse um dos guardas, e tornou a empurrá-lo escadas acima, para o mesmo corredor com o balde e o esfregão. As luzes dos tubos fluorescentes davam a todos os rostos com que se cruzava uma palidez de insônia, de esgotamento de horários noturnos. "Deve haver algum engano, seu guarda, o senhor vai ver como eu não fiz nada": caminhava virando a cabeça para o policial, servil, obediente, com a humildade adequada, procurando em vão encontrar seu olhar, oferecer uma expressão de inocência indubitável, da qual ele mesmo não custava muito a se convencer. "Por favor, não liguem para minha casa", dissera quando lhe perguntaram seu número de telefone, "minha mãe não pode saber disso, senão vai ter um desgosto." Não zombavam dele nem davam mostras de querer assustá-lo ou humilhá-lo: apenas pareciam não ouvi-lo. O guarda abriu uma porta depois de bater e o fez entrar na frente. Não estava em um porão, nem em um calabouço mas em outro escritório, menos iluminado e também menos desordenado que os outros, com uma luminária sobre a mesa, uma máquina de escrever em um carrinho contíguo, um armário de metal, um cabide com um casaco verde-escuro pendurado, uma cadeira com encosto de metal em que, com um gesto rápido e brusco, o guarda mandou que se sentasse. Nas paredes brancas não havia nada a não ser um calendário e uma foto de Fátima. O policial à paisana, o homem de cabelo grisalho, estava de costas, de frente para a sacada, e virou-se devagar para ele procurando pelos seus olhos, aparentemente muito tranqüilo, com as mãos nos bolsos.

Esperava em pé, fitando a praça deserta na noite de inverno, o céu nublado e pálido, com matizes violáceos pela reverberação das luzes da rua, dos refletores que iluminavam a estátua, a igreja da Trindade e a torre do relógio, onde logo soariam as duas da madrugada. Sentira a tentação de ligar para Susana Grey para lhe dizer simplesmente "Já o peguei", para ouvir sua voz velada e suavizada pelo sono mas não quis assustá-la com um telefonema a uma hora dessas, embora talvez ainda não estivesse dormindo, poderia estar lendo na cama, junto ao criado-mudo sempre coberto por uma desordem de livros empilhados e de cremes de beleza, à espera dele, sem se permitir estar muito certa de que chegaria.

Tinha esperado que levassem o detido até sua sala com o mesmo sentimento de quietude tensa, de expectativa e vigilância absoluta com que fora ao barranco a cada anoitecer, nas últimas noites de quarto crescente, à medida que se aproximava o plenilúnio. De início não disse nada a ninguém, nem mesmo a Susana Grey mas foi ela, involuntariamente, quem o fez conceber uma idéia que ele mesmo julgou descabelada, ou pelo menos muito improvável, uma dessas idéias que tanto o faziam detestar os filmes. Estavam passeando numa noite muito fria pelo mirante da muralha, atrás da igreja de El Salvador, frente ao vale e à serra, muito agasalhados, sem se tocarem, e vagamente abatidos pelo que não diziam, e Susana apontou para o gomo amarelo de lua que acabava de surgir sobre uma das colinas: "Você se lembra de quando a vimos da outra vez, no mês passado? A lua é mentirosa. Se não fosse por você, eu não saberia que está em quarto crescente".

Com uma avidez de lembranças comuns, ela guardava pormenores do passado recente, fatos memoráveis de poucas semanas antes que já lhe davam uma frágil idéia de duração do amor. Na manhã seguinte, trancado em sua sala, ele verificou datas e consultou o calendário, telefonou várias vezes para o Instituto Meteorológico, inseguro, excitado, recordando subitamente a noite de lua cheia e de insônia em que lhe telefonaram para dizer que tinham encontrado o cadáver de Fátima, imbuído dessa embriaguez matinal da inteligência e da energia física que despertara nele desde que tinha abandonado o cigarro e o álcool, muito nervoso, ainda sem se atrever a confirmar com Ferreras, recordando mais uma vez a inundação de luar em que se destacara a figura de costas de Susana Grey na primeira vez em que a viu nua, justo um mês depois, exatamente, confrontava o calendário com o dossiê e não podia acreditar, a mesma noite em que a segunda menina, Paula, estivera a ponto de morrer.

Não contou nada a ninguém. Um funcionário do Instituto Meteorológico lhe explicou por telefone que faltavam quatro dias para o plenilúnio. Ao anoitecer deixou a delegacia, muito agasalhado contra o frio extremo, a gola do casaco abotoada e levantada e as mãos enluvadas dentro dos bolsos, quase clandestino, carregando uma lanterna e um revólver, e desceu pela rua reta e gradualmente mais escura e deserta que terminava nos jardins da Cava. Olhava para trás de quando em quando, movido por um receio instintivo que o tempo não dissipava. O antigo bairro de Ferreras estava tão pouco iluminado quanto os longes do vale:

uma ou outra luz nas esquinas caiadas, atrás das cortinas, o rumor distante de música e de vozes de televisores, de aplausos.

Mas nos jardins já não se escutava nada, não havia nenhum sinal de presença humana, parecia mentira que houvesse ruas com trânsito e casas habitadas tão perto dali, a um passo mas já em outro mundo. Os globos de luz dos postes tinham sido quebrados a pedradas muito tempo antes, e ninguém se dera ao trabalho de substituí-los, assim como ninguém aparava mais as sebes nem limpava o mato, nem recolhia os cacos de vidro, os sacos plásticos e as caixas de vinho vazias. Para encontrar o lugar exato que estava procurando no barranco, a vala onde Fátima e Paula tinham ficado estiradas, lhe bastou acender a lanterna por um segundo, apenas um rápido piscar que depois o mergulhou em uma escuridão mais profunda. Logo perdeu a noção do tempo e esfumou-se o propósito que o levara a esse lugar. Estava imóvel, com as costas apoiadas contra o tronco de um pinheiro, sentindo o frio da terra subindo pela planta dos pés, apesar das solas de seus resistentes sapatos do norte e de suas meias de lã. A escuridão ia se povoando de sombras e silhuetas nítidas tão gradualmente como o silêncio, de sons: rumores de focinhos em tocas, de patas com garras mínimas sobre o manto de agulhas apodrecidas pela umidade que cobria a terra; o rangido das ramagens mais altas, e acima delas o céu branco e nublado, às vezes a mancha imprecisa de luz da lua quase cheia, sumindo quase até se apagar, surgindo pouco depois, entre farrapos velozes de nuvens empurradas por um vento que soprava muito acima da terra úmida e fria, das árvores quietas, dos grandes pinheiros inclinados. Abaixo, ao pé do barranco, onde começavam as hortas, ouvia-se o rumor da água nos canais transbordantes, e deles subia um cheiro de vegetação e de névoa. Recordava com distância e afeto a saudade da infância que Ferreras lhe confiara: as vozes e as músicas do cinema ao ar livre, ouvidas nos jardins e no bairro inteiro nas noites quentes de verão.

Mas não pensava em nada, só se quedava ali, imóvel, permanecia, esperava, indiferente ao frio e à passagem do tempo, numa quietude que não era paciência, nem sequer cuidado para não ser percebido mas um estado particular dos seus sentidos e da sua alma, tudo nele em suspensão, em guarda, tão difícil de distinguir entre as sombras das árvores como um animal à espreita na selva, um tigre entre os bambus que se confundem com as listras do seu pêlo ou um inseto no capim seco com sua mesma cor parda. As mãos quentes e a postos dentro das luvas de lã e dos bolsos forrados, empunhando a arma, a lanterna, os pés que nem sequer se mexiam para afugentar o frio batendo contra o chão. Ele mesmo sentia que se apagava, que deslizava e desaparecia no fluxo de suas sensações assim como a lua entre as nuvens velozes. Vivia em um parêntese de silêncio e de tempo. O sino da torre do relógio começou a tocar, e, como fazia muito tempo que não o ouvia, calculou que deviam ser nove horas: continuou contando e era meia-noite, tinha passado cinco horas no barranco, estava com a pele do rosto gelada e o frio da terra já começava a entorpecer os seus joelhos.

Voltou na noite seguinte, e na outra. A temperatura tinha baixado muito e o céu continuava baixo e nublado, de um cinza sujo e liso, como o de um país muito mais setentrional. Na terceira noite, véspera de lua cheia, ouviu perto um barulho de passos e vozes e teve a sensação de despertar de um sono no qual não sabia que caíra. Acima dele, bem perto, do outro lado das sebes, alguém se mexia, duas vozes cochichavam, uma, de homem, e a outra, de mulher. Ouvia uma agitação de roupas e de corpos, o estalo de um isqueiro, e de repente pensou, como em uma novidade inusitada, que se o surpreendessem iriam pensar que era um voyeur. Avançando um pouco, viu brasas de cigarros, e depois uma chama avermelhada e mais duradoura que iluminou fugazmente dois rostos magros, inclinados sobre algo brilhante: estavam queimando heroína sobre um pedaço de papel-alumínio, brigavam por algo com uma grosseria própria de viciados, com a pesada lentidão dos bêbados.

Nessa noite, passava da uma da manhã quando bateu à porta de Susana Grey, morto de frio, rendido pelo cansaço e pelo desejo. Susana o recebeu de óculos mas ainda tivera tempo de pintar os lábios enquanto ele subia. Usava como pijama uma camisa dele. Gostava muito de usar suas camisas e gravatas, tinha um talento especial para tornar-se atraente com roupas masculinas. De onde você vem, perguntou, tocando no seu rosto gelado com as suas mãos tão quentes, parece que viu uma assombração.

Faltavam dois dias para a lua cheia. Formou uma patrulha com os guardas que lhe inspiravam mais confiança, exigiu segredo e lhes disse que tinha recebido um telefonema anônimo, uma delação que era preciso verificar. Depois de três horas de vigilância, quando os homens já começavam a se agitar de impaciência e de frio, e, em voz baixa, um deles lhe pedia permissão para fumar, viram o vulto aproximar-se por entre as sebes, descer na direção deles, sem vacilação, cautelosamente, como se comparecesse a um encontro clandestino. Viu o seu rosto ali mesmo, obrigou-o a se virar, ainda no chão, e a princípio, ao olhá-lo, teve durante alguns segundos a sensação de que se enganara. Não se parecia com o retrato falado, esse rosto simples e redondo não podia ser o que ele vinha procurando havia tanto tempo.

"Ele sabe que parece ser uma pessoa boa." Agora, em sua sala, do outro lado da mesa, o detido se atrevia pela primeira vez a encará-lo, erguendo os olhos para ele, que ainda estava de pé, com uma expressão de bondade amedrontada, de respeitosa obediência. "Eu não fiz nada, senhor delegado, juro pela minha mãe, moro pertinho do parque, só estava dando uma volta." A voz muito macia, lamurienta, dócil, perfeitamente falsa, como a reverência covarde dos olhos muito juntos, grandes e mortos, amedrontados, como os olhos dos santos nos ícones ou nos mosaicos bizantinos, disse Susana Grey ao vê-los. A boca pequena e de lábios carnudos, o queixo mínimo, imperceptível na redondez do rosto, as duas mãos agitando-se no colo, uma contra a outra, as unhas coçando ou arranhando um dorso peludo, se fincando nas palmas, o ruído da saliva ao ser engolida.

Acompanhava com os olhos os movimentos do inspetor, que se inclinara sobre a mesa, tendo apanhado o canivete entre o polegar e o indicador, fez saltar o relâmpago da lâmina. O estalo instantâneo estremeceu o detido. "Não é meu", disse, engolindo de novo, de cabeça baixa, fitando as mãos, "encontrei no parque." Mas o inspetor ainda não havia dito nada, não lhe perguntara nada. Deixou outra vez o canivete sobre a mesa, sentou-se afinal, jogando a cabeça para trás no encosto da poltrona giratória, oscilando quase imperceptivelmente. O olhar fugidio agora deslizava sobre a mesa, detinha-se no isqueiro, no maço de cigarros, amarrotado e quase vazio. "Pode fumar, se quiser", disse o inspetor: viu repetir-se a gratidão automática, a assustada avidez de qualquer detido, a mão que avança nervosa até o maço e procura um cigarro, o tremor na boca, a dificuldade para acender o isqueiro. O som mais profundo da respiração, a fumaça saindo em baforadas de alívio. Um fio branco e fino de fumaça saindo pelo nariz lembrou-lhe a ponta de tecido que despontava por um dos orifícios do nariz de Fátima. Sorria, enquanto soltava a fumaça, agradecia-lhe com os olhos, oferecia-lhe sua inocência, a honestidade de seu rosto.

O inspetor voltou a se levantar com uma brusquidão que alarmou instintivamente o outro. Tirou da parede a fotografia de Fátima, afastou de um tapa inesperado as coisas sobre a mesa, sem evitar que uma delas, o isqueiro ou as chaves, caísse no chão, e colocou-a ali, sob a luz da luminária. "O senhor já viu esta menina?" Olhou fixamente e logo desviou os olhos, negou com a cabeça, tragando fumaça e saliva, tossindo. "Só a vi na televisão e no jornal, como todo mundo", demorou quase um minuto em dizer. O inspetor retirou a foto e pegou da gaveta onde o guardava, trancado à chave, o envelope pardo das outras, as que Ferreras tirara no barranco e, mais tarde, na sala de autópsia. Empurrou o envelope até o outro lado da mesa, devagar, com a ponta dos dedos, jogou o corpo para trás contra o encosto da poltrona. O detido ainda fingia não vê-lo, tinha a cabeça tão afundada no peito que o inspetor não via a expressão do seu rosto. Respirava muito forte pelo nariz, agitava-se na cadeira, como quem está há muito tempo sem se mexer. O inspetor aproximou um cinzeiro. Quando o detido apagou o cigarro nele, o inspetor recolheu a ponta com toda naturalidade, com muito cuidado, e guardou-a em um pequeno saco plástico, anotando algo na etiqueta auto-adesiva. Esse gesto simples acendeu um brilho de alarme nos olhos do outro, uma expressão de astúcia contrariada que por um instante apagou qualquer rastro de docilidade ou temor. Ato contínuo, o inspetor tirou o último cigarro torto e amassado do maço e o segurou entre os dedos. Parecia que ia oferecê-lo ao outro ou esmagá-lo. Os olhos juntos e ovais ergueram-se para o cigarro, não para o rosto do inspetor, nem para o envelope marrom sobre a mesa.

— Abra isto — disse o inspetor com sua voz baixa e áspera. Olhe o que tem dentro.

— O senhor me deixa fumar?

— Abra o envelope — disse o inspetor, agora um pouco mais alto, não muito, só o bastante para que o outro registrasse.

Os dedos grandes e desajeitados tremeram ligeiramente ao levantar a aba e extrair apenas metade da primeira foto. Não existem outras mãos no mundo que eu conheça tanto, pensou o inspetor com cansaço e desgosto, com um desejo repentino de terminar com aquilo quanto antes. Conhecia suas impressões digitais, o comprimento e a grossura dos dedos, a capacidade de ferir das unhas. Tinha seguido seu rastro nas manchas de sangue do painel de um elevador, no corrimão e na parede de uma escada, no tecido de um abrigo, nos hematomas na pele de uma menina morta. Viu-as incongruentes e covardes, paralisadas, sem se atreverem a continuar tirando a foto em branco e preto em que se via o close do rosto de Fátima.

— Eu lhe dei uma ordem, você é surdo? — disse, grosseiro de repente, calculadamente agressivo, abandonando o tratamento formal como um primeiro aviso de que não demoraria a deixar de lado qualquer escrúpulo. — Olhe essas fotos. Olhe o que você fez.

Levantou-se de novo, brusco e impaciente, contornou a mesa, arrebatou o envelope das mãos grandes e mortas e foi pondo as fotos sobre a mesa, uma a uma, até cobri-la por inteiro, os olhos abertos e sem pupilas e a boca destroncada de Fátima, seu corpo desconjuntado e nu, iluminado pelo flash, rodeado de escuridão. O outro tremia e negava com a cabeça baixa, sem olhar para as fotos, e o tremor sacudia-lhe as mãos, os lábios, o rosto carnudo. Puxando-o pelo cabelo num gesto vingativo, o inspetor obrigou-o a levantar a cabeça. Soltou-o em seguida, com uma sensação de repugnância física, como se tivesse tocado em banha. Agora os olhos as percorriam arregalados, e os músculos faciais frouxos sofriam contrações violentas e rápidas. Cobriu o rosto com as duas mãos mas, por entre os dedos estendidos, o inspetor notou que seus olhos estavam abertos, que continuava atento a ele.

"Foi culpa da lua", disse, ainda com o rosto coberto, com os dedos trançados escondendo-o como uma treliça, "eu bebia e a lua me fazia dizer coisas estranhas. Minha mãe já me dizia quando eu era garoto, que eu era de lua. Mas eu não queria matar ninguém. Só queria que elas não gritassem..."

O inspetor pousou uma das mãos em seu ombro e ele estremeceu inteiro como que atravessado por uma descarga elétrica. Estava com os cotovelos apoiados nos joelhos e chorava ou parecia chorar convulsamente atrás da máscara das mãos. O inspetor lhe ofereceu o cigarro e o ajudou a acender, segurando seu pulso com força para deter o tremor da mão, soltando-o em seguida. Pensou com desânimo que chegara o momento de chamar o guarda que transcreveria à máquina sua confissão. "Está atuando", dizia a si mesmo, ao ouvir os soluços que pareciam sacudi-lo, a respiração dificultada pelas secreções do nariz. Ofereceu-lhe um lenço de papel e o outro limpou os olhos e o nariz, repetiu que não queria machucá-las, que tinha sido por causa da bebida, da lua. "Está atuando, e, por mais que agora diga que se arrepende ao contar cada coisa, tudo faz parte da encenação, e nem eu nem ninguém não poderá saber nunca o que ele pensa ou sente de verdade, nem sequer se pensa algo, se sente algo." Quase tanto quanto a crueldade fria do crime, agora o indignava e deprimia a mediocridade da impostura, a encenação óbvia. Na realidade é possível que ele não sinta medo nem culpa, pensava, nem sequer se esforça muito para fingir.

30.

Assim que acordou, percebeu que aquela manhã não seria igual às outras. Foi como acordar no começo das férias de Natal, sabendo que faz frio na rua mas que não terá de abandonar o aconchego da cama, e que ainda faltam muitos dias para o reinício das aulas, tantos que nem precisa contar, assim como ninguém conta as moedas quando está com as mãos cheias. Acordar cedo, na hora de ir à escola, mas não levantar, e assim aproveitar muito mais do que durante o sono, ouvir os ruídos da casa soando tão de perto, o rádio na cozinha, a conversa dos pais, e sentir em seguida o cheiro do café e das torradas. Agora dormia na cama deles, porque ainda não conseguia ficar sozinha no escuro de seu quarto. Seu pai e sua mãe se revezavam para dormir com ela, e quando começava a se agitar durante os sonhos logo a abraçavam e falavam baixinho, ao ouvido, palavras tranqüilizadoras, acendiam a luz, tentavam acordá-la, sacudindo, mas estava mergulhada em um sono tão profundo e tão tomada pelo pesadelo que muitas vezes não conseguiam resgatá-la dele, e a viam enrijecer o corpo, ofegar cada vez mais forte, se encolher contra o travesseiro como para se proteger de um golpe, abrir desmesuradamente os olhos que, no entanto, não viam a luz do quarto nem o rosto do pai ou da mãe, mas uma claridade lunar de bosque de terror repetida a cada noite, um rosto que descia até ela e um par de mãos e de joelhos que a esmagavam invisíveis e dos quais tentava inutilmente se desvencilhar, até que uma sacudida mais forte ou um de seus próprios gritos a acordavam. Outras vezes, sem chegar a acordar, ia se acalmando, os olhos se fechavam e voltava a relaxar os braços e as pernas, a respiração se tornava de novo pausada e suave, uma respiração saudável e profunda de sono de criança: o pesadelo se extinguira, ou ela mesma conseguira escapar dele, para outro sonho mais plácido, como se tivesse passado, mergulhando, de águas turvas e escuras para outras mais amenas. O pai ou a mãe apagavam a luz, e talvez não conseguissem dormir mais. De manhã Paula acordava sem más lembranças, e gostava de encontrar-se na cama tão espaçosa, com o cheiro e a temperatura dos corpos adultos, com esse mistério que sempre têm os quartos e as coisas que pertencem à estrita intimidade dos pais.

À diferença de todos os outros dias úteis, hoje seu pai estava em casa quando ela acordou, fazendo coisas na cozinha, escutando o rádio, e era a presença dele e as vozes dos locutores que tinham dado a Paula uma sensação tão nítida de começo de férias: todos os anos, no dia da extração da loteria de Natal, seus pais acompanhavam o sorteio pelo rádio, e sempre faziam a mesma brincadeira que só para ela parecia realizável: "Se sair o nosso número, hoje nem vamos trabalhar".

Paula estava adorando esse despertar, que parecia quase mais gostoso do que o do Dia de Reis: ouvir as vozes dos pais bem de pertinho, chegando da cozinha tão claras e tão cálidas como o cheiro das torradas e do café. Com muita preguiça, escutando a chuva contra as persianas fechadas do quarto, se virou sob o edredom para olhar as horas e viu assustada que já passava das nove, talvez seus pais tivessem esquecido de chamá-la e chegaria atrasada à escola, pois não havia dúvida de que não era a manhã do sorteio e que faltavam mais de duas semanas para as férias, ela lembrou meio decepcionada, ao acordar de uma vez. Chamou a mãe, o rádio da cozinha foi desligado, e os dois apareceram ao mesmo tempo na porta do quarto, ainda com uma cara assustada. Não era uma manhã como as outras, era evidente, seu pai estava de gravata e terno escuro, e sua mãe não estava de pijama e chinelos, como costumava ficar quando trabalhava à tarde e aproveitava para só levantar depois das dez.

Os dois se aproximaram da cama e ela pensou que estavam com cara de quem ia falar com doente. Seu pai sentou-se a seu lado, acariciou o seu cabelo e disse que não precisava se apressar, que hoje não precisava ir à escola mas que às dez o inspetor passaria para pegá-los. "Você nunca mais vai ter que sentir medo", disse a mãe, sentada junto ao marido, aos pés da cama, abraçada ao ombro dele, num gesto que surpreendia Paula e de que ela gostava muito, pois observara que, em geral, são os homens, e não as mulheres, que passam o braço sobre os ombros do par (seu pai e sua mãe, ao contrário de quase todos os pais e mães que ela conhecia, tinham a mesma altura). "Pegaram o sujeito", disse o pai, e ela logo perguntou, como se já soubesse, com orgulho, se tinha sido o inspetor quem o pegara. "E quem mais?", devolveu o pai, "ele telefonou ainda há pouco para nos dizer. Quando ele chegar, vai contar para você como foi."

Mas ainda não se atreveram a lhe dizer aonde a levariam quando o inspetor chegasse: ela mesma adivinhou, com uma perspicácia talvez aprendida nos filmes, mas ficou quieta, pois assim era mais fácil para ela dominar o medo. Sentiu, na luz da manhã e no aconchego da casa, tão próxima dos pais, que voltava o pavor do escuro e da perseguição, que descia outra vez a escada em direção ao portão com aqueles dedos fincados na sua nuca. Com um susto grande, ouviu a campainha do porteiro eletrônico e correu para abrir, certa de que ouviria a voz do inspetor. Seu pai iria com ela. No elevador, apertou a mão dele com força, e ao empurrar a porta viu imediatamente o inspetor, que os esperava na calçada, junto de um carro de polícia camuflado que ela sentia um certo orgulho em reconhecer. Esticou-se para abraçá-lo, deu dois beijos no rosto gelado, com cheiro masculino de loção pós-barba. O inspetor havia trazido uma lembrancinha para ela, como sempre fazia quando vinha visitá-la: pequenas caixas de bombons ou livros, invariavelmente embrulhados em papel para presente. Era Susana Grey quem escolhia os livros. Entraram no carro, ela e o pai no banco de trás, e quando o inspetor se virou para falar com eles, Paula reparou na sua cara de cansaço. Estava muito pálido, com a barba malfeita, e os olhos, mais fundos do que o normal, tinham duas pequenas manchas vermelhas junto dos canais lacrimais: de repente quase sentia pena dele, parecia mais magro, mais velho.

— Você não precisa se preocupar — disse o inspetor. — Ele não vai ver você.

— Vou olhar por um desses vidros que do outro lado são um espelho?

O inspetor assentiu, sorrindo. Como não tinha filhos, só muito recentemente fizera idéia da familiaridade que, graças à televisão, as crianças mantinham com os procedimentos policiais. Pelo espelho retrovisor, observava os olhos inteligentes e serenos de Paula. Estava um pouco encostada no pai, que apertava suavemente uma de suas mãos no colo. Quente e grande a dele, a dela cada vez mais fria, à medida que o carro se aproximava do centro da cidade, invadido pelo trânsito e pela estridência das buzinas a essa hora da manhã, regurgitando de gente as calçadas. Mas já não tinha de observar cada uma das figuras que ia vendo para apontar qualquer detalhe de alguém, uma calça, um corte de cabelo, o modelo de um sapato, um jeito de andar. Agora ela sabia aonde estava indo e quem iria ver, e esse rosto sumira por completo de sua memória, deixando um espaço em branco que se tornava mais angustiante ao passo que suas mãos esfriavam, sem se contagiarem do calor das mãos do pai, e que o coração começava a bater mais forte.

— Já ficaram sabendo pelo rádio — disse o inspetor, com indiferença e cansaço, sem se voltar, apontando para os grupos de pessoas que se formavam na praça, em frente à delegacia, para as câmaras de televisão que já começavam a aparecer. — A notícia já se espalhou.

O carro seguiu por uma rua lateral e parou ao lado de uma pequena porta onde dois homens à paisana já os esperavam. Saíram rapidamente, os policiais muito sérios, olhando para o fim da rua, caso aparecesse algum câmara ou repórter. Paula segurou instintivamente na mão do inspetor e na do pai e foi levada quase suspensa por um corredor com pouca luz, rodeada pelos passos e pela corpulência dos policiais, com as mãos geladas, a respiração acelerada e desigual, os joelhos tão frouxos como naquela noite quando aquele homem a empurrava apertando-lhe a nuca com os dedos e ela tinha a impressão de caminhar sem mexer os pés, de deslizar flutuando por escadas e ruas cheias de gente que passava por ela e não a via e que não teria ouvido sua voz se tivesse sido capaz de gritar por socorro.

Entraram numa sala pequena, e a porta se fechou atrás deles, deixando-os numa penumbra estranha, como quando se assiste à televisão de luz apagada. Havia uma parede de vidro, ou uma grande janela, e de frente para ela, duas cadeiras. O inspetor disse a Paula e a seu pai que se sentassem. A menina tinha a sensação de que iam projetar um filme. Refletido no vidro, via vagamente seu rosto e o do pai, e atrás deles os outros policiais, em pé, e o inspetor inclinando-se em direção a algo que devia ser um microfone.

Então a luz se apagou completamente e, quando tornou a se acender, era um outro tipo de luz, e ela não via nada. Depois viu uma sala atrás do vidro, uma parede branca, que reverberava uma claridade como a de uma geladeira quando a pessoa se levanta e vai até à cozinha quase dormindo para beber água. A parede era dividida por cinco linhas verticais, com indicadores métricos, e no alto de cada divisão havia um número grande, pintado em preto, de um a cinco. "Entrem", disse o inspetor, aproximando muito a boca do microfone. Sua voz soava mais áspera do que normalmente, mais fraca, e ao ouvir essa palavra, "Entrem", Paula estremeceu. Seu pai apertou a sua mão e a deteve quando fez um gesto automático de se retirar.

Um a um, cinco homens entraram na sala do outro lado do vidro e se postaram debaixo dos números. "De frente", disse o inspetor, e antes que se virassem por completo, sem nem sequer olhar a cara dos outros, Paula viu o que sua memória se negara a recordar, o que, noite após noite, ela só vislumbrara em pesadelos, os olhos alongados e muito juntos, com uma zona de sombra em volta das sobrancelhas, o olhar frio, morto, imutável, fixo nela, reconhecendo-a através do vidro, adivinhando-a no espelho, como se pudesse atravessá-lo, enxergar além do que outros olhos conseguem enxergar, na escuridão, atrás das paredes, dentro dela, de Paula. O inspetor estava dizendo alguma coisa, mas ela mal o ouvia, perguntava a ela se reconhecia um daqueles homens, pedia que o apontasse com o dedo, que dissesse o seu número. Mas ela queria levantar a mão direita e era impossível, queria falar e a voz estava presa na garganta, sentia faltar o ar, seus lábios se mexiam mas não conseguia articular uma palavra, como quando se tenta dizer alguma coisa no sonho e é como se a pessoa estivesse muda. Apenas olhava, rija na cadeira, com o corpo um pouco para a frente, já sem sentir a mão na dela, nem a presença de mais ninguém no quarto escuro, vendo bem diante dela, com aterradora exatidão e proximidade, os mesmos jeans e os mocassins pretos e a jaqueta de camurça, o cinto largo, com fivela de metal, o rosto redondo, e sobretudo os olhos, os olhos que só olhavam para ela, que a descobriam sem esforço, sem dúvida nem distração, com uma calma absoluta, com uma expressão, não de ameaça mas quase de ironia, como que dando a entender que de nada serviam espelhos nem barreiras, que pouco importava que ele estivesse de um lado do muro de vidro e ela do outro, separados por guardas fardados, por portas blindadas e trancas, por armas de fogo. Estava com as mãos juntas, apesar de sem algemas, e jogava a cabeça ligeiramente para trás: ele a estava vendo. Nem seu pai, nem o inspetor, nem os outros policiais se davam conta mas ela sim, ela o conhecia e tinha certeza, estava dizendo-lhe com os olhos o que às vezes lhe dizia em sonhos, que ia voltar para acabar com ela e que da próxima vez não escaparia viva, fazia um gesto com a boca, mexia os lábios, estava falando com ela, e ninguém além dela podia escutar.

Agora tremia, seu pai a abraçava e ela tremia mais ainda, como aquela noite, ouvia-se o ruído seco e monótono de seus dentes mas era necessário que dissesse uma palavra, que levantasse a mão e estendesse o indicador. "O número quatro", disse, mas sua voz saiu tão estranha que ninguém entendeu, engoliu, com a boca totalmente seca, passou a língua pelos lábios, os olhos fitando-a e hipnotizando-a para que se calasse mas Paula não fechou os dela nem se rendeu, voltou a dizer cada uma das três palavras, agora mais claras, ouvindo a si mesma, ergueu a mão direita e estendeu o braço até que o indicador tocou o vidro. Então pensou que continuaria a dizer algo mas o que saiu da sua garganta foi um soluço ou um grito, idêntico aos que às vezes a acordavam no meio da noite: do mesmo modo que se interrompiam os pesadelos, apagaram-se os olhos e a sala iluminada do outro lado do vidro, como por efeito do grito, e agora o que tinha à sua frente era de novo o espelho na penumbra, seu próprio rosto desconhecido e lívido junto ao rosto de seu pai. “Acabou”, disse o inspetor, pousando em seu ombro uma mão que lhe transmitia um sentimento muito intenso de fortaleza e ternura, “prometo que você não vai ter que vê-lo nunca mais.” Mas enquanto dizia isso pensava com todo o abatimento de tantas horas sem dormir que ele não era ninguém para cumprir essa promessa, que ninguém tinha o poder de cumpri-la.

31.

Parou em um posto de gasolina perto da metade do caminho e, enquanto enchiam o tanque e limpavam os vidros do carro, entrou numa cabine telefônica e ficou, por um momento, sem digitar nenhum número, com o fone na mão direita, ouvindo ao longe o sinal e lendo as palavras que apareciam e piscavam na pequena tela de cristal líquido, "Deposite moedas". Revistou os bolsos e conseguiu reunir algumas mas ainda não tinha certeza se devia ligar, e, obviamente, não sabia o que diria caso se atrevesse a fazê-lo.

Ao sair do carro tinha colocado os óculos escuros. A luz da manhã de maio feria os olhos cansados pela insônia, deixando-o atordoado como um som muito agudo depois de uma noite de ressaca. Faria calor à medida que a manhã avançasse, uma névoa tênue subiria da terra profundamente encharcada por tantos meses de chuva, e o verde fragrante e limpo das plantações brilharia ao sol com veemência, assim como o amarelo esplendoroso dos saramagos que cresciam entre as fileiras de oliveiras e junto ao acostamento com uma pujança insólita de vegetação selvagem.

Através das lentes dos óculos, a claridade do dia era bem mais suportável. O inspetor sentia o peso da ressaca sem ter bebido, a tontura, o desânimo, a reprovação de si mesmo, a vergonha da noite, do seu comportamento. Susana lhe contara que certos índios do oeste do Canadá, quando viajavam muito depressa guiando uma expedição de europeus, paravam para descansar por um ou dois dias inteiros, para ter certeza de que suas almas os alcançariam, pois eram muito mais lentas do que seus corpos. Pensou tristemente que, justo nessa manhã, no carro, ele tinha sido alcançado por sua alma, a antiga, a que ilusoriamente pensara ter deixado para trás ao abandonar o álcool e mudar do norte, ao conhecer Susana Grey. Ela demorara alguns meses para encontrá-lo mas ali estava de volta a sua antiga alma, manchada por velhas ressacas, que pareciam constituir uma borra ou uma ferrugem da qual não pudesse se desprender, envenenada por arrependimentos secretos e por rancores e desejos corrompidos, por hipocrisia, impotência e culpa. Digitou um por um os números do telefone de Susana (sabia-os de cor mas era improvável que voltasse a usá-los) e, nem bem terminara, desligou com precipitação, para em seguida aproximar o fone do ouvido, temendo ter quebrado o aparelho. Mas agora eram blindados, suas peças reforçadas para resistir à violência dos vândalos.

O frentista fez um sinal de que já havia terminado o serviço no carro. Em menos de meia hora poderia chegar à clínica mas ainda era muito cedo, e, mesmo que não fosse, tinha algo mais urgente a fazer, outro encontro marcado. Mas não sabia por que acudia a este, deixando-se levar ou atrair tão desinteressadamente como pela obrigação de estar à uma em ponto no pequeno jardim com a estátua em gesso da Imaculada Conceição, ou de voltar na manhã seguinte ao seu escritório. O número que agora digitou foi o da clínica. Também esse era provável que não voltasse a usar.

Falou com uma freira, confirmou sem necessidade a hora em que chegaria, perguntou pela mulher, que já tinha recolhido suas coisas e preparado as malas, o informou a voz, assistencial e eclesiástica, no momento não podia chamá-la ao telefone porque estava assistindo à missa.

O telefonema lhe proporcionou um certo desafogo, lhe permitiu imaginar que estava fazendo coisas, executando atos necessários e nítidos. Assim que o carro arrancou, pôs no toca-fitas um dos cassetes que Susana Grey gravara. Agora sempre o fazia de modo automático, e como não tinha outra música senão a escolhida por ela, todas as canções e os fragmentos que escutava restabeleciam instantaneamente sua presença, as palavras que dissera enquanto essas músicas tocavam e as lembranças que evocavam. Por acaso acabara de colocar uma das fitas de que Susana mais gostava e que a deixavam mais triste, o adágio de Barber. Que estranho, pensou, que eu já saiba até nome de compositores. Dirigiu por alguns minutos escutando a música mas a interrompeu logo em seguida, envergonhado da efusão sentimental que lhe provocava, e também da evidência de sua própria deslealdade, que, agora mesmo, na solidão do carro, olhando o próprio rosto de óculos escuros no espelho da esquerda, transformava-o em uma espécie de ator. Pensava que não tinha mais o direito de se comover com o que havia conhecido graças a Susana, o que na realidade não era dele, nem podia sê-lo, nem correspondia a ele, e do que, portanto, seria despojado quando se afastasse dela. Talvez já tivesse sido despojado de tudo aquilo, e agora usurpava emoções que não lhe pertenciam.

Quando entrasse no carro, sua mulher lhe perguntaria sobre todas essas fitas com estranheza, se é que repararia nelas, se era mesmo verdade que tinha saído da catalepsia menos intensa dos últimos meses. Não sabia que você gostava tanto de música, diria, talvez já suspeitando, prestes a reparar também em certas diferenças sutis e ao mesmo tempo cautelosas no vestuário, na gravata, até no jeito de olhar. "Você não percebe, mas já não me olha como antes", dissera-lhe Susana, os dois se olhando no espelho do banheiro, tendo um mesmo brilho de satisfação e entrega nos olhos.

Mas tudo isso já era passado. Agora vivia a primeira manhã de outro tempo, às vésperas de um futuro muito parecido com a sua vida anterior. Antes de sair, não apenas tinha examinado o carro em busca de algum pacote pregado com fita adesiva embaixo do assento do motorista, ou de algum fio ou conexão de aspecto irregular no motor. Tinha também vasculhado o porta-luvas, o chão, o porta-malas, procurando qualquer coisa que pertencesse a Susana. "Como você é policial, vai fazer essa inspeção melhor do que outros adúlteros", dissera ela, com uma capacidade de amargura e sarcasmo que surpreendeu e feriu o inspetor, por não estar acostumado a vê-la agressiva. Foi você quem se insinuou para mim, pensou em lhe dizer, mas só pensou nisso muito mais tarde, e na verdade nunca diria a ela nada semelhante, pois o simples pensamento já o envergonhava, por sua mesquinharia. Limpou o cinzeiro do carro, que tinha um par de pontas de cigarro, borrifou indignamente uma quantidade excessiva de desodorizante, tentando apagar qualquer rastro do perfume de Susana, que ele de repente sentia muito forte em toda parte, no estofamento, na própria roupa, no ar. Revistou os bolsos e a carteira: havia recibos de cartões de crédito com datas e lugares exatos, a hora de um jantar, no dia do primeiro encontro em La Isla de Cuba. Com pesar, foi rasgando-os um por um em pedaços muito pequenos, com a aflição de estar renegando algo.

Ele quase nunca lhe falara da mulher, e Susana, por excesso de delicadeza ou discrição, aos poucos deixou de perguntar sobre ela. Fingiam, quando se encontravam, que não existia nada além deles dois, que podiam separar as horas e os lugares em que estavam juntos da linha do tempo normal de cada um: como na primeira noite, naquele quarto junto ao rio, em La Isla de Cuba, a salvo da vida e do tempo diários, abolindo-os, tão implacavelmente como cortamos os fotogramas inúteis de um filme, disse Susana, fazendo aquele gesto com o dedo médio e o indicador, na última noite, poucas horas antes, diante de um jantar que ambos mal provaram, já abatidos pela iminência do adeus, instalados nele de antemão, incapazes de aproveitar o brevíssimo tempo que ainda lhes restava. "Mas a vida não é um filme", disse Susana, e bebeu um gole de vinho em uma de suas taças preferidas, as que punha na mesa quando ele ia jantar, "e eu já estou bem grandinha para continuar acreditando que é".

Ele não dizia nada: fitava seu prato, bebia um pouco de vinho, limpava os lábios com excesso de boas maneiras. Passara a vida adulta silenciando e protelando as coisas, cobrindo de silêncio ou deixando para depois decisões e desejos íntimos. Era muito fácil para ele não falar com Susana das visitas dominicais à casa de repouso, e, para não tomar uma atitude ou uma decisão, concedia-se tréguas e prazos sucessivos: mais um mês, umas semanas, e de repente, no final, algumas horas, as de uma única noite, depois de ter silenciado durante vários dias a notícia da data exata da alta. A alma velha de novo, entrando em seu corpo, retomando antigas prorrogações, embustes, ardis miseráveis. Amanhã eu conto para ela, pensava, prometia, jurava para si, exasperado consigo mesmo, com sua incapacidade de falar, hoje à tarde, quando nos encontrarmos, daqui a pouco, e a mesma coisa no dia seguinte. Despedia-se de Susana e a indignidade de seu comportamento o afastava dela de antemão, fazia-o viver prematuramente no tempo futuro em que se teriam desfeito seus hábitos recém-adquiridos e não inteiramente clandestinos da intimidade em comum. Havia camisas e gravatas dele no guarda-roupa de Susana, seu pincel e seu creme de barbear estavam sobre uma prateleira de vidro no banheiro, em meio a um mostruário de cosméticos de cuja variedade ele jamais teria suspeitado, e que Susana enumerou-lhe zombando de si mesma, esfoliantes, hidratantes diurnos e noturnos, creme revitalizante, anticelulite, firmador, no limite da ortopedia, dizia ela, a um passo da bruxaria. Hoje ele tinha saído sem recolher nada, tomara um banho mais cedo do que nos outros dias e ela o acompanhara até a porta, envolta em sua bata de seda com grandes flores amarelas e vermelhas, descalça, com o cabelo despenteado e os lábios já pintados mas ao dizer adeus não fez menção de beijá-lo como das outras vezes, e ele não se atreveu a inclinar-se para ela, disse-lhe até logo, no tom neutro de suas primeiras despedidas, dirigiu-se ao elevador e entrou nele sem olhar para trás. Quase não tinham dormido, nenhum dos dois. Como numa repetição sórdida da vida antiga, por volta das seis da manhã, quando já começava a clarear, ele fingira dormir, para evitar mais perguntas, para eludir eventuais recriminações que Susana Grey não fez.

Envergonhava-se de não ter revelado faltar tão pouco tempo para que sua mulher recebesse alta mas a vergonha aumentava a cada dia e até a cada hora que passava, e dificultava ainda mais a revelação. Pôde fazê-la, por pouco não a fez, quando Susana disse que acabavam de lhe conceder a transferência para uma cidadezinha muito perto de Madri. Ela falava com ele muito sério, com absoluta franqueza, com uma naturalidade que era o reverso exato de suas covardias e adiamentos ocultos.

— Você sabe que faz anos que quero ir embora daqui mas se você me pedir que fique, mesmo sem me prometer nada, se você me pedir uma única vez que fique, amanhã mesmo abro mão da transferência. Para você ver como eu amo você, estou disposta a continuar morando nesta cidade, mesmo que seja só para que nos vejamos de vez em quando, para que você passe aqui uma ou duas horas antes de voltar para casa, ou num fim de semana me leve com você para uma viagem de trabalho e me deixe escondida num quarto de hotel, como uma daquelas amantes que os homens tinham antigamente. Eu não deveria dizer tudo isso tão abertamente, e sei que seria muito mais misteriosa se me fizesse de difícil ou calasse nem que fosse uma parte do que você cala mas não tenho vontade, como já disse daquela vez, não tenho tempo nem sirvo para isso.

De repente era o tempo o que se acabava para os dois, provocando nele (não nela, que vinha prevendo tudo com uma lucidez sem fatalismo mas também sem nenhuma esperança) o mesmo estupor que lhe teria causado descobrir que estava acabando o ar que respirava, que uma doença logo o mataria. Tudo fazia parte da despedida, do inaceitável final. Estava na delegacia, às seis, e a luz que entrava pela sacada aberta, a textura tépida de pólen do ar da tarde, lhe provocavam um sentimento insuportável de afronta: sentiu saudade do frio e da chuva do inverno longínquo, da noite prematura e das portas fechadas, do secreto privilégio de chegar exausto e gélido à casa de Susana, de madrugada, e deixar-se acariciar e desnudar por ela, por suas mãos cálidas e eficazes, que desamarravam seus sapatos e os tiravam, deixando-os cair pesadamente no chão do quarto, que lhe massageavam vigorosamente os pés quase congelados pela espera naquele barranco e os apertava contra o peito para esquentá-los mais.

O que ele fizesse nessa tarde, nessa noite, provavelmente o faria pela última vez. De manhã tivera uma conversa desnecessariamente longa com o diretor da casa de repouso, ou melhor, escutara-o durante muito tempo ao telefone. Graças a Deus, sua mulher se encontrava, se não totalmente recuperada, ao menos em condições de completar seu tratamento no domicílio familiar. A partir de amanhã, com a graça de Deus, caberia a ele, seu marido, dar prosseguimento à tarefa das enfermeiras e dos médicos, dos profissionais, dizia. Vida tranqüila, alimentação equilibrada, medicação leve, passeios, exercício físico moderado, nada de sobressaltos. Sem dúvida, ele podia considerar sua mulher como estando em plena convalescença. O que você vai fazer quando ela sair, o padre Orduña perguntara, com menos reprovação do que pena em sua voz, principalmente da mulher doente e confinada, dopada pelos remédios mas também pena de Susana Grey, e dele: em que labirintos se perdiam os sentimentos dos homens e das mulheres?, em virtude de que lei se transformavam alternativamente em anjos e executores, em carrascos e vítimas uns dos outros, incessantemente, sem aprendizagem nem descanso, não lhes servindo de nada a experiência da dor e nunca os desanimando, por completo, a repetição do fracasso?

Limpava a mesa, arredio, de costas para a sacada e para a tarde de maio, arquivava e engavetava papéis antes de deixar a sala. Na parede ainda estava a foto de Fátima, já longe no tempo, passados apenas sete meses de sua morte, anacrônica em sua distância de menina eterna. Sobre a mesa ele tinha agora outra foto tirada pela mãe de Paula alguns domingos antes, na praça, diante do canteiro que rodeava o pedestal da estátua: a menina sorrindo entre ele e o pai, abraçada aos dois. Em comparação com eles, o pai tão jovem e a filha de doze anos, ele se sentia inesperadamente velho, pensava com apreensão que quem não o conhecesse poderia imaginar que era avô da menina.

Mas agora mal se lembrava do que tanto o preocupara, da obsessão da busca, da espreita noturna no barranco, da prisão, dos interrogatórios, dos flashes dos fotógrafos, da multidão se reunindo numa manhã de nevisca em volta da delegacia, pedindo, aos gritos, justiça, vingança imediata. Passada a excitação das primeiras horas, do orgulho que nem sequer diante de Susana ele se permitira demonstrar, o que sentiu em seguida foi abatimento e vazio, e um desejo muito intenso de que tudo terminasse, uma vez obtida a confissão e confirmadas as provas acusatórias, de que o juiz decretasse logo a prisão incondicional e desaparecesse da praça a segunda invasão de câmaras e jornalistas.

Sentindo-se já tão longe de tudo aquilo, o telefonema que recebeu naquela tarde o surpreendeu mais ainda, quando já estava quase saindo, na tarde do último dia em que lhe seria permitido manter uma ficção de vida em comum com Susana Grey. O tom da voz ao telefone lembrou-lhe a do diretor da clínica, e por um momento chegou a pensar que se tratava dele. Mas quem lhe telefonava era o diretor da penitenciária provincial, para transmitir, disse, o pedido de um preso que ele conhecia muito bem, tanto que decerto nem precisaria lhe dizer o nome. Falava com uma ponta de temerosa adulação, talvez de inveja profissional. Desde que conseguira prender o assassino de Fátima, o inspetor vinha notando em algumas pessoas uma admiração ao mesmo tempo desconfiada e um tanto abjeta que o incomodava muito e que, além do mais, lhe era estranha.

— Quer vê-lo quanto antes. Se possível, amanhã mesmo. Diz que é um assunto de extrema importância, de vida ou morte.

— O advogado dele sabe disso?

— Ele não tem mais advogado. O último o deixou na semana passada. Ninguém quer defendê-lo. Vão ter que fazer um sorteio na junta que preside o colégio dos advogados, imagino. Ninguém quer se afundar com ele.

Foi assaltado por uma sensação muito desagradável, ainda na estrada, ao avistar o prédio da penitenciária, construída havia não muito tempo, os muros brancos e lisos, com uma sugestão de hermetismo e assepsia, no meio de uma planície vazia, que parecia não pertencer nem ao subúrbio nem ao campo. Poderia não ir, ainda era tempo de voltar. Ele não tinha nada para falar com aquele homem. Ao obter a confissão e reunir as provas havia terminado o seu trabalho, e exatamente naquele momento fora invadido por um sentimento de desolação e de vazio, talvez mais de futilidade: enquanto procurava o assassino tinha superestimado, sem se dar conta, a relevância de sua tarefa, e agora, já concluída, ele a comparava involuntariamente a toda a extensão da crueldade e do mal, à dor sem alívio dos pais de Fátima e ao terror que vira nos olhos de Paula. Não existia compensação possível, não havia modo de reparar o ultraje, de fazer verdadeira justiça, de anular ao menos uma parte do sofrimento causado. Sentir orgulho, envaidecer-se pelo êxito, teria lhe parecido não apenas uma obscenidade mas também uma falta de respeito pelas vítimas.

"Mas ninguém se importa com as vítimas", pensava: o carrasco merecia muito mais atenção, logo cercado por psicólogos assíduos, psiquiatras, confessores, assistentes sociais, assediado até dentro da prisão por correspondentes de jornais e de redes de televisão que lhe ofereciam dinheiro para que contasse sua vida e seus crimes, para que cedesse os direitos para um filme ou uma série. Aqui pelo menos não lhe rendem homenagens públicas como no norte, disse a Susana Grey, com repugnância e desânimo, pelo menos não colocariam seu nome numa rua, não sairiam de uma igreja segurando bem alto o seu retrato para desfilar com ele como se fosse um estandarte religioso.

Mas estava indo vê-lo, tinha sido convocado por ele e acudia a seu encontro, cruzava os controles de segurança de uma prisão nova e com um ar de assepsia tecnológica semelhante ao de um hospital mas onde já se impunham, com mais força que os monitores de vigilância eletrônica, que as paredes brancas, que a luminosidade insólita dos corredores, o velho cheiro permanente de todas as prisões, a cacofonia imemorial dos passos e das vozes, das trancas, das portas metálicas. Entrou em um parlatório branco, sem janelas, hermético e cúbico como a cela de um manicômio, com uma luz que reverberava com intensidade idêntica em todas as paredes e no chão sem formar sombras. No centro havia uma mesa, também branca, como a de um escritório moderno, e uma única cadeira, do lado em que estava o inspetor. Bem defronte dele havia outra porta, e acima dela uma pequena câmara de vídeo.

O funcionário de uniforme que o acompanhara saiu fechando suavemente a porta às suas costas. Acima dela havia outra câmara. Esperou por mais de um minuto, sentado na única cadeira, incomodado, imaginando os monitores de onde o estariam vendo agora, descobrindo gestos instintivos que ele mesmo desconhecia, as coisas que as pessoas fazem quando estão sozinhas. A porta em frente a ele se abriu, e o homem que o inspetor viu no umbral não era o assassino de Fátima.

Por um segundo supôs que alguém cometera um engano mas reprimiu a tempo o gesto instintivo de se levantar. Reconheceu os olhos, embora não estivessem mais injetados pelas muitas noites de insônia nem fundos e como que escondidos sob as sobrancelhas. Agora olhava de frente, com uma disposição afável e deferente confirmada pelas outras coisas que de início o fizeram irreconhecível, não apenas o terno escuro e a gravata, a pequena insígnia religiosa na lapela, o cabelo curtíssimo, o rosto redondo perfeitamente barbeado, corado até sob a luz fluorescente. Virou-se para agradecer ao funcionário que o acompanhara, com um murmúrio, inclinando a cabeça, as mãos juntas sobre o ventre, cruzadas, segurando um livro de capa preta e letras douradas, uma Bíblia. O gesto peculiar das mãos devia-se, sem dúvida, ao fato de estar algemado mas as algemas eram justamente o traço mais incongruente de sua aparência. Tinha, na atitude dos ombros, na maneira de inclinar levemente a cabeça para o lado e de manter os pés juntos, uma mansidão de irmão leigo, uma beatitude de comungado recente. Nem sequer suas mãos eram as mesmas, apesar das algemas: eram muito mais brancas, mais afiladas que antes, e as unhas estavam limpas e rosadas, ainda que roídas, observou o inspetor, começava a roê-las e, quando se dava conta, devia repreender a si mesmo porque baixava as mãos, escondendo-as entre as capas da Bíblia.

Permanecia imóvel do outro lado da mesa, aceitando mansamente a humilhação de ter de ficar em pé. De vez em quando levantava a cabeça de maneira quase imperceptível e olhava por um instante para a câmara de vídeo, talvez se perguntando se estava mesmo funcionando. Graças a esses gestos, mais rápidos e fugazes que um piscar de olhos, o inspetor podia identificá-lo e manter-se em guarda. Até a voz tinha mudado: era macia como antes mas muito menos velada, como se também tivesse sido submetida a uma limpeza sanitária, como as mãos e as unhas.

"Achei que o senhor não viria", disse, sem desviar os olhos, quase sem pestanejar, "rezava para que viesse, queria lhe contar a verdade antes de contá-la para qualquer outra pessoa, afinal, devo ao senhor o primeiro passo da minha salvação. O senhor pensava que era instrumento da justiça dos homens e não percebia que estava sendo guiado pela mão de Deus. Não acreditava em mim, com toda a razão, porque eu não dizia a verdade. Eu disse que matei aquela menina, e que deixei a outra pensando que estava morta, e o senhor me perguntava por que fiz isso e eu respondia que por culpa da lua, eu me lembro muito bem, e o senhor não falou nada mas eu vi na sua cara que não acreditava em uma palavra do que eu dizia e me perguntou mas por que com meninas?, por que não com mulheres?, e eu não respondia, não sabia por quê, depois o psicólogo também me perguntou e eu falei que era porque as mulheres riam de mim e falavam que eu tinha o pinto pequeno. Isso eles adoraram, o senhor não, que eu nem lhe falei disso, por vergonha mas eles me pediam que voltasse a contar a história de quando estava no chuveiro do quartel e a água saiu gelada e meu pinto encolheu, e eu contava, e também a história das putas que caçoaram de mim, que para a primeira eu mostrei o canivete e ela se assustou tanto que não viram mais nem a sombra dela, isso a mais nova, e a outra também se assustou muito, mas disfarçava melhor, porque era mais velha e mais tarimbada. E ficavam olhando para mim muito sérios, com seus aventais e seus cadernos, e me pediam para eu contar de novo, não sei quantas vezes, e me perguntavam se quando eu era criança caçoavam de mim ou apanhava na escola e se eu tinha muito medo do meu pai e era muito ligado na minha mãe. Eu respondia a tudo que sim, e eles acreditavam, não eram como o senhor, que eu nunca lhe contaria essas coisas mas eu queria enganar o senhor também, porque eu mesmo era o mais enganado, está escrito aqui no Livro, anda nas trevas sem saber para onde, o senhor me perguntou por que eu tinha matado Fátima, e eu falei que não queria matar nem machucar ninguém, que fiz aquilo para ela não gritar, e a mesma coisa com a outra, só para tapar a boca dela mas era tudo mentira, o senhor sabia muito bem, porque era guiado pela mão de Deus, o senhor sabia quanta maldade se escondia no fundo da minha alma, como diz meu irmão de Culto, que é quem me ensinou a ler no Livro, sua alma era um poço de imundície, é isso que ele me diz, e ele tem razão mas não vou continuar falando mentiras, agora quero lhe falar a verdade."

Respirou fundo, engoliu em seco, durante uma fração de segundo, olhou para o inspetor sem mansidão, baixou os olhos, apertou a Bíblia entre as mãos, fazendo soar a corrente das algemas, passou a língua pelos lábios, talvez sentindo falta de um cigarro.

"Aí veio aquele advogado e me falou que os psiquiatras iam dizer que eu era louco, que tinha um transtorno mental, e que iam me declarar não-imputável, como eles dizem, mas no fim decidiram que eu era imputável, sim, e eu perguntei para o advogado o que isso queria dizer, e ele disse, que você é responsável por seus atos, ora, mas para mim tudo isso dá na mesma, para mim a justiça que conta é a de Deus, não a dos homens, aí o advogado falou que mesmo que me declarassem imputável não passaria mais do que dez anos preso, mas, por mim, se quiserem podem me trancar até que eu morra, pois meu espírito é livre, por mais muros e grades que coloquem, como diz o irmão de Culto, que o mais bonito é a verdadeira liberdade do espírito, que para essa não valem as grades nem as leis dos homens. Eu sei que Deus queria que me trouxessem aqui, que o senhor me prendesse como prenderam seu Filho à noite no Monte das Oliveiras, para me salvar daquele que me possuía, era isso que eu queria lhe dizer, e por isso pedi que o chamassem. Não fui eu quem matou aquela menina."

O inspetor queria sair dali. Olhou de relance para seu relógio, e o outro percebeu o gesto. Deveria se levantar agora mesmo, virar as costas para aquele olhar fixo e ressabiado e para aquela voz monótona e tentar esquecê-los para sempre. Mas não fazia nada, só escutava, sentado, tamborilando levemente os dedos sobre a superfície plástica e branca da mesa em que não se projetavam sombras, enervado pela voz, pelos olhos, pela oscilação contida do corpo, que lhe lembrou de quando ele era criança e era chamado à lousa para responder de memória a alguma pergunta do padre Orduña sobre o catecismo, e para recitá-la com mais exatidão fechava os olhos e oscilava apoiando-se ora num pé, ora no outro.

"Não fui eu. Foram as minhas mãos, foi meu corpo, mas não eu. Foi o demônio. O Inimigo. Ele tinha se apossado de mim. Pode ler no Livro. Aqui está tudo explicado. Eu sou inocente. A pedra não tem culpa do mal que faz, e sim a mão que a atira. O fio da espada não mata, mas o malvado que a ergue contra os filhos de Deus. Nem agora o senhor acredita em mim, homem de pouca fé, gostaria que conhecesse meus irmãos de Culto, eles sabem o Livro de cor, poderiam lhe explicar tudo muito melhor do que eu. No começo eu esquecia as coisas, ou queria esquecer e não conseguia, ficava a noite inteira acordado, pensando. Agora posso recordar sem sofrer tudo o que as minhas mãos fizeram, posso olhar para elas e não me envergonhar, mesmo estando agora atadas pela justiça dos homens, como estavam atadas as mãos de Nosso Senhor Jesus Cristo."

— Foi isso que aquele advogado mandou você dizer no julgamento? — o inspetor procurou não demonstrar toda a sua raiva, não erguer demais a voz. — Essa idiotice do diabo?

O outro observava quieto, esperava, em pé, com a cabeça levemente inclinada para o lado, os ombros encolhidos, brancos de caspa. Mais uma vez seus olhos subiram rapidamente para a câmara de vídeo. Continua atuando, pensou o inspetor, e não só para mim, mas para os que vigiam pelos monitores, para os que escutarem sua voz e voltarem a olhar seu rosto no vídeo.

"Mas já venci o Inimigo, era isso o que eu queria lhe dizer, o senhor ainda vai me entender, por mais que agora pense que não acredita em mim. Agora posso me lembrar de tudo o que fiz, do que minhas mãos fizeram, e isso já não me perturba, já não passo as noites em claro, como antes, quando o demônio me mantinha acordado, naquela cela, quando eu ouvia ao longe os gritos das pessoas que queriam me matar. Eu também queria que me matassem. Mas agora leio o Livro e rezo as orações, fecho os olhos e durmo, o Anjo do Senhor me traz a misericórdia do sono porque meu espírito está em paz. Sabe qual a pena que o promotor está pedindo para mim? Quase quinhentos anos, mas se fossem mil daria na mesma, pouco me importa não ter advogado, não tenho que responder perante as leis dos homens mas perante a lei de Deus, e ele sabe que me pôs à prova e que sou inocente, louvado seja Deus, para sempre seja louvado."

O inspetor se levantou, e o outro recuou num gesto automático de medo, que, no entanto, não perturbou a calma dos seus olhos, grandes e mortos, com a intensidade vazia ou totalmente insondável dos olhos dos mosaicos bizantinos ou desses retratos funerários egípcios do período romano que Susana Grey lhe mostrara em um livro, comparando-os com os da fotografia publicada no jornal no dia seguinte ao da prisão.

— Quantos anos você tem agora? — olhava as pupilas do outro tão fixo como este olhara as dele desde que entrara no locutório.

— Vinte e três. E o senhor?

— Não é da sua conta.

— Não percebe? O senhor poderia ser meu pai.

— Você vai passar dez anos na prisão, no máximo — o inspetor agora tinha erguido a voz, mais áspera que o habitual, quase trêmula, com uma fúria inútil que não podia conter. — Com pouco mais de trinta vai estar de novo na rua e vai fazer o mesmo que fez desta vez, e se voltarem a pegar você vai ficar mais alguns anos e ainda será um homem forte e danoso quando o soltarem de novo, se seu Deus não quiser que você morra antes.

Fez o sinal combinado para a câmara à sua frente. Não queria ver esses olhos nunca mais. Quando tivesse de testemunhar no julgamento, dois ou três anos mais tarde, no final de um processo de lentidão exasperante, procuraria não olhá-los, tentaria não pensar que estavam fixos nele. Ouviu a porta às suas costas abrir-se quase sem ruído, com um deslizar tecnológico de prisão moderna, e o mesmo funcionário que o acompanhara postou-se no umbral, de braços cruzados e com uma expressão neutra nos olhos, sob a viseira com galões, como se não visse nada além da parede branca à sua frente, da porta que um instante depois se abriu do lado oposto. O preso, ao ouvi-la, sorriu para o inspetor e deixou a Bíblia sobre a mesa.

— Fique com ela — disse. — É um presente. Tomara que lhe faça tão bem como fez a mim.

Saiu sem que ninguém tivesse entrado para procurá-lo, e a porta se fechou em silêncio atrás dele, tão ajustada ao batente, na reverberação da luz fria, que pareceu não deixar nem um sinal de fissura na parede branca e lisa.

32.

A campainha soou com uma nitidez desconhecida na casa agora vazia, e Susana Grey foi abrir a porta imaginando distraidamente que seria seu filho, que tinha descido para comprar alguma coisa na loja de ferragens, uma fita adesiva para selar as últimas caixas de papelão cheias de livros e de discos. Ele mesmo tinha descido para pedir as caixas no supermercado, com uma iniciativa que surpreendeu muito Susana, pois era algo totalmente novo em seu filho, tão tímido até havia bem pouco tempo, tão incapaz de falar com estranhos, de agir com naturalidade na presença de desconhecidos. Tinha guardado os livros e os discos e selado cada uma das caixas com uma habilidade manual também surpreendente e uma energia física quase tão nova quanto sua desenvoltura para pedir um favor no supermercado. Quando levantou uma delas, mais pesada que as outras, pois continha parte dos volumes de uma enciclopédia, Susana reparara na musculatura de seus braços, que eram muito magros e fortes, com bíceps bem marcados e tendões masculinos, tão de homem adulto como os grandes pés em que reparara quase com susto ao vê-lo sair do banho, envolto em um roupão que ele não perguntou de quem era, embora ela tivesse certeza de que havia prestado atenção na novidade de sua presença, assim como tinha visto e usado, para raspar as costeletas, o pincel e o creme de barbear que ainda estavam sobre uma prateleira de vidro, entre frascos de perfume e de cremes de beleza.

Desmontava as estantes usando umas chaves de fenda que sempre estiveram em uma caixa de ferramentas nunca usadas por ela, feliz por remediar a inabilidade manual de sua mãe, que assistia incrédula e risonha à exibição de suas destrezas masculinas. Antes de encaixotar os livros, detinha-se a olhar alguns deles com simpatia, e entusiasmou-o encontrar muitos discos que agora estava em condições de admirar, pois seu gosto se desenvolvera a par de seu corpo, e agora escutava Eric Clapton, B. B. King, The Police e Paul Simon, e sentia-se surpreso e orgulhoso de que sua mãe tivesse toda aquela música, e também de que reconhecesse e apreciasse as músicas atuais que ele havia descoberto por conta própria, principalmente as do R.E.M., que tinha trazido em uma fita que pusera logo ao chegar.

Estava tocando uma de Eric Clapton quando se ouviu a campainha, e Susana pensou que teria preferido que o garoto demorasse mais alguns minutos para voltar da rua, porque era *Tears in heaven* e, quando a ouvia, nunca conseguia evitar que seus olhos se enchessem de lágrimas. Tinha ouvido a mesma canção na tarde anterior, com seu filho, enquanto desmontavam alguma coisa na cozinha, e ele lhe perguntara do que tratava. "De um homem que perdeu o filho e quer saber como seria se encontrar com ele no céu." Ao dizer isso, temeu que o garoto achasse que a canção era muito melosa, e então colocou-a desde o início e traduziu-a verso por verso. Notou, embaraçada e feliz, que ele percebia a emoção de sua voz e que, em vez de censurá-la, ou de sentir-se incomodado por causa dela, era capaz de compartilhá-la, talvez por intuir também que, para sua mãe, a letra da canção falava de seus próprios sentimentos de ternura e de perda em relação a ele. Só agora, depois de ter deixado de viver sempre a seu lado, é que ele a descobria e a admirava secretamente por suas preferências, por se vestir de um jeito um pouco extravagante e parecer mais nova que a mulher de seu pai e que as mães de seus amigos, entre as quais dificilmente haveria alguma capaz de traduzir do inglês as canções de que ele gostava.

Já era mais alto que ela e não só as pernas e os braços haviam crescido durante o último ano, mas também o seu caráter, ou a sua alma, e a expressão dos seus olhos era mais franca do que até poucos meses antes, e sua voz já tinha uma gravidade tão definitivamente adulta como o tamanho dos seus pés ou a sua musculatura de esportista. Usava o cabelo quase raspado na nuca, encaracolado e abundante na frente, caindo sobre a testa e os olhos, e vestia-se com essa dupla paixão de originalidade e gregarismo típica dos catorze anos que acabava de completar: uma camiseta folgada, presente dela, jeans pretos, tênis pretos e enormes, que agigantavam ainda mais seus pés e acentuavam o balanço entre desordenado e arrogante de seu jeito de andar.

Mas, acima de tudo, falava, falava com ela. Na noite anterior tinham ficado conversando até depois das três da manhã, sentados um ao lado do outro, na cama de casal, que era um dos poucos móveis ainda não desmontados, batendo papo e ouvindo discos, o garoto inclusive tinha bebido vinho durante o jantar e, visivelmente animado pelo álcool, lhe falara de suas dificuldades em química e matemática, de seu entusiasmo pelo *Apanhador no campo de centeio*, que ela lhe dera de presente em uma de suas visitas de fim de semana, de amigos e de filmes, e por fim de uma colega da oitava série que ele adorava mas que provavelmente não voltaria a ver, porque no ano seguinte iria morar em Madri.

"Como eu", disse ela. Ouvia-o falar, olhava para ele, tão jovem e sério, com a sombra azulada de sua barba e as espinhas no nariz e na testa, recém-chegado ao limiar da vida adulta, às incertezas e aos desejos dos mais velhos, e ao mesmo tempo muito mais infantil do que seu aspecto físico sugeria: tão no princípio de tudo, tão desorientado, pensou, com uma espécie de afeto que não era de todo o mesmo que lhe dedicara na infância. Recriminava-se por tanto tempo de amargura em relação a ele, pelo rancor e pelo ciúme que tinha sentido quando o garoto lhe dissera que gostaria de morar um tempo com o pai.

Não lhe pediria que agora fosse com ela para Madri. Não pensava competir com seu ex-marido nos ardis e nas suavidades viscosas da chantagem emocional mas também era verdade que não tinha vontade nem força para receber um não. O garoto foi se deitar depois das três, e ela ficou mais um pouco acordada, fumando no terraço, deitada na rede, com os pés descalços cruzados sobre o metal da balaustrada, desfrutando da brisa morna da noite de junho. Depois, ao passar junto ao quarto onde ele dormia, ouviu-o respirar e não resistiu à tentação de entrar para vê-lo à luz do corredor. Tão grande, estirado em sua insuficiente cama infantil, com um peso de homem no corpo desbaratado pelo sono e um último rastro de fragilidade ou de infância nos lábios entreabertos e nos olhos fechados, subitamente apertados contra a luz, enquanto engolia saliva e fazia um barulho de mastigação. Temendo acordá-lo, não se inclinou para dar-lhe um beijo.

O toque da campainha arrebatou-a da música e de suas divagações sobre a noite anterior. Tinha soado como treze anos antes no apartamento recém-comprado onde começavam a se instalar, depois de terem assinado inúmeras promissórias que acabariam de pagar no início do século XXI: tudo vazio outra vez, só com o aparelho de som, as caixas de papelão, a cama de casal no centro de um quarto sem cortinas nem criados-mudos, com uma lâmpada nua pendendo de um fio retorcido e manchado de tinta. Tudo e nada em pouco mais de dez anos, a quantidade inconcebível de coisas que vão se acumulando sem propósito ao longo da vida, os depósitos inúteis de papéis e objetos, de sapatos velhos, de roupa esquecida, de fotografias, de recortes de jornal, de documentos administrativos, a cartilha de vacinação de seu filho, seu diploma de magistério, cadernos de anotações, manuais de olaria ou de marxismo de seu ex, um passaporte vencido muitos anos antes. Limpando a casa, vendendo quase todos os móveis e ficando apenas com algumas coisas de que gostava muito ou que lhe traziam lembranças às quais não queria renunciar, limpava também sua vida, simplificava-a e tinha a impressão de arejá-la e torná-la maior e mais aberta, como uma casa vazia que acaba de ser pintada. Entre as coisas inesperadas que encontrou estava a etiqueta de identificação que prenderam ao tornozelo de seu filho no hospital, logo depois de nascer. Vendo o filho selar energicamente as caixas com fita adesiva, lembrara-se dele quando tinha um ano e meio, no dia em que lhes entregaram as chaves do apartamento e começaram a limpá-lo e a instalar algumas coisas. O menino, rechonchudo e louro, ainda caminhando inseguro, com uma jardineirinha de flanela, casaco e botinhas verdes, andava pela casa empunhando um frasco de limpa-vidro e um pano, compenetrado e diligente, imitando os pais, com a chupeta na boca, respirando pelo nariz.

Desligou o som antes de ir abrir: enquanto se encaminhava para a porta, pensou que até no jeito de tocar a campainha se via que seu filho estava começando a ser um adulto. Enquanto abria já foi se virando, com a rapidez de quem dá como certa a identidade do recém-chegado e quer retomar quanto antes uma tarefa interrompida mas não era para o filho que ela acabara de abrir. O inspetor estava na soleira, de terno claro e com uma expressão de insegurança e quase desamparo nos olhos, como se temesse que ela não o deixasse entrar.

— Puxa, você podia ter avisado — disse, e instintivamente levou a mão ao cabelo, ainda séria, desconcertada, inquieta por não estar penteada, por nem sequer ter pintado os lábios. Vestia uma camiseta do filho, uns jeans velhos e um par de tênis brancos de pano. Não podia calcular quanto essa roupa de verão e esse ar descuidado o excitavam, depois de várias semanas sem vê-la, até que ponto o desejo o comovia. Adiantou-se para beijá-la tão hesitante como aparecera na porta, ainda sem dar um passo para o interior, descobrindo de repente, com sobressaltada desolação, as paredes brancas e nuas, as caixas empilhadas no chão.

— Você não me disse que iria embora.

— Você nunca me perguntou.

Ouviram o elevador subindo e o garoto apareceu diante deles, que continuavam imóveis. Susana observou o constrangimento do inspetor, que se sentia muito intimidado por seu filho, incapaz de reagir com naturalidade à sua presença. Mais rápido, o garoto deve ter intuído em um segundo quem era esse homem e, depois de trocar um olhar fugaz com a mãe, pediu dinheiro a ela para ir comprar mais alguma coisa que faltava, barbante ou papel de embrulho.

— Este é Pablo — disse Susana, no fundo achando graça na formalidade com que o inspetor apertava a mão de seu filho, exasperada pela rigidez de seus gestos. — Pablo por causa de Pablo Neruda e de Paul Simon, cinqüenta por cento cada um.

O garoto se despediu e desapareceu escadas abaixo com um estrépito de galope.

— Você não quer entrar? — Susana se afastou para dar passagem. O inspetor deu alguns passos para o interior da sala e ficou olhando as paredes em que só restavam, como impressões em negativo, os espaços mais claros em que tinham estado os quadros, as sombras dos móveis que acabavam de ser desmontados. Dominava-o uma angústia de despedida irreparável, agravada pelo fato de não contar com ela. Como ele sempre ficava paralisado à beira de suas decisões e de seus atos, pensava que o mundo e o tempo também se paralisavam à espera deles, e agora espantava-o descobrir que não era assim, que as coisas tinham continuado a acontecer durante as semanas em que ele não telefonou para Susana nem a procurou, nem parou de pensar nela e de sentir sua falta enquanto ajudava a mulher a se adaptar à nova vida, na casa alugada que ela ainda não havia visto.

— Quantos anos tem seu filho?

— Vai fazer quinze.

— Parece mentira.

— Os meninos de hoje crescem muito rápido.

— Não é isso — pela primeira vez desde sua chegada o inspetor sorriu. — Parece mentira que você tenha um filho tão grande. Eu sempre penso em você como uma moça, não como a mãe de um adolescente mais alto do que eu.

— Não acredito nesses elogios.

— Não é elogio, do que eu mais gosto na vida é de olhar para você — os olhos do inspetor deixavam transparecer a evidência do que estava dizendo. — Com você me aconteceu uma coisa estranha, que só fui perceber depois. Na primeira vez em que vi você na escola, não achei que fosse tão jovem. Acho que eu via você como a gente imagina que as professoras são, uma mulher de meia-idade, beirando os quarenta. Depois, cada vez que nos encontrávamos, eu tinha a impressão de descobrir que você era mais jovem que na vez anterior. Vai ver que eu estava aprendendo a reparar, como você costuma dizer.

— Ou que eu me arrumava mais para agradar você.

— Naquele lugar, em La Isla de Cuba, quando você voltou do banheiro, vi você mais jovem do que nunca. Não parecia ter mais do que vinte e poucos anos.

— A luz estava apagada.

— Mas era noite de lua cheia.

Estavam um diante do outro, no meio da sala vazia, sem se aproximar completamente, sem recuar um passo. Não tinham onde sentar. Na cozinha não havia nada para beber. Que absurdo, pensava Susana, tê-lo aqui na minha frente e que as coisas sejam muito mais difíceis porque não restaram nem duas cadeiras para sentarmos.

— Sinto muito — disse, procurando um tom de distância. — Não tenho nada para oferecer. Nem uma coca-cola, nem uma cadeira. Nem um copo para servir um pouco de água. Como está sua mulher?

— Bem, muito melhor — o inspetor baixou os olhos e engoliu em seco antes de falar de novo. — Mas não vim aqui para falar dela.

— Não é de estranhar, você nunca fez isso. Acho que você pensava que calando as coisas fazia com que elas desaparecessem. Como as crianças pequenas, que fecham os olhos para apagar o que lhes dá medo, pensando que tudo o que não vêem deixa de existir. Você nem me telefonou durante um mês e meio. Fiquei sabendo pelos jornais que você ia ser promovido por causa do caso de Fátima, e comprei uma garrafa de Vega-Sicilia para comemorar com você, mas depois de uma semana sem receber seu telefonema, eu é que liguei para o Ferreras e bebi o vinho com ele. Voltou a se declarar. Ele se declara sempre que bebemos juntos mais de dois copos de vinho. Eu coloquei para ele ouvir uma canção de Kurt Weil, por Lotte Lenya:

Pobre corazón idiota,
huyendo de quien te adora
*llorando por quien te ignora.**

— Ferreras me contou que tinha estado com você. Morri de ciúme.

— Você não deve ter morrido tanto assim, não é?, pois se nem me ligou! Você achava que ignorando a minha existência e fazendo de conta que não me conhecia eu ia desaparecer?

— Minha mulher tinha acabado de sair da clínica. Não me parecia correto procurar você.

— Correto para quem? Para ela ou para mim?

— Susana, por favor.

Gostou de ouvi-lo dizer seu nome, e do modo como o disse mas não pensava render-se ao seu olhar de arrependimento e de desamparo, agora não deixaria de falar nada.

— Esqueceu do estado em que eu fiquei quando você saiu por essa porta? Da noite que passamos, os dois calados no escuro, sem fazer nada, como dois impotentes, sem conseguir dormir? E você nem para me contar que no dia seguinte ela ia receber alta.

— Eu ia contar aquela noite.

— Você teria sido capaz de não me contar nunca, se eu não tivesse achado a carta da clínica. Ainda por cima, você a esqueceu sobre o criado-mudo. Foi como achar a carta de uma amante.

— Eu tinha obrigações em relação a ela.

— E em relação a mim, não tinha? Não obriga a nada passar seis meses se deitando com uma mulher?

— Parece mentira que você diga isso. Estar com você não tinha nada a ver com obrigação.

* Pobre coração idiota,/ fugindo de quem te adora,/ chorando por quem te ignora.

— Ah, que sorte a minha, comigo ninguém se sente obrigado a nada. Ninguém fica comigo por obrigação mas também não aparece quem fique por outro motivo, e aí quem fica sozinha sou eu, claro que sem criar problemas para ninguém, nem culpa nem remorso, ao contrário da sua mulher ou do meu ex-marido. Sou um traste, a abandonada perfeita. Eu precisava é de uma doença, ou de uma cara de atormentado como a que faz o pai do meu filho, quem sabe aí alguém sentiria alguma obrigação em relação a mim. Porra, você que vivia sempre se culpando por causa da sua mulher, durante todo esse tempo nunca se sentiu culpado por minha causa?

Virou-lhe as costas, não queria que ele a visse chorar, e muito menos que seu filho voltasse e a encontrasse com os olhos lacrimejantes e o nariz vermelho. No quarto, embaixo do travesseiro, tinha um pacotinho de lenços de papel. Sentou-se na cama para assoar o nariz, depois respirou fundo, e quando afastou as mãos do rosto ele estava no umbral, na mesma atitude de minutos antes, quando ela lhe abriu a porta e não se atrevia a cruzar a entrada. Pensou que cada um é retratado em sua totalidade por um único gesto, e que esse era o que o retratava por inteiro: parado sob o batente de uma porta, sem se decidir a dar o próximo passo, por insegurança ou medo de não ser aceito, ou talvez, no fundo, por falta de verdadeira convicção, de simples impulso de viver. Assim a olhara no último dia, na última manhã, ela pintando os lábios e os olhos diante do espelho do banheiro, tentando apagar os rastros da noite maldormida, e ele parado na porta, levemente encostado, olhando-a com muito desejo e ao mesmo tempo com uma perfeita disposição de renúncia, como se na realidade não fosse tão difícil para ele partir, e até perdê-la. Tal como ela o recordava, já vestido para sair, barbeado, penteado, de terno e gravata escuros, os mais adequados para ir à clínica, já pronto para obedecer fielmente às normas de que só graças a ela, Susana, ele dizia ter-se libertado.

— Olhe o meu filho aos seis meses — levantou-se, digna de novo, recuperada, mostrando-lhe uma foto que tinha achado no meio de uns papéis na tarde anterior e não se cansava de olhar, e que tinha deixado sobre o criado-mudo antes de dormir. — Ele era tão guloso que apertava muito o rosto contra o peito e quase não conseguia respirar.

O inspetor viu uma Susana não muito mais jovem mas numa idade anterior de sua vida, quase na adolescência, com o rosto mais redondo que agora, sem as linhas tão definidas do nariz e do queixo nem a proeminência dos pômulos, de cabelo comprido e com uma franja reta sobre os olhos, vestida de um jeito não apenas mais antiquado mas como que mais ingênuo, com uma blusa branca de colarinho largo e bordado, saia comprida, sandálias de couro. Ele a preferia agora, mais feita pelo tempo, modelada pela inteligência e pela aprendizagem dos anos. Na foto estava dando de mamar ao bebê, que tinha o rosto vermelho e redondo e os olhos fechados.

— Não quis contar para você — disse Susana —, mas justo por aqueles dias eu achei que estava grávida. Fiquei apavorada, pensei que sua vida se complicaria ainda mais se você chegasse a descobrir mas, para ser bem sincera, tive uma tremenda decepção quando um dia, ao acordar, vi que tinha menstruado. Você já parou para pensar que você e eu podíamos já ter um filho, ou que poderíamos ter tido um? A gente dá por encerradas certas coisas da vida e de repente descobre que poderia estar começando. Tenho trinta e sete anos. Ainda é uma idade perfeita para engravidar. Mas diga alguma coisa, não me olhe desse jeito. Você não pensa me dizer o que veio fazer aqui?

— Vim pedir que você não vá embora — o inspetor abraçou-a com um gesto brusco. — Não posso viver sem você.

— Um pouco tarde, não? — tentou safar-se do abraço mas ele não deixou. — Se você tivesse me pedido isso há um mês, eu teria ficado sem pensar duas vezes. Mesmo que você continuasse com sua mulher, eu não teria feito nenhuma pressão. E não estava propondo que você me transformasse em sua amante fixa. Com isso eu só queria dizer que estava apaixonada por você.

— Eu também estava apaixonado por você.

— Estava?

— E estou. Foi por isso que eu vim.

Separaram-se ao ouvir o elevador parar perto. Mas em seguida partiu e a campainha não tocou.

— Acontece que nesse meio tempo percebi que tenho muita vontade de voltar a morar em Madri — disse Susana. — Vim seguindo um homem e aqui fiquei o tempo de meia vida, e a verdade é que eu não quero continuar neste lugar só para ficar perto de você. Meu pai está muito feliz de me receber de volta. Desde que minha mãe morreu, não achou ninguém que lhe faça companhia e coloque um pouco de ordem na sua vida. Ele é forte e muito independente, e acho que continua tendo com as mulheres quase tanto sucesso como quando minha mãe era viva, por isso duvido que venha a me perturbar muito. Ele tem um apartamento grande na rua Ibiza, onde cabem todos os meus livros e discos e os poucos móveis que não vendi. Uma casa de oligarcas, como dizia meu ex, fazendo-me sentir vergonha de morar naquele lugar que eu tanto adorava. Estou muito cansada desta cidade e deste trabalho. Já não tenho o menor entusiasmo pelo ensino, nem forças, e além do mais os tempos que correm não são nada bons para esse trabalho. É muito triste ver como vão crescendo e se embrutecendo as crianças que você ensinou a ler e escrever, com que rapidez aprendem a perder a imaginação e a graça, a só ganhar tamanho e grosseria. Com metade do esforço poderiam ser encantadores e cultos mas ninguém os incentiva, a começar pelos pais, e passando por quase todos nós, professores. Já contei para você que consegui uma vaga numa escola de Leganés? Vou ir e voltar para Madri todos os dias, de trem, mas quero fazer outras coisas, quero terminar minha tese e procurar outro trabalho, em Madri vou ter muito mais oportunidades do que aqui, a própria cidade vai me obrigar a me manter mais esperta. Quero voltar a passear pelo parque do Retiro aos domingos de manhã, ir à feira do Rastro e ao museu do Prado, tomar uma cerveja ou um aperitivo ao meio-dia na praça de Santa Ana. Não estou pensando nem um pouco em me aposentar, não quero passar o resto da vida acordando com Nescafé, bolachas e me esquentando com um aquecedor elétrico na sala de professores. Estou apaixonada por você e sinto muita falta do meu filho quando passo alguns dias longe dele mas não posso viver esperando por vocês, na dependência do que decidirem.

— Me dê um tempo — disse o inspetor. — Não precisa ser muito. Pense num prazo.

— Eu não estou lhe dando um ultimato. Não vou exigir que você faça nada. Você nunca parou para pensar que sua mulher talvez não esteja muito interessada em continuar levando a vida que levou a seu lado por todos esses anos? Você já conhece esse meu defeito de sempre olhar as coisas do ponto de vista de quem está na minha frente. Não seria melhor você lhe dizer alguma vez o que pensa e o que sente de verdade?

Voltou a abraçá-la, apertando-a com força, procurando sua boca, a pele suavíssima da cintura sob a camiseta, morrendo de desejo, com a urgência sexual de um homem muito mais jovem, de alguém que só havia bem pouco provara de verdade algo cuja existência ignorava e que já não sabe viver sem esse prazer. Empurrava-a para a cama mas ela preferiu desprender-se dele quando ainda podia se conter, o garoto ia chegar a qualquer momento, disse, ainda lúcida, encantada com sua veemência, com sua cara de desconcerto quando se afastou dele.

— Você não pode ficar mais alguns dias?

— Se eu ficar, corro o risco de não ir nunca mais — ao mesmo tempo que negava energicamente com a cabeça, Susana mostrou as paredes nuas com um gesto das duas mãos. — Além do mais, já não tenho nada aqui.

— Você vai hoje mesmo?

— Agora à tarde. Quero chegar a Madri antes do anoitecer. Incrível eu ter passado tantos anos enterrada aqui quando em menos de quatro horas de carro podia voltar para minha cidade.

Acompanhou-o até a porta e não lhe deu a oportunidade de dizer adeus à sua maneira desastrosa de tantas outras vezes, de tantas intoleráveis despedidas de amargura e paralisia. Beijou-o abrindo muito a boca, saboreando seus lábios úmidos, e remexeu seu cabelo ao se separar dele. Fechou a porta e foi rapidamente até a sacada para vê-lo aparecer embaixo, na rua, a uma distância de três andares, sob a luz violenta de junho. Um homem jovem, de óculos, que estava na calçada oposta, no lado da sombra, olhou para cima e logo desviou os olhos, sem dúvida atraíra-lhe a atenção o barulho metálico da janela no silêncio da rua. Esqueceu-se dele assim que viu aparecer no portão a cabeça grisalha e erguida, as costas vigorosas sob as ombreiras do paletó de linho claro, que ela mesma tinha escolhido para ele, a última coisa que lhe comprara antes de deixarem de se ver. Seria capaz de distinguir entre mil homens aquele modo de andar, aquela espécie de pesar enérgico com que se movia. Dentro de poucos segundos desapareceria na esquina. Ia fechar a janela e viu que o jovem de óculos já não estava na calçada em frente. Tinha atravessado, olhando para os dois lados da rua, levava algo na mão esquerda. Avançava tão depressa que logo alcançou o inspetor mas não chegou a subir na calçada, seguiu rente ao meio-fio, fez um gesto estranho, levantando algo, o que levava na mão. Então Susana subitamente entendeu e começou a gritar com uma força que estremecia o ar imóvel da rua e rasgava-lhe a garganta, impedindo-a de ouvir o som do primeiro disparo.

33.

Uma fração de segundo antes de ouvir o grito já estava se virando, não porque o tivesse alarmado o som dos passos que se aceleravam atrás dele, pois eram passos silenciosos de solas de borracha, de tênis que depois veria do chão, salpicados de sangue: foi a sombra o que o alertou, a sombra oblíqua que se estendia em sua direção a partir da rua, à sua direita, e que como um relâmpago despertou seu instinto de vigilância e perigo, tão adormecido nos últimos tempos, esquecido por completo nessa manhã, quando saiu do prédio de Susana Grey pensando na urgência inadiável da verdade e da coragem e temendo ser vencido, não pela covardia nem pela força do remorso pessoal ou da coerção social mas por algo muito pior, mais tóxico e arraigado nele, sua tendência ao conformismo, à prorrogação, seu costume de aceitar o estabelecido como irremediável, de calar e não fazer. Saiu da penumbra fresca do hall e o sol feriu-lhe os olhos, e pôs-se a andar pela calçada resistindo à tentação de se virar e erguer a vista para a janela do terceiro andar onde, sem dúvida, estaria Susana Grey, relembrando as precauções de suas primeiras visitas, sua falta de jeito para a clandestinidade e o nervosismo que lhe provocavam os olhares das vizinhas. Saiu pensando na Susana de agora mesmo, que ele estreitara com o temor desesperado de perdê-la, e naquela que vira na foto de catorze anos antes, com seu cabelo comprido, sua franja reta, seus pômulos carnudos e a blusa aberta pela qual despontava um seio pequeno e redondo do qual mamava avidamente o bebê de seis meses. Ainda não se aliviara a tensão física de seu desejo: saiu do prédio de cabeça baixa, sem olhar para os lados, alheio à luz crua de verão, avesso a ela, desalentado, possuído por um impulso interior que podia ser ao mesmo tempo de felicidade e de desgraça, de capitulação e de entusiasmo, alimentado por uma energia nervosa idêntica à das primeiras manhãs em que se levantava limpo dos efeitos do álcool e do tabaco. Deu os primeiros passos na calçada e não se virou para olhar às suas costas, como deveria ter feito e como sempre fazia, não vigiou o lado direito, que era o mais vulnerável, uma vez que o esquerdo estava protegido pela parede, da qual caminhava muito perto, entrando e saindo das breves zonas de sombra de marquises e toldos. Ouviu o grito mas uma fração de segundo antes a parte de sua visão não regida pela consciência já havia percebido algo trivial e não de todo alarmante, uma sombra que se aproximava da sua, e talvez seus ouvidos também tenham registrado o atrito das solas de borracha contra o asfalto, a vibração do ar provocada por alguém que aperta o passo, que respira mais forte. Mas foi o grito que o tirou de seu ensimesmamento, e é provável que, se não tivesse começado a se virar e a intuir o perigo, nunca tivesse chegado a saber o que estava a ponto de lhe acontecer, e talvez tivesse morrido sem nem sequer desconfiar que ia morrer: foi um lapso de menos de um segundo mas nesse tempo cabe tudo, em uma fração de tempo tão infinitesimal que um cronômetro não poderia medir cabem inteiras a vida e a morte, a enxurrada final da memória e a explosão do esquecimento, o impacto da bala que atravessa a pele e queima a carne e estilhaça um osso e pára o coração, o gesto de uma mão que se ergue empunhando uma arma até a altura da nuca e de um rosto que se volta e outra mão levantada e aberta como para proteger os olhos do sol. O inspetor ouviu o grito e, numa bolha lentíssima de tempo alojada no interior de alguns décimos de segundo, viu um rosto muito próximo, separado dele apenas pelo comprimento do braço esticado para que o canhão da arma encostasse em sua nuca. Procure pelos seus olhos, recordou, vendo um par de olhos claros atrás de uns óculos de armação leve, e nesse rosto sobrepôs-se o do assassino de Fátima, embora os dois não se parecessem em nada, como na sobreposição de duas transparências com dois jogos de feições possíveis para tentar obter um retrato falado. Viu com absoluta clareza e detalhe, como se estudasse uma fotografia ou um quadro, um rosto jovem, bem barbeado, de queixo largo, lábios firmes, olhar tranqüilo, com olhos inexpressivos e francos atrás das lentes desses óculos que sem dúvida eram de grife, tinham uma armação dourada e muito fina que brilhou ao sol por um instante. Pensou com estupor, com inesperada tranqüilidade, "então era esse o rosto de quem ia me matar", e no interior desse segundo que nunca terminava compreendeu que a verdadeira sensação da iminência da morte só pode ser conhecida por quem está a ponto de morrer, que nenhuma outra sensação na vida se parece com ela ou a anuncia: a calma, o espanto, a silenciosa detenção do tempo.

Mas o grito, que o alertara, uniu-se ao som do primeiro disparo para romper o instante imóvel e despertá-lo do letargo, do fatalismo de morrer. Sua mão direita, ao fazer o gesto de proteger o rosto, tinha batido no braço retesado que segurava a arma, e o tiro que uma fração de segundo antes teria estourado sua cabeça sem que ele chegasse a saber que ia morrer quebrou com um cataclismo de vidros a vitrine de uma loja. Saiu correndo mas percebeu que não teria tempo de chegar até a esquina e se jogou no chão e rolou procurando refúgio entre os carros estacionados, protegendo a cabeça com os dois braços cruzados sobre o rosto. Contou um por um os três tiros que se seguiram, espantado por não sentir dor, por ainda estar vivo para continuar ouvindo e se arrastando, sem nunca chegar à beira da calçada onde estavam os carros, para cheirar a pólvora e ver sobre o piso uns tênis brancos salpicados de sangue. "Agora se aproximou mais para me dar o tiro final, que eu já não vou escutar", pensou com uma clarividência parecida à desses surtos fugazes de racionalidade que às vezes surgem no meio de um sonho. Tentou levantar o rosto do chão para ver de novo o rosto de quem o mataria mas não teve forças, ficou respirando de boca aberta contra a laje que queimava e ouviu um ruído metálico e familiar, o do gatilho de uma arma emperrada, e depois um rumor de passos que se retiram. Com o rosto contra o chão ouve-se tudo ecoar poderosamente, os passos e as batidas do coração, passos e batidas que retumbam ao mesmo tempo no fundo da terra e no corpo tombado sobre ela. Agora tudo se transformava em um bosque de passos, de latejos e escuridões vermelhas, de vozes entre as quais chegou a distinguir apenas uma, ao mesmo tempo que reconhecia o tato de umas mãos acariciando-lhe o rosto.

"Não estou morto", disse, ouviu a si mesmo repetir em voz alta, "não estou morto", antes de desfalecer nos braços de Susana Grey, agarrando-se a ela furiosamente com as duas mãos, perdendo-se em um sonho febril de torrentes de sangue e sirenes de ambulâncias.

ESTA OBRA FOI COMPOSTA PELA HELVÉTICA EDITORIAL EM ELECTRA
E IMPRESSA PELA HAMBURG DONNELLEY GRÁFICA EDITORA EM OFF-SET
SOBRE PAPEL PÓLEN SOFT DA COMPANHIA SUZANO PARA A
EDITORA SCHWARCZ EM SETEMBRO DE 2000